UNIVERSUM

Dietmar Schenk

Leichenmond

europa buch

© 2025 **Europa Buch** | Berlin
www.europabuch.com | info@europabuch.com

ISBN 9791257030322
Erstausgabe: Februar 2025

Gedruckt für Italien von Rotomail Italia
Finito di stampare presso Rotomail Italia S.p.A. - Vignate (MI)

Leichenmond

*Dieser Roman ist einem wundervollen Menschen
gewidmet:
Christina Albrecht, meiner Partnerin, die es erduldete,
dass ich ihr das Skript immer wieder vorlas und die mir
wertvolle Hinweise gab, wo etwas verändert werden
musste. Du bist großartig.*

Sexuelle Abartigkeit trifft auf religiösen Wahn, und das zu einer Zeit, als die Inquisition tobt. Keine guten Voraussetzungen für den an Nekrophilie leidenden Malcolm, die Frau seiner Träume für sich zu gewinnen. Als seine Angebetete hingerichtet wird, scheint das die Lösung zu sein, braucht er doch nur ihre Leiche, um glücklich zu werden. Aber da fängt der Horror erst richtig an...

Als ich das Manuskript las, war ich von der ersten Seite an fasziniert, obwohl es mich auch gründlich schauderte. Etwas Ähnliches habe ich nie zuvor gelesen. Immer wieder kam ich an einen Punkt, wo ich mich fragte: Wie soll denn das jetzt weitergehen? Was für eine geniale Konstruktion! Meines Erachtens hat der Roman das Potential für einen Kassenschlager im Kino.

Stefan Jonas, Regisseur für die Bavaria Filmstudios
Websites:
jonas-regie.de
309manukahonig.de

PROLOG

Malcolm stand im Schlafzimmer am Fenster und schaute Binagh zu, wie dieser im Hof sein Pferd sattelte. Er hatte seinen Gehilfen gebeten, in der Stadt Brot und Käse zu besorgen. Es war besser, ihn nicht im Haus zu haben bei dem, was er nun vorhatte. Sicher, er begleitete ihn bei viel abstrakteren Unternehmungen, ohne mit der Wimper zu zucken. Dafür bekam er auch reichlich Geld. Aber jetzt war es Malcolm wichtig, allein zu sein, nicht nur in seinem Schlafzimmer, sondern im ganzen Haus, ja, sogar auf seinem Anwesen. ‚Reite mal schön in die Stadt, und nimm dir viel Zeit', dachte er, als Binagh da draußen den Gurt festzurrte. ‚Diese Zeit brauche ich, um zu erledigen, was ich tun möchte. Wenn es gelingt, werde ich heute Abend ins Pub gehen, und wenn nicht – auf den Friedhof.'

Nun ritt Binagh aus dem Hof heraus auf die staubige Straße und hieb dem Pferd die Hacken in die Seiten, worauf der Hengst sich ordentlich ins Zeug legte. „Nicht so schnell, du Narr", murmelte Malcolm bissig. Gleichzeitig befiel ihn das ungute Gefühl, dass er vielleicht doch nicht so viel Zeit haben könnte, wie er hoffte, sodass er sich auf dem Absatz umdrehte und zur Vitrine an der dem Fenster gegenüberliegenden Wand eilte, die sein geräumiges Schlafzimmer zierte. Das dunkle, matt glänzende Möbel war ein teures Stück mit goldenen Verzierungen, die seinen wohlhabenden Status unterstrichen. Er öffnete die mittlere Tür und nahm eine Schatulle heraus, mit der er sich auf sein Himmelbett fallen ließ. In einer Seelenruhe, die seine Zeitknappheit verbarg, löste er den metallenen Verschluss und hob den Deckel an. In wohliger Vorfreude betrachtete er sich den

Inhalt. Er drehte die Schatulle in alle Richtungen, schnupperte daran, lächelte kurz und stellte sie neben sich auf die Matratze. Er rutschte herum, nahm die Füße ins Bett, stützte sich damit auf der Matratze ab, hob das Gesäß in die Höhe und fingerte den Bund auf, der seine Hose hielt. Dann wurstelte er sie hastig runter. Sie gab sein erigiertes Glied frei. Wie wenn er seine Härte testen wollte, schnippte er mit dem Mittelfinger dagegen. Der leichte Schlag versetzte ihn in Verzücken. Er reckte sich nach der Schatulle, packte die darin liegende Hand am Daumen und holte sie heraus. Fachmännisch prüfte er das Körperteil, das er einer sinnlos betrunken in der Straße liegenden Hure vorletzte Nacht abgehackt hatte. Seinen medizinischen Kenntnissen entsprechend, hatte er ihren Unterarm abgebunden, damit die Frau nicht verblutete, und er hatte ihr ein in einem Beutel verpacktes Goldstück in das Kleid gestopft, um sein Gewissen zu erleichtern. Das Goldstück war so wertvoll, dass sie sich vielleicht ein paar Jahre lang nicht mehr prostituieren musste. Die Hand war keineswegs steif, stellte Malcolm zufrieden fest. Die schlanken Finger ließen sich gut bewegen und um sein Glied biegen. Dann umfasste er sie mit seinen beiden Händen und begann zunächst langsam, dann immer wilder, auf und abzureiben.

Malcolm ergab sich in das Gefühl, das diese fremde Hand ihm zukommen ließ. Er schloss die Augen und rief Fantasien auf, die er schon seit Jahren abgespeichert hatte. Mitunter gelang es ihm für kurze Zeit, sein Glied in einer Vagina zu erwägen, aber dann spürte er wieder den krassen Unterschied dazu. Wenn Malcolm auf den Friedhof ging, dann hatte er meist eine Creme dabei, mit der er das Geschlecht der Leiche geschmeidig machte, bevor er eindrang. Wenn er sich dem Höhepunkt näherte, meinte er, sein Glied sei nur Energie, und kein Muskel. Er spürte dann nur noch die Lust und seine wilden Bewegungen, bis ihn der Orgasmus in Krämpfe legte. Langsam kam dann das Empfinden für sein Glied wieder zurück und die Besinnung dafür, was er gerade getan hatte. Nach der Ekstase folgte Gleichgültigkeit, manchmal auch Bedauern. Vielleicht würde es mit dieser toten Hand, die sich mit der seinen auf und ab bewegte, ähnlich sein, vielleicht auch nicht. Sein Glied blieb hart, der Spaß war mäßig, und es fehlte die Erfüllung, die er auf dem Friedhof genoss, selbst, wenn Gefahr im Anmarsch war. Trotzdem wollte er nicht unverrichteter Dinge sein Bett verlassen.

Die Bewegungen wurden schneller. Bilder von Gräbern tauchten auf, in denen es besonders schön gewesen war, und dann erwachte der Tag in seinem Kopf, da alles seinen Anfang genommen hatte. Jener, als der Medizinstudent Malcolm mit einer Leiche alleine im pathologischen Raum gewesen war und er sich an der Toten versuchte, weil es mit Lebenden nicht hinhauen wollte. 'Tote lachen dich nicht aus, wenn *er* nicht stehen will', dachte er. 'Sie sind so verständnisvoll, und das, was sie mir geben, ist tausendmal mehr als das, was ein lebender Körper zu bieten hat. Dazu gehören auch meine eigenen Hände.' Er rieb noch schneller, stemmte sich in das Gefühl hinein, ejakulieren zu wollen und – hörte Pferdehufe vor dem Haus. „Wo um alles in der Welt kommt dieser Kerl jetzt schon her", fluchte Malcolm. Die Haustür wurde geöffnet, und schwere Schritte hallten durch den Flur. „Malcolm?"

„Verdammter Tölpel", knirschte er. „Was ist?", brachte er mühsam hervor. „Ich will jetzt nicht gestört werden." Er hatte große Mühe, sich zu kontrollieren und einigermaßen normal zu klingen.

„Ich habe kein Geld mitgenommen. Tut mir leid."
Trotz dieser kurzen Unterhaltung hatte Malcolm nicht
innegehalten. In seinem Unterleib braute sich ein kleines
Feuerwerk zusammen. Keine Explosion, wie es ihn
manchmal in den Gräbern erwischte, aber genug, um...
„Was jetzt?", rief Binagh.
„Ich-ich-ich... AH!", stöhnte Malcolm. Dann sank er
erschöpft zusammen. Sein Ejakulat benetzte seinen
Schambereich und fühlte sich klebrig und warm an, aber
nichts war in Reichweite, mit dem er sich hätte reinigen
können. So zog er widerwillig die Hose hoch, versteckte
die Hand in der Schatulle und ging nach draußen.
Wenigstens würde ihm heute Nacht der Friedhof erspart
bleiben. Es war wieder einmal Vollmond, das Zeichen
für die Leichenschändung. Heute Nacht würde es ihn
nicht erreichen. Er hatte sich rechtzeitig abreagiert. Ein
wenig erleichtert trat er in den Flur, um Binagh Geld zu
geben.

I

Die Macht des Vollmonds auf Malcolm war gewaltig. Wenn er seine Bahn zog, dann hatte er ihn für drei Tage voll im Griff. Aber diesmal sollte es anders sein, denn Malcolm hatte sich am Vormittag bereits abreagiert. Nun aber war es Mitternacht. Vierzehn Stunden waren seither vergangen, zu viele, um ihn vom Friedhof fernzuhalten. Sein Herz pochte vor Aufregung, als er sich im hellen Mondlicht dieser frostigen Märznacht mit Binagh zusammen gebückt und hastig der Friedhofsmauer näherte. Noch zwei Schritte, noch einer...

DA! Stimmen auf der anderen Seite!

„Runter!" Malcolm ließ sich vor die Friedhofsmauer fallen und riss seinen Begleiter gnadenlos mit sich. Dieser plumpste hart in das kniehohe Gras.

„He", sagte Binagh erschrocken.

„Da sind Wächter", flüsterte Malcolm. Kaum hörbar, fuhr er fort: „Wenn du nicht so viel gesoffen hättest, wären sie dir aufgefallen. Du solltest vorsichtiger sein. Ich bin nicht so leicht zu erkennen mit meinem schwarzen Umhang, aber dein violettes Wams leuchtet ja richtig bei diesem grellen Gestirn." Malcolm ging in die Hocke, drückte sich langsam hoch und gönnte sich einen vorsichtigen Blick über die Bruchsteinmauer, worauf er sich sofort wieder fallen ließ. „Verdammt, sie stehen da drüben unbeweglich herum. Warum machen die das?"

Als er keine Antwort erhielt, drehte er sich zu Binagh hin, nur um festzustellen, dass er eingenickt war. Er rollte sich auf den Rücken und verpasste ihm einen derben Tritt mit beiden Füßen. „Schnarch bloß nicht", zischte er.

Binagh öffnete die Augen. „Ich bin nicht so besoffen, wie du meinst, Malcolm. Bedenke, dass *du* hierher wolltest, nicht ich."

„Hast du an alles gedacht?"

„Spaten, Waffen, Wein, ja."

„Den Wein hätte es nicht gebraucht. Du musst fit sein, wenn es hart auf hart kommt. Da sind Wächter, schon vergessen?"

Binagh, im Sitzen seitlich gegen die Friedhofsmauer gelehnt, kratzte lustlos am Moos herum, das sich auf Steinen und in Fugen zeigte. „Sie sind nur wegen dir hier, weil du die Gräber schändest", murmelte er. „Und ich bin nur bei dir, weil du mich dafür bezahlst. Aber ohne Wein geht das nicht. Ich bin nicht du und habe eine Abscheu vor Toten, die ich nicht selbst ins Jenseits geschickt hab. Wenn es dir hier zu gefährlich wird, dann sollten wir wieder einmal für ein paar Monate den Friedhof wechseln."

Malcolm wurde ruhiger. „Du hast recht", pflichtete er ihm bei. „Tut mir leid. Dieses eine Grab noch hier in Southbarn, und dann verlegen wir unsere Aktivitäten wieder auf dörfliche Friedhöfe."

„*Deine* Aktivitäten, Malcolm, nicht unsere."

„Von mir aus: Meine."

Binagh atmete hörbar aus. „Du meinst, dass es anderswo ungefährlich ist? Armer Narr. Wieso sind wir denn nun in der Stadt? Doch nur, weil sie auf den Dörfern anfingen aufzupassen. Außerdem ist der Weg dorthin weiter von zuhause weg, vielleicht jedes Mal ein Ritt von einer Stunde hin, und eine weitere zurück."

„Southbarn ist nicht so weit weg von unserem Haus in Kings Cave, das ist richtig", flüsterte Malcolm. „Aber vor allem gibt es hier mehr Auswahl. Auf den Dörfern wird nicht so viel gestorben – aber auch nicht so viel bewacht, da hast du recht."

„Es wird vielleicht nicht *mehr* so viel bewacht, Malcolm. Das wird sich aber schnell ändern, sobald du dort wieder aktiv wirst, glaub mir.“

Malcolm lugte erneut über die Mauer und flüsterte: „Hast du denn eine bessere Idee?“

„Ja. Solange hier Wachen sind, sollten wir das Unternehmen abbrechen. Und morgen suchen wir uns ein Dorf.“

„Das geht nicht, Binagh.“ Malcolm blickte zum sternenklaren Himmel empor und deutete nach oben. „Schau doch, wie wunderbar voll und rot der Mond ist. Du weißt, dass ich dann immer raus muss. Ich kann nichts dagegen machen.“

Binaghs Blick folgte Malcolms Arm, der sich in die Luft streckte. Er sah zwar auch den vollen, hellen Mond, aber rot war er nicht. Allenfalls orange. „Ja, schön rot“, antwortete er dennoch. „So rot wie deine Haare. Aber wenn du…“

Malcolm fasste Binagh hart am Arm. „Pscht!“, machte er.

Stimmen und Schritte näherten sich der Stelle, an der sie kauerten und erstarben genau auf der anderen Seite der Mauer. Nur zwei Armlängen trennten sie jetzt noch von den Wachen. Binagh beugte sich ein wenig vor, griff vorsichtig über die Schulter und fingerte nach seinen selbstgebauten Waffen, die kreuzweise auf seinem Rücken in Lederscheiden auf ihren Einsatz warteten. Als Malcolm energisch den Kopf schüttelte, ließ er die Absicht wieder fallen.

Ein feines klapperndes Geräusch ließ sie beide nach oben blicken. Einer der Landsknechte hatte eine Nackengreifzange auf die Mauer gelegt. Deutlich sahen sie im hellen Mondlicht das halbrund zu einem offenen Kreis gebogene Metall auf einer Stange. Dieser federnde

Bogen war im Innern mit Zacken versehen. Die Waffe gestattete es, Flüchtende von hinten am Hals zu packen und zu Boden zu reißen, nicht selten mit schweren Verletzungen. Malcolm, der mit dem Rücken an der Mauer lehnte und die Beine von sich streckte, tippte Binagh an, der genauso dasaß wie er. Die Mauer, rundum etwa zwei Mann hoch, war an dieser Stelle fast zur Hälfte abgetragen worden. Vielleicht hatte sich hier jemand Steine für eine Ausbesserung an seinem Haus besorgt. Was fürs Übersteigen günstig gewesen wäre, konnte ihnen nun zum Verhängnis werden, denn zumindest ihre Füße waren für die Landsknechte mit Sicherheit einsehbar. Malcolm legte den Zeigefinger auf die Lippen, deutete auf ihre beiden Beine und mit zwei Fingern auf ihre Augen, und dann mit dem Daumen nach oben.

Binagh nickte und wusste: Sie sollten die Beine zwar besser einziehen, aber schon die kleinste Bewegung konnte sie verraten.

Die Landsknechte hatten offenbar noch nichts bemerkt. Sie machten Witze über Frauen und kicherten. Die Witze wurden derber, das Lachen lauter.

Binagh stieß leise auf und hielt sich erschrocken die Hand vor den Mund. Der Hauch seines Atems stieg als feines Wölkchen auf und über die Mauerkrone hinaus.

Malcolm verfolgte es mit Schrecken. Aber auch sein Atem war in der Kälte zu sehen. Er hielt die Luft an.

Das Lachen erstarb. Die Nackengreifzange verschwand von der Mauer.

Binagh griff hastig nach seinen Waffen, aber Malcolm schüttelte wieder den Kopf.

Ein genussvolles „Aaaah", gefolgt von einem langen Rülpser, verkündete, dass sie nur etwas getrunken hatten.

„Lass uns zum Tor gehen und schauen, ob alles in

Ordnung ist", sagte einer der Männer. Daraufhin entfernten sich die Schritte wieder.

„Das war knapp", sagte Binagh.

„Wenn du kampffähig bist, dann ist das alles kein Problem", antwortete Malcolm. „Niemand ist besser als du. Aber wenn du betrunken bist..."

Binagh sagte nichts. Er stand auf, kletterte langsam auf die Mauer und schaute in Richtung des eisernen Tors, das nachts verschlossen war. Die Landsknechte waren nicht mehr zu sehen. „Komm hoch", flüsterte er Malcolm zu. Nun erhob auch Malcolm sich und kletterte auf die Mauer. Gemeinsam sprangen sie auf den Friedhof.

„Vor zwei Tagen ist eine Frau beerdigt worden", flüsterte Malcolm. „Los, suchen wir das Grab."

Gebückt huschten sie zwischen den Grabsteinen hindurch. Ältere Gräber waren mit Gras bewachsen, und die Inschrift auf den verwitterten, schräg aus der Wiese ragenden Steinen war mitunter kaum noch lesbar. Nach einigem Suchen fand Malcolm aber ein frisch zugeworfenes Grab. Es hatte noch keinen Grabstein. Malcolm las die Inschrift auf einem Brett, das an einen Holzpfahl genagelt war:

„CATHRYN PENCANCE –
born July 04, AD 1542 –
died aged 58 – R.I.P. "

Er deutete auf das Grab. „Das nehmen wir."

„Sie ist achtundfünfzig, 30 Jahre älter als du", gab Binagh zu bedenken.

„Und sie ist tot. Also, was soll's? Grabe!" Er setzte sich auf den Boden und schaute zu, wie Binagh mürrisch den Spaten abschulterte und zu schaufeln begann. Graben – werfen – graben - werfen. Die Erde war frisch und locker und Gott sei Dank nicht gefroren. Für einen durchtrainierten Kerl wie ihn war es eine leichte Arbeit, sich zum Sargdeckel hinabzuarbeiten, Wein hin oder her. Das Loch war schon bald etwa drei Fuß tief. Binagh sprang hinein und wischte mit den Händen lose Erde zur Seite.

Schon stand Malcolm neben ihm. Er konnte es nicht erwarten.

Gemeinsam zerrten sie den Sarg aus der Grube und rissen ihn auf. Er gab eine blasse Frauenleiche frei, die mit auf dem Bauch gefalteten Händen in einer billigen, ungeschmückten Holzkiste lag. Sie war weder auf ein weißes Laken gebettet, noch ruhte ihr Kopf auf einem Kissen, und Blumen waren auch keine drin. Einzig und allein ihr weißes Totenhemd lockte ein wenig Ehrfurcht hervor.

Binagh fröstelte es bei diesem Anblick. Er drehte sich angewidert um und hielt sich die Nase zu. Er entfernte sich ein paar Schritte weit, setzte sich unter einen Baum, legte die Waffen vor sich ab und knöpfte sich seinen ledernen Weinschlauch vor. Dann drehte er sich so, dass er Malcolm nicht zuschauen musste und lehnte sich gegen den Stamm. Dennoch bekam er Malcolms Eifrigkeit lückenlos mit.

Der Meister riss der Leiche das weiße Totenhemd vom Leib. Mit grober Gewalt drückte er ihre starren Beine auseinander und knickte sie gewaltsam über den Sargrand. Es knackte und schmatzte.

Binagh hatte den Eindruck, dass ein Metzger Fleisch ausbeinte.

Malcolm schaute sich noch einmal um, bevor er zu Werke ging. Der Friedhof war für ihn nun in gespenstig-rotes Licht getaucht, der Mond war riesig groß und blutrot. Zufrieden, aber hastig, wurstelte er sich die Hose runter, stürzte sich auf die Nackte und lebte seinen Trieb aus. Er tat dies wild, ungestüm und stöhnte dabei vor Genuss.

Das blass-graue Gesicht der Toten war wie alles in mattes Rot getaucht und starr. Es bewegte sich im Rhythmus der wilden Stöße, die Malcolm ihr verpasste. Die eingefallenen Wangen wackelten ein wenig mit und verliehen ihr eine gewisse Lebendigkeit. Auch der Mund schien Anteil zu nehmen an dem, was gerade passierte. Im fahlen Licht, das der Mond durch das Geäst einer Eiche auf das Gesicht warf, entstand mit jedem Stoß für einen kurzen Moment ein dezentes Grinsen. Abgesehen vom Erscheinungsbild der Leiche würde ein jeder vermuten, dass da noch ein wenig Leben in diesem Körper war, bei dem die Verwesung bereits eingesetzt hatte.

Malcolms Stöhnen wurde lauter.

„Geht es nicht ein bisschen leiser?", zischte Binagh angewidert. „Die Landsknechte interessieren dich wohl nicht?"

„Sie lässt sich gut bearbeiten", keuchte Malcolm. „Hätte ich nicht gedacht."

„Es kotzt mich an. Bei jedem verdammten Vollmond geht es auf die Friedhöfe. Ich mache das nur aus Dankbarkeit zu dir, ist dir das klar?"

Malcolm wurde immer wilder. „Mir egal, warum du es tust. Hauptsache, du tust es." Sein Stöhnen wurde noch lauter, gefolgt von einem Schrei.

II

Die beiden Landsknechte, Cosy und Zack, erreichten die andere Seite des Friedhofs, der viel Platz für die Opfer von Pest und Inquisition bot. Aus den Bäumen drangen Geräusche an ihr Ohr. Das Laub raschelte, und in fast regelmäßigen Abständen meldete sich ein Kauz oder Uhu. Gelegentlich huschte etwas über den lehmigen Boden, zu schnell in diesem Dunkel, als dass Cosy eine Chance hätte, es mit seiner Lanze zu erwischen. Er schaute hoch zum wuchtigen quadratischen Turm der an den Friedhof grenzenden Kirche. „Gerade mal Mitternacht vorbei", sagte er. „Wird eine lange Nacht!"

Ein Schrei gellte durch die Dunkelheit.

Cosy horchte auf. „Hast du das auch gehört?"

Zack nickte. „Und ob. Kam wohl von da drüben. Los, sehen wir nach." Mit der Nackengreifzange voran, wollte er los preschen, aber Cosy hielt ihn zurück.

„Warte. Wir sollten uns lieber aufteilen."

Wieder dieser Schrei, der aber diesmal wie abgewürgt klang.

Cosy wies Zack mit der Lanze den Weg. „Lauf du da herum und ich in die andere Richtung. Am Tor treffen wir uns. Wenn wir hier niemanden finden, müssen wir draußen nachschauen. Los, beeil dich."

Sie liefen los.

III

Malcolm durchlebte den Orgasmus mit allen Facetten seiner Lust. Er schrie und stöhnte hemmungslos, sackte für einen Moment auf der Leiche zusammen, raffte sich aber sofort wieder auf und kletterte laut schnaufend aus dem Sarg.

Binagh sprang herbei. „Na endlich. Mann, das hat ja gedauert!", meckerte er. „Los jetzt, mir ist kalt." Achtlos schoben sie das Behältnis mit der Toten ins Grab. Binagh klaubte schnell seine Sachen zusammen. Dann eilten sie zu der niedrigen Stelle der Friedhofsmauer, um sie zu übersteigen. Doch kaum waren sie oben, da packte Binagh Malcolm am Gewand und ließ sich mit ihm zusammen rückwärts wieder runter fallen. Hart landeten sie im Gras. Binaghs asiatische Kampfkunst hatte es ihm gestattet, seinen Aufprall abzufangen.

Anders erging es Malcolm. Er war mit dem Rücken aufgeschlagen und bekam für ein paar lange Momente kaum Luft. Er hustete. „Das war knapp", krächzte er. „Ich dachte, die wären weg."

IV

In einer dunklen, engen Straße, die zur Kirche hinführte und an deren anderem Ende in einem Pub die letzten Kerzen gelöscht wurden, lag ein dunkles Etwas sich heftig windend auf dem Boden. Um seinen Hals war ein Seil gewickelt, auf dessen einem Ende ein Fuß in einem Reitstiefel stand und an dessen anderem Ende kräftig gezogen wurde. Nicht kräftig genug, damit das Genick des Mannes brach, der das Seil umklammert hielt, nach Luft rang und hilflos mit den Beinen strampelte. Er starrte nach oben auf die Gestalt, die in schwarzer Lederkleidung und mit langen, blonden Haaren wie ein Racheengel über ihm stand und mit irrem Blick ihrerseits zu ihm herabschaute. Jetzt bückte sie sich ein wenig, fasste das Seil etwas weiter unten und reckte sich wieder kraftvoll in die Höhe. „Warum bist du auch so zäh, du verdammter rothaariger Teufel", keuchte sie. Es war die Stimme eines jungen Mädchens. Ruckartig riss sie weiterhin am Seil. „Du könntest – schon lange – verreckt sein – du Bastard." Mit aller Kraft zerrte sie noch einmal daran, rief: „Los, stirb endlich", und dann erlöste ein Knacken das Opfer von den Qualen. Mit gebrochenem Genick hauchte er sein Leben aus.

Schon tauchten Schritte auf, die durch die enge Gasse hallten und sich ihr schnell näherten. „Da!"
Das Mädchen drehte sich um und sah Zack und Cosy wie zwei tollwütige Trottel auf sie zueilen. Sie wollte flüchten, verheddertte sich am Seil und geriet ins Stolpern, rappelte sich wieder hoch und lief los. Das Stolpern hatte sie jedoch wertvolle Zeit gekostet. Zacks Nackengreifzange schoss vor, schloss sich um ihren Hals und riss sie zurück. Eiserne Stacheln bohrten sich in ihr

Fleisch. Wie durch ein Wunder wurden keine Schlagadern verletzt.

Sie packte in Panik den Eisenring, wollte ihn auseinander biegen und sich daraus befreien, aber es gelang ihr nicht. Schon wurde sie zu Boden gerissen. Sie schrie schrill auf. Cosy stellte sich auf ihren Unterarm und drückte ihr die Spitze seiner Lanze in den Rücken. „Haben wir dich, du Schlampe", keuchte er, ein wenig außer Puste.

Zack verpasste ihr einen Tritt in die Seite, kniete sich neben sie und presste mit dem Knie ihren Kopf aufs Pflaster. Dann fingerte er ein Stück Seil hervor. Unsanft schlug er gegen Cosys Bein, der daraufhin vom Arm der Verhafteten stieg. Zack band ihr die Hände auf den Rücken, entfernte grob die Nackengreifzange von ihrem blutenden Hals, stand auf und riss das Mädchen an den Haaren hoch. Mit dem Kopf deutete er Cosy an, nach dem Opfer zu sehen.

Cosy gehorchte. Ohne Eile begab er sich zu dem rothaarigen Mann, der regungslos auf der Erde lag und pikste ihn mit seiner Lanze. Als er nicht reagierte, drehte er ihn mit dem Fuß auf den Rücken. Die Augen waren aus den Höhlen getreten, und die Zunge quoll aus dem Mund. „Exodus", rief er Zack zu. Als wollte er sich noch einmal von der Richtigkeit seines Befunds überzeugen, trat er ihm gegen den Kopf, der seltsam lose seine Stellung wechselte.

Ein derber Stoß von Zack ließ das Mädchen gegen eine Hauswand klatschen. „Dann haben wir eine Mörderin gefasst, Donnerwetter. So jung, so schön, und schon so verdorben." Er schmierte ihr eine. „Drecksweib. Wie heißt du?"

Sie schüttelte sich und wand sich im Griff des Häschers. „Lass mich los", schrie sie.

Wieder eine Ohrfeige. „Dein Name, los, wird's bald?"

23

„Lucy", keuchte das Mädchen. „Lucy Jenkins, im Auftrag des Herrn. Lasst mich frei, wenn euch euer Leben lieb ist."

Zack lachte laut auf. Ein lückenhaftes Gebiss aus gelben Zähnen zeigte sich inmitten eines strubbeligen, ungepflegten Barts. „Lucy im Auftrag des Herrn." Seine schwielige, grobe Hand fand erneut den Weg in ihr Gesicht. „Welches Herrn, rede!"

Lucys Kopf flog zur Seite, ihre Haare bedeckten ihr Gesicht.

Irgendwo in der Straße wurde quietschend ein Fenster geöffnet, für neugierige Blicke, die an dem Spektakel teilhaben wollten.

„Aha, keine Antwort also." Zack bog Lucys Gesicht in Stellung, strich ihr fast zärtlich die Haare zurück und drückte seinen Mund auf den ihren. Sein übler, nach Alkohol und Gebratenem riechender Atem drang in ihre Lunge ein, und seine fleischige dunkelrote Zunge füllte ihren Mund.

Cosy schaute zu. „Und was machst du, wenn sie dir die Zunge abbeißt?" Er lachte.

Zack ließ von Lucy ab, als habe ihn etwas gestochen und schaute Cosy entgeistert an. Seine Lippen bluteten, sein ganzes Kinn nässte sich rot ein. Er schaute an sich herab, sah die im Mondlicht glänzende Spur, die sich auf seinem Wams breitmachte und drückte sich die Hand auf die Wunde. „Verdammte Hure", nuschelte er und verpasste ihr noch zwei, drei harte Ohrfeigen. Er fummelte nach einem Dolch und zog ihn heraus, doch bevor er Lucy abstechen konnte, hielt Cosy seinen Arm fest.

„Hör auf", sagte er. „Überlass sie dem Gericht. Niederstechen ist zu gnädig für diese Schlampe."

Zack nickte. „Los, in den Kerker mit dir", murmelte er mit geschwollenen Lippen.

Cosy deutete auf den Toten. „Und was machen wir mit diesem Rothaarigen da?"

Zack winkte ab. „Lass ihn liegen. Da können sich morgen andere drum kümmern."

Mit Schlägen und Tritten scheuchten sie Lucy vorwärts.

Während sie sie zum Turm trieben, verließ eine alte Frau die Kirche und schaute ihnen kichernd nach. Schnellen Schritts, eilte sie von dannen.

V

Malcolm und Binagh saßen außerhalb der Stadt an einen Baum gelehnt. Von den Feldern her zogen gespenstisch eiskalte Nebelschwaden auf. Binagh nahm einen Schluck aus dem Weinschlauch und reichte ihn Malcolm.

Er nahm das Angebot dankbar an. Nach ein paar kräftigen Zügen verkorkte er den Schlauch wieder und gab ihn Binagh zurück. Beide schauten zum Mond hoch, der nun auch für Malcolm wieder normale Größe und Farbe hatte. Er hatte seinen Trieb abreagiert und war zur Normalität zurückgekehrt. In diesem Zustand hätte er fast schwören können, dass es das letzte Mal war, gleich einem Alkoholiker, der an einem verkaterten Morgen dem Suff entsagen möchte und sich dafür eine reale Chance einräumte. Dennoch kannte er sich gut genug, um zu wissen, dass er ohne tatkräftige Hilfe niemals seine Nekrophilie loswerden würde. Die Hilfe, das wusste er ebenfalls, konnte nur er selbst sich geben. Dafür war er Medikus, und zwar ein guter. Immerhin halfen seine Tropfen und Tinkturen vielen Menschen. Er wagte einen scheuen Blick zu Binagh hinüber. Was wohl in ihm vorging? Er war schweigsam und betrachtete nur den Mond, wie er still und leise seiner Bahn zog. Still und leise in dieser lauten Welt, von der außer dem Wind und einem Fuchs gerade nichts zu hören war. Nicht hier draußen im freien Feld. Kaum zu glauben, dass es diesen Lärm, an den er sich nun angesichts dieser Stille vage erinnerte, tatsächlich geben sollte. Diesen Lärm in der Stadt, der von eisenbeschlagenen Wagenrädern herrührte und von Marktschreiern und Gauklern. Vom Gebrüll der Gaffer, die einer Hinrichtung beiwohnten, wie auch von den Schreien der Opfer im Turm der Qualen und am

Galgen. Selbst die Arbeit eines Schmieds am Amboss drang nun in sein Ohr und mutierte zum Klirren von Klingen auf dem Schlachtfeld, das wiederum von wildem Geläut zahlreicher Kirchenglocken abgelöst wurde. ‚Was ist los in meinem Kopf?', fragte er sich. ‚Ich sitze in der Stille, und es ist laut.' Eine Träne rollte die Wange hinab. ‚Ich bin geistig krank.' Um dem Lärm zu entkommen, sagte er: „Binagh?"

Als ob dieser nur darauf gewartet hätte, angesprochen zu werden, antwortete er: „Ja?"

„Schläfst du?"

„Warum sollte ich? Wir sind noch nicht zuhause."

„War der Tag denn nicht anstrengend?"

Binagh schenkte seinem Weinschlauch einen Blick, atmete tief durch und antwortete: „Ich kann sicher gut schlafen heute Nacht."

„Ich weiß, dass die Arbeit nicht einfach ist für dich", sagte Malcolm. „Umso mehr bewundere ich, wie gut du sie erfüllst. Das rechne ich dir hoch an, mein Freund. Ich glaube, du warst heute ein wenig ungehalten und kann das verstehen, glaub mir."

„Tut mir leid, wenn du es bemerkt hast."

„Wie gesagt: Ich kann es verstehen, Binagh, und deshalb bekommst du in Zukunft mehr Geld. Eine würdige Bezahlung für eine tadellose Arbeit. Würde dich das milde stimmen?"

„Mil-*der*, nicht mil-*de*!"

„Gut, dann erzähle ich dir was, das dich mil-*de* stimmt. Du wirst es nicht mehr so lange machen müssen."

Binagh horchte auf. Was hatte Malcolm vor? Ja, klar, es forderte ihn mächtig heraus, bei jedem Vollmond und bei jedem Wetter mit ihm auf die Friedhöfe zu ziehen, Gräber für ihn auszuheben, Wache zu halten, ihn gegen Angreifer zu schützen und dabei sein Leben aufs Spiel zu setzen, während sein Meister sich an Leichen verging. Aber was hatte er im Gegenzug Malcolm nicht alles zu verdanken? Was für ein erbärmliches Leben hatte er doch weit über dreißig Jahre lang führen müssen, bis Malcolm ihn da herausgeholt hatte? ‚Vollmond ist nur einmal im Monat,' schoss es ihm durch den Kopf. ',Eigentlich geht es mir bei ihm doch ganz gut.'‘ Ein wenig erschrocken fragte er: „Hast du jemand anderen dafür?"

Malcolms Antwort beruhigte ihn wieder. „Wo denkst du hin? Nein! Aber so, wie ich bin, bin ich kein gutes Vorbild und kann anderen Menschen nicht so gut helfen. Deshalb arbeite ich an einer Medizin, die mir den Trieb nehmen soll."

Binagh versuchte, seine freudige Überraschung mit Gleichgültigkeit zu überspielen und sagte nur: „Ein Traum!" Von Herzen freuen wollte er sich erst, wenn er Resultate sah.

Malcolm seufzte leise. „Ja, aber noch ist es nicht soweit."

„Medizin, gut. Besser wäre aber eine richtige Frau", gab Binagh zu bedenken.

„Vergiss es", antwortete Malcolm. „Ich habe *einmal* versagt, und das war der Horror. Ich fühle nicht, dass es beim nächsten Mal anders wäre. Nie wieder will ich das erleben und werde mir diese Blöße bestimmt nicht noch einmal geben."

„Es war nur so eine Idee", sagte Binagh.

„Aber keine gute."

Sie schwiegen. Jeder für sich, und doch gemeinsam, schauten sie sich weiterhin den Mond an, bis Binagh das Schweigen erneut brach. „Wie soll die Medizin denn funktionieren?"

Malcolm freute sich, dass Binagh ihn das fragte und antwortete bereitwillig: „Ich experimentiere an einem Pulver, das ich mir verabreichen kann. Es soll mein

Leiden vernichten. Ich habe viel Größeres vor und kann es mir auf Dauer nicht leisten, auf einem Friedhof erwischt zu werden. Dieses verdammte Leiden behindert mich beträchtlich, verstehst du?"

„Natürlich", sagte Binagh. „Und was ist das Große, das du vorhast?"

„Es ist noch zu früh, dich in dieses Geheimnis einzuweihen", sagte Malcolm und sprang auf. „Du erfährst es zu gegebener Zeit. Aber sag mir noch eins: Hast du was gegen meine roten Haare?" Fast ehrfurchtsvoll strich er mit gespreizten Fingern durch diese gepflegte Pracht, die ihm bis zwischen die Schulterblätter reichte.

Binagh schüttelte den Kopf. „Sie stehen dir gut. Warum?"

„Ich hielt es für Ironie, als du sie auf dem Friedhof mit dem roten Mond verglichen hast", erklärte er. „Dann ist ja alles gut. Komm, lass uns zurück nach Kings Cave reiten. Die Pferde werden bestimmt schon ungeduldig sein."

Nun erhob auch Binagh sich. Schweigsam machten sie sich auf zu der Stelle vor der Stadt, wo ihre Pferde warteten.

VI

Jeder in Southbarn kannte das kleine gemütliche Cottage mit dem stark bemoosten Reet-Dach, das sich etwa zehn Gehminuten von Friedhof, Kirche und dem Turm der Qualen entfernt ein wenig einsam am Stadtrand von Southbarn befand. Anders, als die eng aneinander liegenden Häuser am Marktplatz, konnte es einen Garten vorweisen, in dem Obstbäume und Gemüse wuchsen, und wo in einem Stall und auf der Wiese allerlei Kleingetier sich seines Daseins erfreute. Das Haus hatte ein Erdgeschoss, eine weitere Etage darüber, sowie einen geräumigen Dachboden. Das Reet-Dach war seitlich so weit heruntergezogen, dass ein ausgewachsener Mensch es mit seinen Händen erreichen konnte. Jeder in der Stadt kannte auch die beiden seltsamen Frauen, die hier wohnten, auch, wenn sie sich nur selten zeigten und den Kontakt zu anderen Menschen zu scheuen schienen.

Im ersten Stock des Cottages saß Ann Jenkins in ihrer kleinen Stube. Trotz der späten Stunde - es war bereits weit nach Mitternacht – hockte sie inmitten eines Meers aus Kerzen nackt vor einem großen Spiegel und bürstete sich ihre langen, strohblonden Haare. Nicht, dass sie sich selbst als schön wahrgenommen hätte, oder gar eitel gewesen wäre. Weit gefehlt! Sie vermutete allenfalls, dass sie attraktiv war, weil sie immer wieder die Blicke der Männer auf sich zog. Das war ihr zwar unangenehm, aber so hässlich konnte sie sich gar nicht zurechtmachen, dass ihr niemand nachgeschaut hätte, wenn sie zum Markt oder in die Kirche ging. Dabei hatte sie selbst gar kein Interesse am anderen Geschlecht. ‚Männer kannste vergessen, bis auf Gott und den Pfarrer.' Das war ihre Überzeugung, und danach lebte sie konsequent. Sie mochte einfach nur ein Leben zur Freude Gottes führen, in Ehrfurcht und Religiosität. Obwohl, von einem Mann in den Arm genommen zu werden, das hatte schon was…

Vor Anns geistigem Auge verwandelte sich ihr Spiegelbild in das der Zehnjährigen, die sie vor 30 Jahren gewesen war. Langsam, fast genussvoll, bürstete sie sich die Haare weiter und dachte dabei an die Hand ihres Vaters, die ihr über den Kopf fuhr und dessen Schoß sie nun unter dem Gesäß spürte. Sie lächelte. „Dad!" Er war ein Holzfäller gewesen, dessen für ein junges Mädchen fast unermessliche Kraft sie unendlich genoss, wenn er sie hochhob, auf den Schoß setzte, sie an sich drückte… Dann hatte sie sich immer behütet und beschützt gefühlt, und keine Macht der Welt hätte ihr etwas anhaben können. Diese Kraft und diese Wärme, die von Dad ausgingen – einfach unbeschreiblich. Wie sehr sie ihn doch vermisste. Zweiundzwanzig Jahre waren es nun, die er sein Leben nicht mehr mit ihr teilte, genau wie Mama auch. Kurz nachdem sie mit 18 Jahren zu einer bürgerlichen Familie geschickt worden war, um dort die Hauswirtschaft zu erlernen, starben beide an einer rätselhaften Krankheit und ließen sie einsam und allein zurück. „Dad", flüsterte sie noch einmal.

Ann legte die Bürste weg und begann, ihre Oberschenkel zu streicheln. Sanft fuhr sie sich mit den Fingerkuppen über die Haut. Dabei bewegte sie sich auf dem niedrigen Hocker leicht vor und zurück. Ihre Gedanken verließen die Erinnerungen an die Wärme des Vaters.

Stattdessen tauchte Geoffreys Bild auf, ein Sohn der Familie, bei der sie damals gewohnt hatte und der ihr schöne Worte ins Ohr zu flüstern pflegte, wenn gerade niemand in der Nähe war. Nach dem Tod der Eltern war seine Fürsorge Balsam für Anns einsame Seele gewesen. Geoffrey hatte so leuchtendrote Haare, wie Ann sie bis dahin noch nie gesehen und die sie sofort in ihren Bann gezogen hatten. Sie rieb die Oberschenkel fester, wurde sich aber auch gleich bewusst, dass sie im Begriff war, eine Sünde zu begehen. Sich den Gelüsten hinzugeben, strafte Gott unbarmherzig und hart. Das hatte sie mit Geoffrey erlebt, als er ihr Hoffnung auf eine Heirat machte und sie damit ins Bett lockte. Seine Familie war gut situiert, und die elternlose Ann hätte mit der Heirat für immer ausgesorgt gehabt, aber als sie schwanger wurde, leugnete dieser rothaarige Teufel, mit ihr jemals in Berührung gekommen zu sein und bezichtigte sie der Lüge.

Ann ergriff die Bürste und widmete sich wieder ihren Haaren. Mit einem Blick, der sowohl Traurigkeit als auch Lust ausdrückte, betrachtete sie sich im Spiegel. „Hätte ich damals bloß auf euch gehört, Dad", flüsterte sie, „dann wäre mir so viel erspart geblieben. Ihr hattet Recht: Sex darf nur sein, wenn man ein Kind zeugen will und eine Ehe im Sinne der Kirche führt. Alles andere ist Sünde."
Ann ließ die Bürste sinken und atmete tief durch. „Aber schön war es trotzdem gewesen. Sehr schön. Auch, wenn sie mich aus dem Haus jagten, als ich schwanger war. Flittchen und Lügnerin hatten sie mich geheißen, diese feinen, hochnäsigen Schnösel. Sie wollten keine verdorbene und verlogene Schlampe in ihrer Mitte haben." Sie feuerte die Bürste in die Ecke. „Dabei ist es euer missratener Sohn, dem die Schelte gebührt. Es heißt nicht umsonst, dass Rothaarige Volksgenossen des

Teufels sind. Oh, ich Närrin, wie konnte ich nur so dumm sein!"

Sie streckte sich wieder nach der Bürste, widmete sich einmal mehr den Haaren und machte Geoffrey massive Vorwürfe. Als ob er leibhaftig im Zimmer wäre, schimpfte sie: „Was ich alles zu erdulden hatte wegen dir. Weißt du, wie das ist, Mutter ohne Ehemann zu sein? Weißt du das, ja? Du kannst nicht das Haus verlassen, ohne verachtet, verhöhnt und bespuckt zu werden, weil jeder sich dazu berufen fühlt, über dich zu urteilen." Die Bürste verhedderte sich in einem Haarknoten. Ann riss und zerrte, und als die Bürste wieder draußen war, sah sie das Malheur: Ein ausgerissenes Büschel Haare. „Oh, Mist", schimpfte sie. Nun hatte sie die Nase endgültig voll und feuerte die Bürste aufs Bett. Sie warf sich daneben und begann, an sich herum zu spielen. „Das kann nun keine Sünde sein, Herr", flüsterte sie. „Ich treibe es ja nicht mit einem Mann, oder gar mit dem Teufel…"

Ihr Schlafzimmer stand im flackernden Licht zahlreicher Kerzen, die die mit Lehm verputzten Wände leicht erhellten. Es war irgendwie wie damals, als sie als Schwangere Zuflucht in einem Nonnenkloster fand. Die Nonnen hatten Verständnis für ihre Lage gezeigt. Sie gaben ihr ein Zimmer und freie Kost. Dafür half Ann mit ihren Fertigkeiten aus und besuchte regelmäßig die Messe in der Kapelle des Klosters. Und immer wieder, täglich, stündlich, wurde sie von den Bräuten Jesu darauf hingewiesen, ab sofort den Kontakt zu den Männern zu meiden und ein gottesfürchtiges Leben zu führen. Ann hatte es versprochen, dem Herrn zu gefallen, allein schon für die Gnade, die diese Frauen ihr angedeihen ließen.

33

Und als ob der Herr sie für ihren Wandel belohnte, gebar sie ein Mädchen mit blonden Haaren. „Oh Gott, ich danke dir, dass es kein rothaariger Junge ist", hatte sie unter Tränen hervorgebracht. Das Mädchen war ihr wie aus dem Gesicht geschnitten. Ann ließ das Kind bei den Nonnen taufen und gab ihm den Namen Lucy. Dieser Name sollte sie zum einen daran erinnern, dass sie sich niemals mehr auf einen Rothaarigen, einen Lucifer – ja, nicht einmal mehr auf irgendeinen Mann – einlassen würde, und er sollte bezeugen, dass das Kind aus dem Licht stammte, und nicht vom Teufel und aus der Hölle.

Ann, allein mit sich und der Fertigkeit ihrer Finger, geriet immer mehr in Wallung. „Ich bin eine fleißige Kirchgängerin", stöhnte sie. „Du wirst mir verzeihen, Herr, was ich gerade tue. Schau her, das ist kein Sex, ja?"

Als sie sich dem Höhepunkt näherte, klopfte es energisch an der Haustür.
Ann hält inne und lauschte, keuchend vor Erregung.
Es klopfte wieder, diesmal noch lauter.
Sie rappelte sich hoch. „Verflucht seist du da unten an der Tür", zischte sie, „wer immer du bist. Verfluchte Störung, verfluchte. Mitten in der Nacht." Sie zog sich ihr Kleid über und eilte schimpfend die Treppe runter, lief durch den Flur an der Küche vorbei zur Haustür und riss sie auf. Sie blickte geradewegs in das grinsende Gesicht ihrer Nachbarin Mary Boldwin, die 50 Yards weiter die Straße hinauf wohnte. Ihren Falten und Haaren nach zu urteilen, musste sie über Achtzig sein. Dabei war sie noch so flink wie eine 50-jährige. Die krächzende, an einen Raben erinnernde Stimme passte wiederum zu einer Betagten, während ihre Sensationslust und Gehässigkeit zeitlos waren.

„Ich hoffe, ich habe dich geweckt", knarrte sie.
Anns Faust mochte das freche Grinsen beenden.
Stattdessen sagte sie so gefasst wie möglich: „Hast du
nicht, Mary. Auch wenn es dich noch so freuen würde.
Was ist passiert, das nicht bis morgen warten kann?"
„Gute Neuigkeiten. Deine missratene Lucy ist gerade
verhaftet worden."
„Du gehässiges altes Weib, verschone mich mit deinem
Geschwätz."
„Und wenn ich es gesehen habe?"
„Wo willst du es denn gesehen haben?", äffte Ann.
Mary verschränkte siegessicher die Arme vor der Brust
und schob die Unterlippe vor. „Vielleicht war ich gerade
in der Kirche zum Beten und hab mitgekriegt, wie man
sie in den Turm schleppte?"
Ann wurde langsam unsicher. „Zu dieser späten Stunde
warst du in der Kirche? Hör doch auf."
Mary spuckte aus. „Du glaubst mir nicht? Wart's ab. Ist
das Miststück denn zuhause?"
Ann stieg die Zornesröte ins Gesicht. Sie knallte die Tür
zu, rannte „Lucy" rufend die Treppe hinauf in den ersten
Stock, öffnete die Tür zu dem Zimmer ihrer Tochter, das
sich neben dem ihren befand – und fand es leer vor.
Von unten herauf schallte dumpf Marys fieses Lachen.
„Sie soll jemanden getötet haben, dieses Luder."
„Verschwinde, du Hexe", schrie Ann und lauschte nach
Antwort, aber es kamen keine weiteren Gehässigkeiten
von der Nachbarin. Ann tastete die Matratze ab. Sie war
kalt, und das bleiverglaste Fenster stand einen Spalt weit
offen. Sie drückte es ganz auf und schaute nach draußen
auf ein kleines, vom Mondlicht erhelltes Vordach, das
den darunter befindlichen Erker abdeckte. Das Vordach
war nah genug unter dem Fenster, dass Lucy
hinausgestiegen und drauf gesprungen sein konnte. Über

das am Erker befindliche Rosenspalier musste sie den Garten erreicht haben. „Lucy", murmelte Ann mit bebenden Lippen, bevor sie den Namen laut in die Nacht hinausschrie. Aber so sehr sie auch lauschte, es kam keine Antwort. Sie suchte ihr Zimmer auf, ließ sich aufs Bett fallen und schluchzte haltlos ins Kissen hinein, stand aber kurz darauf wieder auf und fiel auf die Knie. Reumütig faltete sie die Hände, presste sie zu einer steinharten Kugel zusammen und schaute zur Decke hoch. „Gütiger Gott, du strafst mich für meine Gelüste mit dem Kerker für Lucy? Ist meine Sünde so groß? Ich habe nichts Böses getan, lieber Gott. Was ist schon dabei, wenn ich mich berühre?" Sie lauschte in die Stille. Nach einer Weile schaute sie schuldbewusst zu Boden und sagte: „Bitte, lass sie frei. Lucy kann doch nichts dafür, wenn ich sündige. Ich werde meiner Verfehlung entsprechend große Buße tun. Bitte, lieber Gott, lass Lucy frei." Sie blies das Meer von Kerzen aus und legte sich wieder aufs Bett. Sie begann zu frösteln und deckte sich fest zu. ‚Das Zimmer nebenan fühlt sich genauso leer an, wie es ist', dachte sie bibbernd. ‚Seltsam, wie penetrant diese Leere ist, jetzt, wo ich es weiß. Warum habe ich es nicht schon gespürt, als ich es noch nicht wusste?'

Nach einem Moment der Leere in Anns Kopf, kamen neue Gedanken auf. Die Verachtung durch die Mitmenschen für ihre ehelose Schwangerschaft hatte sie damals als Gottes Strafe für ihre Fleischeslust gesehen und dafür, dass sie sich mit dem rothaarigen Teufelsgenossen eingelassen hatte. Ja, so war es gewesen, und sie hatte sehr darunter gelitten. Es hatte sie aber auch stark gemacht, nicht zuletzt, weil sie sich noch mehr der Kirche zugewandt hatte, als sie es ohnehin schon tat. Obwohl sie gesündigt hatte, hatte die Kirche ihr geholfen. Sie hatte gebeichtet, bereut und Buße getan, und sie war aus eigener Kraft wieder auf die Beine gekommen. Irgendwo hatte der Aufenthalt in Geoffreys Familie doch was Gutes gehabt. Mit den handwerklichen Fähigkeiten, die sie dort erlernt hatte, konnte sie schnell Geld verdienen. Nicht viel, aber doch mehr als genug für sie und Lucy.

Als Ann den Namen ihrer Tochter dachte, überfiel sie ein Weinkrampf. „Lucy, lass mich nicht allein", heulte sie, „nicht auch du noch. Du bist doch alles, was ich habe. Ich werde Buße tun und dich aus dem Kerker befreien, das verspreche ich." Die Tränen der Verzweiflung flossen lange, bis Ann ruhiger wurde, ruhiger, und ihr Weinen sich zu einem sanften Schluchzen erleichterte. „Lucy wird zu mir zurückkommen", dachte sie. Bald darauf schlief sie ein.

VII

Der Turm der Qualen, wie er in Southbarn genannt wurde, war aus grauem Bruchstein gebaut. Er maß drei Stockwerke in die Höhe und zwei in die Tiefe. Das ausladende Kellergewölbe hatte Verliese für 20 Verhaftete, auch wenn oft genug mehr Unglückliche hier eingesperrt waren und in ihren eigenen Exkrementen und denen der Mitinsassen dahinvegetierten. Wer nicht ins obere Kellergeschoss gesperrt wurde, das ein wenig über den Erdboden hinausragte und mit vergitterten Fenstern ausgestattet war, bekam mitunter sehr lange kein Tageslicht zu sehen und keine frische Luft zum Atmen, sodass er dem bestialischen Gestank aus Kot, Urin und getrocknetem Blut ausgesetzt war. Wollte man es Glück nennen, dass Lucys Zelle ein Fenster hatte? Auf sie wartete nun ein Prozess. Dazu standen zwei Stockwerke über dem Verlies der Gerichtssaal und die Folterkammer bereit. Das erste Stockwerk beherbergte das Munitionsdepot.

Manche nannten den Namen des Turms mit Abscheu, andere mit Ehrfurcht, wieder andere gar mit Schadenfreude.

Der Turm der Qualen hatte etwas Ehrfürchtiges für jene, die zumindest vor seiner wuchtigen physikalischen Präsenz den Hut zogen, auch, wenn seine Ausmaße dem Glockenturm der Kirche nicht das Wasser reichen konnten. Doch anstatt wie dieser nur als Eingang zur Kirche zu dienen und die Gläubigen mit Geläut zur Messe zu rufen, strahlte der Turm der Qualen unerbittliche Autorität und sogar einen gewissen Ruhm aus, den jene ihm verliehen, die von ihren schrecklichen Erlebnissen im Innern zu berichten imstande waren.

Als Objekt der Schadenfreude diente er jenen, die ungeliebte Zeitgenossen darin verschwinden sahen, geschah denen doch endlich einmal das, was ihnen zustand. Die Schadenfreude vergrößerte sich, wenn furchtbare Schreie daraus sich über die Stadt ergossen, und sie legte noch einmal zu, wenn das gequälte Opfer zum Richtplatz geführt wurde, sofern es die Folter überlebt hatte. Nun wurde den Schadenfreudigen Gelegenheit gegeben, ihre Lust noch einmal zu steigern, konnten sie doch das Opfer mit Hohn und Spott übergießen und beschimpfen. Zu jenen Menschen gehörte Mary Boldwin, die Nachbarin von Ann und Lucy Jenkins.

Mit Abscheu sahen ihn jene, die das Treiben sowohl der Weltlichen als auch der Geistlichkeit weder begreifen konnten, noch einsehen mochten. Jene, die Verwandte und Freunde darin verschwinden sahen und ihnen nur noch als Krüppel, oder auch gar nicht mehr begegneten. Jene, die ihn selbst erlebt hatten, ohne sich einer Schuld bewusst zu sein und denen das Schicksal beschieden war, ihn wieder zu verlassen. Nicht, um weiter wie bisher zu leben, sondern um unter Schmerzen, Gebrechen und Deformierungen von Rumpf und Gliedmaßen zu leiden, bis der Tod sie später einmal erlöste.

Lucy Jenkins hatte sich bisher noch zu keiner der drei Kategorien gezählt. Als Cosy und Zack aus einem großen Bund einen Schlüssel ausgesucht und eine knarrende, mit Eisen beschlagene Holztür geöffnet hatten, da war sie sich nicht im Klaren gewesen, was sie erwartete. Bis sie die steile Treppe hinab in das feuchte, dunkle Loch gestoßen wurde, konnte sie es allenfalls erahnen. Lucy war zunächst gestolpert und erst in der Mitte der Treppe zu Fall gekommen, um die restlichen sieben Stufen nach unten zu poltern und auf dem lehmigen Boden liegen zu bleiben. Das flackernde Licht, das von den Fackeln der beiden Landsknechte herrührte, war mit dem Knarzen der sich schließenden Tür erloschen. Zurückgeblieben war das schwache Strahlen des Vollmonds auf dem Boden, das sich sogar ein wenig in Lucys Lederkleidung gespiegelt hatte. Mit grotesk verdrehten Beinen war sie mit blauen Flecken und Hautabschürfungen auf dem harten Lehm angekommen. Ihre blonden Haare hatten sich in einer Pfütze verteilt, wo immer diese auch hergekommen sein mochte. Eine ganze Weile hatte sie wie tot gewirkt, bis sich ihre Arme und Beine zuckend zu bewegen begannen und Lucy sich auf den Rücken drehen konnte. Jetzt kam sie langsam wieder zu Bewusstsein. Mit schmutzigen Händen fuhr sie sich durchs Gesicht und hinterließ entsprechende Spuren darin, die, sobald der Lehm getrocknet war, zu jucken begannen.

Lucy stemmte sich vom Boden auf und setzte sich an die Wand. Mit reibenden Fäusten ermäßigte sie das Jucken. Sie blickte zu einem kleinen Fenster hinauf, das für sie zu hoch war, um hinausschauen zu können. Es fehlte eine Armlänge. Die Ecken des vergitterten Lochs waren voll dichter Netze von Röhrenspinnen, die im Mondlicht silbern schimmerten. Doch als ob der Erdtrabant Lucys Elend nicht ertragen könne, wanderte er langsam weiter. Sein schwaches Licht verschob sich in eine Ecke der Zelle, wo zwei Ratten eifrig damit beschäftigt waren, Essensreste zu suchen und zu verzehren. Lucys Augen blieben die Nager verborgen, und selbst, als sie sich quiekend um ein paar Krümel balgten, bekam sie es nicht mit. Sie war einsam und allein. In ihrer Vorstellung war es unmöglich, dass es hier unten noch andere Lebewesen gab. Nicht in diesem Dreckloch.

Wie war sie nur hierhergekommen? Was war passiert, dass sie sich nun in dieser dunklen Feuchte wiederfand? Sie hatte doch nur zu Gottes Wohlgefallen gehandelt, hatte einen Genossen des Teufels erdrosselt und sich an seinem Leiden ergötzt, hatte voller Genugtuung Gottes Kraft in ihren Händen gespürt, die, über ein Seil weitergegeben, das Genick des Rothaarigen brachen, bevor plötzlich diese beiden Kerle mit stapfenden Schritten aus dem Dunkel aufgetaucht waren und sie fliehen musste. Als ob der Teufel diesmal Rache führen wollte, hatte sie sich im Seil verheddert, auf dessen Ende sie gestanden hatte und war gestolpert. Wertvolle Zeit hatte sie dadurch verloren, Zeit, die ihren Häschern zugutegekommen war und die sie nun das Leben kosten konnte. Das war noch nie passiert. Bisher hatte es immer reibungslos funktioniert, wenn sie einen Rothaarigen der Verdammnis zuführte. Es waren derer bereits vier gewesen. Der Kerl heute Nacht war der Fünfte. Dafür saß sie nun in diesem erbärmlichen Kerker, ihre feine Lederkleidung, mit denen sie die Rothaarigen aus den Pubs zu locken und zu betören pflegte, war verschmutzt, in den Haaren pappte getrockneter Schlamm, und im Mund schwelte noch immer der eklige Geschmack einer klebrigen, von zähem Speichel bedeckten klobigen Zunge. Zudem schmerzten einige blutverkrustete kleine Wunden am Hals, die die Nackengreifzange verursacht hatte.
Die Tür wurde klappernd und quietschend geöffnet, der flackernde Schein von Fackeln erhellte notdürftig die

Zelle. Zwei Männer stiegen die Treppe hinab. Mit ihnen kam auch das Licht näher.

Lucy schaute nicht hin. Stattdessen vergrub sie ihr Gesicht ängstlich in den Händen. Wer sollte da schon anderer kommen als diese beiden widerlichen Landsknechte. Und ja, sie waren es. Sie stellten sich neben Lucy auf, einer links, einer rechts, und Zack verpasste ihr einen derben Tritt, der Lucy zur Seite warf. Grob drückten sie sie nieder, zogen ihr die Stiefel aus und warfen sie achtlos in eine Ecke. Dann packten sie sie an den Armen und rissen sie in die Höhe. Zack verpasste ihr wieder eine Ohrfeige. „Die ist fürs Beißen, du Schlampe", geiferte er. Dann grapschte er nach ihrem Kleid und zog es ihr über den Kopf. Gleich darauf landete es bei den Stiefeln.

Lucy stand nun nackt und frierend vor zwei lüsternen Augenpaaren. Grobe Hände betasteten ihr Gesicht, fuhren ihr über die Lippen, spielten mit ihren Brustwarzen. Klatschend traf eine Hand ihren nackten Po, während eine andere ihr zwischen die Beine fuhr.

Lucy schrie auf und presste sich die Hände fester aufs Gesicht. Ein deftiger Stoß warf sie zu Boden. Ihr Geist flüchtete in weite Ferne. Sie bekam kaum noch mit, wie ihre Beine brutal auseinandergedrückt wurden und etwas wild und rücksichtslos in ihr Geschlecht eindrang.

Nach einer endlos scheinenden Weile kehrte das Bewusstsein zu ihr zurück, und sie fühlte ein aus groben, rauen Leinen gewebtes weites Hemd am Körper, das ihr bis auf die Knöchel reichte. Cosy packte gerade Lucys Sachen in einen Beutel. Lachend verschwanden die Landsknechte die Treppe hinauf und verriegelten die Tür.

Jetzt erst wurde Lucy so richtig bewusst, in welcher Lage sie sich befand. Sie begann zu wimmern, zu jammern, zu heulen und zu kreischen, bis sie, einer geistigen Umnachtung gleich, nach der Seite kippte und zurück ins Traumland flüchtete.

Lucy wusste nicht, wie viel Zeit vergangen war, als es ihr an der Nase kitzelte. Es war weder angenehm noch unangenehm. Es kitzelte einfach. Das Kitzeln erstreckte sich auf ihre Lippen, und dann berührten zwei winzige Händchen ihre Wangen. Als sie die Augen öffnete, erkannte sie eine Ratte, die sie eingehend untersuchte. Lucy lächelte, setzte sich auf und nahm das Tier auf den Schoß.

Die Ratte ließ es sich gefallen.

Lucy nahm sie mit beiden Händen hoch und schaute ihr ins Gesicht. Sie erfreute sich daran, nicht alleine hier zu sein und etwas Lebendiges bei sich zu haben. Die flinke Nase des Nagers reckte sich Lucys Gesicht entgegen und schnupperte fleißig. Diese drückte die Ratte an sich und streichelte sie. Sie richtete die Augen nach oben. „Gott, unser Herr, warum hast du zugelassen, dass sie mich einsperren?", fragte sie. „Ich folge doch deinem Wunsch. Die Rothaarigen sind Teufel. Das hat Mama mir gesagt. Ich töte sie nur, um dir und Mama zu gefallen." Sie hielt sich die Ratte an die Wange und genoss die Wärme des kleinen Körpers.

„Werde ich jetzt sterben?", fragte sie. „Oder werde ich in diesem Verlies bleiben müssen? Für immer?"

Sie horchte in die Stille, bekam aber keine Antwort.

„Sag mir, ob ich wieder nach Hause darf", bat sie nun. „Wenn sie mich einsperren oder töten, dann ist Mama alleine. Das wird sie todtraurig und sehr krank machen."

Wieder lauschte Lucy, bis sie enttäuscht fortfuhr, weil Gott schwieg. „Es ist so vieles, das ich nicht verstehe, lieber Gott. Warum verbietest du, einen Mann zu haben und reich zu sein? Warum verbietest du gutes Essen? Manche dürfen, andere nicht. Das ist ungerecht, und du musst es mir erklären, wenn ich vor dir stehe."

Lucy schwieg. Nach kurzer Zeit begann sie zu weinen. „Warum sagst du nichts? Bin ich es nicht wert, dass du mir antwortest?" Sie weinte heftiger. „Lass mich nicht allein, lieber Gott, und lass Mama nicht allein. Bitte, lass uns wieder zusammen sein."

„Lieber Gott, antworte!"

„Jesus, sag was!"

„Maria, Mutter Gottes, bitte für mich!"

Aber die geistige Welt rührte sich nicht, und Lucy blieb allein in der Dunkelheit zurück. So sehr sie sich auch umschaute, sie fand die Ratte nicht mehr. Nur fette schwarze Röhrenspinnen vor den Gitterstäben leisteten ihr noch Gesellschaft.

VIII

Noch war da nichts als Leere. Es war, als gäbe es keine Existenz. Nur Dunkel, das keine Wahrnehmungen auf sich lenkte. In diesem Dunkel stieg eine winzige Blase auf und machte sich auf den Weg nach oben. Dort war es hell, heller zumindest als in der tiefen Finsternis, aus der sie kam. Auf ihrem Weg nach oben streifte die Blase empfindliche Sensoren, stieß diesen, dann jenen Gedanken an, dann noch einen und noch einen. Ein Sumpf aus wirren Informationen entstand, füllte sich zuerst mit Bildern, dann mit Empfindungen und dann mit Stimmen. All das formte sich zu einem Traum, dessen einziger realer Inhalt Malcolm war. Er streckte gerade seine Fühler nach dem Morgen aus, aber noch wollte ihn sein Unterbewusstes nicht hergeben. Dazu war es viel zu sehr mit den nächtlichen Ereignissen in Southbarn verbunden. Mit dem Kick, auf einem bewachten Friedhof eine Leiche auszugraben, mit der Ekstase, mit ihr seinen Trieb abzureagieren, mit dem Gefühl der Sicherheit und des Vertrauens, das Binagh ihm dabei verlieh und mit dem Thrill, den Häschern gerade noch so entkommen zu sein. Sein Innerstes reagierte darauf, als sei das alles in dieser Minute handfeste Realität. Es schüttete Adrenalin aus und trieb seinen Puls in die Höhe. Er wollte es noch einmal haben, drängte den sich sträubenden Binagh auf den Friedhof zurück, ließ ihn einen Sarg ausbuddeln, öffnete ihn und – fand sich selbst darin liegen.

Malcolm fuhr aus den Federn hoch, schweißgebadet und kreidebleich. Er krallte sich die Zudecke und riss sie sich vors Gesicht. Dann ließ er sich wieder zurück auf die Matratze fallen. Sein Blick wanderte im Zimmer umher und blieb an einem mannshohen Gemälde haften. Es war eine Kopie von Leonardo da Vincis Mann im Kreis, die Malcolm während seines Studiums der Medizin selbst angefertigt hatte. Später hatte er dem Mann seinen Penis wegretuschiert und ihn dafür mit Brüsten ausgestattet. Seiner Kunstfertigkeit war es auch gelungen, dem Gesicht weibliche Züge zu verleihen, ohne, dass das Bild nun unter den Veränderungen leiden würde. Malcolm seufzte.

Sein Blick wanderte weiter zum Fenster, das von roten Vorhängen umrahmt einen Blick auf den sonnigen Morgen gewährte. Irgendwie passte das Rot zu dem vergilbt wirkenden Gemälde, auf das zu späterer Tageszeit die Sonne fallen würde. Auch ohne, dass Malcolm sich dazu aufsetzen musste, konnte er die Bäume vor seinem Haus erkennen, Zeugen einer Idylle am Dorfrand, selbst, wenn ihn hier nichts vor den Gefahren schützen konnte, die gelegentlich durchs Land zogen. ‚Aber ist man überhaupt vor irgendetwas sicher in dieser Welt?', fragte er sich. Seiner Überzeugung nach gab es keine absolute Sicherheit, nur eine größtmögliche, und in der wähnte er sich mit Binagh an seiner Seite. Ob er wohl schon wach war? Sein Zimmer befand sich nebenan.

Malcolms Blick fiel auf eine massive Truhe unter dem Fenster, die mit einem raffinierten Schloss gesichert war. Darin befanden sich Teile seines Reichtums, der aus Geld, Gold und Schmuck bestand, sowie aus Perlen, Vasen und Karaffen fremder Kulturen. Für ihn war es ein angenehmeres Gefühl, die wertvollen Gegenstände gesichert in der Truhe zu wissen, als sie auf einem Regal oder einer Vitrine seinem Auge zu präsentieren. Die Truhe mit dem Schloss machte sie irgendwie noch wertvoller. Was hatte er davon, wenn er die teuren Stücke hin und wieder sah? Allein das Wissen, sie zu besitzen, machte ihn wohlhabend.

Malcolm streckte sich. Für seine 29 Jahre fühlte er sich irgendwie zu steif an diesem Morgen. Ja, die Stellung im Sarg war unbequem gewesen, weil die Kiste ziemlich klein und eng war. Die dafür etwas zu große Leiche war förmlich hineingedrückt worden. Vielleicht rührte von da nun seine Steifheit her. Den Gedanken, dass er sie von der Leiche übernommen haben könnte, wischte er gleich wieder weg. Er stieg aus dem Bett, machte ein paar Kniebeugen, setzte sich auf den Boden und legte die Arme um die Beine und die Stirn auf die Knie. So verharrte er eine Weile, fühlte in die Dehnung hinein, die seinem Rücken schmeichelte und sprang wieder auf. Er ging zu einem Ledersessel, der in der Ecke neben dem Fenster stand, schnappte sich den darauf liegenden knallgelben Morgenmantel und schlüpfte hinein. Als er auf den Flur trat, schaute er zu Binaghs Zimmer hin, bevor er seine Tür ins Schloss zog.

An der Wand gegenüber von Binaghs Zimmertür stand eine Anrichte mit einem ausladenden Kerzenleuchter drauf und flankiert von zwei aufwändig geschnitzten, mit grünem Leder bezogenen Stühlen. Die Kerzen brannten. Binagh war also schon wach. Malcolm begab sich zu einem recht kleinen Raum am Ende der Diele. Er war weiß getüncht und hatte ein winzig kleines Fenster. Das spärliche Licht, das ihm hier zur Verfügung stand, als er die Tür schloss, reichte gerade so aus, um klares Brunnenwasser in eine Schüssel zu gießen und sich zu waschen, aber bei der Morgentoilette mochte er ungestört sein. Er machte sich frisch und ging dann durch den Gang zurück ans andere Ende der Diele, wo sich die Küche befand.

Hier saß Binagh bereits am Tisch und frühstückte. Nicht, wie ein Edelmann, eher wie ein Bettler. Das Angebot war heute ziemlich abgespeckt.

Malcolm setzte sich zu ihm.

Binagh hob die Kanne hoch und schaute in Richtung eines sauberen Bechers, der vor Malcolm stand. „Tee?" Dieser hielt ihn nickend mit der einen Hand hoch und deutete mit der anderen auf eine geschnitzte Holzschale.

„Heute nur Obst?"

„Ja", antwortete Binagh, während er den Becher füllte. „Gestern gab es kein Brot mehr. Ist aber sowieso egal. Bald wird der Ansturm losgehen."

„Richtig." Malcolm nahm einen Schluck. „Heute ist ja Mittwoch. Hatte ich ganz vergessen. Warum hast du mich nicht geweckt?"

„Ich wollte es gerade tun. Bist du soweit?"

Malcolm trank den Becher aus, nahm einen saftig-roten Apfel aus der Schale, biss herzhaft hinein und erhob sich.

„Ja", antwortete er kauend. „Wenn jemand klopft, lass ihn rein. Ich komme wenig später hinzu."

Der Eingangsbereich der Diele glich einem großen Zimmer, in dessen Mitte ein quadratischer Tisch mit gedrechselten Beinen und einer geöffneten Schatulle darauf stand. Menschen aus nah und fern wussten, dass es jeden Mittwoch und Samstag Medizin vom Meister persönlich zu kaufen gab. Malcolms Ruf war so weit verbreitet, dass viele eine Anreise von mehreren Stunden nicht scheuten. Seine Fähigkeiten, andere zu heilen, waren präzise genug, um seinen Status ‚Meister' zu rechtfertigen. Behandlungen waren selten nötig. Malcolm ließ sich die Symptome schildern, verkaufte selbst entwickelte heilende Substrate und widmete sich dem nächsten. Dass viele seiner Kunden wiederkamen, zeigte, dass er wirklich ein Meister war, was ihm in der Vergangenheit schnell viel Geld eingebracht hatte – neben Aktivitäten auf anderen Gebieten, die er studiert hatte. Bis vor wenigen Monaten war sein Haus für die Klienten noch täglich geöffnet gewesen. Dass es heute nur noch zwei Mal in der Woche der Fall war, lag daran, dass er sich für Höheres berufen fühlte, das seine kostbare Zeit in Anspruch nahm und viel spannender war, als Medizin herzustellen und zu verkaufen. Wann immer es ihm möglich war, verschloss er sich in seinem Labor und ließ seine alchimistischen Fähigkeiten walten.

Manche mochten Malcolm einen Scharlatan nennen. Vielleicht hypnotisierte er ja seine Klienten, ohne, dass sie es merkten? Tatsächlich war der Meister auch im Hervorrufen von Trancezuständen sehr erfolgreich, aber ein Scharlatan war er deshalb nicht. Er war stolz auf seine medizinischen und psychologischen Kenntnisse, die es ihm gestatteten, wirksame Arzneien zusammen zu brauen. Ja, seine Kreationen wirkten richtig gut. Scharlatane hasste Malcolm, weil sie seiner Meinung nach ungerechtfertigt Geld kassierten für Leistungen, die sie nicht erbrachten. Wenn Malcolm Geld verlangte, dann nur für entsprechend wertvolle Leistung. Genauso verlangte er beste Arbeit für das Geld, das er anderen bezahlte.

Binagh war darüber informiert. Er tat sein Möglichstes, um in Malcolms Gnade zu stehen, und sei ihm die Arbeit auch noch so zuwider. Türen öffnen, wenn es klopfte, gehörte nicht dazu. Diese Arbeit war sauber und einfach, fand im Trockenen und bei Tag statt. Ganz anders als der Einsatz letzte Nacht. Als rechte Hand des Meisters fühlte er sich wohl. Man sah es daran, wie er zur Tür ging, wenn es klopfte, so wie jetzt.

Binagh öffnete, verbeugte sich gehorsam und wies zum Tisch hinüber.

Ein feiner Herr, wohlgenährt, mit Gehstock und weißem Haarkranz unter einer Ledermütze, trat wortlos ein und stöckelte vorwärts zu Malcolms Tisch.

„Nehmt Platz", sagte Binagh. „Der Meister wird gleich da sein."

„Ich will nicht warten", sagte der Herr. „Meine Zeit ist kostbar."

Binagh wies in Richtung Tür. „Ihr habt die Möglichkeit, wieder zu gehen und euch Eurer kostbaren Zeit zu widmen."

„Unverschämtheit!", maunzte er und setzte sich auf einen der zehn Stühle, die an einer Wand aufgereiht waren. An der gegenüberliegenden Wand stand eine Glasvitrine, die fast bis zur Decke hoch reichte und voller kleiner brauner, verkorkter Fläschchen war. Sie wirkte sehr geheimnisvoll und fesselte die Aufmerksamkeit des Kunden zur Genüge, damit er nicht weiter herum stänkerte und auf sofortige Bedienung pochte. Derweil klopfte es immer wieder, und schon bald waren alle Stühle besetzt.

Weitere Heilungssuchende, die keinen Stuhl mehr erwischt hatten, standen an der Wand, als Malcolm den Raum betrat und an seinem Tisch zwischen Stuhlreihe und Vitrine Platz nahm. Er musterte die Anwesenden, die wie auf heißen Kohlen saßen und darauf warten, dass der Meister sie aufrief. Malcolm ging dabei nach Lust und Laune vor. Wer zuerst kommt, mahlt zuerst, galt bei ihm nicht. Er deutete auf einen Mann in brauner Kutte und Sandalen, in denen nackte Füße steckten.

Der Mann erhob sich schwerfällig und schlurfte zum Tisch. Es war ihm leicht anzusehen, dass er an Gicht litt und Schmerzen hatte.

Malcolm musterte ihn von oben bis unten, blickte zu Binagh hin und sagte: „Tandurus practicus."

Binagh begab sich selbstbewusst zur Vitrine, schaute kurz die zahlreichen, perfekt sortierten Fläschchen durch, nahm eines heraus, begutachtete einen am Hals befestigten Stoffstreifen, auf dem der Name des Inhalts stand, nickte zufrieden und stellte die Medizin vor Malcolm auf den Tisch.

„Deine Medizin, Mönch", sagte Malcolm. „Ich kenne dich, du warst schon ein paar Mal hier. Ist sie dir zwei Pence wert?"

Der Mönch verbeugte sich mit vor der Brust gekreuzten Händen. „Sehr wohl, Meister. Sie hilft mir sehr gut."

Malcolm deutete auf die Schatulle. „Bitte schön." Als der Mönch das Geld hineinwarf, reichte er ihm das Fläschchen und verabschiedete den Mann. Dann deutete er auf den feinen Herrn.

Der Mann erhob sich schnaufend und kam zum Tisch. „Wird auch Zeit", schimpfte er.

Malcolm erkannte sofort, dass ihm nichts fehlte, trotz seiner bedenklichen Leibesfülle. Der Mann mochte einfach nur wieder so schlemmen können, wie noch vor ein paar Wochen, ohne, dass er danach einen Stein im Magen hatte. „Gastus filipus", sagte Malcolm zu Binagh. Während dieser das entsprechende Fläschchen aus der Vitrine heraussuchte, deutete Malcolm auf die Schatulle. „Einen Schilling, bitte."

„Du bist mir zu teuer", brummte der Herr. „Das ist das Sechsfache von dem, was der Mönch bezahlt hat. Ich zahle die Hälfte."

„Es ist eine andere Medizin als die für den Mönch",
erklärte Malcolm.

„Trotzdem."

„Hilft sie dir denn?"

„Das schon, aber…"

Blitzschnell sprang Malcolm vom Stuhl auf, stützte sich
auf dem Tisch ab und schaute den erschrockenen Kunden
eindringlich an. „Ich selbst pflege für gute Leistung gut
zu bezahlen und verlange das gleiche von anderen", sagte
er mit einer von Selbstbewusstsein getragenen Stimme.
„Meine Medizin ist unübertroffen. Also gib, was ich
verlange, oder verschwinde."

Mürrisch warf der Kunde ein paar Münzen in die
Schatulle, worauf Binagh ihm das Fläschchen
aushändigte und den laut schimpfenden Mann nach
draußen begleitete. Nach dieser Vorstellung wagte
niemand mehr, sich zu beschweren. Sie zahlten den Preis,
den Malcolm verlangte, nahmen ihr Fläschchen entgegen
und gingen.

Als Letzte begab sich eine alte, vollkommen in Schwarz
gekleidete Frau an den Tisch.

Malcolm fixierte sie mit starrem Blick, als wollte er sie
mit seinen Augen durchleuchten. Er wusste sofort,
warum sie gekommen war. Nicht umsonst nahm er sie
erst dran, als alle anderen schon gegangen waren. Er sah,
dass sie das Warten in Gesellschaft genoss. „Du bist sehr
einsam", sagte er zu ihr. „Dein Mann ist tot, nicht wahr?"
Die Alte nickte. „Nun schon ein Jahr", antwortete sie.
„Ich dachte, ich würde über meine Trauer und die
bedrückende Stille um mich herum hinwegkommen.
Stattdessen habe ich den Eindruck, dass es immer
schlimmer wird."

„Es ist nur zu verständlich, dass du deinen Mann
vermisst", antwortete Malcolm. Er gab Binagh einen

Wink, woraufhin er der Frau einen Stuhl hinstellte und sie sanft niederdrückte.

Sie nahm das Angebot dankbar an und legte die Hände in den Schoß. Ihre dürren Finger spielten nervös miteinander, als sie fragte: „Was kann ich tun, Doktor? Ich weiß noch nicht einmal, ob ich bei Euch richtig bin. Ich war schon beim Pfarrer, der mir riet, zu beten. Ich gehe täglich auf den Friedhof und besuche Henrys Grab. Ich beschäftige mich im Garten und danke Gott für das, was er mir schenkt, damit ich nicht hungern muss, und ich kümmere mich darum, dass es schön ist in der Kirche, indem ich die Blumen in den Vasen austausche und Schmutz wegfege. Damit komme ich über den Tag. Aber wenn es dunkel wird und ich meine Kerzen anzünde, befällt mich bedrückende Schwere." Sie begann zu weinen. „Es ist kaum auszuhalten, Doktor."

Malcolm verließ seinen Stuhl, ging um den Tisch herum und stellte sich hinter die Frau. Er legte ihr seine Hände auf die Schultern. „Dein Mann ist nicht tot", sagte er.

„Das sagt der Pfarrer auch. Henry lebt, sagt er. Im Himmel wartet er auf mich. Aber was nutzt es mir, wenn ich ihn jetzt brauche und keinen Kontakt zu ihm habe?"

„Er steht bereit, um dich zu sehen", antwortete Malcolm. „Heute Abend wird er zu dir kommen. Morgen auch und an den folgenden Abenden. Er wird bei dir sein, bis auch du ihm in den Himmel folgst. Dort wird eure Zweisamkeit eine neue Blüte erleben." Er trat neben die Frau, bat sie, sich ihm zuzuwenden und legte ihr seine Fingerspitzen auf die Schläfen. Fest schaute er sie an. „Ab heute Abend, wenn der Tag sich neigt, wirst du Henry sehen, wie du jetzt auch mich siehst. Dazu brauchst du nur ein heiliges Wasser, das ich dir geben werde."

Das Antlitz der Frau hellte sich auf. „Die Leute sagen, dass Ihr ein Magier seid. Ich vertraue Euch, Doktor."

Malcolm wendete sich an Binagh. „Fülle ein Fläschchen mit Wasser und verkorke es."

Binagh tat, wie er geheißen und reichte es ihm.

Malcolm umschloss das Fläschchen mit seinen Händen. „Achte auf das, was jetzt geschieht", sagte er. „Schau genau auf meine Hände." Dann schloss er die Augen und nahm einen tiefen Atemzug.

Nach ein paar Momenten rutschte die Frau auf dem Stuhl hin und her und war kaum mehr zu halten. „Eure Hände leuchten, Meister", sagte sie, „und ich sehe Henry. Er winkt mir zu."

Malcolm öffnete die Augen, lächelte und überreichte das Fläschchen der Frau. „Nimm einen Tropfen von dem Wasser auf eine Fingerkuppe und benetze damit deine Stirn. Jeden Abend. Henry wird immer kommen, wenn du das tust."

Weinend vor Freude, erhob sie sich und kramte ein schlaffes Beutelchen hervor. Mit vor Aufregung zitternden Händen, fingerte sie in ein paar wenigen Münzen herum. „Was bin ich Euch schuldig, Meister? Oh mein Gott, ich freue mich so auf Henry."

Malcolm nahm sie herzlich in den Arm und drückte sie an sich. „Es ist ein Geschenk", antwortete er.

Die Frau umarmte den einen Kopf größeren Mann und legte ihm den Kopf auf die Brust. „Ihr seid so gut", murmelte sie gerührt. „Danke. Ihr seid ein Engel."

„Ich danke dir, dass du mich so siehst." Als die Frau ihre Umklammerung aufgab, begleitete Malcolm sie persönlich nach draußen und verabschiedete sie.

Binagh eilte herbei und schloss die Tür. Anerkennend pfiff er durch die Zähne. „Das war beeindruckend. Aber machst du ihr damit keine unerfüllbaren Hoffnungen?"

„Nein", sagte Malcolm. „Henry wird ab sofort abends bei ihr sein. Nicht mit seinem Körper, aber sie wird ihn sehen und sich mit ihm unterhalten können. Vielleicht spürt sie ihn sogar, wenn sie ihn berührt."

„Wie hast du das gemacht? Was ist das in dem Fläschchen?"

„Es hilft ihr dabei, etwas wahrzunehmen, das sowieso da ist", antwortete er und setzte sich wieder auf seinen Stuhl.

„Und weiter?"

„Was, weiter?"

„Da ist doch sicher mehr dahinter, als du mir sagst."

„Binagh, du bist der einzige Mensch auf dieser Welt, der von meinem Trieb weiß", antwortete Malcolm. „Niemand anderem kann ich mich anvertrauen, und wüsste jemand davon, dann wäre ich verloren. Erkennst du, welch großes Vertrauen ich in dich habe? Ich könnte mir denken, dass du diese Ehre sehr zu schätzen weißt. Wir sind wie Brüder, die sich alles sagen können. Ist das nicht wunderbar?"

„Ja", pflichtete Binagh ihm bei. „Warum sagst du mir das?"

„Ich vertraue dir bedingungslos, mein Freund, und bitte dich, mir ebenso zu vertrauen. Manche Dinge müssen wachsen, wie eine kostbare Blume, bevor ich dich einweihen kann. Noch bist du nicht so weit, dass ich dir das Geheimnis dieses Fläschchens preisgeben kann. Aber es wird nicht mehr lange dauern. Wenn es so weit ist, dann erkläre ich dir nicht nur dieses Geheimnis, sondern auch, wie man es zum Wohle anderer anwendet. Ist das ein Wort?"

Binagh lächelte. „Ja, das ist ein Wort."

Malcolm deutete auf den Platz vor seinen Füßen. „Gut so. Und nun komm her, es gibt noch was zu tun."

Jetzt strahlte Binagh übers ganze Gesicht und kniete sich vor Malcolm hin. Er bückte sich, als wolle er ihm die Füße küssen.

Malcolm teilte Binaghs pechschwarze Haarpracht im Nacken und suchte nach kleinen Schnallen, die er mit geschickten Fingern öffnete und auseinanderzog. Dann klatschte er ihm auf den Rücken und sagte: „Schau mich an."

Binagh richtete sich auf.

„Wie geht es dir damit?", fragte Malcolm.

„Ich fühle mich wie ein neuer Mensch, seit du es mir anlegst. Es juckt nur manchmal sehr im Gesicht."

Malcolm tastete unter Binaghs Haarpracht nach den Rändern einer fast unsichtbaren, fleischfarbenen Ledermaske und zog sie weg. Sie war hauchdünn, hatte sich perfekt an Binaghs Gesicht angepasst und ihm damit das Aussehen eines normalen Menschen gegeben. Nun aber lag sein entstelltes Gesicht frei. Es war komplett behaart und glich dem eines Affen. Malcolm legte die Maske behutsam auf dem Tisch ab. „Deine Hände", sagte er.

Binagh reichte sie ihm.

Malcolm machte sich auch hier an kleinen Schnallen zu schaffen und zog ihm hautfarbene Handschuhe aus, unter denen behaarte Pranken zum Vorschein kamen. Während Malcolm die Handschuhe zu der Maske legte, entblößte Binagh seinen Oberkörper und stieg aus seinem ledernen Beinkleid.

Binagh war am ganzen Körper dicht behaart. Wäre er nicht aufrecht gegangen, man hätte ihn wirklich für einen Affen halten können.

Malcolm richtete sich auf. „Geh du schon mal in die Küche", sagte er. „Ich komme gleich nach."

Binagh gehorchte, wie schon so oft, wenn er von Malcolm behandelt wurde. Er wusste, dass er noch etwas aus dem verbotenen Raum holen würde, zu dem Binagh keinen Zutritt hatte, warum auch immer. Malcolm vertraute ihm also nicht so bedingungslos, wie er tat, da war er sich sicher. Aber noch war es zu früh, ihn mit Neugier zu bedrängen. ‚Noch habe ich mein Fell', dachte er, während er die Tür zur Küche öffnete und sie betrat. ‚Aber irgendwann hast du mich davon befreit. Dann hast du kein Druckmittel mehr gegen mich und wirst alle Karten auf den Tisch legen müssen. Es gibt so vieles, das ich nicht weiß. Dein Trieb ist nur die Spitze eines Eisbergs, Malcolm. Du bist geheimnisvoll und undurchsichtig. Was verbirgst du alles vor mir, du gescheiter Geheimniskrämer?'

Malcolms Auftauchen stoppte Binaghs Gedankenfluss. Der Meister nahm eine Kanne von einem Regal an der Wand, füllte Wasser in eine Schüssel, kramte eine Flasche aus seinem Morgenmantel hervor und reicherte das Wasser mit einer violetten Flüssigkeit daraus an. Auch einen Pinsel hatte er mitgebracht. Damit trug er das violette Wasser auf Binaghs Fell auf. Nun holte er noch eine Bürste hervor und striegelte ihn kräftig im Gesicht und am ganzen Körper. Stolz zeigte er seinem Diener die ausgehenden Haare. „Da, schau", sagte er. „Irgendwann kannst du wie ein normaler Mensch leben. Dein Fell wird immer lichter."

Binagh betastete die Haare in der Bürste und zwirbelte sie zwischen den Fingern, als könne er nicht glauben, dass sie wirklich da waren. Er schüttelte den Kopf. „Unglaublich" sagte er. „Malcolm, ich bin dir so dankbar. Bei den chinesischen Gauklern wäre ich als Affe alt geworden. Kaum zu glauben, dass ich mich über 30 Jahre lang begaffen lassen musste und dafür nur dürftiges Essen und Prügel bekam, und eine Kampfausbildung, damit ich auch an ihrer Show teilnehmen konnte. Seit die Mönche mich im Alter von zehn Jahren an sie verkauften, hatte ich zu leiden. Wie sehr sich mein Leben doch durch dich verbessert hat. Wir sind zwar erst seit ein paar Monaten zusammen, aber mir kommt es wie Jahre vor. Ich hätte es nie für möglich gehalten. Und nun hilfst du mir auch noch dabei, wie ein Mensch auszusehen. Danke, Malcolm."

„Wir sind eben wie Brüder."

Binagh ergriff Malcolms Unterarm. „Ja, das sind wir, mein Bruder." Er ließ ihn wieder los und schaute ihn einen Moment lang still an, bevor er vorsichtig fragte: „Gäbe es nicht auch für dich eine Medizin? Wegen…"

„Bisher nicht, mein Freund. Dieser Trieb ist so stark, dazu braucht es ein ganz besonderes Mittel. Aber ich sagte ja, ich arbeite daran. Warte." Er verließ die Küche und kam kurz darauf mit einem Brett wieder, auf dem kleine Schachteln standen und eine Mappe lag. Damit setzte er sich zu Binagh an den Tisch. Er nahm eines der Kästchen vom Brett und öffnete es. Das Pulver darin sah feinem Sand sehr ähnlich. Außerdem waren da noch drei weitere Behältnisse mit verschiedenfarbigem Pulver. Er öffnete sie alle und ließ Binagh hineinschauen. Dann nahm er die Mappe voller loser Blätter an sich. „Ich zeige dir jetzt, was ich tue." Er öffnete die Mappe und blätterte darin herum. Sein zunächst neutraler Gesichtsausdruck veränderte sich ins Nachdenkliche, und sein Kopf ward rot wie seine Haare. Malcolm schlug mit der Hand auf den Tisch und schob alles wieder weg.

Binagh hatte den Eindruck, er würde alles am liebsten auf den Boden wischen. „Was ist?", fragte er.

„Mein Kopf ist, als sei ein Sturm hindurch gefegt", erklärte Malcolm. „Immer, wenn ich auf dem Friedhof war, leide ich an einer Amnesie."

„Amnesie?"

„Gedächtnisschwund. Ich kann mich nicht mehr dran erinnern, was ich zuletzt tat und muss wieder von vorne beginnen."

„Und die Aufzeichnungen? Warum machst du nicht einfach dort weiter, wo du aufgehört hast?"

„Weil ich vergaß, die letzten Schritte einzutragen. Wenn es losgeht, kann ich tagelang an nichts anderes denken als an Leichen."

Binagh seufzte. Er fasste Malcolm am Arm und sagte: „Lass mich ehrlich sein. Mein Gefühl sagt mir, dass du den Trieb gar nicht loswerden *willst*."

Malcolm sprang vom Tisch auf und wanderte in der Küche hin und her. „Was unterstellst du mir denn da? Natürlich will ich. Nicht nur, dass sie die Friedhöfe bewachen und ich mit einem Bein schon auf dem Scheiterhaufen stehe. Er behindert mich bei meiner Arbeit. Und die ist mir sehr wichtig." Und laut schreiend fügte er hinzu: „Amnesie, verstehst du? Sie betrifft auch meine wissenschaftliche Arbeit."

Binagh nickte. „Verstehe. Bin gespannt, wo das noch endet."

Malcolm beruhigte sich langsam wieder und setzte sich. „Das Pulver wird bald fertig sein, und dann werde ich es nehmen. Versprochen. Ich werde es wahrscheinlich täglich nehmen müssen, damit der Trieb nicht mehr aufkeimt und ich meine Ruhe habe."

„Pulver, gut", sagte Binagh. „Aber wäre eine richtige Frau nicht die bessere Lösung?"

Malcolm plusterte sich auf und sagte: „Ich habe es dir bereits erklärt, mein Freund. Eine lebendige Frau kommt nicht in Frage. Ich hatte es einmal versucht. Wir hatten was getrunken, waren gut drauf und landeten im Bett. Sie war ein richtig tolles Weib, genau mein Geschmack. Aber in der Weinlaune verniedlichte sie meinen Schwanz, meinte, das sei ja ein ganz süßer kleiner Kerl – und dabei blieb es dann auch. Ich werde mir diese Blöße nicht mehr geben. Tote Frauen können nichts sagen, nicht lachen, keine Witze machen. Da funktioniert der Koitus wunderbar, auch, wenn diese Art von Sex für mich keine Zukunft hat. Ich werde weiter an dem Pulver arbeiten, und wenn es fertig ist, nehme ich es ein. Wie gut, dass ich unter anderem auch Alchemie studiert habe."

„Was meinst du, wann das Pulver fertig ist?"

„Ich werde es an seiner roten Farbe erkennen. Bisher ist es noch grau, wie du siehst. Sobald die Formel stimmt, wird es rot sein, und dann werde ich es testen. Gib mir noch etwas Zeit."

„Zeit, die du eigentlich schon gar nicht mehr hast", antwortete Binagh. „Ich wünsche dir von Herzen, dass du bald zur Lösung kommst, damit du leben kannst."

IX

Als Ann am nächsten Morgen aufwachte, fühlte sie sich wie gerädert. Das Erste, das sie tat, als sie das Bett verließ, war, aus ihrem Zimmer zu eilen und die Tür zu Lucys Stube aufzureißen. Ihre Aktion wurde getragen von der winzig kleinen Hoffnung, Lucy könnte doch noch in der Nacht zurückgekehrt sein. Aber die Stube war leer, das Bett unbenutzt. Ann fiel weinend auf die Knie und befühlte die Matratze. Sie war kalt. „Sie haben sie wirklich verhaftet", schluchzte sie. „Mein Gott, diese Boldwin hat wahrhaftig die Wahrheit gesagt. Ich muss Lucy sehen." Sie stürzte in ihr Zimmer zurück, stülpte sich ihr grünes Kleid über und zog sich ein paar Lederschuhe an. Ohne die Zimmertür zu schließen, hastete sie die Treppe hinab in den Flur und aus dem Haus heraus. Sie knallte die Tür hinter sich zu, hob ihr Kleid an und lief, so schnell sie konnte, zum Turm. Sie sah nicht die Leute, die ihr kopfschüttelnd nachschauten, und wenn sie sie gesehen hätte: sie wären ihr egal gewesen. Außer Atem kam sie an dem grauen, klobigen Bruchsteingemäuer an. Sie bückte sich zu jedem einzelnen der kleinen, vergitterten Fensterchen hinab, schaute in die Zellen hinein, versuchte, in der Dunkelheit etwas zu erspähen und rief nach ihrer Tochter. Aus einem der Löcher heraus erhielt sie Antwort.
„Mama!"
Ann fiel auf die Knie. „Lucy?"
„Ja, ich bin hier unten."
Ann legte sich auf den Boden, um besser in die Zelle schauen zu können. In dem fast lichtlosen Raum nahm sie das Mädchen nur schemenhaft wahr. „Lucy, was ist passiert? Wieso bist du nicht zuhause?"
„Mama, ich liebe dich", schallte es zurück.

„Du hättest im Bett sein müssen, wie es sich gehört", weinte Ann. „Wo warst du?"

„Ich habe Gottes Auftrag erfüllt, Mama."

„Was denn für einen Auftrag? Wovon redest du?" Mit wässrigen Augen erkannte sie, dass die Zelle nun ein wenig von einem flackernden Licht erhellt wurde.

„Die Landsknechte kommen", rief Lucy in Panik. „Sie holen mich ab."

„Nein", schrie Ann. „Bitte nicht."

Aber schon entfernte sich das Jammern und stieg im Innern des Turms nach oben.

Ann rappelte sich hoch und lief zu ihrem Haus zurück.

„Ich muss zum Pfarrer", keuchte sie. „Nur Gott und die Kirche können mir noch helfen."

X

Die Folterkammer im Turm der Qualen war ein quadratischer Raum mit nur einem einzigen Fenster. Es war nicht größer als der Oberkörper eines normal gebauten Menschen, und es war mit einem aus Eisenstäben geschmiedeten Doppelkreuz vergittert. Durch dieses Fenster war der Turm der St. Niclas Kirche zu sehen, und wenn der Morgen ein freundlicher war, fiel auch Sonnenlicht in die Kammer. Doch schon gegen Mittag, wenn die Sonne ein gutes Stück um den Turm herumgewandert war, wurde es düster, sodass Fackeln und Kerzen und oftmals auch ein Feuer zum Erhitzen von Brandeisen und Zangen den Raum erhellen mussten, wenn ein Verhör stattfand. Die Luft war stickig, und es roch intensiv nach Rauch, Schweiß und anderen, nicht definierbaren Stoffen. Die Qualen der Menschen, die bereits die Arbeit des Folterknechts zu spüren bekommen hatten, schienen sich in den Mauern verewigt zu haben. Welchen Schmerzen sie wohl ausgesetzt gewesen waren? Es ließ sich nur erahnen beim Anblick der Werkzeuge, die genauso gut in einer Schmiede benutzt wurden. Dazu kamen Masken, die den Gequälten das Atmen erschweren konnten und Leitern zum Strecken der Glieder, sowie Ruten und Gerten zur Untermauerung der Befragungen.

Auf einer grob geschnitzten Bank unterhalb des Fensters saßen neun weltliche Herren, die in ihren dunkelgrauen Roben fast wie Kommilitonen wirkten, wären sie nicht ein wenig zu alt fürs College gewesen. Sie hatten alle faltige Hände und ebenso faltige Gesichter und tuschelten miteinander. Ihre Mienen waren wie versteinert und ihre Ausstrahlung kalt. Ihr Blick verstärkte diese Kälte noch, die selbst das Feuer nicht zu erwärmen vermochte.

An einem Pult neben der Bank stand ein kleiner, buckliger Greis. Die Beine seiner grauen Hose reichten bis unter die Knie und umschlossen zaghaft seine dürren Beine. Sein Körper steckte in einem schwarzen Rock, der bei jeder Bewegung Falten zog. Der Alte tunkte immer wieder eine Feder in ein Tintenfass und kritzelte eifrig auf einem Blatt Pergament herum, als die Tür unsanft aufgestoßen wurde und zwei Landsknechte Lucy hereinschleppten. Vor der Bank ließen sie sie los und drückten sie nieder. „Hinknien."

Lucy musste gehorchen.

Der Bank gegenüber stand ein Folterknecht an der dunklen Bruchsteinwand. Sein entblößter geschwitzter Oberkörper glänzte im flackernden Feuer. Der hagere, aber drahtige Mann hatte fettige dunkle Haare, die beim Bedienen des Blasebalgs an der Feuerstelle auch etwas Wind abbekamen. Das auflodernde Feuer erhitzte Brenneisen und Zangen. Als der Mann Lucy sah, grinste er breit. Seine Vorfreude auf die Arbeit an dem schönen Mädchen konnte er nicht verbergen.

Lucy kniete in einem nun stark verschmutzten Leinenhemd und mit gefalteten Händen vor dem Richter und den Geschworenen. Still blickte sie zu Boden. Sie zählte die Füße und wusste nicht, warum. Es waren derer 18. Sie schaute hoch und vergewisserte sich davon, dass es wirklich neun Männer waren. Ob auch ein Rothaariger dabei war? Sie konnte es in dem düsteren Licht der Folterkammer nicht erkennen.

Der mittlere der neun Männer erhob sich und schaute Lucy von oben herab geringschätzend an. Sein Blick ließ keinen Zweifel daran, was er von ihr hielt. Er war sich seiner Autorität vollkommen bewusst. Neben dem

Schreiber hatte er als Einziger ein Pult vor sich. Darauf lag eine Pergamentrolle, die er fast feierlich auseinanderzog, die Zeilen überflog und seinen Blick wieder an Lucy heftete. Er eröffnete die Verhandlung mit den Worten: „Lucy Jenkins, du bist angeklagt, den ehrenwerten Bürger Glenn Brune von Southbarn zu Tode gebracht zu haben. Du wurdest dabei ertappt, als du die Tat ausführtest. Was hast du dazu zu sagen?"

Lucy schwieg.

„Wenn du nicht mit dem Gericht kooperierst, dann wird dir der Folterknecht seine Instrumente erklären. Schweigst du weiter, oder sagst du die Unwahrheit, dann werden wir das peinliche Verhör starten, das sich in drei Stufen teilt. In Stufe eins..."

„Ist ja gut!" Lucy holte tief Luft. Dieser Mann, der sich erdreistete, sie wie ein Stück Vieh behandeln zu lassen, war für sie weiter nichts als ein Vasall der Weltlichen. Ein sich aufspielender Nichtsnutz. Ein alter Griesgram. Was war er schon gegen sie, Lucy, die von Gott Auserwählte im Kampf gegen das Böse? Mit fester Stimme fragte sie ihrerseits laut und deutlich: „Hohes Gericht, was wollt Ihr mir zur Last legen? Etwa, dass ich Gottes Werk ausgeführt habe?"

„Gottes Werk?", fragte der Richter. Erstaunt sah er nach links und rechts zu den anderen, die ebenso erstaunt zurückblickten.

„Also das ist doch – unerhört", prustete der Herr neben dem Schreiber, der wieder eifrig die Feder in die Tinte tunkte und Notizen machte.

„Du nennst einen Mord Gottes Werk?", fragte der Richter zornig. Er stützte sich mit beiden Händen auf seinem Pult ab und schaute über die Vorderkante nach unten. „Das Töten ist vielmehr das Werk des Satans. Es gibt Zeugen, die dich dabei erwischt haben, als du Glenn Brune erdrosselt hast."

„Ich leugne es nicht", sagte Lucy, „aber Ihr versteht nicht, dass ich damit nur Gott gehorchte. Ja, ich habe den Mann getötet. Und ein paar andere mehr. Es waren allesamt Teufel, die von der Erde getilgt werden mussten."

„Du gestehst also?", fragte der Richter noch einmal.

Nun schwieg Lucy wieder.

Der Folterknecht schaute erwartungsvoll zum Richter, bereit, seine Fähigkeit, Wahrheiten aus jemandem heraus zu brennen, unter Beweis zu stellen. „Überlasst sie mir", sagte er. „Ich verstehe mein Handwerk."

Doch bevor er auch nur einen einzigen Schritt machen konnte, sagte Lucy mit gesenkter Stimme: „Ich sagte ja, Gott gab mir den Auftrag dazu."

Einer der Beisitzenden drückte sich schwerfällig von der Bank hoch. Er zog die Augenbrauen zusammen, zeigte mit gestrecktem Arm auf Lucy und wetterte: „Das Weib ist irre. Auf Mord steht die Todesstrafe. Sie hat ihre Tat zugegeben, und weitere Morde dazu. Sie ist für die Menschen unserer Stadt zu gefährlich, als dass man sie freilassen könnte. Bei mehrfachem Mord gibt es keine Alternativen."

Der Richter schaute erwartungsvoll die anderen Männer an. Sie schüttelten alle ihre Köpfe. „Das Urteil ist eindeutig", bestätigte er. „Danke, meine Herren. Ich setze hiermit fest, Schreiber, notiere: Lucy Jenkins soll am Halse aufgezogen werden, bis dass der Tod eintritt. Nächste Woche wird das Urteil vollstreckt. Werft sie wieder in den Kerker und bringt den Nächsten rein."

Lucy erhob sich vom Boden. Aufrecht und gefasst, stand sie vor dem hohen Gericht und sagte voller

66

Überzeugung: „Ihr macht einen Fehler, Herr. Gott ist mein Zeuge, dass ich Recht gehandelt habe."

„Lästere Gott nicht, sonst muss das Urteil verschärft werden", mahnte der Richter. „Raus mit dir."

Sofort sprangen die beiden Landsknechte herbei und packten Lucy mit unsanften Griffen an den Armen. Der Folterknecht ließ enttäuscht einen Seufzer los.

Lucy wurde herumgerissen, aber sie wehrte sich gegen die Dummheit dieser Männer, die die Wahrheit nicht verstehen wollten. Sie spuckte dem Folterknecht ins Gesicht, doch bevor dieser sich für diese Schmach rächen konnte, ward sie schon zur Tür herausgezerrt. „Dreckige Hure", rief er ihr nach.

XI

Nicht weit vom Turm der Qualen entfernt, gab es in Southbarn noch einen weiteren Turm: Den Glockenturm der Kirche. Er war rechteckig, von ausladender Größe und deutlich höher als der Turm der Qualen. Ein fünf Armlängen hohes gotisches Fenster prägte die Wand direkt über dem Eingang und wies mit seiner Spitze zum Dach hinauf, das mit Zinnen und vier kleinen Türmen das Bauwerk abschloss. Die anderen Wände des Turms waren mit mehreren kleinen Fenstern ausgestattet sowie mit Figuren, die die sieben Todsünden symbolisierten. Das alles übte Macht aus über die Bewohner von Southbarn, suggerierte es ihnen doch, dass sie zu jeder Tages- und Nachtzeit beobachtet werden konnten von den kritischen Augen Gottes und der Kirche.

Die Kathedrale von Southbarn ward der Ostung gerecht, jener Ausrichtung der Längsachse in Ost-West-Richtung, die es dem monströsen, mit Gold üppig verzierten Altar gestattete, sich der aufgehenden Sonne, dem Symbol der Auferstehung, zuzuwenden. Christus als Oriens orientium universum obtinet wurde somit Rechnung getragen. Der Chor mit dem Altar war also im Osten zu finden, und der Haupteingang im Westen. Dass die Gläubigen beim Verlassen der Kirche den Turm der Qualen sahen, hatte, wie auch die Konstruktion des Turms, einen psychologischen Hintergrund, sollte es doch die Menschen daran erinnern, was ihnen blühen konnte, wenn sie die Gebote missachteten.

Die Kirche stand unüblicherweise nicht in der Stadtmitte, sondern ein wenig abseits in Richtung Stadtrand. Sie war dem Heiligen Nicolas gewidmet, dem gleichnamigen

Bischof von Myra im 4. Jahrhundert. Bereits zur Zeit der Normannen hatte an gleicher Stelle eine Kirche gestanden, die jedoch schon bald niedergebrannt und durch die jetzige ersetzt worden war. St. Niclas war ganz aus hellem Stein gebaut, der in den Jahrhunderten allerdings stark nachgedunkelt war, ebenso wie die Steinmauer drum herum. Seitlich der Kirche befand sich ein gleichaltriger kleiner Friedhof, auf dem nur Geistliche beerdigt waren. Gewöhnliche Sterbliche, Verbrecher - und Häretiker sowieso, wurden auf dem Stadtfriedhof begraben, der außerhalb des bebauten Gebiets lag, und auf dem Malcolm sein Unwesen trieb.

Direkt an die Kirchenmauer grenzte ein kleines verputztes, leuchtendweiß gestrichenes Pfarrhaus mit Reetdach und einem Blumengärtchen davor. Hier wohnte Pfarrer Caelius, der an diesem Morgen schon recht aktiv war. Die Kirchturmuhr zeigte bereits kurz nach Zehn an. Da heute Mittwoch war, hatte Caelius schon die Frühmesse hinter sich gebracht, die zweimal in der Woche um sieben Uhr stattfand. Zudem gab es mittwochs wie sonntags noch eine zweite Messe um elf Uhr, auf die er sich gerade vorbereitete. Nicht, dass er an seiner Predigt feilen würde. Nein, er war vielmehr dabei, sich zu stärken, damit er bei Kräften blieb. Das kleine Pfarrhaus bot ihm dafür alles Nötige, angefangen bei der Wohnküche samt Kochstelle mit einem Abzug drüber, und die von allerlei Löffeln und anderen Utensilien an der Wand flankiert wurde. Ein kleiner Tisch mit zwei Stühlen gestaltete die Mitte des Raumes.

Caelius saß am Tisch und schaute aus dem Fenster, durch das die Sonne in die Stube schien. Die Straße da draußen war ruhig. Hier, ein wenig abseits von der Geschäftigkeit der Stadt, war es wesentlich weniger betriebsam als im Zentrum, wo sich der Marktplatz befand. Diese Ruhe war Caelius gerade recht, hatte er sich doch den Tisch reichlich gedeckt mit Brot, Wurst, Käse, Fisch und Obst. Er zelebrierte das Kreuzzeichen, bedankte sich für die Gaben, rieb sich genüsslich die Hände und langte zu. Dabei ging er wahllos vor. Es schien ihm mehr darauf anzukommen, alles zu verzehren, als seinen Appetit zu stillen, der zweifellos sehr ausgeprägt vorhanden war. Mit der Zeit verlangsamte sich die Nahrungszufuhr, und Caelius legte sich, mit der Zunge in den Zähnen puhlend, mehr als gesättigt zurück. Er prustete und rieb sich den Bauch. Speichel rann ihm aus dem Mundwinkel. Er konnte nicht vermeiden, dass ihn der Schluckauf ereilte, worauf sich bald auch noch ein unangenehmes Brennen im Hals und im Brustkorb einstellte.

Auf dem Tisch stand ein Wasserkrug. Er schnappte sich ihn und trank so gierig daraus, dass ein Teil des kostbaren Nass seinen Mund verfehlte und die Brust einnässte. Er stellte ihn wieder ab, rülpste und schaute schuldbewusst zum Kruzifix über der Tür. Daran hing ein traurig wirkender Jesus. Es war, als ob ihm Jesu Traurigkeit direkt ins Herz kroch. Caelius legte die Fingerspitzen aneinander und sagte mit einem verlegenen Grinsen: „Jesus, ich weiß, es missfällt dir, dass ich meinem Körper entsprechend speise. Aber schau, ich arbeite viel, führe deine Schafe zu einem Leben nach deinem Wohlwollen und sammle reichlich Geld in der Kollekte. Das kostet Kraft."

Von der nahen Kirche her setzte wildes Geläut ein.

Caelius erhob sich und schimpfte: „Was ist denn da los. Oh, diese Lausebengel." Er schaute noch einmal zum Kruzifix hoch und fügte hinzu: „Du siehst, ich habe alle Hände voll zu tun." In Eile begab er sich in sein

Schlafzimmer. Er zog sich ein trockenes Hemd an, stieg in sein königsblaues Messgewand und sah sich dabei einer Herausforderung ausgesetzt, denn am Bauch rutschte der Stoff nicht mehr so gut drüber, wie noch vor ein paar Monaten. Nach einigen Anstrengungen hatte er es jedoch geschafft. Forsch verließ er das Pfarrhaus.

Aus dem Kirchturm heraus kündigten zehn Glocken die nächste Messe an, so wild, dass die Außergewöhnlichkeit des Geläuts niemandem verborgen bleiben konnte.

Als Caelius sein Reich betrat, erwischte er die Messdiener, wie sie an den Glockenseilen herumturnten und ihren Spaß dabei hatten. Caelius verpasste dem Erstbesten eine Ohrfeige.

Als ob Gott ihn persönlich gezüchtigt hätte, stand der Junge sofort stramm, hielt sich erschrocken die Backe und murmelte: „Aber heute ist doch der Tag Eures Schutzpatrons."

Caelius winkte ab. „Danke, dass du an mich denkst. Aber ich habe es euch schon hundertmal erklärt. Es wird nur geläutet, wenn ich es befehle. Und nun: Marsch, auf geht's." Er dirigierte seine Helfer ins Schiff hinein und scheuchte sie den mittleren Gang hinab, der zwischen den Reihen von schwarzglänzenden Bänken hindurchführte, zur Sakristei. Das Kirchenschiff war kühl und dunkel, trotz des Sonnenscheins, und das Stapfen der Schritte hallte von den Wänden her wider. Sie stiegen ein paar Treppenstufen zum Altar hoch, machten Kniebeugen, wobei sie sich bekreuzigten, und betraten die Sakristei, die ihrerseits einen kleinen Altar mit Kruzifix und brennenden Kerzen aufwies. Caelius stauchte die Jungs noch einmal zusammen. Er ließ sie niederknien und über ihre Verfehlung nachdenken. Dann ging er hinaus zum Altar und bereitete ihn für die Messe vor.

Als Ann an diesem Morgen die Kirche betrat, war sie bereits voll bis zum letzten Platz. Die Ereignisse in der Stadt hatten die Menschen wachgerüttelt. Um vom Satan verschont zu bleiben, suchten sie Beistand für ihre Seele. Schon wieder war ein Grab geschändet und die Leiche achtlos im offenen Sarg zurückgelassen worden. Zur gleichen Zeit tötete ein junges Mädchen einen Mann. Das ging nicht mit rechten Dingen zu. Hier *musste* der Satan am Werk sein. Wer anders als die Kirche, konnte da helfen?

Ann versuchte, möglichst aufrecht zu gehen, um nicht als Sündige zu wirken, aber es gelang ihr nicht. Während sie sich suchend nach einem Sitzplatz durch das Kirchenschiff bewegte, spürte sie die Blicke der anderen im Nacken. „Hexe", flüsterte man ihr nach, und: „Das ist doch die Mutter der Mörderin. Das hat sie nun davon. Geschlechtsverkehr ohne Ehe. Pfui!" Es entstand ein Gemurmel unter den Besuchern.

‚Die Hetze ist die gleiche wie damals, als ich Lucy erwartete', schoss es Ann durch den Kopf. ‚Was habe ich nur getan, dass man mich so verfolgt?'

Caelius drehte sich um und stierte streng in die Gemeinde.

Das Gemurmel verebbte.

Ann schaute in die Bankreihen. Auch, wenn hier und da noch ein Platz für sie geschaffen werden konnte, wenn die Besucher denn zusammenrücken würden, so sah sich niemand dazu genötigt, es zu tun. Aber stehen mochte Ann die lange Messe auch nicht. Sie drängte sich in eine Bank hinein und quetschte sich in einen engen Spalt auf der Seite zum Gang, bis die anderen notgedrungen zusammenrückten. Hier kauerte sie nun und betete weinend leise vor sich hin. Ihr bedauernswerter Zustand hielt ihre Nachbarin davon ab, ihr lästernde Dinge zuzuflüstern, sodass Ann tief in ihren Gebeten versinken konnte. Erst, als die Messdiener mit ihren Schellenkränzen Aufmerksamkeit erhaschten, blickte Ann zum Altar auf. Dort stand Caelius im stahlblauen Messgewand und breitete feierlich die Arme aus. Ein stimmgewaltiges "Amen" schwang durch die Kirche. Dann begab er sich fliegenden Schritts zur Kanzel und bestieg sie. Breit legte er seine Hände auf der Brüstung ab. Er räusperte sich ein paar Mal und begann mit leisen Worten.

„Liebe Gemeinde. Es ist zu Gottes Wohlgefallen, dass ihr so zahlreich erschienen seid, selbst, wenn es eure heilige Pflicht ist, die Messe zu besuchen. Aber auch ich habe eine heilige Pflicht. Sie besteht darin, euch dabei zu helfen, ein Leben nach Gottes Willen zu führen, damit ihr seiner Gnade sicher sein könnt. Das ist gerade jetzt von größter Wichtigkeit, da der Satan sich bei uns einnistet und Tod und Verderben mit sich bringt. Wir haben schon seit einiger Zeit keine Inquisition mehr in unserer schönen Stadt gehabt, und so soll es auch bleiben. Es liegt nur an uns, an den Mitgliedern unserer Gemeinde, ob der Satan hier fündig wird, oder nicht. Wenn wir ihn nicht haben wollen, dann wird er auch nicht Fuß fassen können und sich von selbst zurückziehen. Ein Leben in Ehrfurcht vor dem Göttlichen ist also unerlässlich. Dazu gehört selbstverständlich der regelmäßige Besuch der Heiligen Messe. Dazu gehört die Beichte. Die Enthaltsamkeit bei körperlichen Genüssen. Das Spiel mit der Nacktheit, sei es der eigene Körper, oder der eines anderen Menschen, ist zu unterlassen. Körperkontakt unter Paaren darf nur zur Zeugung von Nachkommen in Anspruch genommen werden. Der Völlerei ist abzuschwören. Es darf nicht *mehr* verzehrt werden, als für den Erhalt der Arbeitskraft notwendig ist. Und wer dem Alkohol zuspricht, der zeigt damit, dass er sich vor Gottes Wort verschließen will."

Caelius machte eine schöpferische Pause, bevor er mit neuem Elan fortfuhr. Seine Stimme nahm an Lautstärke zu, und mit der Faust begann er, auf der Umrandung der Kanzel herum zu pochen, um seine Worte zu untermauern. „Ihr haltet euch für fromm? Weit gefehlt! Ich kenne euch. Nach 20 Jahren in dieser Stadt, kenne ich euch. Was glaubt ihr wohl, wofür die Gebote geschaffen wurden? Damit ihr sie missachtet? Nicht umsonst entwickeln sich gerade diese unschönen Zustände in Southbarn. Darum befehle ich: Haltet euch an die Gebote. Natürlich ist das nicht immer einfach. Unsere Hauptaufgabe hier auf Erden ist es auch nicht, ein einfaches, gemütliches Leben zu haben, sondern Gott zu gefallen. Und unser großes Ziel ist es, nach dem Tod das Tor zum Himmel zu durchschreiten." Caelius zog ein geblümtes Tuch aus dem Ärmel und tupfte sich Stirn und Mundwinkel trocken. Dann fuhr er fort. „Es gelingt euch gut, mich glauben zu machen, dass ihr das möchtet, denn hier in der Messe spielt ihr alle die Unschuldslämmer." Er erhob den Zeigefinger und schüttelte ihn gegen seine Gemeinde. „Aber zuhause, hinter verschlossener Tür, wo ihr meint, Gott sieht euch nicht, da wird gefressen und gesoffen und gehurt. Ihr habt die Möglichkeit, eure Verfehlungen wieder wett zu machen, indem ihr genügsam seid, beichtet und reichlich spendet. Ich kann euch nur den Weg zum Himmel öffnen, wenn ihr euch dessen würdig erweist." Caelius kam langsam aus der

Puste. Er atmete schwer und wischte sich mit dem Ärmel den Mund ab. Doch die kuschende Gemeinde da unten schien ihm neue Kraft zu geben, sodass er lauthals weiter wetterte. „Wir werden es dem Satan so schwermachen, wie irgend möglich. Zeigt Gott, wozu ihr imstande seid. Zeigt ihm, dass ihr leidensfähig seid, wenn es darum geht, dem Bösen zu entsagen." Dann beugte er sich halb über die Brüstung und brüllte ins Kirchenschiff hinab: „Runter in die Hocke. Das heißt: weder sitzen noch knien. Hocken bedeutet eben hocken. Es muss richtig unbequem sein. Los, wird's bald? Runter mit euch. Und dann beten wir gemeinsam: Wir entsagen dem Satan. Wir entsagen dem Satan."

Mit Genuss und Genugtuung sah Caelius, wie seine Schäfchen spurten. Vielen war schon bald anzusehen, wie ihnen die Knie wackelten und wie viel Kraft sie das Hocken kostete. In der Hoffnung, dass die Pein bald beendet sein würde, wurden die Stimmen mehr und mehr, bis die ganze Kirche im Chor rief: „Wir entsagen dem Satan."

„Weiter so, ihr Sünder", befahl Caelius. „Und wehe, es kniet sich einer. Es muss wehtun. Ich komme jetzt runter und führe persönlich die Kollekte durch. Wenn ich jemanden sehe, der es sich bequem gemacht hat, soll er die Härte der Kirche spüren." Er verließ die Kanzel, schnappte sich den Klingelbeutel vom Altar und schritt hinunter ins Kirchenschiff. Er ließ den Beutel durch die Bankreihen wandern, in denen die ersten bereits zusammenbrachen und erfreute sich an dem Geräusch, das die Münzen erzeugten, wenn sie hineinfielen.

Etwa in der Mitte des Schiffs traf er auf Ann. Sie hockte mit zittrigen Knien und verweintem Gesicht vor der Bank. Als Caelius neben ihr stand, konnte sie die Hocke nicht mehr halten und fiel in den Mittelgang. Stöhnend rappelte sie sich wieder auf und schaute Caelius an. Auf sein Nicken hin, setzte sie sich.

„Ich möchte beichten", flüsterte Ann.

Caelius lächelte ihr wohlwollend zu. Er beendete die Kollekte und stolzierte zufrieden zum Altar zurück. „Die Messe ist beendet", sagte er. „Geht wieder nach Hause und widmet euch eurer Arbeit. Amen."

Während die Kirche sich leerte, blieb Ann in der Bank zurück und wartete auf den Pfarrer.

XII

„Folge mir", sagte Caelius fast ein wenig streng und
stolzierte gerade und mit erhobenem Haupt vor Ann her
zu einem Beichtstuhl rechts neben einer seitlichen
Eingangstür. Er wendete sich dem Altar zu, bekreuzigte
sich, während er eine Kniebeuge machte und bestieg die
Kammer des Beichtvaters. Beiderseits dieser Kammer
gab es die Gelegenheit, sich niederzuknien und mit ihm,
dem Pfarrer, durch ein geschnitztes Gitter mit
daumennagelgroßen Löchern zu sprechen. Caelius zog
die Tür zu und setzte sich auf die hölzerne Bank. Das
Holz knarzte unter seinem Gewicht. Es war ihm für einen
kurzen Moment unangenehm. Er richtete sich sein
Gewand und wartete darauf, dass Ann an einem der
Gitter erschien. Während er das linke betrachtete, tauchte
Ann am rechten auf und kniete sich auf das ungepolsterte
Brett davor.

Caelius hieß Ann willkommen mit den Worten: „Gelobt
sei Jesus Christus."

„In Ewigkeit, Amen."

„Warum so traurig, meine Schwester."

Ann begann zu weinen. „Hochwürden –" Sie stockte,
schniefte, schnäuzte sich und fasste sich wieder. „Ich
habe große Schuld auf mich geladen."

„Was ist passiert?" Es klang lapidar, als sei er nur wenig
interessiert an dem, was Ann zu beichten hatte.

„Ich bin eine Frau mit Gefühlen, aber ich verabscheue die
Männer", begann sie leise und ehrfürchtig. „Ein
Rothaariger hat mir einmal großes Leid zugefügt, hat
mich ausgenutzt, zur Sünde verführt und mit einem Kind
unter dem Herzen sitzen lassen, als ich 19 war. Meine
Eltern gab es damals nicht mehr, und ich war ganz auf
mich allein gestellt."

Caelius rollte die Augen. „Schön. Kommen wir zu Sache. Was ist deine Verfehlung, Frau?"

Ann näherte ihr Gesicht dem Gitter und flüsterte: „Dass ich es mir selbst gemacht habe."

Als hätte ihn der Blitz getroffen, kam Caelius aus seiner bequemen Haltung heraus und setzte sich gerade hin. Er spielte den Entsetzten. „Du hast dich selbst…? Äh, was? Ich meine – wie denn, äh…"

Ann begann wieder zu schluchzen. „Ja, Ihr habt richtig gehört."

Caelius rückte näher ans Gitter heran, strich zuerst mit den Fingerkuppen darüber, als wollte er Anns Gesicht berühren und knetete dann an seinem Messgewand herum. „Das ist natürlich, natürlich – eine Sünde, wenn es das ist, was ich meine. Erzähl mir mehr."

„Alles?", fragte Ann entsetzt.

„Du bist zur Beichte hier, vergiss das nicht", fauchte er.

„Verschweigen ist dasselbe wie Lügen."

Ann fasste sich ein Herz und begann zaghaft mit der Schilderung. „Ich habe mich nackt aufs Bett gelegt, Hochwürden."

„Wie warst du gekleidet?"

„Ich sagte doch gerade: Ich war nackt."

Caelius räusperte sich. „Also ganz ohne irgendwas?"

„Ja."

„Ganz nackt, aha. Auch keine Schuhe, Stiefel...?"

„Nein."

„Ungeheuerlich. Und weiter?"

„Ich habe mir die Finger mit Speichel befeuchtet und zwischen die Beine gefasst. Dort, wo es am schönsten ist."

Caelius schluckte hörbar. „Wo ist das genau?"

„Na da eben. Da unten. Innen. Oben."

Nun klebte er mit dem Ohr am Fenster und lauschte Anns Stimme. Seine Rechte fummelte inzwischen unter dem Messgewand herum. „Innen. Oben. Und weiter", keuchte er.

„Es war so schön, Hochwürden." Ann seufzte. „Nie wäre ich auf den Gedanken gekommen, dass das Sünde sei, wenn nicht…"

Caelius fiel ihr ins Wort. „Schweif nicht ab. Erzähl mir alles! Ich brauche jede Einzelheit dieser Ungeheuerlichkeit, um das gesamte Ausmaß deiner Sünde einschätzen zu können. Andernfalls wird es mir nicht möglich sein, dir die Absolution zu erteilen. Also?"

„Also gut, wenn Ihr es so wollt."

„Von mir kann keine Rede sein, Frau. Gott will es wissen. Er braucht die Gewissheit, dass du zu dem stehst, was du getan hast. Es ist zu deinem eigenen Segen. Nun los, weiter, wenn dir dein Seelenheil lieb ist."

Ann räusperte sich. Ihre Stimme nahm eine erotische Schwingung an, als sie fortfuhr. „Ich habe mir also zuerst an den Fingern geleckt und dann damit meine Brüste gestreichelt. Die Warzen wurden groß und hart, so wie damals, als dieser Teufel Lucy zeugte."

„Weiter! Was dann?"

„Ich ließ eine Hand an der Brust. Die andere glitt zwischen meine Beine. Ich ließ erst einen Finger um die schönste Stelle kreisen, dann zwei, dann habe ich mit der ganzen Hand gerieben. Ich wurde immer feuchter. Auf meiner Unterlage entstand sogar ein Fleck. Ich konnte nicht aufhören, musste immer weitermachen, bis ich…"

Caelius stöhnte laut auf.

„Hochwürden, ist Euch nicht gut?"

Der Pfarrer legte ein ganzes Paket Entrüstung in seine Stimme, als er sagte: „Oh Sünd' und Schand' in meiner Gemeinde! Und du wärst nicht mal drauf gekommen, dass das Sünde sei"? Sodom und Gomorrha." Er atmete hörbar aus. „Und was war dann? Bis du...???" Seine Hand arbeitete flink und heftig unter dem Gewand.

„Bis ich gestört wurde. Meine Nachbarin pochte an die Tür."

Caelius stöhnte enttäuscht auf. „Ach so", keuchte er. Seine Bewegungen erstarben, und seine Hand fand Platz in seinem Schoß. Nach einer kleinen Weile fragte er: „Wie ist es dir dann doch noch gelungen, den falschen Pfad zu erkennen?"

War Ann gerade noch in Euphorie, so überfiel sie nun, da ihr die Situation wieder bewusst wurde, ein Weinkrampf. „Gott hat mir meine Lucy genommen", stammelte sie fast unverständlich, sodass sie sich zusammenriss und wiederholte: „Gott hat mir meine Lucy genommen."

„Die du ohne Ehe gebarst", zischte Caelius vorwurfsvoll. „Was erwartest du denn von Gott? Dass Er dich belohnt?"

„Ich habe Lucy geboren, sie allein großgezogen, ihr all meine Liebe gegeben und sie zu Gott geführt", schluchzte Ann. „Soll sie jetzt dafür bestraft werden, dass sie keinen Vater hat? Was kann sie denn schon dafür?"

„Sie hat ihre Schuld, und du deine", antwortete Caelius fast trotzig.

„Es ist nicht *meine* Schuld, dass ich keinen Mann habe, noch, dass ich Spaß empfinde, wenn die Lust über mich kommt", erklärte Ann mit nun selbstbewusster Stimme. „Es ist alles die Sünde dieses rothaarigen Teufels, der mich vor 20 Jahren betrog, mir die Ehe versprach und mich schwängerte. Es war so schön, als er sich mit seinem warmen Körper auf mich legte und mich nahm, dass ich diese Begierde nun nicht mehr loswerde. Aber ich will keinen Mann!"

„Ja, es ist nie eure Schuld", erboste Caelius sich. „Strafe hast du trotzdem bekommen. Das sollte dir zu denken geben. - Was ist nun mit Lucy?"

Diese Frage pustete Anns Selbstsicherheit wieder weg, und sie schluchzte heftig, als sie sagte: „Man hat sie wegen Mordes verhaftet und wird sie töten, da bin ich mir sicher. Ich habe die ganze Nacht gebetet und mich erst heute Morgen getraut, zum Turm zu gehen. Da hat man sie gerade zum Verhör abgeholt."

„Großer Gott!", stöhnte Caelius. „Du musst Ihn erheblich beleidigt haben, wenn Er zu solch schwerer Strafe greift. Es gehört viel Buße dazu, Ihn wieder milde zu stimmen. Nur, wenn du bittere Reue zeigst, wird es dir gelingen, Lucys Hinrichtung auszusetzen."

Ann krallte beide Hände ins Gitter und bat: „Sagt mir, was ich tun soll. Ich bin zu allem bereit."

„Knie dich mit nackten Beinen auf Kieselsteine und bete, bete, bete. Die ganze Nacht. Vielleicht gewinnst du so Gottes Wohlgefallen zurück – und ich eine reine Gemeinde."

„Oh, ich danke Euch, Hochwürden. Ich werde tun, was Ihr verlangt."

Als Ann sich erhob, fügte er hinzu: „Nicht so schnell, Frau. Du spendest der Kirche außerdem fünf Goldmünzen."

Ann kniete sich wieder und sagte entrüstet: „Aber die hab ich nicht. Wir leben vom Tausch und dem, was der Garten…" Sie schluchzte laut auf. „Ich meine, *ich* lebe…"

Caelius strich wieder mit dem Finger über das Gitter. „Ist ja gut, Frau. Ich erlasse dir die Spende und lege für Lucy ein gutes Wort ein bei Gott, unserm Herrn."

„Ich küsse eure Füße, Hochwürden. Gelobt sei Jesus Christus."

„In Ewigkeit, Amen." Caelius wartete, bis Ann die Kirche verlassen hatte. Dann kroch er aus dem Beichtstuhl und schloss die Tür. Sein Messgewand wurde in Schritthöhe von einem großen feuchten Fleck geziert. Er richtete sich die Kleidung und ging zum Altar, wo er eine tiefe Kniebeuge zelebrierte.

Während Ann nach Hause eilte, hob sie Kieselsteine auf, die sie auf der Straße fand. Bald hatte sie beide Hände voll. Sie hob den Rock an und legte die Steine hinein. Sie erreichte ihr Haus, öffnete hastig die Tür und schlüpfte in den Flur. Sie trat die Tür zu, stürzte die Treppe hoch in ihr Zimmer, kippte die Kiesel auf den Boden, zog den Rock aus und kniete sich auf die Steine. Sie schrie laut auf, drückte sich wieder hoch und rieb sich die Knie. Verzweiflung packte sie. „Wie soll ich das eine ganze Nacht lang durchstehen?", weinte sie. „Gott, hilf mir, ich bitte dich. Ich bin ein schwacher Mensch, und du bist so stark." Sie nahm ihr Kopfkissen vom Bett, legte es auf die Steine und kniete sich wieder hin. „Das schmerzt immer noch, o Herr", sagte sie. „Bitte gestatte mir, es langsam anzugehen. Bis heute Nacht werde ich mich an den Schmerz gewöhnt haben."

XIII

Binagh hatte es an diesem Nachmittag nach Southbarn verschlagen. Das abgespeckte Frühstück am Morgen hatte ihn ein wenig hungrig zurückgelassen. Heute, an diesem Mittwoch, wurde der zweimal wöchentlich stattfindende Markt abgehalten, auf dem er sich für die nächsten Tage eingedeckt hatte. Mit zwei großen Beuteln voller Lebensmittel wollte er sich nun wieder auf den Heimweg machen, als etwas seine Aufmerksamkeit erregte, das zwar nicht unbedingt was Besonderes war, dem aber in diesen Tagen dennoch ein erhöhter Stellenwert zukam: Der Stadtrat tagte. Das Fenster des Versammlungsraums im Rathaus war weit geöffnet. Sollte doch ruhig jeder mitbekommen, dass man sich traf, um Nägel mit Köpfen zu machen. Die außerordentlich einberufene Versammlung durfte sich gerne schnell herumsprechen. Der Mittwoch als Markttag war daher gut gewählt, denn die Entschlossenheit der Stadtältesten würde den hier Lebenden ein wenig von ihrer Angst vor dem Unbekannten nehmen. Vor allem sollte eines unbedingt verhindert werden: Dass die Inquisition nach Jahren der Ruhe in Southbarn ihr Lager aufschlug, wie es in den letzten 25 Jahren schon siebenmal der Fall gewesen war. Die Inquisition wollte in Southbarn niemand haben. Vergehen jeglicher Art pflegte man lieber mit weltlichen Mitteln zu begegnen.

Binagh saß mit seinen beiden Taschen auf der Straße vor dem Rathaus und wohnte der heftigen Diskussion bei, die ein Stockwerk über seinem Kopf tobte. Die Stadtratsmitglieder waren zusammengekommen und hatten die erneute Grabschändung von letzter Nacht auf dem Plan.

„Es muss ein Fluch sein, der auf unserer Stadt lastet", sagte eine Stimme. „Ständig werden Gräber geschändet, und es gelingt uns nicht, den Schuldigen zu stellen, obwohl wir Wachen aufgestellt haben."

„Nein-nein", widersprach ein anderer. Es war eine leise, fast piepsige Stimme. „Ich glaube nicht an einen Fluch. Anscheinend hat sich das Problem vor ein paar Wochen nur auf unseren Friedhof verlagert. Ich habe mir sagen lassen, dass der Frevel auch auf dem Friedhof von Kings Cave gesichtet wurde, sowie in anderen Dörfern der Umgebung."

„Ja, und nun ist er zurückgekommen", sagte die erste Stimme wieder, die etwas Markantes hatte. „Schließlich hatten wir die Schändungen bereits vor ein paar Monaten bei uns. Habt Ihr das etwa verdrängt?"

„Mag sein."

„Eure Unwissenheit sei Euch verziehen."

„Es kann nicht sein, dass wir diesen Grabräuber nicht zu fassen kriegen", mischte sich ein anderer ein.

„Grabräuber?", fragte ein Vierter. „Ihr denkt, das ist Menschenwerk?"

„Sicher. Ihr etwa nicht?"

„Auf gar keinen Fall! Seid Ihr denn nicht im Bilde? Es wird nicht geraubt. Den Leichen wird Gewalt angetan. Kein Mensch tut so etwas."

„Ach, und wer sonst?"

„Vampire?"

„Etwas Dümmeres habe ich noch nie gehört", meinte nun wieder die markante Stimme. „Vampire! Sie gehen an Lebende, um ihnen das Blut auszusaugen."

„Warum werden dann nur Gräber geschändet, in denen noch recht frische Körper liegen?"

„Das ist eben die Frage. Könnten wir sie beantworten, dann wären wir ein ganzes Stück weiter."

„Darf ich mal was sagen?"

„Bitte."

„Manche Leute in der Stadt denken an einen Werwolf." Mittlerweile wechselten die Sprecher so schnell, dass es Binagh schwerfiel, den Überblick zu behalten. Aber das störte ihn nicht. Die Entwicklung der Diskussion war dennoch höchst interessant.

„Was soll denn dieser Schwachsinn jetzt? Erst Vampir, dann Werwolf..."

„Ihr fühlt Euch wohl über alle Zweifel erhaben, was? Werwölfe sollen den Bann durchbrechen können und ihren Frieden finden, wenn sie eine Leiche fressen. Schon mal gehört?"

„Nein, das ist mir wahrhaftig neu. Dann handelt es sich aber nicht um nur *einen* Werwolf, denn der müsste ja mit *einer* Leiche genug haben. Das muss dann ja ein ganzes Rudel sein."

„Außerdem werden die Leichen nicht gefressen", gab ein Weiterer zu bedenken. „Lasst euch sagen, es sind Hexen. Der Inquisitor muss her."

„Die Inquisition richtet viel Unheil und Schmerz an, und niemand ist vor ihr sicher. Wir haben es bereits erlebt. Und Hexen kommen nicht in Frage. Sie können Lebendiges verhexen, aber was sollen sie mit einer Leiche? Darüber hinaus gibt es keine weiteren Anzeichen für Hexerei. Vergesst Eure Idee."

„Der Satan ist am Werk, und damit ist es doch Sache der Inquisition", wusste ein anderer. „Er schaut, ob er noch eine Seele erwischt. Dafür öffnet er nur die Gräber frisch Verstorbener."

„Genug", bestimmte jener, der wohl den Vorsitz hatte. „So kommen wir nicht weiter. Ich ordne hiermit an, dass die Wachen verstärkt werden. Wir lösen das Rätsel nur, wenn wir jemanden auf frischer Tat ertappen."

Plötzlich redeten alle durcheinander, und Binagh konnte heraushören, dass sich gerade zwei Parteien bildeten. Eine große, die für mehr Wachen plädierte, und eine kleine, die den Inquisitor wollte. „Verdammt, jetzt wird's brenzlig", murmelte er. Bevor er seine Taschen schulterte und sein Pferd losband, erfuhr er noch, dass es zunächst bei verstärkten Wachen bleiben sollte.

XIV

Der Mond war für Malcolm immer drei Tage lang
gefährlich. Einen Tag, bevor er voll war, einen danach,
und am Tag des Vollmonds sowieso. Deshalb nutzte er
Binaghs Abwesenheit gerne, um ungestört an seinem
Pulver arbeiten zu können. Selbst, wenn Binagh sich in
der Regel ruhig verhielt, so wirkte sich allein das Wissen,
dass er da war, auf Malcolm störend aus. Er spürte ihn
einfach, und das verminderte seine Konzentration.
Malcolm saß im Labor auf einem Hocker, den er sich
einmal selbst zurechtgezimmert hatte. Er stierte gegen
die weißgetünchten Wände, die dem sauber,
aufgeräumten Raum in Verbindung mit dem Inventar
etwas Geheimnisvolles verliehen. Die Einzigartigkeit des
Raums wurde von einem Regal mit vier Böden
hervorgehoben, das allerhand Behältnissen mit Pulver
und Flüssigkeiten Platz bot, und die, wie die Fläschchen
draußen in der Vitrine, mit beschrifteten Bändchen
versehen waren. An der Wand stand ein Tisch mit
Destilliergeräten und der Möglichkeit, ein kleines Feuer
zu machen, und darüber hingen Töpfe, Schüsseln und
Pfannen von der Decke herab.

Als ob ihn jemand angestupst hätte, erwachte Malcolm
aus einem tranceähnlichen Zustand. Seine Gedanken
hatten wieder einmal diese fürchterlich-schöne Realität
kreiert, die ihn einmal im Monat zu überfallen pflegte
und auf den Friedhof trieb. Jetzt, da er erwacht war,
schaute er auf seine unvollständigen Unterlagen, auf ein
Tintenfass mit Feder und einen Becher Wasser. Er
schnippte mit den Fingern, als er sich daran erinnerte,
warum er eigentlich in diesem Labor saß. Malcolm
ergriff einen Keramiktopf, der vor ihm auf dem Tisch

stand und streute mit akribischer Genauigkeit eine Substanz daraus auf eine Waagschale, bis sie sich langsam senkte und die andere Schale mit kleinen Gewichten anhob. Als die Waage ausgeglichen war, hängte er die Schale ab und mixte die abgewogene Substanz zu dem grauen Pulver, das er am Vormittag Binagh gezeigt hatte. Malcolm rührte, und je länger er das tat, desto mehr nahm es die Masse die Farbe Hellrot an. Der Meister war zufrieden. Als sich trotz intensiven Rührens nichts mehr veränderte, nahm er die Schüssel hoch, betrachtete sie von allen Seiten und stellte sie wieder ab. Er zog das Buch herbei, griff nach der Feder und machte sich Notizen dazu, wie viel von der Substanz er zum grauen Pulver gemischt und wie lange er gerührt hatte. Er legte die Unterlagen ab und wartete. Nach ein paar Momenten erhob er sich vom Hocker, wanderte in der Alchimistenküche umher, lehnte sich gegen die Wand, schaute zur Decke, drehte sich um und presste die Stirn gegen die Wand, bevor er zum Tisch zurückkehrte und den Becher mit Wasser ergriff. Er rührte einen Löffel voll von dem Mix ein, betrachtete sich das Gemisch eine Weile, atmete tief durch und stülpte es in sich hinein. Schon ging er in die Knie. Krämpfe ereilten ihn. Er ließ den Becher fallen, drückte sich zuerst die Hände auf den Bauch, dann an den Kopf. Sein Blick verwässerte sich in Windeseile. Er rieb die tränenden Augen und erhob sich fast blind. Überall aneckend, suchte er den Weg zur Diele, stolperte durch sie hindurch, puffte gegen die Vitrine, sodass die Fläschchen klirrend gegeneinander schepperten und tastete sich an der Wand entlang zur Schlafzimmertür vor. Er fand sie, stieß sie auf und stolperte hinein. Er erreichte sein wuchtiges Himmelbett, das wie das Fenster mit roten Vorhängen versehen war und ließ sich rücklings stöhnend drauf fallen.

‚Das Labor ist offen!‘, schoss es ihm durch den Kopf. Malcolm rappelte sich wieder hoch. Blind, wie er war, wollte er dorthin zurückfinden. Er blieb mit dem Fuß an einem Bein seines Betts hängen und knallte der Länge nach hin. Fluchend kroch er vorwärts wie eine Echse in die Richtung, wo er seine Alchimistenküche vermutete. Aber er fand keine offene Tür. „Hier muss doch das Labor sein", murmelte er, während er sich stöhnend vor Schmerz hinkniete. Er strich über den Türrahmen und fand eine Unebenheit im Holz. Da war er einmal mit einem schweren Tisch angeeckt, den er ins Labor schaffen wollte. Aber die Tür – warum war sie geschlossen? Er stützte sich mit den Händen auf dem Fußboden ab, um auf die Beine zu kommen – und spürte schwere Lederstiefel. Erschrocken zog er die Hände zurück, als habe er sich daran verbrannt.

„Was tust du da unten", fragte Binagh.

„Du bist wieder zurück? Warum ist das Labor zu?"

„Die Tür zu deinem Heiligtum stand offen. Ich habe es für dich abgeschlossen. Hier ist der Schlüssel." Er klimperte direkt neben Malcolm auf den Boden. Hastig tastete er danach und nahm ihn in die Hand.

„Das Pulver?", fragte Binagh.

Malcolm nickte heftig.

Mitleidslos riet Binagh zum wiederholten Mal: „Versuchs doch mal mit einer richtigen Frau."

Malcolm fiel zur Seite auf den Boden, wand sich wie ein Wurm und presste sich wieder die Hände an den Kopf.

„Lass das. Du kennst meine Einstellung dazu."

„Dir wird aber nichts anderes übrigbleiben, wenn du weiterhin leben willst."

Malcolm setzte sich auf und lehnte sich gegen die Tür. Er atmete schwer. „Was meinst du damit?", stöhnte er.

„Dass der Stadtrat die Verstärkung der Wachen beschlossen hat. Und wenn das nichts nutzt, wird mit Sicherheit die Inquisition auftauchen."

„Ich arbeite an dem Pulver. Das siehst du doch. Noch ein paar kleine Änderungen, und ich habe meinen Trieb im Griff."

Binagh setzte sich neben Malcolm auf den Boden. „Und was wird heute Nacht sein? Da ist der Mond so richtig schön voll."

„Das Pulver haut mich zwar nieder, aber das bedeutet nicht unbedingt, dass es nicht wirkt. Wir werden es sehen. Heute Nacht."

Binagh kam mit einem Satz auf die Beine und ging weg. Malcolm streckte seine Hände nach ihm aus. „Hilf mir."

Binaghs Schlafzimmertür fiel ins Schloss.

Kurz darauf ging er wieder durch den Flur. Als er an Malcolm vorbeikam, sagte er: „Ich hoffe für dich, dass das Pulver wirkt. Wenn nicht, dann musst du es heute ohne mich machen. Gerade heute, wo sie die Verstärkung der Wachen beschlossen haben, werden sie besonders wachsam sein. Jetzt bin *ich* erst einmal dran. Wir sehen uns Morgen."

„Wo willst du hin?"

Binagh antwortete nicht. Er verließ das Haus und knallte die Tür hinter sich zu.

XV

Es war bereits dunkel, als Binagh durch Southbarn ritt. Er konnte es sich nicht verkneifen, dem Friedhof einen Besuch abzustatten, um zu sehen, was sich nach der Stadtältestenversammlung geändert hatte. Auf leisen Hufen, näherte sein Pferd sich der Mauer. Nahe an der Stelle, wo er und Malcolm drüber zu klettern pflegten, stieg er ab. Er brauchte das Tier nicht anzubinden. Es würde geduldig auf ihn warten. Dass das Pferd sofort zu grasen begann, bestätigte Binagh sein Vertrauen. Er schlich zum eisernen Tor, schaute sich aufmerksam um und lauschte in die Dunkelheit, aber da war nichts und niemand, der seinen Argwohn erregt hätte. Er öffnete das Tor einen Spalt weit.

Es quietschte. Für Binagh war es laut wie ein Gewehrschuss in der ansonsten ruhigen Nacht. Wieder lauschte er. Als sich immer noch nichts rührte, schlüpfte er hindurch. Die erst im Laufe des Tages angebrachte Holztafel mit dem Hinweis *'Betreten nach Einbruch der Dunkelheit bei strengster Strafe verboten'* ignorierte er. Mit vorsichtigen Schritten, leicht gebückt und alle Sinne geschärft, bewegte er sich vorwärts. Er war bereit, auf alles zu reagieren, was ihn überraschen könnte. Sein Ziel war es herauszufinden, ob Malcolm auch nach Verschärfen der Wachen noch eine Chance hätte, seinen Trieb hier abzureagieren.

Über dem Friedhof strahlte am sternenklaren Himmel der immer noch volle Mond. In der gedämpften Helligkeit ragten schiefe, verwitterte Grabsteine bizarr aus dem Boden. Dazwischen sah er nun ein paar in leichter Bewegung ergebene Schatten. Es mochten drei oder vier

Gestalten sein. Binagh konnte es nicht so genau erkennen, weil ihre Schatten sich überlagerten und die Gruppe so wie zusammengeschmolzen wirkte. Die Gestalten waren merkwürdig still. Sie unterhielten sich nicht, und wenn doch, dann nur sehr leise. Sie schienen nur in die Nacht zu lauschen. Zweifellos waren ihre Nerven aufs Höchste angespannt.

Binagh blieb stehen und rührte sich nicht. Unwillkürlich schaute er zu dem Trabanten hoch und vergewisserte sich, dass er nicht rot war. Doch gleich schüttelte er in Unverständnis über seine eigenen Gedanken den Kopf. „Bin ich irr? Jetzt erwarte ich auch schon den roten Mond." Angewidert dachte er, wie es wohl wäre, wenn er Malcolms Schicksal teilen müsste. Seine Gedanken formten sich zu Bildern. Er sah sich ein Grab ausheben, den Sarg heraus hieven und öffnen. Seine Fantasie zeigte ihm eine leblose Schöne, bläulich und starr wie eine Eiskönigin, deren Kälte er spürte, als er sie mit seinen imaginären Händen abtastete. Jetzt war er wie Malcolm auf einem Friedhof und damit beschäftigt, eine Leiche zu schänden.

Die grausigen Bilder hatten ihn für einen Moment seiner Vorsicht enthoben. Entsprechend heftig zerriss ihn der Ruf, der auf die kreischende Flucht eines Vogels durch die Dunkelheit schallte. Der Vogel hatte die sowieso schon angespannte Gruppe aufgeschreckt, worauf sie Binaghs Schatten erkannt hatten.

„Halt, wer da!" Schon liefen zwei Gestalten auf ihn zu. Binagh, angesichts seiner sehr realen Vision erschrocken bis aufs Knochenmark, konnte nicht so reagieren, wie es seine Kampfausbildung ihm gestattet hätte. Er wirbelte herum, eilte zum Tor, riss es auf, lief hindurch - und sah zwei weitere Männer auf sich zurennen. Die Gruppe musste sich aufgeteilt haben, um ihn am Tor zu stellen.

„Keinen Schritt weiter", rief einer von hinten.

Binagh war umzingelt von vier Bewaffneten, die ihn, als sie ihn endlich erreicht hatten, allein schon wegen seiner fremdartigen asiatischen Erscheinung argwöhnisch in Schach hielten und bestimmt nicht zimperlich waren, wenn es um den Einsatz ihrer Waffen ging.

Die Zwei vor ihm hechelten wie gehetzte Hunde. Ihr körperlicher Zustand war nicht der eines Kämpfers. „Keine Bewegung", keuchte der Eine. „Wer bist du?"

Binagh wusste, dass sie ihn nicht an seine Waffen herankommen lassen würden, die er auf dem Rücken trug. Bis er den Arm gehoben hätte, würden sie ihn mit Pfeilen gespickt haben. Zwei Armbrüste, ein halb gespannter Bogen und eine Lanze hielten ihn in Schach. Dass sie keine Flinten hatten, war sicher der Heiligkeit der Stätte zuzuschreiben. Schüsse würden die Ruhe der Toten stören. Darüber hinaus war eine Armbrust wesentlich schneller zu laden als ein Gewehr. Trotzdem blieb ihm nur die Möglichkeit, die Situation geschickt zu entschärfen, um heil da herauszufinden. Ganz langsam streckte er seine Arme zur Seite aus, während er sagte: „Was wollt ihr? Hat man euch nicht informiert? Ich soll die Wache heute Nacht verstärken."

Die Zwei vor Binagh schauten sich fragend an. „Aha", sagte der Eine. „Wer schickt dich?"

„Ich kenne seinen Namen nicht", log Binagh. „Er hatte heute den Vorsitz bei der Besprechung zur Lage in der Stadt."

Die Beiden vor ihm entspannten sich ein wenig, und Binagh atmete auf. Aber dann drang von hinten eine Stimme an sein Ohr, die ihn wieder zur Vorsicht mahnte. „Verdammter Lügner!"

Die Männer vor ihm hoben sofort wieder ihre Waffen und zielten auf ihn. Der Linke der Beiden, einen Kopf kleiner als die anderen Drei, dafür mit doppeltem Leibesumfang und ausgeprägtem Doppelkinn, tänzelte plötzlich auf der Stelle herum und spielte mit nervösem Zeigefinger am Abzug seiner Armbrust. „Legen wir ihn doch um", sagte er aufgeregt.

Binaghs Menschenkenntnis verriet ihm, dass es dem Kleinen am liebsten gewesen wäre, die Gefahr so schnell wie möglich aus dem Weg zu räumen. Er erkannte, dass er auf der Schwelle zum Jenseits stand. In einer solchen Situation hatte er sich noch nie befunden. Immer hatte es einen Ausweg gegeben. Wie dumm konnte er nur gewesen sein, wie ein Anfänger in diese Falle zu laufen, und er spürte, dass diese Grabschändungen eher ihn als Malcolm das Leben kosten könnten. Was ihn zusätzlich zermürbte, war die Tatsache, dass er nicht wusste, wie nah die anderen beiden Kerle hinter ihm standen. War es nur ein Schritt? Waren es mehrere Yards? Erneut versuchte er es auf die sanfte Art. „Natürlich könnt ihr mich umlegen", sagte er mit ruhiger Stimme. „Wenn der Grabschänder aber ein Werwolf ist, dann könnte es heute leicht eure letzte Nacht im Leben sein. Ihr habt die Wahl: Ihr könnt mir vertrauen, denn ich kenne mich mit Werwölfen aus, oder ihr legt mich um." Binagh erhob die Hände nun weit über den Kopf. Er hinterließ den Eindruck, dass es ihm egal sei, was mit ihm geschah.

„Woher kennst du dich mit Werwölfen aus?", fragte Einer hinter ihm.

„Es gibt sie auch in Asien", antwortete Binagh, „und zwar in viel größerer Anzahl als hier. Ich wurde von kaiserlichen Werwolfspezialisten ausgebildet. Meine Waffen, die ich auf dem Rücken trage, sind eigens dafür gemacht, sie zu vernichten. Wollt ihr sie sehen?"

Sofort hoben die beiden vor ihm ihre Waffen an und schauten übers Visier. „Ein Griff dorthin, und du bist des Todes", sagte der Kleine.

Binagh drehte sich sehr langsam und vorsichtig mit immer noch erhobenen Händen um. Die Wachen hinter ihm hielten zwei Schritte Abstand zu ihm. „Und ihr?"

„Wäre schon mal interessant, das zu sehen", meinte der mit der Lanze. Seine Nase war nur noch ein unansehnlicher Klumpen im Gesicht, und ein Ohr fehlte.

„Wenn er die Waffen zu fassen kriegt, und sie tatsächlich für Werwölfe gemacht sind, dann haben wir keine Chance mehr gegen ihn", keifte der Kleine. Wahrscheinlich war er gerade dabei, sich in die Hose zu machen. Mit zittrigen Händen, immer noch den Finger am Abzug, fuchtelte er mit der Armbrust in der Luft herum.

Sein Nebenmann war da viel entspannter. Er hatte die Armbrust bereits sinken lassen. Auch der Bogen hinter Binagh war nicht mehr gespannt, und die Lanze des Entstellten wog locker in dessen Hand. Besser würde es nicht mehr werden. Binagh fuhr blitzschnell herum und trat von unten gegen die Armbrust des Dicken, deren Pfeil sich in der Dunkelheit verlor. Bevor die anderen reagieren konnten, packte er den Kerl am Wams und schleuderte ihn gegen die Beiden hinter sich. Ehe er zu seinem Pferd hechtete, drosch er dem anderen Armbrustschützen noch die Faust ins Gesicht. Er sprang in den Sattel, riss das Pferd herum und hieb ihm die Hacken in die Seiten. Es galoppierte davon, keinen Moment zu früh, denn schon suchte die Lanze ihren Weg zu ihm. Sie verfehlte ihn nur um Haaresbreite.

„Verfluchter Hurensohn", hörte er den Mann schreien. „Los, ihm nach, den schnappen wir uns, und dann: Gnade ihm Gott."

Binagh ritt so schnell er konnte, doch rasch hörte er die Verfolger hinter sich. Wie sie so schnell auf ihre Pferde kommen konnten, war ihm ein Rätsel. Er hatte die Tiere nirgends gesehen. Binagh wagte es nicht, sich umzublicken. Vielmehr legte er seine ganze Konzentration auf sein Entkommen. Noch einmal würde er nicht in die Falle laufen. Dieses Erlebnis war ihm eine Lehre.

Die Flucht führte ihn über einen Weg, der ein Kornfeld teilte, das im hellen Mondlicht ein wenig an Gold erinnerte, und damit an Malcolm und seinen Reichtum. Am Ende des Feldes wartete ein Wald auf ihn. Er befand sich auf dem Weg, den er sowieso hatte einschlagen wollen, war sich nun aber nicht so sicher, ob er es auch tun sollte. Auf gar keinen Fall sollte jemand von seinem Ziel wissen, um es nicht in Gefahr zu bringen. In vollem Galopp ritt Binagh in den Wald hinein. Moos und Laub dämpften die Schritte des Pferdes. Um es nicht durch modriges Holz und niedriges Gebüsch zu Fall zu bringen, verlangsamte er das Tempo, worauf das Pferd sich auf ein vorsichtiges Vorantasten verlegte. Indes schaute Binagh nach hinten, zum ersten Mal seit seiner Flucht. Er hörte die Verfolger nicht mehr, noch sah er sie, und der weiche Waldboden hinterließ keine Spuren, zumindest keine, die ihn in der Dunkelheit verraten hätten. Binagh blies erleichtert aus: „Gerade noch mal gut gegangen."

Nach einiger Zeit erreichte er eine stattliche Eiche, die voll in ihrer Kraft stand, obgleich der Stamm einen breiten Spalt aufwies und zeigte, dass er innen hohl war. Hier bog er nach Norden ab, bis er an ein Hügelgrab kam, von wo aus ein schmaler, mit Sicherheit geheimer Weg weiterführte, den kaum jemand zufällig finden würde. Er führte ihn zu einem verwunschenen Haus. Es war zwei Stockwerke hoch, ganz aus Eichenholz gebaut, dunkelgrün bemalt und an jeder Ecke mit einem runden Turm aus Stein ausgestattet. Binagh stieg ab und band das Pferd neben anderen an der Veranda an, zu der drei Treppenstufen hinaufführten. Er zog seine Maske ab und die Handschuhe aus, verstaute alles in seiner Satteltasche und ging schnellen Schritts zur Tür. Er klopfte ein Zeichen – 3 x 6 – und wartete ungeduldig. Eine gewisse Vorfreude war ihm deutlich anzusehen.

Endlich wurde die Tür geöffnet. Ein Wesen, bizarr und scheinbar nicht aus Fleisch und Blut, öffnete mit einer Laterne in der Hand. Das Wesen packte ihn am Arm und riss ihn mit einem kräftigen Ruck ins Haus hinein. Im flackernden Licht des Innern war die Silhouette einer Frau zu erkennen. Deutlich wölbten sich stattliche Brüste unter ihrem Gewand aus Stoff. Das Gesicht war grün bemalt wie das Haus und mit schwarzen Runen und Kreisen verziert. Auch die Brauen waren schwarz und dick nachgezogen. Trotz der Verunstaltung war das Gesicht als sympathisch zu erkennen. Die Frau strich Binagh genüsslich durch das behaarte Gesicht. Dann schob sie ihn eine knarrende Treppe hoch. Im ersten Stock erreichten sie einen Raum, in dem fünf nackte, unbemalte Frauen um eine Feuerstelle herumtanzten. An den Wänden hingen Bündel getrockneter Kräuter, Hühnerbeine und mineralhaltige Steine.
Als Binagh hinzutrat, beendeten sie ihren Tanz. Über dem Feuer hing ein Topf, aus dem eine der Nackten ein Gebräu schöpfte, in einen Becher goss und ihn Binagh reichte. „Hier, mein Lieber, der Trunk der Erkenntnis für dich. Er soll dir helfen zu entscheiden, ob du eine Hexe oder eine Reine ficken willst.“

Binagh nahm den Becher an sich und schaute die Frau lächelnd an. „Danke", sagte er. „Du kennst meine Wahl. Ich will wie immer die reine Peggy haben. Aber ich trinke trotzdem." Er schüttete das blubbernde Gebräu in sich hinein, schüttelte sich und stellte den Becher auf einem Tisch ab. Er legte der Bemalten eine Hand auf die Schulter und sagte: „Lass uns gehen, Peggy."

Sie hakte sich flott bei ihm unter und führte ihn eine weitere Treppe hinauf in ein geräumiges Zimmer, in dessen Mitte ein ausladender Zuber stand. Im warmen Wasser saßen drei Männer und drei Frauen. Sie waren alle unbemalt. Auch Binagh und Peggy entkleideten sich. Einer der drei Männer glotzte Binagh an wie ein Wesen einer anderen Welt.

Binagh musterte ihn seinerseits mit scharfem Blick. „Ist was?"

Peggy schmiegte sich an Binagh und fuhr mit gespreizten Fingern genüsslich durch sein Fell. „Komm, lass ihn. Er ist neu und wird dich schon noch zu schätzen wissen." Sie bog seinen Kopf zurecht, küsste ihn ergiebig, und dann stiegen sie ins Wasser.

Binagh setzte sich neben den Neuen. Sein muskulöser Körper war wie der eines Seemanns tätowiert, seinen Kopf zierte ein Irokesenschnitt, und Ohren, Nase und Brauen waren mit Piercings versehen.

„Ich bin Tom", sagte der Mann.

Binagh ignorierte ihn. Er nahm Schwamm und Seife aus einer Schale am Rand des Zubers und schrubbte Peggy sauber, bis keine Farbe mehr an ihr war. „Jetzt bist du wieder rein, du Hexe", sagte er lächelnd.

Bevor Tom die Unterhaltung mit Binagh wieder aufnehmen konnte, betrat eine weitere Bemalte den

Raum. Auch sie war bei einem Mann untergehakt. Er war groß, dürr und wirkte unerfahren.

Die Frau deutete auf den Zuber. „Das ist das Wasser der Reinheit", erklärte sie dem Neuling. „Du hast die Wahl. Möchtest du eine Hexe ficken, dann tun wir es jetzt, und danach kannst du mich in diesem Zuber von meinen Sünden reinwaschen. Willst du aber eine Reine haben, dann steigen wir zuerst in die Wanne. Dort reinigst du mich, bevor wir uns vergnügen. Na?"

„Ich hab noch nie eine Hexe im Bett gehabt", antwortete der Dürre.

Die Bemalte lächelte. „Das denk ich mir." Sie hakte sich bei ihm unter und schleppte ihn wieder raus.

Als die Beiden verschwunden waren, widmete Binagh sich wieder seiner Peggy. Er hatte ein seliges Grinsen aufgesetzt, das Zeugnis von dem außergewöhnlichen Gehalt des Getränks der Wahrheit gab und legte seinen Kopf auf ihre Schulter.

Peggy begann, Binagh unter Wasser mit der Hand zu betören.

Er genoss es sichtlich. In völliger Entspannung legte er sich zurück, wurstelte sich aber sofort wieder hoch. In seinen inneren Frieden hatte sich ein Satz eingeschlichen, der ihm äußerste Anspannung abverlangte. „Bist du nicht einer dieser chinesischen Gaukler?"

Binagh schaute Tom an, der, die Arme selbstsicher auf dem Rand des Zubers ausgebreitet, frech grinste. Er zog die Brauen nieder und fragte: „Was war das gerade?"

„Bist du taub? Ich fragte, ob du zu diesen chinesischen Gauklern gehörst, die in der Gegend ihre Spielchen treiben."

„Was interessiert dich das? Halt einfach dein Maul!"
Binagh lehnte sich wieder zurück.

99

Tom, vom Trunk der Erkenntnis nicht ganz Herr seiner Kräfte, stieß Binagh unsanft an. „Komm schon, ich hab dich doch bei denen gesehen. Ist zwar schon eine Weile her, aber *dein* Gesicht vergisst man nicht so schnell."

Binaghs Augen begannen zu funkeln. „Und? Weiter?"

„Es gibt nicht viele, die so behaart sind wie ein…"

Blitzschnell fuhr Binaghs Hand an Toms Kinn und drückte zu.

Tom keuchte und packte Binaghs Arm, um sich aus seinem Griff zu befreien. Als dieser jedoch seinen Griff verstärkte und Tom keine Luft mehr bekam, ließ er das Vorhaben fallen.

„Wie ein…? Na?" Er packte ihn nun am Genick und drückte seinen Kopf in Richtung Wasser. „Wie lange kannst du die Luft anhalten, hä? Solange wie ein Gaukler? Wollen wir das doch mal testen."

Peggy erfasste Binaghs Wange, drehte seinen Kopf zu sich hin und küsste ihn auf den Mund. Mit der anderen Hand knetete sie weiterhin seinen Penis.

Gegen Peggys Berührungen war Binagh machtlos. Er entließ Tom aus seinem Griff, nicht, ohne ihm noch seine Faust ans Kinn zu schlagen.

Toms Kopf flog zur Seite. Er packte sich an den Hals und hustete und röchelte.

Peggy schaute an Binagh vorbei zu Tom und sagte: „Binagh ist nicht mehr bei der Truppe. Er hat jetzt ein festes Zuhause. Zufrieden?"

„Warum muss der Arsch das wissen?", wollte Binagh wissen.

Peggy erhob sich. „Wir sind ein friedliebendes Haus. Komm, lass uns ins Bett gehen, ja? Ich möchte deinen behaarten Penis in mir spüren."

Bereitwillig ließ er sich von ihr an der Hand nehmen und aus dem Zuber helfen.

XVI

Gabor saß, die Hände auf seinem Bauch verschränkt, zurückgelehnt in einem aufwändig geschnitzten Ledersessel und gab sich der Besinnung hin. Von einem Leben in Armut und als Bettler war im Raum des Abts der Dominikaner nichts zu spüren. Er nannte eine gut ausgestattete Bücherei sein Eigen, die einen großen Schrank bestückte und ausnahmslos mit heiligen Schriften, meist in Latein, aber auch in Englisch, ausgestattet war. Auch der von dem deutschen Dominikaner Heinrich Kramer in Latein verfasste Hexenhammer war in diesem Schrank zu finden. Gabor hatte ihn seiner eigenen Einschätzung nach schon 20 Mal gelesen. Vor allem die Aussage, dass es eine große Häresie sei, nicht an das Wirken von Hexen zu glauben, fand seine volle Zustimmung. Dass sogar die Spanische Inquisition den Hexenhammer vor mehr als 100 Jahren als ungeeignet eingestuft hatte, tat seiner Faszination dafür keinen Abbruch. Das mochte damals zutreffend gewesen sein, heute jedenfalls nicht mehr.

Gabor gefiel es, dass der Autor für sich in Anspruch nahm, genau die Wahrheit zu kennen. Kramer war für ihn jemand, der sich mit Zauberei und Hexerei auskannte, mit Dingen also, die die Macht hatten, ihn wie alle anderen zu täuschen. Mit Sicherheit hatte Kramer recht, und Petrus Dusina, Beisitzer am römischen Inquisitionsgericht, irrte sich, als er vor 20 Jahren bekanntgab, dass die Grundsätze des Hexenhammers vom Inquisitionstribunal nicht angenommen worden seien. Als ungeheuerlich empfand Gabor, dass Kramer nach Salzburg hatte fliehen müssen, um nicht selbst gerichtet zu werden. Dass er aber dennoch als

Wegbereiter für die Ausrottung der Hexerei galt, rechnete Gabor ihm doch sehr hoch an.

Es gab keinen Zweifel daran, dass Kramer recht hatte, als er die Frauen als minderwertig einstufte. Immerhin wurde Eva aus einer Rippe Adams geschaffen. Frauen waren Feinde der Freundschaft, ein Übel der Natur, sexuell unersättlich und hatten Defizite im Glauben vorzuweisen. Nicht umsonst, so Gabors Überzeugung, setzte sich *femina* zusammen aus den lateinischen Worten *fides* für Glauben und *minus* für weniger.

Gabor schaute in drei Kerzen, die auf seinem Tisch flackerten und die Dunkelheit ein wenig erträglicher machten. Die züngelnden Flammen führten seine Erinnerungen zurück in die Backstube seines Vaters. Als Gabor klein gewesen war, hatte er ihm viel geholfen. Bereits als Vierjähriger durfte er die fertigen Brote aus dem Ofen holen, und mit Sechs hatte er bereits das Holz nachgeschürt und das Feuer am Brennen gehalten. Noch heute hatte er die Worte seines Vaters im Ohr: „Je mehr Feuer wir machen müssen, desto besser können wir leben." Je mehr Feuer in der Backstube brannte, desto mehr Brote galt es zu backen, und desto größer waren die Einnahmen. Aber auch, wenn der Vater viele Brote buk, so hielt er seine Familie zur Bescheidenheit an. „Viel Feuer bedeutet nicht gleich, dass wir maßlos sein dürfen", pflegte er zu sagen.
Die Worte des Vaters hatten Gabor so sehr in ihren Bann gezogen, dass er bereits mit 16 dem Predigerorden der Dominikaner beitrat und sich damit zu Enthaltsamkeit, Armut und Gehorsam verpflichtete.

Zufrieden faltete er seine Hände auf dem Bauch zusammen und spielte mit den Daumen. Sein Blick wanderte durch seine Stube, die die größte im ganzen Kloster war. Sie war weiß getüncht an Wänden und Decke. Der Boden war gefliest, und auf hölzernen Regalen standen wertvoll erscheinende Utensilien. Natürlich gehörten dazu auch ein goldener Messkelch und ein aufwändig herausgearbeitetes Kruzifix. Er musste zugeben, dass die Ausstattung besser war als jene seiner Mitbrüder, aber dafür war er ja auch der Abt.

Gabor erhob sich aus dem Sessel und schritt ans Fenster. Wie stattlich doch dieses Gemäuer ein paar Meilen außerhalb von Southbarn war. Da es auf einem Hügel lag und Gabors Zimmer im obersten Stockwerk zu finden war, würde er die Stadt in der Ferne sehen können, wenn es hell wäre. So aber blieb seinem Auge nur die auch zu dieser späten Stunde noch andauernde Geschäftigkeit der Mönche, die im Garten des Innenhofs im Schein von Fackeln zugange waren.

„Es wird Zeit für das Abendgebet", sagte Gabor, während er zum Kruzifix blickte, das zwischen den Kerzen auf seinem Tisch stand. Er verließ sein Zimmer und das Stockwerk und begab sich nach unten, wo er an den anderen vorbei zum Kreuzgang ging und sich auf eine Bank setzte.

Gabor kam nicht wirklich zum Beten. Kaum hatte er angesetzt, sich mit dem Gründer des Ordens, dem Hl. Dominicus, zu verbinden, als es an dem wuchtigen Holztor pochte, das auch als Tor in einer Stadtmauer zu finden sein konnte.

Zwei Mönche unterbrachen ihre Arbeit im Kräutergarten und gingen mit ausladenden Schritten zum Eingang. Sie schoben einen Balken zur Seite und zogen das Tor auf. Gabor schaute ihnen zu. Er konnte nicht erkennen, wer da draußen war zu dieser späten Stunde. Es schien ein Mann zu sein, der auf einem Pferd saß. Seine Mitbrüder redeten und gestikulierten, bis der Besucher wieder weg ritt und sie das Tor schlossen. Sie eilten zu ihren Brüdern zurück, wo das Gemurmel weiterging. Immer mehr Mönche beteiligten sich daran, und schon bald hatte sich eine große Gruppe zusammengefunden, die ihre Köpfe zusammensteckte.

Gabor saß immer noch andächtig auf der Bank im Kreuzgang, doch seine Andacht ließ immer mehr nach. Ja, er hatte befohlen, nicht gestört zu werden, wenn er alleine im Kreuzgang sein Abendgebet verrichtete, aber dieses Gemurmel war doch kaum noch auszuhalten. Seine Neugier überstieg die Wichtigkeit des Gebets, sodass er zu der Gruppe hinüberrief: „Was gibt es da zu besprechen?"

Einer der beiden, die das Tor geöffnet hatten, schaute zu Gabor. Als der ihm winkte, steckte er seine Hände jeweils in den Ärmel des anderen Arms und begab sich zum Kreuzgang. Ehrfürchtig blieb er vor Gabor stehen und verbeugte sich.

„Und?", fragte Gabor fordernd.

„Das war jemand aus Southbarn, Bruder Gabor", berichtete der Mönch.

„Was wollte er? Lass dir nicht alles aus der Nase ziehen."

„Es war ein Mann aus dem Stadtrat. Er hat berichtet, dass auf dem Friedhof Gräber geschändet werden. Der Stadtrat möchte das selbst in die Hand nehmen, aber er ist sich sicher, dass hier die Hilfe der Geistlichkeit gebraucht wird. Er sagt, es handle sich eindeutig um das Werk von Hexen und Teufeln." Als ob ein Riesenpferd gegen seine Bank getreten hätte, ließ Gabor seine massige Gestalt hochschnellen. „Kutsche für morgen fertigmachen, Gefolge informieren", befahl er. Damit verschwand er wieder im Kloster.

Gabor platzte in sein Zimmer hinein, stellte sich vor seinen kleinen Tisch und betrachtete die Heiligenbilder an den Wänden. In respektvollem Abstand führte er seine Hände durch die Flammen der Kerzen. „Ich werde das Pack schon ausrotten", zischte er. „Es gibt mehr Stroh als Ketzer. Wenn die Weltlichen versagen, dann muss die Kirche eben eingreifen. Ich schwöre bei Gott, der Grabschänder wird gerichtet werden." Den kleinen Schreck, der ihn ereilte, als er an die Mahnung seines Vaters dachte, man dürfe auch bei vielem Feuer nicht maßlos sein, wischte er achtlos wieder weg.

XVII

Als Ann am Morgen erwachte, lag sie auf dem Boden. Sie schaute zur Decke und versuchte sich zu erinnern, warum sie nicht im Bett lag. Sie wollte aufstehen, kam auf die Knie und zog vor Schmerz die Luft durch die Zähne ein. Ein Blick auf den Boden brachte die Erinnerung zurück: Kieselsteine. Wie lange sie darauf gekniet hatte - zuerst mit Kissen, später ohne - und betete, wusste sie nicht mehr. Sie erinnerte sich daran, immer wieder das Vater Unser rezitiert zu haben, persönliche Worte der Reue darin eingefügt, bis ihr schwarz vor Augen geworden war. Schwarz vor Anstrengung und vor Schmerz. Es hatte höllisch wehgetan, aber sie hatte durchgehalten. Immer wieder nur ein paar Minuten, bevor sie eine Pause brauchte und sich wieder in das Martyrium begab. Ihre unendliche Reue war damit bewiesen. Ob Lucy noch im Kerker saß? Oder ob Gott bereits eingegriffen hatte? Ann stieg vorsichtig die Treppe hinab, um nicht umzuknicken. Auf ebenem Boden ging es sich jedoch besser, sodass sie sich den Weg zum Turm zutraute.

Neben der Tür des Turms fand Ann wieder das kleine vergitterte Fenster vor. Warum es vergittert war, vermochte sie nicht zu erkennen, war es doch zu hoch droben, als dass ein Gefangener es innen hätte erreichen können, und viel zu klein zum Hindurchklettern war es obendrein. Ann schaute sich vorsichtig um, legte sich auf den Boden und versuchte einen Blick ins Innere zu erhaschen. „Lucy, bist du da?"
Lucy näherte sich dem Fenster.

Ann war enttäuscht. „Lucy, du bist noch im Kerker?",
flüsterte sie.

„Ja, Mama. Ich bin doch verurteilt. Es gibt hier kein
Entkommen."

„Das sehe ich." Verzweiflung machte sich in ihrer
Stimme breit, als sie fortfuhr: „Wie konntest du mir das
nur antun? Weißt du, wie ich leide, und was ich alles tue,
damit Gott dich rettet?"

„Rothaarige sind Teufel", flüsterte Lucy zurück. „Das
hast du selbst immer gesagt. Ich habe sie getötet, um Gott
und dir zu gefallen."

„Mein Gott, was für ein schreckliches Missverständnis",
jammerte Ann. „Ich habe nie von dir verlangt, dass du
töten sollst." Sie weinte. „Warum habe ich nur nichts
davon bemerkt? Ich hätte es verhindern können."

„Gräme dich nicht, Mama. Ich freue mich darauf, Gott zu
treffen." Lächelnd fügte sie hinzu: „Sie werden mich bald
hängen. Hoffentlich geht es schnell."

Ann schrie auf, griff durchs Gitter und versuchte, Lucys
Arme zu packen. „Neeein, sie werden dich nicht
hinrichten. Gott wird dich retten. Glaube mir. Er rettet
dich. Sei guten Muts."

Neben Ann tauchte ein Landsknecht auf. Er lehnte seine
Lanze gegen die Wand, packte sie grob von hinten und
riss sie vom Fenster weg. „Besuch ist nicht gestattet. Sie
wird hängen. In einer oder zwei Wochen ist sie dran. Du
wirst es nicht verhindern." Dann warf er ein Bündel
neben sie. „Hier, die Habseligkeiten deiner Tochter.
Bewahre sie dir zur Erinnerung. Und nun verschwinde."

Ann rappelte sich hoch, schnappte sich das Bündel und
lief ein paar Yards weit weg. Sie öffnete es, nahm die
Lederkleider und Stiefel heraus und betrachtete sie
ungläubig und fassungslos. „Was sind das für Sachen?",
fragte sie voller Unverständnis. Sie wollte zurück zum

Fenster, aber der Landsknecht hielt ihr die Lanze an die Kehle. „Zum letzten Mal, verschwinde."

„Mama", rief Lucy aus der Zelle heraus.

Ann schaute den Landsknecht verzweifelt bittend an, aber der schüttelte nur den Kopf. Laut weinend lief sie zurück zu ihrem Haus. Sie spürte die Schmerzen an den Knien nicht mehr.

XVIII

Malcolm liebte die Idylle. Nach seinem Studium in Cambridge, wo er als Student auch gelebt hatte, hatte er sich auf die Suche nach einem abgeschiedenen Dörfchen mit heimeligem Charakter gemacht und war in Kings Cave hängengeblieben. Er war damals schon betucht genug gewesen, um sich ein idyllisches Anwesen in diesem verwunschenen Dorf zu kaufen, auf dem er nun mit Binagh lebte.

Kings Cave war umgeben von Feldern, Wiesen und Wäldern. Durch das Dorf führte eine einzige Straße, die beidseitig gesäumt war von reetgedeckten Cottages, die in den verschiedensten Farben gestrichen waren. Allesamt hatten sie farbenfrohe Blumengärtchen zur Straße hin, sowie Rosenstöcke neben der Tür und grünende Büsche am Mauerwerk. Ihre unübersehbaren wuchtigen Schornsteine zeugten von wärmeliebenden Menschen, die es sich obendrein leisten konnten, im Winter nicht zu frieren. Malcolm stand dem mit seinem Anwesen in nichts nach.

Auf dem kleinen Friedhof neben der für Kings Caves Verhältnisse stattlichen Kirche wurde nicht oft jemand beerdigt, und das Angebot für Malcolm war entsprechend spärlich. Dennoch hatte es auch hier für ihn schon zweimal die Gelegenheit gegeben, sich zu vergnügen.

Seit vielen Wochen schon war es sowohl auf dem Friedhof des Dorfes wie auch im Dorf selbst ruhig. Betriebsamkeit herrschte nun eher außerhalb der Gemeinde. Auf den holprigen Wegen, die durchs Land führten, waren zurzeit viele Bauern mit Ochsenkarren unterwegs, um auf den Feldern zu arbeiten. Ihre Arbeit würde bald wieder viel Korn und Stroh einbringen.

An diesem wunderschönen warmen Aprilmorgen fuhr ein mit vielen Strohbündeln beladenes, von einem Pferd gezogenes Fuhrwerk über die Felder und steuerte auf eine Scheune zu, die sich etwa eine Meile außerhalb von Kings Cave befand. Das Gebäude war keine architektonische Meisterleistung, aber für den Zweck, dem es diente, war es doch etwas Besonderes. Anstatt einfach nur aus Brettern zusammengenagelt und mit einem mehr oder weniger provisorischen Dach ausgestattet zu sein, handelte es sich um ein stabiles Häuschen aus Fachwerk, das wie die Cottages im Dorf ein Reetdach hatte. Ein großes, zweiflügeliges Tor bot einem Heuwagen Platz zur Einfahrt, und an der Innenseite führte eine schmale Treppe nach oben, wo eine kleine Tür Zugang zum Dachboden gewährte. Die Scheune lag in einem abgeschiedenen Winkel, umgeben von einem stattlichen Hain. Die Abgeschiedenheit ließ die Möglichkeit zu, darin etwas zu verstecken. Auf jeden Fall wurde sie aber ihrem Zweck, Ernte vor Wind und Wetter zu schützen, mehr als gerecht.

Malcolm hatte bei den Bauern in der Umgebung Stroh aufgekauft, das vom Vorjahr übriggeblieben war. Zwar wurde es auch in den Ställen der Bauern verwendet und sogar an die Burgherren im Lande verkauft, damit sie im Winter ihre Notdurft nicht draußen in der Kälte erledigen mussten, aber alles wurde nur selten verbraucht, und Malcolm hatte die Reste eingesammelt. Er hatte eben sehr viel mehr damit im Sinn als andere. Er steuerte das Fuhrwerk vor das Scheunentor, zog den Zügel an und brachte damit sein Pferd zum Stehen. Er sprang vom Bock, öffnete die Scheune und lenkte den Karren hinein.

Er spannte das Tier ab, raffte eine Handvoll Halme zusammen, band sie mit einer Kordel und verließ die Scheune, nicht, ohne sie gewissenhaft zu verriegeln.

Als er zuhause ankam, schaute Malcolm sich ein wenig scheu um, aber Binagh war nirgendwo zu sehen. Gut so. Er stieg vom Pferd und versteckte das Stroh in einer Kiste im Garten, der so verwildert war, dass es schon wieder nach Plan aussah. Wenig später saß er im Labor. Seine Aufzeichnungen lagen aufgeschlagen vor ihm, die Behältnisse mit Pulver standen auf dem Tisch. Er wog ab, mixte, leckte vorsichtig, notierte, verbesserte die Rezeptur und ließ den Kreislauf wieder von vorne beginnen. Malcolm war voller Hingabe darauf fokussiert, sein Ziel jetzt endlich zu erreichen: Ohne Leichen glücklich zu werden. Die letzten beiden Vollmondnächte im März waren eine Riesenqual für ihn gewesen, da Binagh sich geweigert hatte, ihn auf den Friedhof zu begleiten. Vielleicht hatte er sogar recht damit, denn die Wachen in Southbarn waren mit Sicherheit verstärkt aufgetreten. Nur ein Wahnsinniger hätte sich bei Nacht noch dorthin gewagt. Trotzdem hätte sein Diener ihn nicht so schändlich im Stich lassen müssen. Schließlich gab es auch noch Friedhöfe in der Umgebung. Überzeugt hatte die Idee Binagh nicht. Stattdessen war er am Abend einfach aus dem Haus gegangen und hatte Malcolm mit seiner Pein allein gelassen. Zunächst hatte es bei ihm Mordlust gegen Binagh hervorgerufen, aber dann war es ihm immer mehr bewusst geworden, wie sehr er doch von jemandem abhängig war, den er kaum kannte. Wenn Binagh sein Problem, sich unter Lebensgefahr nachts auf einen Friedhof begeben zu müssen, loswerden wollte, dann brauchte er Malcolm nur zu verraten. Was sollte ihn davon abhalten? Sein Fell? Vielleicht noch. Und später?

111

Malcolm ertappte sich dabei, wie er unaufmerksam wurde. Gerade hatte er eine unbestimmte Menge gelben Pulvers zu seinem in der Entstehung begriffenen Medikament gestreut, als er wieder zur Besinnung kam und mit Mühe und Not aus seinem Gedächtnis hervorkramte, wie viel das wohl gewesen sein mochte. Er notierte sich das Gewicht, rührte in seiner Testmasse, befeuchtete seinen Zeigefinger, nahm ein wenig von dem dunkler gewordenen Pulver auf und leckte daran. Er beobachtete sein Inneres, aber es passierte nichts. Keine Übelkeit, keine anschwellenden Augen, keine Unannehmlichkeiten.

Jetzt, wo der Trieb wieder schlummerte, lebte Malcolm in einer ganz anderen Welt als zur Zeit des Vollmonds. Nicht nur Binaghs Verhalten und die Wachen auf dem Friedhof beflügelten ihn, seinen Trieb loszuwerden. Auch der Wissenschaftler in ihm konnte nicht ohne weiteres akzeptieren, dass er eine so abartige Veranlagung hatte. Jetzt aber hatte er die Möglichkeit, sich davon zu lösen. Der Mond würde ihm noch drei Wochen Zeit dafür geben. Beim letzten Versuch hatte das Pulver noch gewaltige Nebenwirkungen gehabt, die ihn bei regelmäßiger Einnahme mit tödlicher Sicherheit erblinden lassen würden, und vielleicht mehr. Aber heute würde er der Lösung einen großen Schritt näherkommen können, denn je mehr er mixte und probierte, desto roter wurde das Pulver, und nach einer Stunde hatte es endlich die richtige Farbe. So sollte es sein. Malcolm nickte zufrieden und startete einen erneuten Selbstversuch. Die kleinen Proben mit dem angefeuchteten Finger waren in Ordnung gewesen. Was aber, wenn er einen ganzen Löffel voll in einen Becher Wasser mixte? Er tat es, rührte, bis das Pulver sich aufgelöst hatte, setzte zum Trinken an und – wumm.

Die Haustür wurde zugeknallt.

„Shit!" Malcolm setzte den Becher wieder ab. Binagh musste von seinen Tests nicht unbedingt etwas mitbekommen. Dieser eine Ausfall vor einer Woche hatte gereicht. Da war sogar sein Labor offen geblieben. Für wie lange, das konnte Malcolm nicht mal sagen. Zeit genug für Binagh, darin herum zu schnüffeln? Wie auch immer: Malcolm war es lieber, wenn er zuerst einmal die richtige Mixtur fand und seinen Diener dann mit gegebenen Tatsachen bekannt machte.

Malcolm erhob sich vom Hocker, ergriff eine Schale mit violetter Flüssigkeit, nahm einen Pinsel und einen Schwamm an sich und verließ das Labor. Als er es verschlossen hatte, rief er nach Binagh, während er die Utensilien auf den Tisch in der Diele stellte. Er hatte ihn nun schon ein paar Tage lang nicht mehr behandelt, Zeit, seinen Unmut über das Verhalten seines Dieners wieder abzulegen.

Die Zimmertür öffnete sich. Binagh streckte sein maskiertes Gesicht heraus. „Malcolm", rief er sichtlich erfreut und schloss die Tür hinter sich.

Malcolm stellte zwei Stühle vor dem Tisch zusammen und deutete auf den einen. „Komm her, setz dich."

Binagh gehorchte. Als er Malcolm gegenübersaß, schaute er ihn schuldbewusst an. „Ich schäme mich", sagte er. „Ich hätte dich in deinen schweren Stunden nicht alleinlassen dürfen." Dann blickte er zu Boden.

Malcolm drückte seinen Kopf nach unten, teilte die Haare im Nacken und öffnete die Schnallen. „Schon vergessen." Er zog ihm die Maske ab. Im Innern hingen viele Haare dran. Stolz zeigte er sie Binagh. „So langsam wird's was", sagte er.

„Ich bin dir unendlich dankbar. Und noch einmal: Ich fühle mich schuldig. Sag was, Malcolm."

„Ich kann dein Handeln nachvollziehen." Er nahm eine Bürste zur Hand und striegelte Binaghs Arme. Auch hier verlor er Fell, ebenso wie an den Beinen, am Rücken und auf der Brust.

„Sei ehrlich, Malcolm."

Er reagierte nicht. Stattdessen nahm er Schale und Pinsel vom Tisch. Beides hielt er Binagh vor die Nase. „Komm, lass dir die Tinktur auftragen. Sie wirkt wunderbar, das haben wir gerade wieder gesehen. Die Woche Pause hat nicht geschadet. Auch, wenn noch keine kahlen Stellen zu erkennen sind: Es wird lichter." Er tauchte den Pinsel ein und strich das Substrat an den Rändern zum Kopfhaar auf.

„Wie funktioniert denn die Tinktur?", fragte Binagh nun. Malcolm erklärte es ihm. „Sie setzt sich an den Haarwurzeln ab und erstickt sie. Deine Fellhaare sind anders gebaut als die Kopfhaare. Du wirst also keine Glatze bekommen und auch deinen Bart nicht verlieren. Trotzdem trage ich es vorsichtig auf. Wir wollen kein Risiko eingehen." Er grinste.

„Du bist ein guter Medikus, Malcolm. Danke."

„Ich helfe dir gern." Dann wechselte er den Pinsel gegen einen Schwamm und machte sich großflächig am Körper und den Gliedmaßen zu schaffen.

„So, das war's", sagte er nach einer Weile. „Geh in dein Zimmer, lege dich hin, ruhe dich aus und lasse die Tinktur einwirken."

Als Binagh in seinem Zimmer verschwunden war, fingerte Malcolm seinen Schlüssel hervor und schloss hastig das Labor auf. „Du kannst mir viel erzählen, von wegen Dankbarkeit", murmelte er. „Das musst du mir erst mal beweisen. Aber *ich* hab dich im Griff, mein Freund, glaub's mir." Er schloss sich ein, schnappte sich den Becher mit der nun karminroten Brühe, nahm allen Mut zusammen und schüttete das Getränk in sich hinein. Er stellte den Becher ab und beobachtete sich.

Nichts. Kein Rumoren im Magen, kein Pochen im Kopf, kein Stechen in den Augen. Es war, als hätte er einfach nur einen Becher Wasser getrunken.

Er holte tief Luft und rieb sich zufrieden die Hände, doch dann verließen ihn die Kräfte in den Knien, und Malcolm ging zu Boden. Er rappelte sich auf, setzte sich hin, hielt sich den Kopf und atmete noch einmal tief durch.

Malcolm schüttelte sich. Seine Augen tränten leicht. Er schaute zum Fenster hinaus auf die Bäume da draußen und stellte fest, dass er die Blätter scharf sehen konnte. Jedes einzelne. Er erhob sich vom Hocker und nahm die Unterlagen vom Tisch. Auch seine Schrift sah er klar und deutlich. Malcolm nahm den Becher an sich, betrachtete ihn von allen Seiten, als könne er ihm ein Geheimnis verraten und schob die Unterlippe vor. „Nicht schlecht", murmelte er. „Jetzt ist es schon viel erträglicher. Ja, du bist ein guter Medikus, Malcolm." Er ließ sich wieder auf seinen Hocker nieder, stützte den Kopf in die Hände und rieb sich sein Gesicht. Er legte sie auf den Knien ab und murmelte: „Nie wieder Coitus mit Leichen. Ob ich das durchstehe?"

XIX

Eine zweispännige Kutsche, gezogen von einem Schimmelpärchen, polterte übers Pflaster. Es war nicht ungewöhnlich für Southbarn, dass eine Kutsche durch die Straßen fuhr. Dennoch sorgte das Gefährt für Aufsehen, denn dabei handelte es sich um die Hoheitskutsche der Dominikaner. Allein diese Tatsache ließ die Anwohner in Schockstarre zurück. Dass die Kutsche aus dem Kloster unweit von Southbarn stammte, war ohne Zweifel. Davon zeugten allein schon der Mönch, der auf dem Bock saß und das Gefährt lenkte, sowie ein Leiterwagen mit weiteren 20 Brüdern im Anschluss. Der Fahrgastraum war schwarz-weiß gestrichen und bot Platz für vier Personen. Die Fenster waren mit roten Vorhängen blickdicht verschlossen. Die Mönche kamen nicht alleine. Sie wurden begleitet von 15 mit Lanzen und Schwertern bewaffneten Männern auf Pferden. Es war nicht zu erkennen, ob sie dem Orden angehörten, denn ihr Erscheinungsbild war des weltlicher Vagabunden. Fast alle hatten sie unordentliches, meist langes, verklebtes Haar, und sie trugen verstaubte und verschmierte lange Mäntel über braunen Stiefeln. Die Ordensleute mit ihren schwarzen Kutten über der wollenen weißen Tunika wirkten gegen sie sauber und gepflegt.

In Southbarns Mitte angekommen, lenkten die beiden Anführer der Bewaffneten, Hunter und Bailey, den Tross zum Turm der Qualen, passierten ihn und bogen hinter ihm in Richtung Kirche ab. Vor dem Hauptportal hob Bailey die Hand und hielt den Zug an. „Hoh", rief er. Mit seinem kurzen, knorpeligen Zeigefinger fuhr er sich unter die Augenklappe und rieb in der leeren Höhle herum, weil sie wie so oft juckte.

Der Mönch auf dem Bock riss am Zügel, und die Kutsche kam zum Stehen.

Die 15 Begleiter behielten Platz im Sattel. Auch die Mönche auf dem Leiterwagen machten keine Anstalten, ihren Platz zu verlassen.

Allein der Lenker stieg vom Bock und öffnete die Tür zum Fahrgastraum.

In die Kutsche kam Bewegung. Sie schaukelte hin und her, als Gabor im Innern aufstand und gebückt in der Tür erschien. Die einzige Stufe schwebte eine Armlänge über dem Boden, sodass er demonstrativ nach unten deutete und sich räusperte.

Der Mönch legte sich vor den Ausstieg und biss die Zähne zusammen.

Gabor, der nun der Kutsche entstieg, trat auf den Rücken des Bruders, benutzte ihn als Zwischenstufe und erreichte sicheren Boden. Er war in eine leuchtend rote Kutte mit rabenschwarzer Kapuze gekleidet, was ihm, dem Abt, etwas Teuflisches verlieh. Um den stattlichen Bauch hatte er einen Strick gewickelt, woran eine zusammengerollte Peitsche gebunden war. Gabor setzte sich in Richtung Kirche in Bewegung. Er ging fast übertrieben aufrecht und reckte die Schultern nach hinten, als müsste er ein Gegengewicht für seine Leibesfülle schaffen.

Der Mönch erhob sich, bog sein Kreuz durch und rieb die Stelle, wo Gabor drauf gestiegen war. Dienstbeflissen eilte er neben ihm her zur Kirchtür und wollte sie öffnen. Er drückte die Klinke, lehnte sich gegen die Tür und rüttelte daran. Dann schaute er den Abt an und hob die Schultern.

Hunter drehte sich im Sattel zu seinen Leuten um. Auf seinen Fingerzeig preschten zwei Männer los, hinüber zum Pfarrhaus.

XX

Caelius saß nichtsahnend in der Wohnküche am Tisch und gönnte sich ein fürstliches Frühstück. Auf beiden Backen kauend, nahm er plötzlich Pferdegetrappel wahr, das schnell näher kam und vor dem Pfarrhaus von einem Schnauben begleitet erstarb. Er schaute aus dem Fenster und sah, wie zwei verwilderte Gestalten vom Pferd sprangen. Schnell erhob er sich vom Stuhl und riss die Vorhänge zu.

Schon pochte es an der Tür.

In Windeseile kramte Caelius alle Köstlichkeiten zusammen und verstaute sie in der Speisekammer. Allein ein altbackenes Brot blieb auf dem Tisch zurück.

Wieder pochte es, diesmal energischer.

„Ich komme ja schon", rief Caelius.

„Aufmachen, oder wir treten die Tür ein."

Caelius knallte die Speisekammer zu, eilte zur Tür und öffnete sie.

Ohne, dass er noch etwas sagen konnte, packten die Kerle ihn am Gewand und zerrten ihn auf die Straße, wo ihre Pferde warteten. Mit einem Satz sprangen sie in ihre Sättel und trieben Caelius unter dessen lautem Protest vor sich her zur Kirche.

Dort stand Gabor breitbeinig und mit in den Gürtel gesteckten Daumen. Er nickte. „Caelius, was für eine Freude, dich zu sehen."

„Gabor!", keuchte der Pfarrer. „Das hätte ich mir denken können. Was willst du hier?"

Gabor hob die Hand zum Himmel und wanderte hin und her. „Aufräumen. Die Stadt verkommt vor den Augen Gottes."

„Wir brauchen die Dominikaner nicht", versicherte Caelius. „Schon morgen wird eine Mörderin gehängt."

Wild drehte Gabor sich zu Caelius um und schnauzte ihn an. „Ihr *hängt* die Schuldigen? Bei allem, was hier vorfällt? Du armer Irrer. Ich verlange, dass dieses Weib verbrannt wird."

Caelius wusste selbst nicht, woher er die Kraft nahm, als er sich aufplusterte und zurück schnauzte: „Du hast hier nichts zu verlangen. Rein gar nichts. Sie ist Gefangene der Weltlichen und fällt nicht in deine Zuständigkeit."

Gabor erhob den Zeigefinger. „Das wird sich noch rächen, alter Freund. Sag dann aber nicht, ich hätte dich nicht gewarnt."

Durch das Aufsehen erregende Spektakel und die lauten Worte, fanden sich immer mehr Bürger bei der Kirche ein. Jeder passte auf, dass er dem Tross nicht zu nahe kam, und niemand sagte auch nur ein Wort. Die Gefahr, sich der Wut des Inquisitors auszusetzen und – ehe man sich's versah – auf dem Scheiterhaufen zu stehen, war viel zu hoch.

Mit größter Genugtuung sah Gabor, wie sich so viele Menschen bei der Kirche einfanden. Streng blickte er die Bewaffneten an. Dann zeigte er auf Caelius und die Trittstufe, die zum Bock der Kutsche hinaufführte und schnippte mit den Fingern. Dieselben, die ihn aus dem Pfarrhaus geholt hatten, packten ihn nun, schoben ihn vor die Kutsche, zwangen ihn in die Knie und drückten ihn nieder.

Gabor schritt forsch auf ihn zu und benutzte nun dessen Rücken, um auf den Kutschbock zu steigen, nicht, ohne Caelius' Hinterkopf ‚aus Versehen' mit dem Stiefelabsatz zu erwischen.

Als er seinen Rücken von der Last befreit fühlte, zog Caelius sich an einem Rad hoch und rieb sich den Kopf.

„Ich protestiere gegen deine Art der Behandlung",
schimpfte er.

Gabor winkte ab. Wie ein Strafgericht, stand er auf dem
Kutschbock und blickte in die Menge hinab. Indem er
schwieg, steigerte er die Spannung. Gemurmel kam auf.
Als Gabor „Bürger!", ausrief, verstummte es sofort.
Dann begann er damit, seine Anwesenheit zu erklären.
„In eurer Stadt geht der Teufel um. Es ist die Aufgabe der
Dominikaner, eine Inquisition durchzuführen, denn zu
unseren missionarischen Tätigkeiten gehört nicht nur die
Predigt, sondern auch die Bekämpfung der Ketzer und
die Sicherung des Glaubens. Bereits 1231 hat Rom die
Dominikaner mit der Leitung der Inquisition beauftragt.
Diesem Auftrag kommen wir nun nach. Hört zu. Es ist
mir bewusst, dass sich hier nur wenige der Hexerei
schuldig gemacht haben, und dass es sicherlich nur einen
einzigen Grabschänder gibt. Darum bin ich gewillt, euch
drei Tage lang die Möglichkeit der Selbstanzeige zu
bieten. Wer etwas getan hat und sich reinwaschen will,
soll zu mir kommen. Aber nach dieser Zeit werden die
Untersuchungen beginnen." Dann wendete er sich an
Caelius und schrie zu ihm hinunter: „Ich verlange deine
uneingeschränkte Unterstützung."

Caelius gab sich bockig, doch die Kraft seiner Stimme
ließ nach. Sie war nicht mehr so bestimmt, als er
antwortete: „Ich sagte bereits: Meine Gemeinde ist rein."
Als die Menge klatschte, spürte er den Rückhalt, den
seine Schäfchen ihm gaben. Es wertete seine
Selbstachtung ungemein auf. Noch einmal fasste er allen
Mut zusammen und rief zu Gabor hinauf: „Es gibt hier
keine Teufel oder Hexen. Du bist also umsonst
gekommen. Die Inquisition ist zudem eine Verachtung
meiner Arbeit. Versteh, dass ich dich dabei nicht noch
unterstützen kann."

Gabor kam ins Schwitzen. „Holt mich hier runter", brüllte er mit hochrotem Kopf. „Das wollen wir doch mal sehen, ob ich Unterstützung bekomme oder nicht." Zwei Mönche eilten zur Kutsche, streckten ihre Hände nach oben und halfen ihrem Abt auf den Trittbügel, womit er unversehrt festen Boden erreichte. Grob stieß er seine Brüder beiseite und eilte auf Caelius zu. Er baute sich vor ihm auf und schnaubte: „Verdammter Narr, dieser Grabschänder ist kein Wesen aus Fleisch und Blut. Wenn du bei der Auflösung dieser Sache nicht hilfst, muss ich eine härtere Gangart einschlagen. Also?"

Der Pfarrer zögerte einen Moment, gab dann aber doch klein bei. „Ich beuge mich deiner Gewalt", sagte er mit leiser Stimme. „Aber Gott ist mein Zeuge: Ich habe nichts mit deiner schändlichen Untersuchung zu tun. Du kannst die Sakristei für deine Aufgabe benutzen."

„Na also", sagte Gabor. „Ab sofort übernehmen meine Männer die Friedhofsbewachung. Hier wird jetzt tüchtig aufgeräumt." Dann streckte er Caelius die Hand hin und bewegte die Finger. „Den Schlüssel für die Kirchtür, wird's bald?"

XXI

Wenn Binagh in diesen frühen Morgenstunden sein Pferd
bestiegen hätte und Malcolm nachgeritten wäre, dann
hätte die Gefahr bestanden, dass dieser ihn bemerkte.
Der Mond war bereits untergegangen, und die Felder lagen
im fahlen Licht. Der Morgen dämmerte langsam herbei.
Feucht glitzerten die Wiesen in seinem noch spärlichen
Licht, das es brauchte, um einen Weg erkennen zu
können. Trotzdem: Binagh wollte zu gerne wissen,
welches Geheimnis Malcolm hütete. Was ließ ihn fast
mitten in der Nacht Kings Cave verlassen und in die
Felder reiten? Wohin führte ihn sein Weg in dieser
Dunkelheit, die gerade erst begann, sich aufzulösen? Es
hatte etwas mit Stroh zu tun, da war er sich sicher.

Gestern war Malcolm mit einer Handvoll davon nach
Hause gekommen. Er hatte es im Garten versteckt und
sich danach im Labor eingeschlossen. Zwar ohne Stroh,
aber Binagh war neugierig gewesen und hatte an der Tür
gelauscht. Erkenntnisse hatte das keine gebracht. Einige
Zeit später, als Malcolm ihn zur Behandlung gerufen
hatte, war er aus seinem Zimmer gekommen, als wäre
nichts gewesen. Erst am Abend hatte es wieder was zu
rätseln gegeben, als Malcolm das Stroh aus dem Garten
geholt und - als er sich unbeobachtet gefühlt hatte - damit
im Labor verschwunden war. Wieder hatte Binagh
gelauscht, und wieder war er enttäuscht worden, genau
wie jetzt, da der Meister im strammen Galopp davon ritt
und er keine Ahnung hatte, wohin.
Binagh sprintete ihm nach, so schnell und solange er
konnte, verlor ihn aber schon bald aus den Augen. Er war
zwar außerordentlich fit, aber so viel Puste wie ein Pferd
hatte er nicht, zumindest nicht mehr, sodass er sich schon

bald auf Dauerlaufgeschwindigkeit verlegte. Als Kind hatte er im Kloster den Trancelauf Lung Ghom gelernt, eine Kunst aus dem Tibetanischen Buddhismus, mit hoher Geschwindigkeit große Strecken zurückzulegen. Selbst mit seinen kindlichen Beinen war es ihm damals gelungen, eine ganze Weile mit galoppierenden Pferden mitzuhalten. Binagh erinnerte sich daran, wie er einmal einen tibetischen Mönch in Aktion gesehen hatte. Damals war es für ihn selbstverständlich gewesen, dass der Mann dabei vom Boden abgehoben schwebte. Nur alle paar Atemzüge berührte er wieder den Grund. Seine Schritte hatten immer den gleichen Rhythmus beibehalten und waren präzise gewesen wie ein Uhrwerk. Aber seit die Mönche ihn an die Gaukler verkauft hatten, verblasste viel von den Künsten, die er dort gelernt hatte. Die Gaukler, mit denen er über 30 Jahre lang in der Welt umhergezogen war, um sich begaffen zu lassen und Kunststücke vorzuführen, waren zwar auch Asiaten gewesen, hatten aber eine total andere spirituelle Ausrichtung gehabt als er, so anders, dass er heute noch nicht einmal mehr sagen konnte, welche.

Dreißig Jahre aus der Übung zu sein, hatte auch Lung Ghom verblassen lassen. Dennoch schaffte Binagh es, Malcolm so weit zu folgen, dass er sein Ziel erkannte: Eine versteckte Scheune in den Feldern inmitten eines Hains. Der pure Zufall kam ihm dabei zu Hilfe. Schon längst hatte er den Meister aus den Augen verloren, hatte sich nach allen Seiten umgesehen und nach Indizien Ausschau gehalten, als er plötzlich mit einem Wagen voller Stroh wieder aus der Dunkelheit aufgetaucht war. Als Binagh sich danach in der Gegend umgeschaut hatte, fand er anhand frischer Spuren eindeutig heraus, dass er aus dieser Scheune gekommen war. Nun war sie verschlossen, und Binagh musste unverrichteter Dinge wieder abziehen.

Als Malcolm zurückkam, war es bereits neun Uhr am Morgen, und die Sonne schien. Er betrat die Küche, als Binagh gerade das Frühstück herrichte. „Guten Morgen, mein Freund, gut geschlafen?" Binagh ging auf ihn zu und pflückte ihm einen Strohhalm von der Schulter. ‚Das Stroh ist dein Geheimnis' schoss es ihm durch den Kopf. ‚Ich würde zu gerne wissen, was du damit anstellst.' Und dann antwortete er: „Hab ich, und du wohl auch. Du bist ja so richtig gut gelaunt." Malcolm setzte sich an den Tisch, zog sich Brot, Schinken und Käse herbei und rieb sich die Hände. „Komm, setz dich und gib mir Tee." Binagh gehorchte. Malcolm schnitt sich eine Scheibe Schinken ab und steckte sie zusammen mit einem Stück Brot in den Mund. „Es gibt Neuigkeiten", sagte er geheimnisvoll und mit vollem Mund. „Interessant. Möchtest du sie mit mir teilen?" Da klopfte es an der Tür. „Shit. Heute ist ja Mittwoch." Malcolm verließ kauend die Küche und öffnete höchst persönlich. Draußen standen bereits fünf Personen mit ihrem Wunsch nach seiner Medizin. „Wir haben heute geschlossen", sagte Malcolm, bugsierte die Leute von der Tür weg und schloss sie wieder. Er war noch nicht in der Küche angekommen, als es erneut klopfte. „Schreib ein Schild: Heute geschlossen", rief er Binagh zu und hechtete wieder zur Tür hin, die er nun mit Schwung aufriss. „Was ist? Wollt ihr Medizin?" „Ja", antworteten sie wie im Chor. Er trat zur Seite. „Von mir aus, kommt rein."

Die Fünf traten in die Diele. Sie wollten sich auf die Stühle setzen, aber Malcolm winkte ab. „Ihr könnt stehen bleiben." Er ging zur Vitrine, holte augenscheinlich wahllos fünf Fläschchen mit Arznei heraus und verteilte sie dennoch gezielt unter den Anwesenden. Dann hielt er die Hand auf: „Zwei Pence für jeden", sagte er.

Die Leute bezahlten, und schon war Binagh da, um sie aus dem Haus zu scheuchen. Er hängte das Schild, das er gerade geschrieben hatte, an die Tür, schloss ab und setzte sich wieder an den Küchentisch. Er mochte einen ruhigen, entspannten Eindruck machen, aber sein innerer Antrieb, so schnell wie möglich die Neuigkeiten zu erfahren, hätte gereicht, um ihn mit einem einzigen Satz aufs Hausdach springen zu lassen. Ja, das hätte Binagh geschafft, wenn Malcolm da oben auf ihn gewartet hätte. Neuigkeiten von ihm waren immer interessant. Nun saß er äußerlich gelassen bei ihm und sagte: „Neuigkeiten. Du scheinst davon sehr angetan zu sein." Es klang, als ob sie ihn nicht im Mindesten interessierten und er Malcolm nur sein Ohr lieh, damit er sie loswerden konnte.

Malcolm stopfte Schinken und Käse nach und nuschelte aufgeregt: „Stell dir vor, was ich erfahren habe."

Binagh stützte seinen Kopf auf die Faust, trommelte mit den Fingern wie gelangweilt auf der Tischplatte herum und sagte: „Erzähl's mir."

Malcolm spülte seinen Mund mit Tee frei. „In Southbarn wird ein junges Mädchen gehängt. Sie soll sehr schön sein. Die Schönste, die es je in Southbarn gegeben hat."

Binagh schaute Malcolm entgeistert an. „Sag bloß, das freut dich."

Malcolm wirkte nun ganz aufgeregt. „Hör doch zu. Das bedeutet, dass du nicht mehr auf den Friedhof musst."

Binagh schüttelte den Kopf. „Was hast du denn jetzt schon wieder ausgebrütet?"

Malcolm hob erklärend die Hände. „Also gut. Genauer gesagt: Nur noch einmal. Wir graben sie aus, und ich mumifiziere sie. Dann habe ich immer eine schöne Frau für mich zuhause. Ist das nicht eine freudige Nachricht?"

Binagh zuckte mit den Schultern. „Und das Pulver?"

Malcolm winkte ab. „Ja, das Pulver. Ich arbeite auf jeden Fall weiter daran." Als Binagh ihn fragend anschaute, fügte er hinzu: „Es hat halt schlimme Nebenwirkungen." Malcolm widmete sich wieder seinem Frühstück. Als sein Diener nur teilnahmslos dasaß, meinte er: „Begeisterung sieht anders aus, mein Freund."

„Gut, diese eine Frau noch", antwortete Binagh nun. „Aber sie ist nicht die Lösung des Problems. Du musst den Trieb loswerden, sonst wird er dich vernichten."

Malcolm stand auf, schaute Binagh eindringlich an und verdrückte sich ohne weitere Worte in sein Labor. Er öffnete das Fenster, bückte sich hinaus und angelte nach einem kleinen Bündel Stroh, das er, als er es erreichte, ins Labor hob und das Fenster wieder schloss.

Binagh klopfte an der Tür. „Du darfst jetzt nicht aufgeben", rief er. „Mach weiter."

Malcolm antwortete nicht. Er zupfte einige Halme aus dem Bündel und häckselte sie in einen Kessel hinein. Vor seinem inneren Auge tauchte das Studienfach Alchemie auf. Ja, er hatte gelernt, unedle Materie in edle zu verwandeln. Aber nur die Theorie. Gezeigt hatte ihm niemand, wie aus Blei Gold wurde. Die Gelehrten an der Uni in Cambridge waren sich aber auf jeden Fall einig gewesen, dass sogar Stroh in Gold verwandelt werden konnte. Gelungen war das allerdings niemandem. Malcolm wollte der Erste sein. Er war überzeugt davon, dass das Stroh erst seine Daseinsform verändern musste, bevor er sich an die Verwandlung begeben konnte. Natürlich durfte er es nicht verbrennen. Deshalb würde

127

Malcolm es rösten. Und so, wie Bakterien und Pilze Milch in Käse verwandeln, so würden Pilze und Bakterien ihm dabei helfen, aus geröstetem Stroh Gold zu machen. In seinem Geist war die Rezeptur dafür bereits vorhanden. Unter Verwendung einer ganz besonderen Art von Pilzen und Bakterien, die er selbst gezüchtet hatte, würde es funktionieren. Er brachte eine Flamme unter den Kessel mit dem Häcksel und achtete akribisch genau darauf, dass das Stroh nur schwarz wurde, aber nicht zu Asche verfiel. Bald stieg Rauch auf, das Stroh veränderte seinen Zustand, und Malcolm war zufrieden.

Nun schritt Malcolm vor das Regal an der Wand, auf dem sich zahlreiche Substanzen befanden. „Was brauche ich?", rätselte er, fand aber keine Antwort. Seine Gedanken schweiften ab nach Southbarn. Eine schöne Frau würde gehängt werden. Später würde man sie begraben. Malcolm würde sie bergen, hierher bringen und haltbar machen, und zwar so, dass sie schön blieb und nicht zur Mumie vertrocknete. Er würde sie in seinem Schlafzimmer aufbewahren, ja, sogar in seinem Bett, und er würde sich vergnügen können, wann immer er mochte. Wozu noch das Pulver? Es würde überflüssig sein, und er ein freier Mann. Er schüttelte den Kopf, brachte sich wieder zu Bewusstsein und nahm wahllos drei, vier, fünf Substanzen aus dem Regal. Mit der einen Hand knetete er seinen Penis. Die andere kippte Pi mal Daumen Teile aus den Fläschchen in einen Destillierer. Er nahm das verkohlte Stroh vom Feuer und mischte es hinzu. Malcolm erhitzte die Vorrichtung. Aber verdammt, was war denn nur los? Er rieb sich die Hose, wilder und wilder, löschte hastig die Flamme und eilte ins Schlafzimmer. Er legte sich aufs Bett und gab sich seiner Vorfreude hin. Aber viel Spaß hatte er dabei nicht.

Ständig klopfte es an der Haustür, und Binagh ließ Leute herein. Genervt wälzte Malcolm sich vom Bett und riss seine Zimmertür auf. „Was ist denn da los, verflucht noch mal?", brüllte er. „Ich denke, wir haben ein Schild an der Tür! Kann man nicht mal seine Ruhe haben?"

„Die Menschen wollen halt deine Medizin kaufen", erklärte Binagh ruhig.

„Dann verkauf sie ihnen."

„Ich bin nicht der Medikus", gab Binagh zu bedenken.

„Dann schick die Leute eben weg!", sagte Malcolm verärgert. Wutentbrannt entschwand er wieder ins Labor und verbarrikadierte sich. Das Temperament eines Rothaarigen ging mit ihm durch.

Als er wieder zur Besinnung kam, schaute er aus dem Fenster. Am stahlblauen Himmel erblickte er den aufgehenden Mond. Er war nicht voll, nein, keineswegs. Es war nicht mehr als ein zierlicher Halbmond. Und dennoch wurde er rot – und größer. Er tauchte das gesamte Labor in gespenstisch-rotes Licht.

Malcolm ballte eine Hand zur Faust und knabberte an den Knöcheln. „Oh nein, was ist das? Es wird schlimmer", wimmerte er verzweifelt. „Jetzt wird er schon als Halbmond rot." Hastig rührte er rotes Pulver in einen Becher Wasser und kippte es ab. Er schaute wieder zum Mond hinauf, aber schon haute es ihn kräftig um. Die Augen röteten sich und schwollen an. Malcolm ließ einen Schrei los und hielt sich den Kopf. „Was ist das? Warum auf einmal wieder diese Nebenwirkungen? Ich muss dieses Mädchen haben!", weinte er. „Ich muss sie haben."

XXII

Es war später Nachmittag, als Malcolm und Binagh mit Gepäck das Haus verließen. Malcolm war der Anfall vom letzten Abend noch deutlich anzusehen. Wie jemand mit einer kräftigen Allergie sah er aus. Sie bepackten ihre Pferde, stiegen auf und ritten los. Schweigsam führte ihr Weg sie durch einen bizarren, dunklen Mischwald.

Erst hier, in diesem Wald, hatte Binagh die Gelegenheit, etwas zu sagen, ohne auf den gestrigen Tag eingehen zu müssen. „Wie unheimlich es hier ist. Selbst im Hellen", waren seine Worte.

„Bald hab ich eine feste Freundin", antwortete Malcolm. „Dann bleibt der Wald uns erspart."

Binagh war froh, dass Malcolm ihm antwortete und das bedrückende Schweigen ein Ende hatte. „Weißt du denn, wie man Leichen haltbar macht?", fragte er. Es interessierte ihn wirklich.

„Was soll die Frage?"

„Sie werden hässlich mit der Zeit", gab Binagh zu bedenken. „Es muss schon richtig gemacht werden, wenn du auf lange Sicht was von ihr haben willst."

„Du traust es mir wohl nicht zu?"

„Doch, tue ich."

Sie schwiegen.

Nach einer Weile erklärte Malcolm: „Man sagt, das Mädchen sei unglaublich hübsch. Selbst, wenn sie was davon verliert, ist sie immer noch hübsch. Dafür altert sie ja später auch nicht."

„Aha."

Schweigsam ritten sie weiter über Felder und Wiesen und erreichten die Stadt, als die Sonne verschwand und der Mond aufging. Für Malcolm wurde die halbe Scheibe schneller als sonst riesengroß und knallrot. Auch die dunkle Hälfte verfärbte sich. „Morgen ist die Nacht der Nächte", sagte er. „Dann gräbst du zum letzten Mal."

„Und die Wachen? Mit denen ist nicht zu spaßen, und sie werden in der Überzahl sein." Dass sie nach seinem Besuch vor ein paar Tagen mit Sicherheit besonders empfindlich sein würden, verschwieg er.

Malcolm winkte ab. „Du bist ein perfekter Kämpfer, mein Lieber. Du bist wachsam und hast deine Augen und Ohren überall. Sie werden dich nicht überraschen können. Du wirst sie sehen, aber sie dich nicht, und deshalb bist du im Vorteil. Sicherlich werden sie in Zukunft noch besser aufpassen, aber das braucht uns dann nicht mehr zu stören, weil es morgen ja das letzte Mal ist."

„Und danach trennen sich unsere Wege?"

„Ach komm, du bist doch mein Freund, Binagh."

Er schien es nicht recht zu glauben und lenkte das Gespräch in andere Bahnen. „Ich habe noch nie in einem Inn geschlafen", sagte er. „Ich freu mich drauf."

XXIII

Malcolms Nacht, die er zusammen mit Binagh in einem kleinen Zimmer verbracht hatte, war alles andere als entspannend gewesen. Zu gerne hätte er sich wieder seiner Vorfreude hingegeben. Da Binagh aber nicht schnarchte, wusste Malcolm nicht, ob er wach war, oder nicht, und wie viel er eventuell mitbekommen würde, wenn er sich befriedigte. Also hatte er es lieber bleibenlassen, auch, wenn es ihm unendlich schwergefallen war.

Binaghs Anwesenheit auf dem Friedhof, während er sich mit Leichen vergnügte, war was ganz anderes. Es musste einfach sein, damit ihm keine Wachen auf die Pelle rückten, während er mit seiner Aufmerksamkeit ganz woanders war. Ob es in dieser Situation schlimmer sein würde, verhaftet, oder beim Sex gestört zu werden, konnte er nicht sagen. Darüber hatte er noch nicht nachgedacht, und diese Erfahrung war ihm bisher dank Binagh erspart geblieben.

Wie auch immer: Auf dem Friedhof war sein Beschützer abgelenkt, musste er doch wachsam und auf der Hut sein. In einem stillen Zimmer war dieser Vorteil nicht gegeben. Wenn Binagh ihn hier beim Onanieren belauscht hätte, dann wäre das höchst peinlich gewesen. Sex, egal, in welcher Form, war nach Malcolms Meinung was für Männer, und Selbstbefriedigung der Ausdruck von Waschlappen.

Malcolm wusste, dass die verurteilte junge Frau Lucy Jenkins hieß, und dass sie sehr hübsch war. Das hatte er am Abend noch einmal im Inn bestätigt bekommen. *Wie* sie aussah, wusste er nicht. Er hatte sich nicht getraut, nach einer Beschreibung zu fragen, um später, wenn er sie ausgegraben hatte, nicht gleich verdächtig zu sein. Also musste er sich in der Nacht mit Bildern begnügen, die sein Verstand ihm lieferte. Ob Lucy wirklich seinen Geschmack treffen würde, das musste sich erst noch herausstellen. Was andere als hübsch bezeichneten, konnte für ihn das genaue Gegenteil bedeuten. Aber bald würde es sich zeigen. Da er nicht hatte schlafen können, war er schon früh auf den Beinen gewesen, hatte sich mit Binagh zusammen bei einem Frühstück mit Eiern, Speck, Bohnen und Brot gestärkt und war zum Marktplatz aufgebrochen.

XXIV

Der Marktplatz war umrahmt von hübschen Fachwerkhäusern, die im Grau eines regnerischen Tages ihren Glanz einbüßten. Aus allen vier Himmelsrichtungen führten Straßen auf den Platz, in dessen Mitte an diesem Tag ein Galgen aufgebaut war. Einen vollen Tag lang war der Lärm der Zimmerleute beim Errichten zu hören gewesen, bis er am Abend ein so perfektes Gebilde ergeben hatte, als sollte er einer astronomischen Berechnung dienen.

Der Galgen war in ein Loch im Boden eingelassen worden. Man hatte sich nicht die Mühe gemacht, ein Podest zu errichten, das am Ende doch nur als Bühne für den Henker gedient hätte. Wozu auch? Er würde dem Opfer nicht durch einen Fall in die Tiefe das Genick brechen. Das wäre zu gnädig und zu unspektakulär gewesen, hatte sie selbst doch die Männer langsam erdrosselt. Die Delinquentin sollte deshalb am Hals aufgezogen werden, bis auch sie langsam und qualvoll erstickt war und sie somit das Leiden der Bedauernswerten in allen Einzelheiten nacherlebt hatte. Damit die zahlreichen Schaulustigen auch auf ihre Kosten kamen, dafür würde der Henker schon sorgen, mit oder ohne Bühne. Sein Werkzeug, das Seil, war etwa zwei Daumen dick und hing bereits lose von der Querstrebe herab. Etwas abseits neben dem Galgen war das andere Strickende an einer Apparatur befestigt, die den Pfosten zum Vertäuen von Schiffen am Kai ähnelte.

In der nördlichen Ecke des Platzes zeigten ein paar asiatisch aussehende Gaukler Gelenkigkeit, Dehnfähigkeit, Schnelligkeit und Geschick im Umgang mit Waffen und Stöcken. Alles in allem war hier am Rande der Hinrichtung ein Jahrmarkt im Gange. Aber auch, wenn sich bereits viele Schaulustige auf dem Platz versammelt hatten, so nahmen die Menschen von den Gauklern kaum Notiz. Sie warteten vielmehr auf das Schauspiel, wegen dem sie hier waren. Applaus gab es also keinen für die Gaukler. Das war auch schon einmal anders gewesen. Zu Zeiten, da Binagh noch zu ihnen gehört hatte, waren sie überall eine Attraktion gewesen. Heute machte das Umherziehen keinen Spaß mehr, und die Einnahmen ließen sehr zu wünschen übrig. Warum sollte es ausgerechnet hier in Southbarn anders sein? Weil eine Hinrichtung stattfand? Gerade zu solchen Anlässen waren Menschen anwesend, die ganz andere Interessen hatten, als angedeutete Kämpfe zu sehen, bekamen sie doch einen echten Kampf präsentiert, den des Opfers mit dem Tod. Das war viel spannender, auch, wenn der Sieger bereits vorher feststand.

Der Hauptmann der aus elf Leuten bestehenden Gauklertruppe war ein weißhaariger, hoch gewachsener, fast unterernährt wirkender Asiat mit gelblich-buntem Gewand. Sein Name war Wu. Enttäuscht blickte er sich um und stellte fest, dass ihnen keine Beachtung geschenkt wurde. Es war, als seien sie nicht anwesend, oder mehr noch: Als ob sie gar störten. Mit knochigen, dürren Fingern zwirbelte er seinen Kinnbart, der lang und dünn bis zur Brust hinabreichte. Dann ballte er die Faust und stampfte auf den Boden. „Brauchen Binagh zurück", sagte er zu den anderen. „Kosten egal was wolle. Su Tang, gehe Geld sammeln."

Su Tang zögerte nicht. Der schwarzhaarige Mann nahm seinen Hut ab. Die Brutalität seines harten Gesichtsausdrucks wurde dadurch nicht gemindert. Er

135

mischte sich in die Menge, hielt den Hut den Leuten hin und schüttelte ihn. „Milde Gabe", knirschte er. Er stupste einen Mann an, der in der Kleidung seiner Handwerkszunft auf den Beginn des Spektakels wartete und wiederholte: „He, du, milde Gabe." Seine tiefschwarzen Augen waren unter den buschigen Brauen und den zusammengekniffenen Lidern kaum zu sehen. Er hatte Schwierigkeiten, sich unter Kontrolle zu halten und kam nicht auf die Idee, das Verhalten seinem Ziel entsprechend anzupassen. Er schüttelte den leeren Hut, ohne den Zimmerer aus den Augen zu lassen, der geringschätzend auf den einen Kopf kleineren Gaukler herabschaute.

„Hau ab", sagte der Zimmerer mit einer unwirschen Handbewegung und wendete seinen Blick demonstrativ dem Galgen zu.

Su Tang holte tief Luft und zwang sich zur Ruhe. Dann fragte er: „Kennen Binagh?"

Der Zimmerer schaute nun wieder zu Su Tang und fragte seinerseits: „Binagh? Was soll das sein?" Ohne auf eine Antwort zu warten, fragte er die Umstehenden: „Weiß jemand, was ein Binagh ist?"

„Das ist ein Mann, kein Werkzeug", sagte Su Tang.

Nun lachte der Zimmerer hart auf, doch bevor Su Tang seine Wut rauslassen konnte, hörte er jemanden aus der Menge fragen: „Binagh? Wer fragt danach? Lasst mich durch!"

Ein Kerl wie ein Bär, von oben bis unten tätowiert, im Gesicht gepierct und mit Irokesenschnitt bahnte sich seinen Weg durch die Schaulustigen und blieb vor Su Tang stehen.

„Gute Vorstellung vorhin", sagte der Bär. „Hat mir gefallen." Er warf Su Tang eine Münze in den Hut und streckte ihm die Hand hin. „Ich heiße Tom."

Der Asiat verbeugte sich ein wenig und nickte enthaltsam. Dann schloss er seine Frage an: „Du kennen Binagh?"

Tom grinste. „Ist er behaart wie ein Affe? Und reißen sich die Weiber im Puff um ihn, weil er so schön zwischen den Beinen juckt?"

Su Tang verstand den Witz dahinter offenbar nicht. Er verzog keine Miene, als er antwortete: „Vielleiggt. Wo wohnen?"

Toms Grinsen erstarb. „Du willst was von mir wissen?", fragte er. „Dann muss es ein wenig freundlicher gehen." Ehe er sich versah, packte der Gaukler ihn am Ohr und drehte daran. Mit fast unmenschlicher Kraft drückte er Tom in die Höhe. „Freundligg genug?"

Die Menschen um sie herum machten Platz und schauten gespannt zu. Manche waren erschrocken, andere belustigt, wieder andere freuten sich, dass ihnen die Zeit bis zur Hinrichtung durch diese Darbietung verkürzt wurde.

Tom ging auf die Zehenspitzen und erfasste den Arm des Asiaten krampfhaft mit beiden Händen. „Ah, mein Ohr", schrie er. „Loslassen!"

Su Tang stellte sich nun auch noch auf Toms Füße und drückte weiter. „Wo wohnen?", zischte er.

Tom schlug mit kräftigen Armen nach dem Gaukler. Dieser parierte die Schläge mit Leichtigkeit und schmierte Tom eine. Gleichzeitig ließ er das Ohr los. Tom stürzte. Sofort war Su Tang über ihm, fasste ihn am Haarschopf und half ihm wieder auf die Beine. „Antworte. Wo wohnen!"

„Keine Ahnung", stöhnte Tom.

„Was wissen?"

„Lass mich los!"

„Was – wissen!" Wieder setzte es Ohrfeigen.

„Ist ja gut, Mann. Soll manchmal durch den Wald nach Southbarn kommen. Mehr weiß ich nicht."

„Na also." Ein kräftiger Schubs beförderte Tom wieder auf den Boden zurück.

Da erschien Wu. Er deutete auf Tom und fragte: „Was der wollen?"

„Kennen Binagh", antwortete Su Tang. „Kommen manchmal durch den Wald."

„Gut", sagte Wu. „Wirr passen auf."

„Aber was, wenn nicht freiwillig kommen?"

Wu fuhr sich mit dem Zeigefinger über den Hals. „Wirr ihn töten!"

Im gleichen Moment erreichten Binagh und Malcolm den Richtplatz. Sie waren nur wenige Yards von Su Tang und Wu entfernt, als Binagh die Gaukler bemerkte. Es war sein Glück, dass sie ihn noch nie mit Maske gesehen hatten und nicht wussten, wie er jetzt aussah. Er nutzte seinen Vorteil, drückte Malcolms Kopf nieder und schob ihn weg. „Da drüben sind die Gaukler", flüsterte er. „Sie müssen *mich* nicht sehen, und ich *sie* nicht. Lass uns lieber da rüber gehen."

„Von dort sieht man ja nichts", warf Malcolm ein.

„Es wird stressig, wenn die Gaukler mich erwischen", erklärte Binagh. „Das spüre ich. Sie sehen nicht gerade nach guter Laune aus. Ohne mich beachtet sie offenbar niemand. Ich könnte mir vorstellen, dass sie es zutiefst bereuen, mich dir überlassen zu haben."

„Dann halte du dich bedeckt", riet Malcolm. „Ich suche mir inzwischen einen guten Platz." Ohne auf eine Antwort zu warten, verschwand er in der Menge.

XXV

Während sich auf dem Marktplatz trotz einsetzendem starkem Regen zahlreiche Gaffer um die besten Plätze am Galgen stritten, saß Lucy in dem kalten Loch und betete. Vor dem Fenster lag Ann auf dem bereits nassen Boden und weinte. „Lucy", wimmerte sie mit schwacher Stimme. „Lucy, hörst du mich?" Das Mädchen reagierte nicht. Mit gefalteten Händen kniete es auf dem feuchten lehmigen Boden, schaute zur Decke hoch und murmelte Gebete. „Lucy", wimmerte Ann, „warum hast du das getan? Warum hast du Menschen getötet? Ich verstehe das nicht. Lucy, sag was. Hörst du den Lärm auf dem Marktplatz? Das ist wegen dir. Der Mob wartet schon." Lucy betete immer noch. Da wurde die Verliestür aufgezogen. Zwei Landsknechte stapften die Treppe hinab, packten Lucy und rissen sie unsanft in die Höhe. Lucy ließ sich widerstandslos mitnehmen. In ihrem verschmutzten Büßerhemd entschwand sie dem Blick ihrer Mutter. Ann legte ihr Gesicht in die Armbeuge und weinte.

Auch Caelius hatte es sich zum Ziel gemacht, der Hinrichtung beizuwohnen. Vielleicht konnte er noch eine Seele retten, indem er für sie betete? „Hat diese Frau nicht genug bereut?", fragte er seinen Herrn Jesus, während er das Pfarrhaus verließ, den Kopf einzog und zum Richtplatz eilte. „Oder gibt es andere Gründe, warum du ihre Tochter nicht gerettet hast? Lass es mich wissen, oh Herr, damit ich wenigstens ihrer armen Seele den Weg zu dir bereiten kann." Auf seinem Weg zum Galgen fielen Caelius Zettel auf, die an Bäumen und Hauswänden steckten. Wie versteinert blieb er vor einer dieser Nachrichten stehen. Zwar hatte der Regen bereits die Tinte auf manchen Schriftstücken verwischt, aber nicht auf allen. Caelius las voller Entsetzen: „An die Bürger von Southbarn: Seit Wochen treibt jemand sein Unwesen auf den Friedhöfen hier und andernorts. Ihr seid aufgefordert, Anzeigen abzugeben, damit dem Frevel ein Ende bereitet werden kann. Der Schuldige soll von der Erde getilgt werden. Niemand, der einen Hinweis gibt, braucht etwas zu befürchten. Er braucht seinen Namen nicht zu nennen. Wer sich jedoch selbst eines Vergehens bewusst ist und sich stellt, kann mit Milde rechnen. Wer ketzerische Dinge tut und sich nicht zu erkennen gibt, wird die ungnädige Härte der Inquisition zu spüren bekommen. Gabor, von Rom beauftragter Inquisitor." Caelius ballte die Fäuste so fest zusammen, dass die Knöchel weiß hervortraten, und knirschte mit den Zähnen. „Dieser Hurensohn", murmelte er. „Jetzt lädt er die Bürger schon dazu ein, sich gegenseitig anzuzeigen. Herr, steh mir bei in diesen schweren Zeiten." Am liebsten hätte er die Zettel abgerissen. Nur seine Vernunft hielt ihn davon ab. Wütend ging er weiter und erreichte den Platz, wo er sich einen Weg nach vorne bahnte. „Lasst mich durch", befahl er. „Ich muss für ihre Seele da sein."

Gerade wurde Lucy mit auf den Rücken gefesselten Händen auf einem Schinderkarren herangefahren. Die beiden Landsknechte führten den Wagen, auf dem der Henker stand und den Leuten zuwinkte. Eine lange, bis auf die nackten Brustwarzen reichende Lederkapuze verdeckte seine Identität.
Als der Wagen beim Galgen hielt, ergriff der Henker Lucy und stieß sie hinunter. Sie schrie kurz und schrill.

Die beiden Landsknechte fingen sie auf und führten sie an Caelius vorbei zum Galgen. Während die Verurteilte ihn passierte, segnete er sie. Als er ihr nachschaute, streifte sein Blick Gabor, der nicht weit von Caelius entfernt Position bezogen hatte.

Die ausgelassene Menge verhöhnte und demütigte Lucy für ihre Tat, während Caelius noch Zwiesprache mit Jesus hielt.

Erst Ann beendete seine Gebete. In all dem Durcheinander fiel sie vor Caelius auf die Knie und ergriff sein Gewand. „Warum?", rief sie weinend. „Ich habe alles getan, was Ihr von mir verlangt habt, Hochwürden. Ich hatte lange, schmerzvolle Nächte voller Gebete. Warum hat Gott es nicht gehört?"

Caelius strich ihr sanft über den Kopf. Mit wässrigen Augen antwortete er: „Gottes Wege sind unergründlich, meine Tochter. Auch, wenn es sich wie Ironie anhört, so sage ich doch: Vertraue. Vertraue auf Gott, Er weiß, was Er tut."

Malcolm war noch immer eifrig damit beschäftigt, sich einen Weg in die erste Reihe zu bahnen. Wenn ihn jemand nicht durchlassen wollte und sich stur stellte, wurde er handgreiflich. Nach langem, fast kämpferischem Einsatz hatte er seinen favorisierten Platz jedoch erreicht. Er war nur wenige Yards von Lucy entfernt, die bereits mit geschlossenen Augen am Galgen stand. Das Wasser rann ihr aus den Haaren.

„Mein Gott, bist du schön", lechzte er.

Binagh tauchte neben Malcolm auf. Scheu schaute er sich nach den Gauklern um, aber sie waren nirgendwo mehr zu sehen.

141

Ein Johlen kochte auf. Es war der geifernde Ausdruck der Menge dafür, dass der Henker Lucy den Strick um den Hals legte.

Als sie die Schlinge spürte, öffnete sie die Augen und schaute nach links und nach rechts. Ihr Blick traf sich nur kurz mit dem von Malcolm, der lüstern zu ihr hinblickte, als des Henkers gewaltige Armmuskeln sich spannten. Er zog am Strick, nur so viel, dass er sich straffte und die Schlinge sich um Lucys Hals zuzog. Diese niedrige Spannung hielt er einen Moment lang, bevor er sie wieder löste. „Wollt ihr mehr?", rief er.

Viele reckten ihre Fäuste in die Luft und gerieten in Wallung. Andere standen nur stumm da und behielten ihre Emotionen für sich.

Ann kämpfte sich durch menschliche Barrikaden und schrie: „Neeein." Sie wollte zum Galgen laufen, spürte aber gleich die Spitzen von zwei Lanzen am Hals. Sie ergriff die Waffen und wollte sie wegdrücken. Als die Wachen ihre Lanzen aber vor ihr kreuzten, erkannte sie, dass sie keine Chance hatte. Schreiend drehte sie sich um und lief weg.

Der Henker zog nun etwas mehr.

Lucy ging auf die Zehenspitzen. War sie gerade noch lächelnd im Zustand geistiger Umnachtung gewesen, so wachte sie jetzt auf. Ihr Lächeln erfror. Sie röchelte, schnappte nach Luft und versuchte, auf den Zehenspitzen zu stehen.

Malcolm stupste seinen Nachbarn an. „Das ist ja eine unglaublich schöne Frau", sagte er.

„Nur wird ihr das nun nichts mehr bringen", antwortete der andere.

„Wessen ist sie schuldig?"

Der Mann schaute Malcolm eindringlich an und antwortete spöttisch: „Sie hat ein paar Rothaarige auf dem Gewissen."

Malcolm verzog das Gesicht. „Da hab ich ja noch mal Glück gehabt", grunzte er.

Der Henker hatte sich mittlerweile aufs Spielen mit dem Leid seines Opfers verlegt. Er ließ sie immer wieder herab, zog sie erneut hoch und ließ sie auf die Zehenspitzen gehen. Er wickelte das Seil an der Halterung fest, die aus dem Boden ragte und straffte es mit nur einem Arm so, dass Lucys Füße den Boden nicht mehr berührten. Sie zappelte. Ihr Kopf wurde von der Schlinge nach der Seite gedrückt und verlieh ihrer Schönheit einen grotesken Ausdruck. Als die Füße ihre Bewegung aufgaben, ließ er das Seil wieder los, bis Lucy mit den Zehenspitzen Boden unter sich wahrnahm und mühsam um Luft rang. Erste Rufe des Mitleids mischten sich unter die Hurra-Rufe. „Aufhören", und: „Erlöse sie endlich." Der Henker schien es nicht zu hören. Seine Ohren nahmen nur den Applaus wahr. Er löste das Seil, ließ Lucy Luft holen, wiederholte seine Taktik und gönnte sich viel Spaß, bis sein Opfer sich nicht mehr rührte. Nach einer schier endlos langen Zeit hing die Mörderin schlaff in der Schlinge, die sich ihr fest ins Fleisch gefressen hatte. Der Henker stieß sie noch ein paar Mal an, schlug sie mit einem Stock, und als sie sich nicht mehr rührte, reckte er siegreich den Arm in die Luft. Er zog einen Dolch aus der Scheide am Gürtel und kappte das Seil. Schwer klatschte Lucy auf den Boden, mit dem Gesicht in eine Pfütze.

Während das Opfer auf den Schinderkarren geladen und wegtransportiert wurde, gesellte Gabor sich zu Caelius, so nah, dass sich ihre unübersehbaren Bäuche berührten und Caelius unwillkürlich einen Schritt zurücktrat.

„Die erste Hexe wurde ja nun gerichtet", sagte Gabor. „Aber ihr hättet sie verbrennen müssen. Es wird sich rächen, Caelius. Glaub mir."

Der Pfarrer winkte ab. Er hatte weder Lust auf solche Gesprächspartner noch auf solche Art von Gesprächen. „Bei dem Regen hätten wir wohl kaum einen Scheiterhaufen entzündet bekommen", antwortete er. „Ein Zeichen Gottes, meinst du nicht auch?" Er drehte sich um und ließ Gabor stehen, der entrüstet über so viel Sturheit seine Fäuste in die Seiten stemmte.

Als Ann tropfnass ihr Haus erreichte, stürmte sie hinein und rannte die Treppe hoch in den ersten Stock. Sie stürzte in ihr Zimmer und kramte eilig etliche Kerzen aus Schubladen und Schränken zusammen, zündete sie an der ewigen Lampe an, die an der Wand brannte und verteilte sie auf dem Boden. Hastig kramte sie zwei Hände voll kleiner Kieselsteine aus der Schublade und legte zwei Häufchen nebeneinander auf den Boden. Sie fummelte ihre Röcke nach unten, stieg heraus und warf sie aufs Bett. Mit nackten Knien ließ sie sich auf die Kiesel fallen und schrie laut auf vor Schmerz. „Oh mein Gott, warum hast du sie mir genommen", weinte sie. „Ich habe doch bereut." Sie nahm ihren Rosenkranz an sich, der auf dem Bett lag und betete, betete, betete.

XXVI

Lucy wurde noch am gleichen Tag beerdigt. Ihr Körper lag in einer Kiste aus dünnen, hellen Brettern. Sie wurde hinabgelassen in ein Loch, das zwei Yards lang, ein Yard breit und ein Yard tief war. Das Loch befand sich abseits der Gräber jener, die in der Gnade Gottes entschlafen waren. Mörder, Hexen, Ketzer und anderes Gesindel hatten, sofern ihre Körper nicht zu Asche geworden waren, ihren Platz an einer Stelle, wo sie die Leichname der Gläubigen nicht stören und nicht anstecken konnten. Nun wurde das Loch mit zu Schlamm gewordener Erde zugeworfen, weil es immer noch wie aus Eimern goss – und das natürlich ohne Pfarrer und Segen und ohne trauernde Mitmenschen. Auch Ann, ihre Mutter war nicht da. Sie hatte sich weiterhin dem Gebet versprochen. Als die Arbeit des Bestatters mehr schlecht als recht notdürftig erfüllt war, erschienen drei Männer in schwarzen Kutschermänteln an der Grabstelle. Das Wasser tropfte ihnen von den Hüten. Sie schauten sich das Grab kurz an, stapften dann mit ihren Stiefeln im Schlamm umher und suchten die Kapelle. Einer der Dreien blieb am Grab. „Ich komme gleich nach", sagte er zu den anderen beiden.

Es waren mit Schwertern und Dolchen bewaffnete Leute von Gabor, abbestellt für die erste Schicht zur Bewachung des Friedhofs. Jetzt, wo die schöne Lucy beerdigt war und immer nur Frauenleichen geschändet wurden, waren sie auf alles gefasst, vor allem darauf, dass es bald wieder passieren würde. Für den Kampf mit menschlichen Gegnern waren sie sehr gut gerüstet, aber sie würden auch Werwölfen, Vampiren, Hexen und

Zauberern entgegentreten. Gabors Leute kannten keine Skrupel.

Endlich fanden die beiden Ortsunkundigen die Kapelle, wo bei einer Beerdigung die Leiche aufgebahrt wurde und eine Messe stattfand. Eine einsame armdicke Kerze brannte auf dem kleinen Altar, der ansonsten nur noch von einem Kruzifix geziert wurde. In dem Raum war es so dunkel, dass die Augen der Ankömmlinge eine Weile brauchten, bis sie sich daran gewöhnt hatten und etwas erkennen konnten. Das spärliche Tageslicht, das durch die kleinen bunten Fenster fiel, konnte diesen Zustand nicht verbessern.

Die Zwei nahmen ihre Hüte ab und befreiten sie durch Schütteln von der Nässe.

„Scheißwetter", schimpfte Vic. „Wenn der Geheimnisvolle ein Hexer ist, dann haben wir dieses Sauwetter sicher ihm zu verdanken." Vic war so nass, dass das Wasser ihm aus dem Bart heraus tropfte. Er ertastete sich eine Bank und ließ sich nieder. Rund um ihm herum entstand eine Pfütze aus Wasser, das von seinem Ledermantel rann.

Dag setzte sich in die Bankreihe vor Vic. Sein Schwert störte ihn dabei, sodass er sich wieder erhob, es ablegte und noch einmal versuchte. Er rutschte auf dem Hosenboden hin und her und stellte fest: Ja, so war es wesentlich angenehmer. „Wie gehen wir eigentlich vor, wenn der Grabschänder kein Mensch ist?", fragte er. Für den Größten der drei Männer war die Bankreihe merklich zu eng, auch ohne Schwert. Zudem war er auch noch der Schwerste, ein Hüne von Mann, der sich vor nichts scheute. Sein Gesicht war von Narben entstellt, die er bei zahlreichen Kämpfen eingeholt haben musste. Nicht auszudenken, was das für Monster gewesen waren, die sie diesem Hünen zugefügt hatten.

Jordy war der Einzige von Gabors Gefolge, der eine Glatze hatte. Nach seiner kurzen Andacht am Grab der Mörderin trat auch er nun in die Kapelle und gesellte sich zu den anderen. Breitbeinig stand er da. Sein triefender Kutschermantel war zurückgeschlagen, seine Hand ruhte – wie immer – auf dem Schwertknauf. Er war rastlos, stand selten still und wanderte auch jetzt in der Kapelle hin und her, während er, ordentlich Schlammspuren verbreitend, sagte: „Ob Mensch oder nicht: Wenn sich unsere Wege kreuzen, ist er des Todes. Ich habe nur einen einzigen Wunsch im Moment."

„Und der wäre?", fragte Vic.

„Dass bald die Ablösung kommt. Mir ist ungemütlich."

„Du – frierst?" Dag lachte hart auf.

„Ich sagte: Ungemütlich, klar? Von Frieren kann nicht die Rede sein."

„Wie auch immer", antwortete Vic. „Du wirst dich gedulden müssen, bis es dunkel wird. Kommt, lasst uns was trinken. Dann vergeht die Zeit schneller. Im Hellen kommt der Schänder sicher nicht."

„Was hast du eigentlich am Grab der Mörderin gemacht?", wollte Vic wissen.

„Ich musste dort einfach eine Weile verharren", erklärte Jordy. „Immerhin hat heute jemand sein Kind verloren."

„Und das berührt dich?", fragte Dag. „Es war eine Mörderin."

„Und das Kind einer unschuldigen Mutter", sagte Jordy. „Und nun halt' dein dämliches Maul, Narbengesicht", fügte er hinzu.

Dag wollte aus der Bank springen, als er schon die Spitze von Jordys Schwert am Hals spürte. Darin war er der Beste, da machte ihm keiner was vor, und das wurmte

Dag, der sich überall und in allem für den Meister hielt. Es hatte von jeher zu Spannungen zwischen den beiden geführt. Sein Herz klopfte wie ein Hammer gegen das Wams. Er war kurz davor zu explodieren, sah aber ein, dass es besser war, in der Ruhe zu bleiben. Dafür sorgte auch Vic, der sich entschlossen zwischen die Kampfhähne stellte und Jordy sanft aufforderte, sein Schwert einzustecken. Die Gelegenheit, es Jordy zu zeigen, würde noch kommen, da war Dag sich sicher.

Derweil saß Gabor in der Sakristei am Tisch. Links und rechts davon standen Bailey und Hunter. Sie rührten sich nicht und konnten genauso gut ausgestopft sein, würde Bailey nicht mehrmals hintereinander so heftig niesen, dass Gabor fluchend zusammenzuckte und unter Baileys Augenklappe eine Träne hervortrat.
Hunter lachte schrill.
Gabor wartete bereits seit zwei Stunden. Er trommelte mit den Fingern auf der Tischplatte herum und schimpfte: „Es meldet sich keiner. Warum meldet sich keiner von diesen verfluchten Unschuldslämmern? Da gibt man ihnen die Gelegenheit…"
In diesem Moment trat Caelius ein. In seinem Geleit befanden sich zwei junge Frauen.
Gabor schaute sie durchdringend an.
Caelius zeigte zu Boden. „Bitte, kniet euch hin."
Sie gehorchten.
Caelius stand hinter ihnen und legte jeder eine Hand auf die Schulter. „Zwei meiner Schäfchen, Gabor."
„Aha, Schäfchen also." Gabor stand auf, stützte sich auf der Tischplatte ab und herrschte die Frauen an. „Aufstehen, los."

Sie folgten seiner Anweisung, blickten aber weiterhin demütig und verängstigt zu Boden. Schulter an Schulter, standen sie da und zitterten am ganzen Leib. „Was habt ihr zu gestehen?", fragte Gabor. „Wir haben eine Messe versäumt", sagte eine der Frauen.

Als Gabor ein Seufzer entwich, fügte die andere hinzu: „Ihr sucht einen Grabschänder, Herr. Aber das tun wir doch nicht!"

Gabor umwanderte die Frauen. Er schob Caelius beiseite, nahm die Peitsche vom Gürtel und stupste die Beiden mit dem Griff im Rücken an. „Aber ihr macht Geschäfte mit dem Teufel. Gesteht!"

Die Frauen rissen sich die Hände vors Gesicht. „Nein, ganz gewiss nicht, Herr. Nur die Messe versäumt. Dreimal."

Gabor stand immer noch hinter ihnen. „Da ist mehr, ich spüre es. Raus mit der Sprache."

„Ja, Herr, wir haben siebenmal die Messe versäumt. Mehr nicht."

Gabor tobte. „Lügt mich nicht an. Die Wahrheit!!!"

Sie schwiegen verängstigt.

Caelius drängte Gabor von den beiden Frauen weg und sagte: „Lass es gut sein. Du siehst, sie sind unschuldig."

„Unschuldig?", ätzte Gabor. „Immerhin kommen sie nicht zu deiner Messe. Du hättest sie vermissen müssen, du Weichling. Ich verlange von dir jetzt hartes Durchgreifen."

Caelius stöhnte gequält auf und wand sich an die Frauen. Er verlegte sich auf seine herrische Stimme, die er auch gerne in der Predigt anwendete und bestimmte: „Da ihr mehrmals unrechtmäßig die heilige Messe versäumet, sollt ihr einen Tag lang, solange es hell ist, in einem Fass

voll Jauche verbringen." Er drehte sich um und flüsterte:
„Verzeiht mir."

Die Frauen begannen zu weinen, fielen auf die Knie,
erfassten Caelius' Rock.

Er machte sich frei. „Lasst mich. Ich kann nichts für euch
tun."

Bailey und Hunter packten die wimmernden Frauen und
führten sie aus der Kirche heraus.

Gabor rollte die Peitsche zusammen und steckte sie
wieder an den Gürtel. „Es regnet", sagte er. „Als ob Gott
die Sintflut schickt. Genau das richtige Wetter für dieses
verkommene Nest."

XXVII

Stunden später war der Himmel noch immer wolkenverhangen und der Regen hatte sich in Schauer verwandelt. Sie waren zwar kurz, aber heftig. Jetzt, um Mitternacht und bei diesem Wetter, war daher kaum etwas zu erkennen, was man nicht genau vor der Nase hatte, *die* Chance für Malcolm, sein Vorhaben unbemerkt durchzuziehen. Es war, als sei das Universum auf seiner Seite und orchestrierte die besten Voraussetzungen, damit er nicht in Gefahr geriet, bei seinem letzten Besuch auf dem Friedhof gestellt zu werden. Dennoch: das Wetter schien sich bessern zu wollen, denn pünktlich zur Geisterstunde entstand eine kleine Wolkenlücke, durch die kurz der Mond blickte, als schaute er nach, ob Malcolm schon auf dem Weg war. Ja, er war es. Gerade erreichte er mit Binagh die niedrige Stelle an der Friedhofsmauer, wo sie immer drüber zu klettern pflegten. Während Malcolm versuchte, sich in der undurchdringlichen Dunkelheit einen Überblick zu verschaffen, meckerte Binagh nur herum: „Wir hätten die Aktion auch aufschieben können, bis das Wetter sich gebessert hat", flüsterte er. „Mir steht das Wasser in den Stiefeln, und mir ist kalt."
Malcolm kletterte auf die Mauer. „Mir geht es nicht anders", antwortete er. „Jetzt zetere nicht herum. Ich weiß bereits, dass das Buddeln dir widerstrebt."
Während Malcolm auf den Friedhof sprang, kletterte Binagh auf die Mauer. „Du weißt, *dass* es mir stinkt, aber nicht wie sehr. Ist dir bewusst, dass jetzt die Soldaten der Dominikaner hier wachen? Das sind mit Sicherheit keine solche Schoßhündchen wie die Landsknechte der Stadt."
„Dieses eine Mal noch", erwiderte Malcolm. „Dafür werde ich dir in den nächsten Tagen ein Geheimnis

verraten. Die Frau ist so schön, ich *muss* sie einfach haben. Dann brauche ich das Pulver nicht. Es hat zu viele Nebenwirkungen."

Nun sprang auch Binagh auf der anderen Seite herab. Widerwillig folgte er Malcolm. „Weißt du denn, wo das Grab ist?"

„Wir werden es finden!", schwor Malcolm.

Sie schlichen zwischen den Grabsteinen umher.

„Was soll das?", fragte Binagh. „Hier wird es ganz gewiss nicht sein. Du weißt auch, dass Verbrecher an einer anderen Stelle begraben werden."

„Und das dürfte da vorne sein." Malcolm wies mit dem Arm zur anderen Seite des Friedhofs. „Wir sind auf dem richtigen Weg."

„...der uns genau in die Arme der Wächter führt", zischte Binagh und packte Malcolm an der Schulter. „Da, schau." Nur ein paar Yards vor ihnen hatten seine scharfen Augen in der Dunkelheit drei Gestalten entdeckt, die sich ebenfalls zwischen den Gräbern durch den Regen kämpften und von der Umgebung kaum abhoben. Malcolms Wahrnehmung waren sie verborgen geblieben, hatte er doch nur das Bild der schönen Toten vor Augen. Er blieb abrupt stehen und hob gelassen die Schultern. „So nah, und doch so fern", murmelte er.

„Wer?"

„Lucy. Ich glaube nicht, dass wir sie *hier* finden. Sie wurde bestimmt irgendwo abseits beerdigt, wie es für Mörder üblich ist. Lass uns mal da hinten schauen." Er wechselte die Richtung.

Binagh folgte ihm. „Als ob ich das nicht gerade gesagt hätte. Aber mein Herr weiß es ja besser. Du wechselst die Richtung nur wegen der Wächter, hab ich Recht?"

„Die Wächter sind schon nicht mehr zu sehen. Beruhige dich." Er blieb stehen und streckte die Hand aus. „Es hat aufgehört, zu regnen." Tatsächlich riss die Wolkendecke erneut auf und ließ ein wenig Mondlicht durch.

Zielstrebig folgte Malcolm seiner Nase, während Binagh seine Augen überall hatte, um unliebsame Überraschungen zu vermeiden. Wenig später fanden sie tatsächlich ein Loch, das wegen des Regens zunächst einmal nur notdürftig zugeworfen worden war. Kein Zeichen deutete darauf hin, wer hier begraben lag.

***

Fast auf der anderen Seite des Friedhofs saß die zweite Schicht der Bewacher nach ihrem Rundgang nun wieder in der Kapelle, deren Boden bereits hoffnungslos verdreckt war. Auch sie hatten wie die Tagesschicht dunkle Kutschermäntel an, und sie waren total durchnässt und beschmiert. Auf dem Boden lagen Schwerter, Bögen, bestückte Pfeilköcher und eine Armbrust. Fintan, Vince und Ty lungerten auf den Bänken herum und tranken Wein im Licht der einzigen Kerze auf dem Altar.

„Scheiß-Schicht", schimpfte Fintan. Er wischte sich mit dem Ärmel über den Mund, verkorkte seinen Weinschlauch und legte ihn neben sich auf der Bank ab. „Gott sei Dank haben wir niemanden gesehen. Das hätte gerade noch gefehlt bei dem Wetter." Der Ire hatte hellrote Haare, einen ebenso roten Bart, und sein Gesicht war voller Sommersprossen, die im Dämmerlicht fast wie Pickel aussahen.

„Halt du doch dein Maul", gab Ty zurück. Es war seinem Alkoholkonsum zuzuschreiben, dass er den Mann mal

153

wieder anging, um seinen Frust loszuwerden. Seit einiger Zeit plagten ihn Zahnschmerzen, die er immer wieder mal mit Wein zu betäuben versuchte. Da kam ihm dieser Ire mit seinem Gemecker über das Wetter gerade recht. Er verließ die Bank, baute sich vor Fintan auf und zeigte mit dem Finger auf ihn. „Nur wegen Typen wie dir müssen wir uns hier die Nacht um die Ohren schlagen." Auch Fintan stand auf. Er schlug Tys Hand weg. „Was soll das heißen, Arschloch?"

„Dass die Süße nur gehängt worden ist, weil sie Rothaarige um die Ecke gebracht hat. Typen wie dich eben. Gäbe es keine Rothaarigen, dann könnte ich jetzt gemütlich im Bett liegen, vielleicht sogar mit ihr. Deshalb müsstest *du* diese Schicht alleine schieben. Alles klar, Arschloch?"

Fintans Gesicht schwoll an. Er machte einen entschlossenen Schritt auf Ty zu. Fintan wusste genau, dass seine Haarfarbe nur zweitrangig war. Vielmehr konnte sein Gegenüber nicht damit umgehen, dass er Ire war. Nun gut, wenn er ihn sowieso hasste, sollte er auch seine Gründe dafür aufgefrischt bekommen. Seine Faust schnellte vor und verpasste Tys Nase nur um Haaresbreite.

Ty tänzelte vor ihm herum und lachte. „Als ob ich damit nicht gerechnet hätte, Arschloch. Da musst du schon ein wenig schneller sein."

„Sieh dich vor", warnte Fintan. „Ein Engländer sollte sich nicht mit einem Iren messen. Das hat ja die Schlacht bei Yellow Ford vor zwei Jahren wieder gezeigt. Ihr Engländer seid weiter nichts als Pappsoldaten, nicht fähig, uns Iren etwas anzuhaben."

Tys Arme packten Fintan am Mantelkragen und rissen ihn aus der Bank. Schwer fielen beide zu Boden, wo ein unkontrollierter Faustkampf entbrannte, der keinen von ihnen ernsthaft verletzte, weil sie nur wahllos aufeinander eindroschen, bis sie von schweren Stiefeln getreten wurden und sich gegen weitere Tritte schützen mussten.

Vince hatte sich aus seiner Bank heraus bequemt und stand nun über den Streithähnen. „Seid ihr verrückt geworden?", schimpfte er. Wieder setzte es schwere Tritte. „Prügeln könnt ihr euch an eurem freien Tag. Los, aufstehen." Er strahlte so viel Autorität aus, dass die beiden Kontrahenten sich sofort aufrappelten. „Ihr habt wohl zu viel Wein gesoffen, was?" Fintan kam als erster auf die Beine, trat einen Schritt zurück und ließ sich auf die Bank fallen. Er tastete nach seinem Weinschlauch. Doch bevor er den Korken herauszog, hob er den Finger. „Still, habt ihr das gehört?" Nun war auch Ty wieder auf den Beinen. Er wischte sich ein wenig Blut aus dem Gesicht und äffte: „Was will ein Rothaariger denn schon gehört haben?"

„Keinen Ton mehr, Ty", zischte Vince. „Fintan hat recht. Da, da war es wieder. Los, schauen wir nach."

***

Binagh und Malcolm hatten Lucys Sarg aus dem Loch gehoben und mit dem Spaten aufgebrochen. Das Splittern des Holzes hatte dabei mehr Lärm verursacht, als sie sich vorgestellt hatten. Binagh legte einen Finger auf die Lippen. „Pssst", zischte er. „Das hört man ja in der ganzen Stadt." Scheu schaute er sich um. „Willst du sie wirklich mitnehmen? Wir sollten Gabor nicht unterschätzen. Ich könnte eine Schöne für dich töten. Das wäre sicherer."

„Jetzt haben wir es angefangen, dann bringen wir es auch zu Ende", befahl Malcolm.

„Von mir aus, aber mach schnell", forderte Binagh. Er deutete auf Lucy. „Los, pack mit an, und dann nichts wie weg."

Malcolm hob die Hand. „Moment." Er gab Binagh zu verstehen, sich umzudrehen.

„Du willst doch nicht etwa… Ich denke, wir nehmen sie mit?"

„Geduld, mein Freund. Ich muss erst probieren, ob sie was taugt." Er wurstelte sich die Hose runter und drückte Lucys Beine auseinander, die sich geschmeidig bewegen ließen, als schliefe sie nur. ‚Ob die Leichenstarre schon wieder zurückgegangen ist?', fragte er sich für einen Moment. Aber schon warf er sich auf die Schöne und legte los. Malcolm stöhnte dabei hemmungslos. Er hatte sich nicht unter Kontrolle. Binaghs Mahnungen ignorierte er. Schnell erreichte er den Höhepunkt. Auch die platschenden Schritte, die sich ihnen rasch näherten, konnten ihn dabei nicht stören.

Ein ratschendes Geräusch ließ Binagh aufhorchen, kannte er das Spannen einer Armbrust doch zur Genüge. Schon surrten Pfeile dicht an seinem Kopf vorbei. Nur den schlechten Sichtverhältnissen war es zu verdanken, dass sie ihn verfehlten. Mit unglaublicher Gelenkigkeit bückte er sich, ergriff den Spaten und wirbelte herum. Schon zischten weitere Pfeile heran, losgeschickt von Armbrust und Bogen, die er mit dem Spaten parierte.

„Das gibt's doch nicht", keuchte Ty. „Das ist ein Hexer."

Derweil war Malcolm in seinem Element. Er lebte seinen Orgasmus aus. Was oberhalb des Sarges gerade los war, kümmerte ihn nicht.

„Verdammt, warum muss es auch so regnen, dass wir keine Feuerwaffen einsetzen können?", rief Vince. „Mit den Pfeilen erwischen wir den Kerl nicht." Sie ließen

Armbrust und Bogen fallen und stürmten, ihre Lanzen voran, auf Binagh zu.

Dieser riss sich seine selbstgebauten Waffen vom Rücken.

Malcolm lag in den letzten Zuckungen. Voller Faszination betrachtete er dabei Lucys totenblasses Gesicht im Dämmerlicht.

Ihre Augenlider schienen zu flattern.

Malcolm hielt inne. Was war das? Ihm wurde ein wenig unheimlich zumute. Als er sich aus ihr zurückziehen wollte, hatte er den Eindruck, ihre Grotte würde sich verengen und sein Geschlecht festhalten, wie eine kräftige Faust. Er packte Lucy am Becken und drückte seinen Leib nach hinten. Es erforderte richtig Kraft und schmerzte sehr, bis er sich endlich mit einem Ruck befreit hatte.

Da schlug Lucy die Augen auf.

Malcolm versteinerte. Er war zu keiner Bewegung fähig. Lucy leerte ihre Lungen in einem schrillen Schrei. Was erlebte sie hier? Gerade noch hatte sie einen Strick um den Hals gehabt, der ihr die Luft nahm und die Sinne raubte, und nun spürte sie etwas in ihrer Grotte stecken. Aber da war nichts. Nicht mehr. Sie sah den Kerl, der über ihr hing, sah seine roten Haare und seinen nackten Hahn. Ihr Blick wechselte auf ihr Geschlecht. Sie fühlte klebrige Feuchtigkeit auf den Oberschenkeln. Lucy ballte die Fäuste zu Steinen und schrie wieder und wieder. In einem Anflug von Wahnsinn, stieß und trat sie den vor Schreck gelähmten Malcolm weg, sprang aus dem Sarg und flüchtete laut kreischend in die Nacht.

Angesichts der aufgeweckten Toten, waren die drei Wächter wie gelähmt. Sie standen da, unbeweglich, und sahen aus wie zu Salzsäulen erstarrt.

Binagh war der Einzige, der sich noch ein wenig im Griff hatte, auch, wenn es ihn gruselte bis ins Knochenmark. Er begriff sehr schnell, dass dieses Gruseln seine Chance war, hatte es doch seine Gegner mit Sicherheit genauso erfasst, wie ihn. Schnell fummelte er die Schnallen seiner Maske auf, nahm sie herab, legte sein behaartes Gesicht frei und krönte den Spuk mit einem unmenschlichen Brüllen. Mit dem Spaten rannte er auf die Wächter zu und drosch ihn Fintan gegen den Kopf.

Der Ire fiel wie ein Baum und blieb mit zerschmettertem Gesicht liegen. Seine Beine zuckten.

Gleich darauf erwischte es Ty auf die gleiche Weise.

Das Gemetzel löste die Schockstarre von Vince. Er rannte in Panik davon und schrie immer wieder: „Alarm!"

Malcolm und Binagh flüchteten zu Fuß durch die Nacht, in der ständige Alarmrufe widerhallten und hinterließen eine schlammige Spur, die ihre Richtung verriet. Ihre Pferde ließen sie stehen. Es hätte zu lange gedauert, zu ihnen zu laufen, sie loszubinden und zu besteigen und wäre zu gefährlich gewesen. Also hatten sie sich auf die eigenen Beine verlassen. Das mochte vielleicht sicherer sein als zu Pferd, aber auf jeden Fall war es auch langsamer. Aus der Ferne waren schnell aufgeregte Stimmen und das Geräusch schneller Pferdehufe zu hören. Es mussten mindestens zehn Soldaten sein, die ihnen folgten.

Da setzte der starke Regen wieder ein. Die Spuren der Flüchtenden begannen, sich darin zu verwischen.

Binaghs scharfe Augen erkannten im Dunkeln ein Gebäude. „Da vorne scheint eine Scheune zu sein", rief er Malcolm zu, der sichtlich Probleme hatte, mit Binaghs Laufgeschwindigkeit mitzuhalten.

„Hoffentlich", keuchte er.

Es war tatsächlich eine Scheune, zwar nur aus Brettern zusammengenagelt und nicht so stabil wie die von Malcolm, aber sie bot Unterschlupf. Das hohe Tor ließ sich leicht öffnen. Sie schlüpften hinein und verriegelten es von innen. Durch Ritze zwischen den Brettern war ein flammender Blitz da draußen zu sehen. In einem solchen hellen Moment erkannten die Flüchtenden zwei mannshohe Heuberge in einem total chaotischen Raum, in dem allerlei Gerät wie Kraut und Rüben herumlag. Da die lärmenden Verfolger aber rasch näherkamen, blieb ihnen keine andere Wahl, als sich nach einem Versteck umzuschauen.

Schon wurde das Tor aufgerissen. Der Riegel barst, und der Sturm peitschte Regengüsse hinein. Es waren keine zehn Soldaten, sondern nur vier, die jetzt in die Scheune platzten. Es war ein Wunder, dass ihre Fackeln noch brannten. Sofort begannen sie damit, ihre Lanzen ins Heu zu stoßen.

„Ha, ich hab einen erwischt", rief Hunter.

Sofort wühlten die anderen an dieser Stelle das Heu auseinander - und fanden nur einen Sattel.

„War wohl nichts", sagte Dag. „Wir sollten die Scheune anzünden und draußen warten, bis sie rauskommen. Dann haben wir sie." Schon ließ er seine Fackel ins Heu fallen. Es fing an zu glimmen. Ein glühender Ring breitete sich langsam aus, aber das Heu qualmte nur und wurde schwarz. Regenspritzer, die durch die Wände drangen, hatten es zu feucht werden lassen, als dass es Feuer fangen würde.

Jordy trampelte Fackel und Glut aus und verpasste Dag einen Stoß. „Bist du krank? Wir vergeuden nur Zeit. Hier sind sie nicht. Los, weiter!"

„Und ob sie hier sind", widersprach Dag. „Das Tor war von innen verriegelt." Er bückte sich nach seiner erloschenen Fackel und hielt sie Hunter hin. „Gib Feuer", verlangte er.

Hunter zog die Fackel weg. „Jordy hat recht. Ich weiß nicht, ob es der richtige Weg wäre, die Scheune anzuzünden."

„Und wieso nicht?", wollte Dag wissen.

„Weil manche Bauern Säckchen mit Schwarzpulver im Heu verstecken. Zu oft bekommen sie von herumziehenden Vagabunden und Söldnern ihre Scheunen angesteckt, nur so zum Spaß."

Dag wurde unsicher. „Blödsinn." Er schaute Bailey an. „Was sagst du dazu? Anzünden? Ja oder Nein?"

„Durchsucht doch das Heu", riet Bailey mit einer Spur von Ironie in der Stimme. „Wenn ihr Schwarzpulver findet, dann hauen wir ab, wenn nicht, brennt die Scheune!"

„Willst du mich verarschen?", schrie Dag. „Anstatt das Heu nach Schwarzpulver zu durchwühlen, könnten wir ja gleich nach den Flüchtenden suchen."

Jordy klopfte ihm auf die Schulter. „Du sagst es, Dag. Los, reiten wir weiter."

Mit voller Wucht schlug er Jordys Hand weg. „Treib es nicht zu weit", schnauzte er.

Ohne das Tor zu schließen, nahmen die Männer die Verfolgung wieder auf.

Nun war alles ruhig. Nur der Wind pfiff da draußen und peitschte weiter Wasser durch die Ritzen der Wände.

Malcolm erschien nah bei der Stelle, wo sie den Sattel gefunden hatten.

Auch Binagh tauchte aus dem Heu auf. Sie wirkten beide, als brauchten sie Ruhe und legten sich zurück.

„Puh, das war knapp", sagte Binagh.

Malcolm blickte in ein vollkommen behaartes Gesicht.

„Deine Maske", sagte er. „Wo ist sie?"

„Ich habe sie abgezogen, um den Horror der drei Wächter zu steigern."

„Und wo ist sie jetzt?"

Binagh steckte seinen Zeigefinger in den Ärmel seines Hemdes, pulte darin herum und zog die Maske heraus. „Hier", sagte er. „Es wäre schlimm gewesen, wenn ich sie verloren hätte."

„Ich hätte dir eine neue gemacht", antwortete Malcolm.

„Obwohl es nun vorbei ist?", fragte Binagh fast ungläubig. „Du sagtest ja, das war das letzte Mal."

„Nicht so hastig, mein Freund", antwortete Malcolm. „Ich sagte es unter anderen Voraussetzungen. Ich kann Lucy nicht mehr haltbar machen. Sie lebt. Ich bin mir sicher, dass sie nur scheintot war, als sie beerdigt wurde. Ein Wunder, dass sie nicht noch im Sarg erstickt ist. Wir haben ihr quasi das Leben gerettet. Ohne uns wäre sie mit Sicherheit gestorben."

Binagh antwortete nicht. Er vergrub das Gesicht in den Händen. Ein Blitz flammte auf, Donner krachte. Unwillkürlich zuckte er zusammen. Dann fragte er: „Hattest du eigentlich einen Orgasmus gehabt?"

„Was geht das *dich* an?"

„Nur so. Hat sich so angehört."

„Und, weiter?"

Binagh gönnte sich eine schöpferische Pause, bevor er antwortete: „Du kannst auch mit *lebenden* Frauen Sex haben. Du hast es heute Nacht bewiesen."

Ein weiterer, sekundenlang zuckender Blitz erhellte Malcolms Gesicht so, dass Binagh erkennen konnte, wie baff sein Meister war. Daran hatte er wohl noch nicht gedacht.

161

Dann sprang Malcolm auf. „Komm mit."

Binagh machte keine Anstalten, der Aufforderung zu folgen. Er lehnte sich wieder ins Heu zurück. „Keine Lust. Hier ist es gerade so bequem."

„Nun komm schon. Unsere Pferde warten. Ich muss diese Frau haben. Lebend!"

Binagh schaute Malcolm an, als sei diesem gerade ein Geweih gewachsen. „Bist du jetzt irr geworden?", fragte er.

„Wieso? Mit ihr hat es doch geklappt. Du hast immer gesagt, ich brauche eine lebende Frau. Gilt das jetzt nicht mehr?"

„Sie mag keine Rothaarigen. Was sie wohl sagen wird, wenn du sie fragst: Na, meine Schöne, wie wäre es denn mit uns beiden?"

Malcolm hörte nicht zu. Er schlich zum Tor und schaute vorsichtig nach draußen. „Keiner mehr da", flüsterte er, als könne ihn noch jemand anderes hören als Binagh. „Sogar der Himmel klart auf. Los, machen wir uns auf den Weg."

Binagh stellte sich hinter Malcolm. „Wohin?", fragte er mit einem kräftigen Schaudern im Rücken.

„Die Pferde holen."

XXVIII

Nachdem sie nach Stunden des Suchens im Dunkeln die durch das ungemütliche Wetter verscheuchten Tiere gefunden hatten, ritten Malcolm und Binagh durch den Wald, der zwischen Southbarn und Kings Cave lag, zurück nach Hause. Der Regen hatte aufgehört. Allein ein helles Zucken war von dem Wetter mit seinem ergiebigen Nass noch übriggeblieben. Die hellen, lautlosen Blitze brachten den schaurigen Charakter des Hains in dieser Nacht besonders gut hervor und verliehen ihm die Seele eines verwunschenen, geheimnisvollen und Furcht einflößenden Märchenwaldes. Viele hätten sich schon gescheut, ihn bei Tageslicht zu durchqueren, und erst recht nicht bei Nacht.

Die bizarren, unheimlichen Bäume präsentierten sich im spärlichen Licht des Halbmonds kalkweiß, als seien sie von einem eiskalten Nebel heimgesucht worden. Aus ihrem Geäst funkelten tausend kleine Lichter, Augen, die Malcolm und Binagh beobachteten, während sie auf dem Nachhauseweg waren. Beide schüttelte es kräftig durch, den Einen vor Unbehagen, den Anderen vor kühler Nässe. Binagh war der Wald noch nie geheuer gewesen, Malcolms Emotionen indes schien er nicht zu erreichen, selbst in dieser Nacht nicht, da aus allen Richtungen Uhus und Kauze riefen und Unheil anzudrohen schienen.

Bisher waren sie so schnell geritten, wie es die Ortsbegebenheiten zugelassen hatten, doch nun verlangsamte Binagh seinen Ritt und schaute sich nach allen Seiten um. Er kniff die Augen zusammen, um in der Dunkelheit etwas erkennen zu können und sah doch weiter nichts als die Silhouetten der vermoosten Bäume, die an bösartige Riesen auf der Suche nach

Leichtsinnigen denken ließen. Wieder und wieder tauchten Blitze alles in das frostige Weiß, das, obwohl es ihm langsam vertraut sein sollte, ihn immer wieder schaudern ließ.

Auch Malcolm wurde langsamer. Er drehte sich zu Binagh um und fragte: „Was ist?"

„Etwas, das ich nicht beschreiben kann", antwortete der Behaarte, weiterhin die Gegend im Auge behaltend. „Mir ist unheimlich zumute. Es ist etwas im Busch, das spüre ich."

„Was soll das bitteschön sein?", fragte Malcolm. „Wir sind schon so oft hier durchgeritten. So langsam kennen wir diesen Wald."

Binagh hob die Schultern.

Malcolm erahnte es mehr, als dass er es sah. „Na also", sagte er. „Lass uns weiter reiten. Davon, dass wir hier herumstehen, wird es nicht besser."

„Du hast recht, Malcolm. Lass uns weiter reiten. Ich freue mich, wenn wir zuhause sind."

Langsam setzten die Pferde ihren Trott fort. Als ob sie damit den schlafenden Wald aufgeweckt hätten, riefen wieder die Nachtvögel aus den Bäumen. Zuerst waren es nur vereinzelte Rufe, mal von vorne, mal von hinten, oder von der Seite. Dazu leuchteten die kleinen Augen wie Lichter. Und als wieder ein Blitz zuckte, sah Binagh einen riesigen schwarzen Vogel direkt neben sich auf dem Ast eines Baumes sitzen. Unwillkürlich ließ er einen kurzen Schrei los. Der Vogel, nicht minder erschrocken, erhob sich schwerfällig. Wasser spritzte in Binaghs Gesicht, er wurde von den Federn der Flügel gestreift, und dann spürte er nur noch den Wind des davonfliegenden Riesenuhus. Er schluckte.

„Menschliche Gegner sind mir immer willkommen",

murmelte er. „Mit allem anderen habe ich so meine Probleme."

Malcolm ging nicht darauf ein. Er winkte ihm zu und sagte: „Stell dich nicht so an. Komm jetzt endlich."

Malcolms Sorglosigkeit machte Binagh nicht unbedingt Mut, denn die Schreie der Nachtvögel wurden mehr. Es war, als käme jeden Atemzug einer hinzu. Sie riefen nun schon aus allen Richtungen, als wollten sie mit ihren Stimmen Binagh umringen. Bald war der ganze Wald von hunderten Rufen erfüllt, und dann - erstarb das Konzert.

Mit einem Mal herrschte Totenstille!!!

Auch die Lichter verschwanden. Eins nach dem andern. Jetzt waren nur noch die zaghaften Schritte der Pferde zu hören, feucht und dumpf, als wateten sie durch Morast.

Endlich schien auch Malcolm die Situation nicht mehr ganz geheuer zu sein. „Seltsam", sagte er, während er wie Binagh nach hinten schaute. „Lass uns ein bisschen schneller reiten."

„Ja, da bin ich ganz deiner Meinung", antwortete sein Diener.

Malcolm setzte seinem Pferd die Hacken in die Seiten. Doch anstatt seinen Schritt zu beschleunigen, blieb das Tier stehen und schnaubte nervös. Malcolm machte ruckartige Bewegungen im Sattel. „Vorwärts" zischte er und riss am Zügel, aber das Tier rührte sich nicht.

„Was ist mit deinem Pferd los?", fragte Binagh, der hinter ihm angehalten hatte.

„Ich weiß es nicht", antwortete Malcolm. „Es bewegt sich nicht mehr."

„Meins auch nicht. Wo zum Teufel sind wir hier überhaupt? Ich hab total die Orientierung verloren."

Während Malcolm mit seinem Wallach beschäftigt war, ihm gut zuredete und den Hals tätschelte, ließ Binagh einen Schreckensschrei los. Er rutschte aus dem Sattel und klatschte zu Boden. Zwei Gestalten hatten ihn am Bein gepackt und vom Pferd gezogen. Weitere näherten sich lautlos und in blutigen Totenkleidern. Es waren allesamt weibliche Untote. Manchen war anzusehen, dass sie mal hübsch gewesen waren, andere waren alt und hässlich gestorben. Sie schlichen heran und streckten ihre faulenden Hände nach dem auf dem Boden liegenden Mann aus.

Malcolm rieb sich die Augen. „Oh, verdammt, was ist das?" Er schien in Schockstarre zu verfallen.

Binagh, der auf dem Rücken lag und nicht an seine Waffen herankam, kämpfte mit der Faust, prügelte drauf los und traf Körper und Gesichter, dass Fleischfetzen flogen und Knochen brachen. So konnte er sich zwar ein paar Auferstandene vom Leib halten, aber den Kampf für sich entscheiden, das konnte er nicht. Dazu waren es zu viele.

Nun durchsuchte Malcolm in aller Ruhe seine Manteltaschen. „Ich hab da was dabei", sagte er.

„Beeil dich", keuchte Binagh. „Ich mag keine Kämpfe, die ich nicht gewinnen kann."

„Ich weiß aber nicht, ob es bei Toten wirkt." Endlich förderte er ein kleines Fläschchen hervor. Er stieg vom Pferd und bespritzte die Untoten, aber es passierte nichts, außer, dass sie nun auch auf ihn aufmerksam wurden und Binagh einen Moment außer Acht ließen.

Binagh nutzte die Gelegenheit. Blitzschnell drehte er sich aus seiner misslichen Lage heraus, kam auf die Beine und zog seine Waffen vom Rücken. Metall blitzte auf. Mit beiden Händen führte er seine raffiniert konstruierten Nunchakus, die sowohl als Hieb- und Stichwaffe, wie auch als scharfe Wirbel funktionierten. Sie begannen ihr zerstörerisches Werk an den Untoten, und bald lagen einige der Körper regungslos auf dem Waldboden. Während Malcolm dem Schauspiel fasziniert beiwohnte, geriet er in die Fänge von zwei anderen Zombies, die sich ihm von hinten genähert hatten. Er war so überrascht, dass er, bevor er sich's versah, zu Fall gebracht wurde. Er hatte keine Chance, sich zu erheben, denn schon ließ eine sich auf ihn fallen und bedeckte ihn mit ihrer Leibesfülle. Sie packte mit hartem Griff in seine Haare und näherte ihre geifernden Fänge seinem Hals.

Noch konnte Malcolm ihren Kopf wegdrücken. Er wollte sie ebenfalls an den Haaren packen - und behielt die Kopfhaut in den Händen. Kraft und Ausdauer der Untoten waren nicht von dieser Welt. Sie zehrten an Malcolms Kräften. Schon wusste er nicht mehr, wo er ansetzen sollte. Die Zähne, die noch erstaunlich gut in Ordnung waren, kamen immer näher. Als das Gebiss zuklappte und Malcolms Halsschlagader streifte, rief er zum ersten Mal: „Binagh, Hilfe!"

Dieser metzelte die letzten Körper nieder, bevor er seine Waffen an der Hose abputzte und sich neben Malcolm stellte.

Der weit aufgerissene Mund der Untoten war wieder nur eine Daumenbreite von Malcolms Hals entfernt. „Tu was", stöhnte er.

Binagh spielte mit seinen Waffen. „Ich könnte jetzt warten, bis sie dir den Hals durchgebissen hat", sagte er ruhig. „Dann wären all meine Probleme Vergangenheit."

„Bis auf eins", keuchte Malcolm. „Dein Fell bleibt."

Binagh lachte. „Ich brauche nur das Labor zu durchsuchen, dann werde ich die Tinktur finden."

„Tu das, und du wirst feststellen, dass sie dir nicht die Lösung bietet."

Die Untote biss zu, aber diesmal war es Binagh, der Schlimmes verhinderte. Mit seinem Fuß drückte er im letzten Moment ihren Kopf zur Seite.

„Soso, nicht die Lösung. Und warum soll ich dir das glauben?"

Malcolm gelang es nun, der Untoten den Kopf hoch zu drücken und ihr den Ellbogen gegen den Hals zu schlagen. Es machte sie zwar nicht kampfunfähig, aber er gewann ein wenig Spielraum, um den Abstand zwischen seinem Hals und ihrem Gebiss zu vergrößern.

„Du wirst vielleicht dein Fell los, mein Freund, aber danach braucht es eine Weiterbehandlung mit einer anderen Tinktur, sonst kommt es wieder."

Binagh stand breitbeinig da, nicht wissend, was er nun tun sollte. Er hatte sich in die Sackgasse hineinmanövriert. Diese Erkenntnis ließ ihn schaudern.

Malcolms Kräfte ließen nach. Er röchelte und hustete.

Die Untote gewann wieder die Oberhand und näherte ihre Fänge erneut seinem Hals.

Was war schlimmer? Malcolm zu Diensten zu sein – vielleicht sogar für den Rest des Lebens – oder ein menschlicher Affe zu bleiben? Die Maske würde mit Sicherheit nicht ewig halten.

Die Zähne der Untoten zwickten bereits Malcolms Haut am Hals.

Sagte sein Meister wirklich die Wahrheit? Würde er später eine dauerhafte Versorgung seiner Haut brauchen, wenn er sein Fell verloren hatte? Wollte er auf ewig von diesem Mann abhängig sein?

„Binaaaaaagh!!!"

In allerletzter Sekunde köpfte er die Untote.

Ein Schwall grün-roter Brühe ergoss sich über Malcolm. Mit letzter Kraft schob er den faulenden Körper von sich und befreite sich notdürftig von der stinkenden Besudelung.

Binagh hechelte, als hätte er den zehrendsten Kampf seines Lebens hinter sich. Er ließ seine Waffen sinken. „Das sind alles Körper geschändeter Frauen", keuchte er vorwurfsvoll. „Sieh, was du getan hast, sie kommen nicht zur Ruhe. Daran solltest du denken, wenn es dich wieder mal überkommt."

Malcolm richtete sich auf und schaute angewidert an sich herab, bevor er sich Binagh zuwandte und antwortete: „Und sie sind hier, weil *du* sie mit *deinen* Gedanken gerufen hast. *Du* hast ihre Ruhe gestört. Nicht ich."

Binagh winkte ab. „Unsinn. Was redest du da?"

„Unsinn, ja? Du glaubst also, *ich* raube den Frauen ihren Frieden? Du glaubst, *ich* gehöre von der Welt getilgt, weil ich Leichen ficke und damit ihre Ruhe störe? Ich bediene mich nur ihrer Körper, nicht ihrer Seelen."

„Das Leben, das ich bisher hatte, lässt nicht zu, dass ich an irgendwas glaube", widersprach Binagh. „Ich wurde mit einem Fell geboren wie ein Tier. Meine Eltern wollten wohl ein solches Affenkind nicht haben und setzten mich neben einem Reisfeld aus. Ich wurde von den Bauern gefunden, wuchs bei ihnen auf, wurde viel geneckt und musste schon bald hart arbeiten. Als ich Sieben war, gelang mir die Flucht. Ich traf auf Mönche, bei denen ich Einblicke in den Buddhismus erhielt, von geheimen Lehren erfuhr und ihre Art zu kämpfen kennenlernte. Als ich aber zehn Jahre alt war, zogen Gaukler vorbei. Sie schwatzten mich den Mönchen mit guten Worten ab, um mich fortan für Geld zur Schau zu stellen. Bei den Gauklern bekam ich weitere Kampfausbildung. Natürlich nur, um das schaulustige Volk zu unterhalten. Ich kam viel herum in der Welt und stellte fest, dass es sogar den Barbaren vor euch Christen graust. Das Verbrennen von Unschuldigen ist weithin bekannt. Was ihr Christen tut, ist in euren Augen natürlich in Ordnung und im Willen Gottes. Es sind immer nur die anderen, die sündigen. Verdammte Heuchler seid ihr."

Malcolm plusterte sich auf, soweit sein lädierter Zustand es zuließ. „Wirf mich nicht mit den Christen in einen Topf", fauchte er. „Ich habe zwar Theologie studiert, neben Chemie, Physik und Medizin, aber glaub mir, das war die teuerste und zugleich schäbigste Fakultät. Während ich bei den Naturwissenschaften viel über das Leben lernte, wollten mir die Pfaffen erzählen, dass wir nur auf der Welt sind, um Gott zu gefallen. Wenn wir das nicht schaffen, dann braten wir in der Hölle, meinten sie. Ich habe aber schnell gemerkt, dass sie damit ein Netz aus Angst und Schrecken aufrechterhalten, um uns auszunehmen. Es gibt keine Sünde, kein Schicksal, weder Glück, noch gibt es Pech. Mir wurde bewusst, dass alles durch unsere eigenen Gedanken entsteht, und als ich das erkannt hatte, da kamen immer mehr Beweise dafür in mein Leben. Es gibt keinen strafenden Gott und keine Hölle. Ich bin mir sicher, dass es so ist. *Ich* habe die Untoten nicht gerufen. Dass sie uns überfallen haben, ist allein dein Werk. Ich wette, du hast dir gewünscht, dass meine Opfer keine Ruhe finden, weil du der Ansicht bist, dass ich für mein Tun eine Lektion bekommen sollte. Lass es dir durch den Kopf gehen und achte auf das, was du denkst. Dann wirst du erkennen, dass ich Recht habe."

Ohne Binaghs Reaktion abzuwarten, stieg Malcolm auf und ritt weiter. Diesmal gehorchte das Pferd. Es schien aus seiner Starre gelöst.

Binagh stand wie angewurzelt da. ‚Alles', so dachte er, ‚soll durch die Gedanken geschehen? Und was ist dann mit meinem Fell? Habe ich das schon vor meiner Geburt erschaffen? Malcolm, so einfach kommst du mir nicht davon.' Nun stieg auch er auf und folgte seinem Meister.

XXIX

Der Morgen, der auf die ungeheuerlichen Vorkommnisse auf dem Friedhof folgte, ließ kaum noch an die ungemütliche Nacht mit starkem Regen und Kühle denken. Die Sonne schien und brachte den Frühsommer nach Southbarn zurück.

Gabor bekam davon nichts mit. Er stand in der Sakristei vor der Wand und schlug immer wieder mit der Hand dagegen, dass es klatschte. „Ich wusste es", wiederholte er mit hochrotem Kopf. „Ich wusste genau, dass es passieren würde. Das war so was von klar. Wie kann man nur so dämlich sein und in dieser Zeit Hexen *hängen*? Ich fass es einfach nicht. Nun haben wir den Salat." Er hörte auf, gegen die Wand zu schlagen. Seine Hand brannte wie Feuer. Er schüttelte sie und begann, seine Runden zu drehen. Wie ein Löwe im Käfig, lief er in der Sakristei umher.

„Natürlich hattest du recht, Gabor", pflichtete Bailey ihm bei. „Das war von vornherein klar."

„Hättest du deine Macht bewiesen und auf den Scheiterhaufen bestanden, dann wäre das nicht passiert", meint Hunter.

Gabor wirbelte herum und schaute Hunter an. „Sie war bereits verurteilt", brüllte er. „Ich kann nicht einfach so in die Gerichtsbarkeit der Weltlichen eingreifen."

„Und doch hättest du die Macht dazu gehabt", hielt Hunter dagegen. „Noch war sie nicht gerichtet. Der Prozess hätte durch die Kirche neu aufgerollt werden können, nach allem, was sich hier zuträgt. Caelius hätte dich davon nicht abhalten können, und der Stadtrat wäre dir vielleicht sogar dankbar gewesen, genauso dankbar, wie man dir für die Bewachung des Friedhofs ist."

„Bei der wir nun zwei Männer verloren haben", er krallte sich Hunter und schüttelte ihn kräftig durch, während er brüllte: „Wegen dieser Hexe!" Er ließ ihn wieder los und drehte sich um.

Hunter richtete sich seine aus der Form geratenen Klamotten. „Für Beschuldigungen ist es nun zu spät", sagte er.

„Womit du ins Schwarze getroffen hast, denn die Hexe lebt", antwortete Bailey.

Bevor Gabor auf diese in seinen Augen freche Bemerkung etwas sagen konnte, klopfte es an der Tür. Er plumpste auf den Stuhl hinterm Tisch, während Caelius eintrat, ohne dazu aufgefordert worden zu sein. In seiner Begleitung befanden sich drei Männer, die brav hinter seinem Rücken warteten. Caelius stellte sie vor mit den Worten: „Drei gottesfürchtige Männer suchen den Beistand der Kirche, Gabor."

Er deutete auf den Platz vor seinem Tisch. „Vortreten."

Mit kleinen Schritten drückten sie sich an Caelius vorbei zum Tisch hin, Schulter an Schulter, ängstlich wie Tiere auf dem Weg zur Schlachtbank. Sie knieten sich und schauten zu Boden.

Gabor erhob sich, beugte sich über den Tisch und schaute nach unten auf die Drei herab. „Was ist euer Anliegen", fragte er streng.

„Wir haben – wir haben…", stotterte der Mittlere. Er sah unterernährt aus, hatte schütteres Haar und ein eingefallenes Gesicht. „Wir haben…", und dann holte ihn ein Schluchzen ein und löschte die Worte, die er sagen wollte.

„Ich wollte doch nur…", begann der links Kniende. Er war gebaut wie ein Handwerker, der täglich mit schweren Dingen hantierte, aber auch er konnte seinen Satz nicht vollenden, weil ihm der Dritte das Wort abschnitt.

173

„Es ist nicht, wie Ihr denkt, Herr", sagte dieser, der, seiner ordentlichen Kleidung nach zu urteilen, mit Sicherheit auf einer Amtsstube zu finden war.

„Wir haben doch nur…"

„Es war ja nur ein bisschen…"

„Ihr könnt uns glauben, Herr, so war es."

„Jesus kann es bezeugen."

„Wir sind Gottes treue Diener."

Sie redeten alle Drei durcheinander, bis es Gabor zu viel wurde und er gefährlich leise zischte: „Schluss mit dem Gezeter! Wart ihr auf dem Friedhof?"

„Nein-nein", wehrte der Dürre ab. „Wir haben doch nur etwas Wasser in Wein verwandelt."

Der Handwerker deutete mit Daumen und Zeigefinger eine Kleinigkeit an. „Nur so ein bisschen."

„Wie Jesus", sagte der aus der Amtsstube. „Er hat es auch getan. Hat Jesus damit gesündigt?"

Gabor winkte ab. „Papperlapapp. Ich suche keine Weinwandler. Ich suche den Grabschänder. Also?"

Wild schüttelten sie ihre Köpfe. „Glaubt das nicht von uns, Herr", bat der Amtmann.

„Wir sind unschuldig", stotterte der Dünne.

„Wir werden sehen", sagte Gabor und bedachte Bailey mit einem Fingerzeig. „Hol Vince."

Mit schallenden Schritten eilte Bailey aus dem Raum und knallte die Tür hinter sich zu.

Gabor widmete sich wieder den drei Männern. „Warum seid ihr hier? Doch wohl nicht wegen dem bisschen Wein?"

Sie antworteten nicht.

Gabor schaute zu Caelius hinüber, der sich wie ein Wachposten vor die Tür gestellt hatte, als wollte er Baileys Rückkehr verhindern. „Hast du was damit zu tun? Was hast du ihnen vorgelogen?"

Er hob abwehrend die Hände. „Frag mich nicht", antwortete er. „Du hast sie gehört. Sie haben Wasser zu Wein verwandelt und fühlen sich damit nicht wohl. Erteile ihnen die Absolution und lass sie gehen."

„Damit sie ein für alle Mal als unbescholtene Bürger weiterleben können?"

„Das sind sie", erwiderte Caelius. „Sie haben dein Angebot angenommen und sich freiwillig mit ihrer Sünde gestellt. Nun liegt es an dir, Wort zu halten. Ich fordere dich auf, sie zu entlassen."

„Ja, bitte", wimmerte der Amtmann. „Wir haben nichts getan."

„Dann hättet ihr nicht kommen brauchen", grunzte Gabor. Er trat mit voller Wucht gegen den Tisch und schrie: „Ich lass mich nicht für dumm verkaufen. Nicht in dieser verkommenen Stadt." Er wendete sich wieder an Caelius. „Du hast sie dazu aufgefordert, sich zu stellen, und bestimmt noch einige andere, damit ich sehe, dass es hier nur Unschuldslämmer gibt, nicht wahr? Gib's zu."

Bevor Caelius etwas antworten konnte, flog ihm die Tür ins Kreuz, sodass er erschrocken Platz machte.

Bailey führte Vince herein und schloss die Tür. „Hier ist er."

Vince stand mitten im Raum. Seine Finger spielten miteinander wie die eines Kindes. Sein Blick war rastlos zur Decke gerichtet.

Gabor ging zu ihm und legte ihm einen Arm um die Schultern. „Kannst du mich verstehen?"

Vince nickte hastig. Aus seinem Blick sprach der pure Wahnsinn. Von seiner Kraft und Autorität war nichts mehr übrig.

„Erzähle, was du auf dem Friedhof erlebt hast", forderte Gabor ihn auf.

Vince riss die Hände vors Gesicht und ließ einen Schreckensschrei los. „Nein", stammelte er.

Gabor redete zu ihm mit Engelszungen. „Beruhige dich, mein Sohn. Wir sind hier, um dir zu helfen. Lass uns wissen, was dir widerfahren ist. Das wird dir guttun."

Vince fasste Gabor am Kragen, spielte daran herum und grinste irr. „Da stieg eine Hexe aus dem Grab." Er redete so schnell und so leise, dass er kaum zu verstehen war.

„Und weiter?"

„Ha, es war schrecklich."

„Nur Mut, Vince. Was geschah weiter?"

„Der Herr des Wolfes hat sie geritten. Die Hexe. Im Sarg. Ja, im Sarg."

„Der Herr des Wolfes?"

„Der Herr des Wolfes, Gabor."

„Wie kommst du darauf?"

„Ich hab ihn gesehen." Er drehte sich um und wollte sich hinter Caelius verstecken, der ihn jedoch abwehrte.

„Wieso Wolf?", fragte Gabor weiter. „Erzähl uns mehr."

„Der eine war ein Werwolf, behaart und grässlich. Er hat mich angebrüllt. Er stand direkt vor mir. Er war mit teuflischen Eigenschaften ausgestattet und mit seltsamen Waffen bestückt", berichtete Vince in seinem Wahn. „Unsere Armbrust konnte ihm nichts anhaben. Und der andere war sein Herr, so wie jemand Herr seines Hundes ist."

Gabor lächelte und trat einen Schritt zurück. „Ist dieser Herr des Wolfes im Raum?"

Nun erblickte Vince die drei Männer. Offenbar hatte er sie bislang noch nicht wahrgenommen, obwohl er neben ihnen stand. Vor Entsetzen wich er zurück und deutete auf den Mittleren.

Der Dünne sprang auf. „Nein, nein, um Gottes Willen, der Mann irrt sich."

Gabors Blick verfinsterte sich. Mit stahlharter Hand packte er den Mann an der Schulter und drückte zu. „Wer war auf dem Friedhof? Los, rede, ich will Namen hören." In einem heillosen Durcheinander beschuldigten die Drei sich gegenseitig.

Gabor lächelte zufrieden. „Na also."

Nun trat Caelius vor. „Sie sind unschuldig, Gabor", flehte er. „Du verunsicherst die Leute. Meine Gemeinde ist rein. Lass die Männer laufen. Es gibt hier weder Grabschänder noch Hexen oder Teufel. Wer immer die Gräber öffnet, er ist nicht aus meiner Gemeinde."

„Ach nein? Und warum fehlt die Hexe aus dem Grab?" Er drehte sich Hunter zu. „Wurde nach ihr schon gesucht?"

„J-ja", stammelte er. „Aber sie ist weg. Im Regen haben wir ihre Spur verloren."

„Wie die der Grabschänder auch, ihre Weichlinge." Dann brüllte er: „Schafft mir die Hexe her. Sofort." Caelius wirbelte herum und riss die Tür auf. Eilig verließ er die Sakristei.

Bailey und Hunter ergriffen die flehenden Männer und trieben sie nach draußen. Hier wurden sie von weiteren Gehilfen Gabors gepackt. Sie verschnürten ihnen die Hände hinter dem Rücken und trieben sie mit Tritten und Schlägen an. „Vorwärts, ins Verlies mit euch."

Bailey schaute Hunter an. „Dann suchen wir mal die Hexe", sagte er.

Hunter nickte zaghaft. „Wenn sie dem Grab entstiegen ist, dann ist es wohl wirklich eine. Ich will gar nicht wissen, was uns blüht, wenn sie – diese Kräfte hat."

„Und niemand weiß, wo wir suchen sollen", pflückte Bailey an.

„Nun, dann werden wir wohl zuerst einmal die Weltlichen befragen müssen. Sie werden wohl wissen, wer die Frau war, die sie verurteilt haben."

„Genau", sagte Bailey. Er klopfte Hunter auf die Schulter. „Gehen wir."

XXX

Ann schlief. Trotz der furchtbaren Ereignisse, denen sie beigewohnt hatte, war sie eingeschlafen. Sie hatte sich in den Schlaf geweint. Aber auch jetzt, da sie ins Traumland versunken war, ließ der Horror des Tages ihr keine Ruh. Immer wieder tauchten die schrecklichsten Bilder auf: Von Lucy im Verlies, von Lucys Umnachtung vor der Hinrichtung, von Lucy am Galgen.

Ann hatte sich nicht erlaubt, am Abend ins Bett zu gehen. Zu groß war die Schuld, den Richtplatz verlassen zu haben, als Lucy noch lebte, anstatt ihr in der letzten Stunde ihres Lebens beizustehen. Diese Schuld war so groß, dass Ann sich auch nach dem sicheren Tod, den Lucy nun ereilt hatte, auf Kiesel kniete und bereute. Sie hatte mit Gott gehadert, weil Lucy trotz ihrer großen Buße nun tot war und hatte ihn gleichzeitig um Vergebung dafür gebeten, ihr eigen Fleisch und Blut im Augenblick des Todes alleingelassen zu haben. Nun schlief Ann, wachte aber schon bald schweißgebadet wieder auf, schlich sich in Lucys Zimmer und überzeugte sich davon, dass es tatsächlich leer war. Sie konnte es einfach nicht glauben, noch wollte sie es wahrhaben. Sie legte sich wieder hin, schlief erneut ein, doch nur, um einmal mehr von schrecklichen Traumbildern geweckt zu werden. Das Knarren auf der Treppe, die stapfenden Schritte, die hinaufeilten, schrieb sie ihrem Wahn zu.

Und dann flog die Tür auf. „Mama!"

Ann sprang laut schreiend aus dem Bett. „Herr im Himmel, steh mir bei!"
Schon fiel Lucy ihr in die Arme. „Mama, ich bin das."
Sie weinte. „Ich bin wieder da."

Ann presste das Mädchen an sich, so fest, dass es kaum noch Luft bekam. Sie überhäufte es mit Küssen, immer wieder „Lucy, Lucy" stammelnd. Sie drückte den Kopf an ihre Brust, krallte ihr die Finger in die Haare, küsste, streichelte, knetete und betastete Lucy, alles in einem. Sie schloss die Augen und verlegte sich auf ihren Geruchssinn. „Lucy, bist du das wirklich?" Sie betastete ihren Kopf und den Körper. „Lucy, du lebst. Oh Lucy." Sie drängte ihre Tochter ans Bett, drückte sie nieder und legte sich zu ihr. Wieder klammerte sie sich an das Mädchen und streichelte und küsste es, bis ihre Aktivitäten erlahmten und sie beide einschliefen, so, wie sie da lagen.

Es wurde langsam hell, als Ann erwachte und die Augen aufschlug. Sie sah Lucy, die ruhig atmete. In dem beigen, völlig verdreckten Büßerhemd, das sie noch von der Hinrichtung trug, wirkte sie fast wie eine Tote. Ann erschrak bei diesem Gedanken und riss sich die Hände vors Gesicht. Dann spreizte sie die Finger und lugte durch den Schlitz. „Lucy! Du bist wahrhaftig da!", murmelte sie. „Oh mein Gott, der Herr hat geholfen. Welch eine Gnade."
Nun schlug auch Lucy die Augen auf und sprang mit einem Schrei aus dem Bett. „Ich muss weg."
„Warte! Man wird dir nichts mehr tun, mein Schatz", erwiderte Ann ruhig. „Gott, der Herr, hat dich gerettet. Er wird es nicht zulassen, dass sie dir noch einmal etwas antun."
Lucy schossen die Tränen in die Augen. Sie trat mit dem Fuß auf. „Nein", sagte sie voller Angst, „es war nicht Gott. Der Teufel hat mich gerettet. Er hat mich nur wieder ins Leben geholt, weil er mich von Gott fernhalten will."

„Was redest du denn da für wirres Zeug? Ich habe gebüßt, Tag und Nacht. Deshalb lebst du noch." Sie machte ihre geschundenen Knie frei. „Da, schau, wie ich gelitten habe. Gott hat meine Buße angenommen."

„Bitte, Mama, lass uns jetzt nicht streiten. Ich hatte mich versteckt. Sie suchen mich sicher überall."

Ann atmete erschrocken ein. „Komm mit, schnell. Auf dem Dachboden gibt es einen Hohlraum. Den hatten meine Eltern als Versteck vor der Steuer angelegt." Gemeinsam stürzten sie aus dem Zimmer und rannten zum Dachboden hinauf. Die Tür klemmte. Ann drückte sie gewaltsam auf. „Hier war schon viele Jahre keiner mehr gewesen", sagte sie. Überall lag Gerümpel herum, vor allem auf dem Fußboden. Sie räumten es in Eile beiseite. Durch festes Auftreten versuchte Ann, das Steuerversteck auszumachen. „Ich weiß, dass es hier sein muss!" Sie trampelte auf dem Boden herum. Im durch einen daumendicken Spalt im Mauerwerk eindringenden Lichtstrahl tanzten Staubflocken wild umher. Als es plötzlich hohl klang, befreiten sie die Stelle vom Gerümpel und hoben die Bretter an. Der Hohlraum darunter war spärlich und sehr flach.

„Los, leg dich hinein", befahl Ann.

Lucy gehorchte. Sie setzte sich hin, glitt rücklings hinein und passte gerade so ins Versteck. Ein Sarg war geräumig gegen diese Enge. „Ich bin drin", sagte Lucy. Ann bedeckte das Loch wieder.

Es war stockdunkel da drin. Nur durch ein paar schmale Ritze fiel ein wenig Licht ein. Lucy erkannte ihre Mutter über sich. „Mama, ich hab fürchterliche Angst", rief sie. „Es ist wie in einem Sarg hier drin!"

„Komm wieder raus, mein Kind", rief Ann. „Solange sie nicht kommen, brauchst du dich nicht zu verstecken." Sie hob die Bretter an, und Lucy kletterte heraus.

„Hoffentlich kommen sie niemals", weinte sie. „Am liebsten würde ich fliehen. Sie sind mir bestimmt schon auf der Spur."

Ann nahm Lucy in die Arme, drückte sie an sich und strich ihr über den Kopf. „Da brauchst du keine Angst zu haben, meine Kleine. Gott hat meine Buße angenommen und dich mir zurückgegeben. Sicher nicht, um dich mir wieder wegnehmen zu lassen."

Lucy holte Luft, aber Ann legte ihr einen Finger auf den Mund. „Psch. Du weißt, dass wir von hier nicht weggehen können. Unser Lebenswerk, unsere Arbeit, steckt hier drin, und die Tiere da draußen wollen auch versorgt sein. Dieses Haus ist unser Ein und Alles. Fürs Erste kannst du Kleider von mir anziehen. Dann sehen wir uns zum Verwechseln ähnlich und können sie so vielleicht täuschen, wenn sie denn kommen sollten. Und dann sehen wir weiter. Wir werden eine Lösung finden, und du wirst leben."

Lucy wischte sich eine Träne weg und nickte.

XXXI

Nach einer selbst für Malcolms Empfinden sehr ungemütlichen Nacht, konnte der Morgen nun nicht einfach wie gewohnt ablaufen. Deshalb hatte Malcolm sich dazu entschlossen, ein Bad zu nehmen und Binagh daran teilhaben zu lassen. Er mochte ihm damit Frieden und Verzeihen vorgaukeln, nach dieser unglaublichen Frechheit, die er sich in der Nacht geleistet hatte. Es war die Bestätigung für Malcolms Einschätzung von Binaghs Gesinnung: Sein Diener wollte ihn loswerden, sobald es ging. ,Sobald bedeutet: Wenn er kein Fell mehr hat!', dachte er. Und das würde schon recht zügig eintreffen. Die Haare fielen wie das Laub der Bäume im Herbst. Aber gut, sei's drum. Malcolm hatte sich dazu entschlossen, dass es ihm egal war. Erstens: Lucy lebte, und Binagh würde sie zu ihm bringen müssen. Das würde er sogar mit Freuden tun, denn wenn sie erst einmal hier war, brauchte Malcolm die Friedhöfe nicht mehr, genauso wenig, wie er dann noch Binagh brauchte. Und zweitens: Binagh musste es ja nicht erfahren, wenn er keine Haare mehr hatte... Solange er sich für einen Affen hielt, würde er tun, was Malcolm sagte.

Um Binaghs Gehorsam wieder ein wenig mehr Basis zu geben, hatte er ihm den Auftrag erteilt, Wasser für den großen Holzzuber zu erhitzen, der draußen auf der Veranda stand. Dieser war nun gefüllt, das Wasser hatte etwas mehr als Körpertemperatur. Genau richtig für ein wohltuendes Bad nach einer Nacht in Regen und Kälte. Nackt stiegen sie in den Zuber.
Es war das erste Mal, dass sie zusammen ein Bad nahmen. Dass Binagh ihn nackt sah, störte Malcolm nicht. Auf dem Friedhof musste es ihm peinlicher sein,

war es aber nicht. Da streifte er ja auch nur sein Beinkleid ab, und Binagh drehte sich sowieso weg, weil er den Akt einfach nicht mit ansehen konnte, so sehr schauderte es ihn durch.

Binagh seinerseits kannte das Baden in Gesellschaft bereits aus dem Hexenhaus. Nackte Menschen beiderlei Geschlechts waren dann in seiner mit Fell bewachsenen Nähe. Daran hatte er sich gewöhnt, auch an die Blicke Fremder, die immer wieder mal dabei waren, so wie Tom vor ein paar Tagen. Trotzdem fühlte er sich nun ein wenig schüchtern, und das, obwohl Malcolm ihn täglich nackt sah, wenn er ihn am ganzen Körper mit der Tinktur einrieb und striegelte, außer am Geschlecht. Er dachte ein wenig darüber nach, was es sein könnte, das in ihm nun diese Hemmungen erweckte.

Sie saßen sich im Zuber gegenüber, die Beine jeweils an der Seite des anderen ausgestreckt. Ihre Arme lagen auf dem Rand, das Wasser reichte ihnen bis zu den Brustwarzen.

„Du bist so still", eröffnete Malcolm das Gespräch.

Binagh durchfuhr es wie ein Blitz. Es erschreckte ihn, von Malcolm angesprochen zu werden. Weil er nackt war, trotz Fell? Unwillkürlich zog er seine Beine weg, die jene von Malcolm leicht berührten. Die Berührung war ihm plötzlich unangenehm. Er schluckte. „Kann sein", krächzte er, und überlegte gleich wieder, was daran so unangenehm war, mit Malcolm zusammen ein Bad zu nehmen. Er kam nicht drauf.

„Was denkst du?", fragte Malcolm nach einer Weile.

‚Dass du redest und dich bewegst', schoss es ihm durch den Kopf. Und genau das war es! Malcolm kam ihm wie ein Untoter vor. Vielleicht war er sogar einer? Hatte Binagh die Monate, seit er ihn kannte, mit einem lebendigen Toten verbracht? Warum sonst verging er sich an Leichen? Er musste es ansprechen, damit er nicht den Verstand verlor. Allein die Vorstellung, sein Glied in etwas Totes zu stecken, wie es Malcolm zu tun pflegte, erfüllte ihn mit Grausen. Er würde es nicht mal in ein Loch in einem toten Baumstamm einbringen können, ohne Angst zu haben, darin stecken zu bleiben. Binagh brauchte die Körperwärme und das Lebendige seines Gegenübers. Hatte Malcolm so was überhaupt? War sein Körper warm? Jetzt fiel ihm auf, dass er ihn noch nie hatte schwitzen sehen. Plötzlich hatte Binagh auch den Gesichtsausdruck vor Augen, als in der Nacht die Untote auf seinem Meister lag. Es war ihm gar nicht so unangenehm gewesen, und wenn sie ihm nicht nach dem Leben getrachtet hätte, würde er sich an ihr vergangen haben. Binagh schaute Malcolm ins Gesicht und wusste in diesem Moment, dass er ihn am liebsten erschlagen würde. Ob sich etwas änderte, wenn das Mädchen hier war? Ein Mädchen zudem, das Rothaarige hasste und tötete? Auch das Untote würde also mit ihr Einzug in dieses Haus nehmen, so oder so. „Freust du dich auf Lucy?", fragte er zaghaft.

Malcolm nickte. „Ja, das tue ich, und ich danke dir von Herzen, dass du mir die Augen geöffnet hast und sie mir holst."

„Es wird nicht einfach sein", gab Binagh zu bedenken. „Noch habe ich sie nicht gefunden."

„Du schaffst das."

Binaghs Geist rief das Bild der Schönen am Galgen auf, voller kindlichem Liebreiz und von bestimmt unvergänglicher Schönheit. Sie war zwar eine grausame Mörderin und offenbar irr, aber dennoch: Was wird so ein Mensch wohl empfinden, wenn ein Leichenschänder es mit ihr treibt, ein rothaariger noch dazu? „Ich werde mich dann mal auf den Weg machen." Er schickte sich an, aus dem Zuber zu steigen, aber Malcolm hielt ihn auf. „Warte noch."

Binagh setzte sich wieder. „Was ist?"

„Wie wirst du sie herbringen? Nimmst du die Kutsche?"

„Nein, ich reite nach Southbarn."

„Ist das nicht ein wenig unpraktisch, mit zwei Pferden zu reiten? Die Kutsche wäre bequemer."

„Ich reite nur mit *einem* Pferd", erklärte Binagh. „Damit geht es am schnellsten. Zudem würden mich eine Kutsche oder ein zweites Pferd bei der Suche nach Lucy massiv behindern."

„Und wie willst du sie hierher bringen?", wollte Malcolm wissen.

„Auf meinem Pferd", erwiderte Binagh.

„Das heißt, ihr zu zweit auf einem Pferd? Du im Sattel und sie vor dir?"

Binagh nickte. „Oder hinter mir."

„Sodass sie die Arme um dich schlingt, oder wie?"

„Aha, daher weht der Wind", murmelte Binagh. „Mein Meister ist eifersüchtig, noch bevor die Schöne bei ihm ist."

Malcolm winkte ab. „Rede keinen Blödsinn. Ich denke nur an das Pferd. Die Last von zwei Menschen über so eine lange Strecke zu tragen, ist eine Tortur für das Tier."

Binagh lächelte. „Ist es nicht, mein Freund. Hast du schon mal was von Lung Ghom gehört?"

„Was ist das?"

„Eine buddhistische Fertigkeit. Man kann damit schnell große Entfernungen überbrücken, indem man sich praktisch zum Schweben bringt."

„Interessant" gab Malcolm ironisch zurück. „Du könntest also aus dem Zuber auftauchen, ohne die Hände dafür zu benutzen?"

186

„Ja!" Binagh wusste selbst nicht, warum er diese Antwort gab. Damals, als Zehnjähriger bei den Mönchen, hatte er es tatsächlich fertiggebracht, sich auf ein Kornfeld zu werfen, ohne dass die Halme unter seinem Gewicht eingeknickt wären. Als er aber Malcolm nachgelaufen war, während dieser zur Scheune ritt, war von Lung Ghom nicht mehr viel übrig gewesen.

„Zeig's mir", forderte Malcolm.

Binagh wehrte ab. „Dazu muss ich mich sehr konzentrieren. Das schaffe ich nicht in deiner Gegenwart."

„Ach nein? Aber wenn eine schöne Frau dich umklammert, oder auf deinem Schoß herum hoppst, dann geht das, oder wie?" Malcolm klatschte ihm die Hand vor die Brust. „Los, mach schon, ich bin auch ganz still."

Binagh wusste, dass Malcolm keine Ruhe geben würde, bis er den Beweis erbracht hatte. Außerdem würde er einen weiteren Klatsch vor die Brust nicht aushalten. Er war auch so schon genug gestresst davon, mit vielleicht einem Untoten ein Bad zu nehmen. Also schloss er die Augen und murmelte: „Dann halte deine Klappe, damit ich mich konzentrieren kann." Er fuhr seine Gedanken runter und schaffte es tatsächlich, Ruhe im Kopf zu finden. Dann tauchten Luftblasen in seinem Innern auf, die nach oben stiegen. Er fühlte, wie er ruhiger und leichter wurde. Jeder Atemzug ging tief in seinen Körper hinein. In Binaghs Vorstellung brannte dort ein kleines Feuer, das durch den Atem wie von einem Blasebalg angefacht wurde und aufloderte. Die Flammen züngelten seine Lunge hinauf und brachten dort etwas zum Schmelzen. Binagh wurde es warm. Er fing an zu schwitzen. Die imaginäre Substanz aus der Lunge tropfte ins Feuer hinab wie Öl und fachte es immer mehr an, bis er das Gefühl hatte, innerlich zu brennen. Er hörte die

Stimme eines Mönchs, die zu ihm sprach: „Was du gerade erlebst, ist die Kraft der inneren Hitze. Wir nennen sie Gtumo. Viele nutzen sie für sich. Die Ninjas nutzen Gtumo, genau wie tibetische Mönche die Meditation des inneren Feuers für sich wirken lassen. Sie alle verfolgen damit das Ziel, niedrige Umgebungstemperaturen zu überstehen, ohne zu erfrieren. Die dafür nötige innere Geistesübung richtet die Energie aber auch von innen nach außen, um negative Gefühle, Gedanken und Haltungen durch Verbrennen auszulöschen." Während das Wasser im Zuber zu sprudeln begann, verstand Binagh glasklar, warum sein Geist ihn von Lung Ghom weg und hin zu Gtumo gelenkt hatte: Wegen Malcolm. Er mochte seine mörderischen Gedanken, die ihn ereilt hatten, verbrennen, damit er ihm nicht an die Gurgel ging.

Schon sprang Malcolm auf. „Was zum Teufel tust du da?"

Binagh öffnete die Augen und schaute fasziniert auf das sprudelnde, schnell wärmer werdende Wasser. Auch er erhob sich und stieg aus dem Zuber. „Tut mir leid", sagte er nur. Er angelte sich ein Tuch, trocknete sich ab und verschwand in seinem Zimmer.

XXXII

Als Binagh angekleidet wieder erschien, war Malcolm nicht mehr da. Er packte Brot, Schinken und zwei geräucherte Fische in einen Beutel und ein paar wenige Kleidungsstücke in eine Tasche. Er setzte sich auf einen der zehn Stühle in der Diele und zog sich seine Stiefel über. Dann klopfte er an die Tür zum Labor. „Malcolm?" Es dauerte eine Weile, bis sich der Schlüssel im Schloss drehte und die Tür aufging. Malcolm drängte sich durch einen engen Schlitz - weiter öffnete er die Tür nicht – und schloss das Labor wieder. „Bist du bereit?", fragte er, als sei nichts geschehen.

„Ich bin bereit."

„Hast du dir was zu essen eingepackt?"

„Hab ich."

„Und was zu trinken?"

„Ja."

„Aber doch hoffentlich keinen Wein?"

„Lass das meine Sorge sein."

Malcolm seufzte und klopfte Binagh auf die Schulter. „Gute Reise, mein Freund. Und komm nicht ohne Lucy wieder!"

„Soll ich so reiten, wie ich bin?", fragte Binagh.

Erst jetzt fiel Malcolm auf, dass sein Diener seine Maske und die Handschuhe nicht anhatte. Das Fell war doch schon beträchtlich weniger geworden. Außerdem war er im Labor gerade so in seinem Element, dass er die Welt um sich herum fast vergaß. „Natürlich nicht", sagte er und streckte eine Hand aus, in die Binagh die Maske legte. Er passte sie seinem Gesicht an, wie er es auch mit den Handschuhen an seinen Händen tat und sagte: „Viel Erfolg."

Binagh nickte. Er nahm seine Sachen an sich und verließ das Haus.

Malcolm schaute zu, wie er aufs Pferd stieg und davonritt. Als er außer Sicht war, eilte er wieder ins Labor und verriegelte es. Er häckselte eine Handvoll Stroh klein und strich es in einen Kessel. Die verkohlten Schnipsel vom letzten Versuch hatte er entsorgt. Damit hätte es nichts werden können, weil sein Trieb alles zunichte gemacht hatte. Heute war es ganz anders. Da war er bei der Sache, voller Enthusiasmus und Vertrauen in seine Künste. Heute konnte einfach nichts schiefgehen. Kein roter Mond wartete, kein Trieb, kein Binagh, der ihn störte. Der war unterwegs, um Lucy aufzustöbern und zu ihm zu bringen. Die Mission würde nicht einfach sein, das war klar, aber es würde gelingen. Da war Malcolm sich sicher. Was sie wohl zu seinen roten Haaren sagen würde?

Während er in Gedanken bereits sein neues Leben in Partnerschaft genoss, erhitzte er Destillierer und Kessel und brachte eine Sanduhr in Stellung. Malcolm schaute zwischen Sand und Kessel hin und her. Den Destillierer hatte er bereits beim letzten Versuch mit einer Mischung aus mehreren, auf alchimistischem Weg und nach eigener Rezeptur gewonnenen Flüssigkeiten befüllt. Die kleine Flamme darunter, von einer Stumpenkerze gespendet, erhitzte sie langsam und vorsichtig. Dampf entwickelte sich. Die Flüssigkeit begann zunächst zu perlen, dann zu blubbern, und schon bald fielen erste Tropfen in den Kessel. Darin hatte das Strohhäcksel durch das Rösten bereits die Farbe von Haselnüssen angenommen. Jeder Tropfen verursachte ein kurzes Zischen. Die Tropfen wurden mehr und fielen jetzt schneller in den Kessel, wo sich das Destillat mit den Häckseln verband und hart wurde. Malcolm brachte einen zweiten Destillierer in Stellung. War das Substrat im ersten dunkelgrün, so enthielt das zweite Gefäß eine golden glitzernde Flüssigkeit, die aber ansonsten glasklar war. Während Malcolm mit einem kleinen Löffel das Ergebnis im Kessel durchrührte und silbergraue Kügelchen erhielt, passierte nun, da die golden-klaren Tropfen aus dem zweiten Destillierer hinzu fielen, das Unglaubliche: Das Stroh verwandelte sich langsam in Gold.

Malcolm war außer sich. Er sprang auf und ließ einen Freudenschrei los. Hastig markierte der die Sanduhr, kippte die Kügelchen auf den Tisch und untersuchte sie. Es war wahrhaftig Gold. Echtes Gold! Malcolm verlor die Kontrolle über sich. Er geriet außer Rand und Band. Er tanzte im Labor umher und machte dabei Stimmen wie ein kleines Kind.

Als er wieder zur Besinnung kam, zerhackte er schnell mehr Stroh und schabte es in den Kessel. Er rieb sich die Hände, nahm die Aufzeichnungen herbei und blätterte darin herum. Vor, zurück, wieder vor. „Verdammt, wo hab ich mir denn diese Mischung notiert?", murmelte er. Als er nur die Formel für die golden-klare Flüssigkeit fand, warf er die Unterlagen auf den Tisch und versuchte, sich zu erinnern. „Was zum Teufel ist in dem ersten Destillierer drin?" Er ging zum Regal mit den Flaschen, schaute sie sich an, als könnte er dort die Antwort finden – und wurde enttäuscht. „Was hab ich da zusammengemischt?", jammerte er. „Verdammt, das darf doch nicht wahr sein." Derweil verwandelte sich der zweite Ansatz in Gold. Malcolm ging an den Tisch und schaute in den Kessel. Er ballte die Fäuste zusammen, trampelte wie wild auf der Stelle herum und ließ einen Schrei los. Mit einem Schwinger drosch er den Kessel vom Feuer, ein weiterer Schlag fegte den ersten Destillierer weg. Er klatschte gegen die Wand und zerbarst. Malcolm ließ sich auf den Hocker fallen und schrie vor Verzweiflung. „Was hab ich da nur für Substanzen gemischt?", stöhnte er. „Verflucht nochmal, immer diese Amnesie! Leichen ficken und Gold machen, beides zusammen funktioniert wohl nicht." Dann schrie er aus Leibeskräften: „Ich brauche dich, LUCIIIIE!"

XXXIII

Gegen Mittag erreichte Binagh Southbarn. Langsam ritt er durch die Straßen. Mit der einen Hand lenkte er lässig den Zügel, und in der anderen hielt er seinen geöffneten Weinschlauch, aus dem er sich hin und wieder einen kleinen Schluck gönnte. Er trank vorsichtig genug, um nicht am Ende besoffen zu sein, wenn er Lucy finden sollte. Es hätte mit Sicherheit seine Mission scheitern lassen.

Binagh hatte keine Ahnung, wo er mit der Suche beginnen sollte und begab sich zunächst einmal auf den von Fachwerkhäusern umrandeten Marktplatz. Der Galgen stand noch, der Strick lag auf dem Boden, achtlos hingeworfen und liegengelassen, nachdem man Lucys Hals herausgenommen hatte. Er nahm einen letzten Schluck Wein zu sich, klopfte den Korken auf die Öffnung und hängte den Schlauch an den Sattel. Ratlos schaute er sich um. Es war niemand da, der ihm einen Tipp hätte geben können. Die Stadt war merkwürdig leer. Es hatte fast den Anschein, dass die Menschen sich vor Gabor und seiner Inquisition versteckten, um nicht mit dem Mädchen das Schicksal teilen zu müssen, nachdem sie sich an ihrem Leiden und ihrem Tod ergötzt hatten.

Als er eine Zeitlang gewartet hatte, wurde sein Hengst unruhig. Er nahm es als Zeichen, weiter zu reiten und lenkte das Tier aufs Geratewohl in eine breite Straße hinein. Sie war beidseitig gesäumt mit schrägen Bauten, manche weißgetüncht, andere in Ziegelrot, und sie ragten stufig in die Straße hinein. Sie waren teilweise so schief, dass es nur eine Frage der Zeit zu sein schien, bis das Übergewicht sie ereilte und sie in die Straße kippten. Auf der einen Seite hatte es einen Tea-Room, und dem gegenüber ein Pub, aber auch diese beiden Lokalitäten waren geschlossen. Die breite Straße führte geradewegs zur Kirche, deren wuchtiger quadratischer Turm am Ende zu sehen war. „Würde mich nicht wundern, wenn da dieser Dominikaner sein Nest aufgeschlagen hätte", murmelte er vor sich hin. „Und wenn dem so ist, dann sind auch seine Soldaten nicht weit." Noch einmal in eine Falle laufen würde er ganz bestimmt nicht, und so war er auf der Hut und schaute sich aufmerksam um, während er den Hengst langsam die breite Straße hinab lenkte.

Als er an eine Stelle kam, wo eine schmale Gasse einmündete, wurde ihm schlagartig klar, warum die Stadt so ohne Leben war: Gabors Soldaten suchten nach der entkommenen Hexe. Er blickte die schmale Straße hinab, die aus der Stadt herausführte und an deren Ende fünf Männer sich gerade gewaltsam Zugang zu einem kleinen Cottage verschafften, das einsam das Ende der Straße markierte. Danach begann das freie Feld.

Binagh beflügelte der Gedanke, die Kerle zu beobachten und ihnen Lucy einfach wegzunehmen, wenn sie sie einmal gefunden hatten. Aber sollte es wirklich so einfach sein? Er fing an, an seiner Idee zu zweifeln. Vielleicht wäre es doch besser, Lucy *vor* den Soldaten zu finden und in Sicherheit zu bringen.

XXXIV

Bis der Schrecken das Jenkins-Haus an diesem Tag erreichte, arbeitete eine blonde Frau im Garten. Es sah spielerisch und sorglos aus, und sie summte sogar ein fröhliches Lied vor sich hin. Die Frau hatte ein grünes Kleid an, und ihre langen blonden Haare fielen in Locken unter einer weißen Haube heraus bis weit über die Schultern.

Alle Fenster waren mit stabilen Holzläden verrammelt. Alle, bis auf eines. Dieses einzige offene Fenster gehörte zur Küche im Erdgeschoss und befand sich neben der Haustür, die einen Spalt weit offenstand. Hier stand Ann mit vor Ehrfurcht gefalteten Händen, Ehrfurcht über die Tatsache, dass sie ihre Tochter wiederhatte. Sie schaute voller Vertrauen in Gottes Schutz und Güte Lucy zu, wie sie auf dem Boden kniete, den Gemüsegarten harkte und Unkraut zupfte. Lucy hatte diesen Kontakt zu Erde gerade bitter nötig, um die schrecklichen Geschehnisse der letzten Tage zu vergessen und den Kopf frei zu bekommen.

Auch Anns Körper steckte in einem grünen Kleid, und wie Lucy, trug auch sie unter einer weißen Haube lange, blonde Locken, die bis weit über die Schultern hinab reichten. In diesem Gleichklang waren die beiden Frauen kaum voneinander zu unterscheiden.

Die scheinbar fröhliche Sorglosigkeit der Frauen nahm ein jähes Ende, als Hufe durch die Gasse klapperten. In Lucys Wahrnehmung verhießen sie nichts Gutes. Ihre Sinne waren darauf ausgerichtet, achtsam alles aufzunehmen, was in der Nähe passierte und sofort zu erkennen, was ungewöhnlich war. Pferdehufe, die schnell durch die meist stille Gasse auf ihr Haus zu wirbelten, gehörten dazu. Mit einem Schreckensschrei sprang sie auf, hob das Kleid an, flüchtete ins Haus und trat die Tür ins Schloss. „Das Versteck", rief sie und stürmte die Treppe hinauf.

Ann folgte ihr, nicht minder verzweifelt, Gottes Gnaden zum Trotz.

Schon hatte Lucy den Dachboden erreicht und die Bretter über dem Versteck beiseitegeschoben, als das Gartentor aufgetreten wurde. Das Splittern des Holzes stach den Frauen in den Ohren, als seien sie von herumfliegenden Spänen genau dort getroffen worden. Lucy wuselte sich in das Loch hinein, und als Ann die Bretter darüberlegte, pochte es bereits an der Haustür: „Aufmachen, sofort."

Während Ann die Stufen vom Dachboden zum ersten Stock hinabeilte, hörte sie bereits die Gewalt, die ihre Haustür malträtierte, und als sie mit einem Sprung von der vierten Stufe aus das Erdgeschoss erreichte, flog die Tür auf. Ann wollte in die Küche flüchten. Die Eindringlinge sollten auf keinen Fall erkennen, dass sie gerade von oben kam, aber schon wurde sie am Arm ergriffen und grob festgehalten. „Ich hab sie", rief der Kerl. Sein Name war Nep, Mitte 30, mit stattlicher Figur, langen dunklen Locken und einem sympathischen Lächeln, wenn er wollte. Seine Ausstrahlung hatte ihm schon oft die Frauen in die Arme getrieben. Er wusste, wie er die Weiblichkeit zu nehmen hatte, damit sie ihm gerne zu Willen war. So packte er Ann mit der anderen Hand an der Schulter, drehte die sich windende Frau spielerisch zu sich hin und lächelte sie an.

Ann war für einen Moment perplex. Neps Lächeln sah keineswegs grausam aus, oder sarkastisch, sondern von Herzen wohlwollend. Sie verringerte ihre verkrampfte

Haltung ein wenig und stierte den Mann an. Doch schon schob Yorick, der Anführer der Gruppe, Nep zur Seite, packte Ann und fragte: „Ist sie das?"

„Wer soll ich denn sein?", fragte Ann ängstlich zurück.

Nacheinander traten Sky, Milo und Ike in das Haus ein und musterten Ann geringschätzig. „Da haben wir ja die Hexe", sagte Milo.

„Pass auf, dass sie dich nicht in eine Wanze verwandelt", sagte Sky lachend.

Ann befreite sich aus Yoricks Griff, ballte die Fäuste zusammen und schrie: „Ich bin keine Hexe, was soll das? Was wollt ihr von mir? Ihr verwechselt mich."

Fachmännisch, wenn auch recht grob, untersuchte Yorick Ann. Er packte sie mit seiner im Lederhandschuh steckenden verkrüppelten Hand am Kinn und hob es an. Mit zwei Fingern der anderen Hand fuhr er ihr über den Hals. „Hm", brummte er, „kein Anzeichen von einem Strick." Er ließ sie los. „Wer bist du? Siehst genauso aus, wie die Hexe, die gestern gehängt wurde."

„Vielleicht hat sie sich die Wunde ja weggezaubert", sinnierte Ike.

Yorick reagierte nicht darauf. Stattdessen befahl er: „Los, durchsuchen wir das Haus." Er verpasste Ann einen Stoß, der sie auf einen Stuhl krachen ließ. Dann schaute er Nep an, der vor ihm stand und sagte: „Du passt auf sie auf, verstanden? Die anderen verteilen sich im Haus. Wäre doch gelacht, wenn wir hier keine Spuren finden. Ich kann sie förmlich riechen."

Nep stellte sich vor Ann und schaute sie mit seinem bezaubernden Lächeln an, während die anderen die Treppe hinauf zum ersten Stock polterten. Momente später wurden die Türen zu Lucys und Anns Zimmern aufgerissen.

„Du bist verteufelt hübsch", sagte Nep. „Wenn das hier vorbei ist, lade ich dich ins Pub ein. Ich glaube nicht, dass du eine Hexe bist."

Ann vergrub ihr Gesicht in den Händen. „Es ist alles so schlimm", schluchzte sie. „Warum geht ihr nicht einfach wieder. Wen immer ihr für die Hexe haltet, sie ist nicht in diesem Haus."

Das Geräusch von Möbeln, die verschoben wurden, drang nach unten, und schon rief Yorick: „Hier, ich wusste es."

Ann schrie in Panik auf. „Nein, bitte nicht!"

Schon trampelte Yorick die Treppe hinab und in die Küche hinein, packte Ann grob am Arm und zerrte sie hinauf in Lucys Zimmer. Er zeigte auf das erheblich verschmutzte Büßerhemd, das Lucy bei der Hinrichtung getragen und das er unter dem Bett gefunden hatte. „Was ist das?" Er schüttelte sie kräftig.

Ann weinte und wollte sich aus dem schmerzhaften Griff befreien, aber Yoricks Hände waren wie Zangen, die sich in ihr Fleisch gruben, auch, wenn drei Finger fehlten.

Er schüttelte sie wieder. „Wo ist die Hexe? Los, rede."

„Nicht hier", wimmerte Ann. „Bitte, lasst mich."

Yorick schlug ihr brutal ins Gesicht. Blut schoss aus der Nase, dicke rote Tropfen platschten auf den Boden. Er schnappte sich das Totenhemd und drückte es Ann ins Gesicht. „Nicht hier, ja? Und was ist das?" Er nahm es wieder weg. Ein großer Blutfleck blieb darauf zurück. Auch Anns Gesicht war nun verschmiert.

Sie wand sich in Panik und schrie hysterisch: „Ich habe es selbst genäht, zur Erinnerung an meine Tochter und ihren schrecklichen Tod. Ihr habt sie gehängt und begraben, wie könnt ihr sie jetzt hier finden?" Sie heulte bittere Tränen.

Yorick ohrfeigte Ann noch einmal und warf sie aufs Bett.

„Du hast also ein schmutziges Hemd genäht."

„Ich hatte keinen anderen Stoff", schrie Ann.

Derweil drangen Ike, Milo und Sky ein Stockwerk höher in den Dachboden ein. Sie traten wütend alles zur Seite und schauten sich um. Jedes einzelne Teil hoben sie auf und drehten es um, als könnte daran ein Hinweis auf die Gesuchte versteckt sein. Sie inspizierten jeden Winkel, während auch von unten Lärm zu hören war, wo Nep, als einziger zurückgeblieben, nun ebenfalls nach Lucy suchte.

„Irgendwas ist hier merkwürdig", sagte Milo, „meint ihr nicht?" Er hob den Finger. „Spürt ihr das? Wir sind hier nicht alleine."

Alle Drei blieben stehen, rührten sich nicht und hielten den Atem an. Aber um etwas wahrnehmen zu können, dazu war es zu laut. Yorick ließ seiner Wut freien Lauf, und Ann schrie.

„Was meinst du genau?", fragte Sky. „Ich merke nichts. Lasst uns gehen, mir ist hier irgendwie unheimlich."

„Schaut euch doch um", antwortete Milo. „Trotz der ganzen Unordnung hier oben, sieht es in der Mitte doch irgendwie aufgeräumt aus, oder? Als hätte man etwas zur Seite geschafft."

Ike und Sky nickten. Tatsächlich lag überall Staub auf dem Boden, nur auf drei Brettern nicht. Sie waren merkwürdig sauber, als seien sie gefegt worden.

XXXV

Lucy lag in ihrem engen Versteck. Ihr Herz schlug zum Zerbersten. Sie spürte das Pochen in Hals, Kopf und Bauch. Mattes Licht schien durch die Ritzen zwischen den Brettern über ihr. Die Schatten der drei Männer waren vage zu erkennen. Zu ihnen gehörten stapfende Schritte mit schweren Stiefeln auf knarzendem Holz. Sie trampelten förmlich auf ihr herum. Von unten hörte sie die erbärmlichen Schreie ihrer Mutter, die immer wieder beteuerte, alleine zu sein und nichts von einer Hexe zu wissen. Woher auch? Sie, Lucy, war keine Hexe, sondern eine Gläubige im Dienste des Herrn, die schuldlos in diese missliche Lage geraten war. Lucy mochte aus ihrem Versteck springen und ihrer Mutter zu Hilfe eilen und wusste doch, dass das nicht möglich war. Hatte der Teufel sie wohl in diese Lage gebracht, um den Tod seiner Genossen zu rächen? War ihm die Hinrichtung durch Erhängen zu gnädig gewesen? Was würde sie erwarten, wenn diese Kerle sie erwischten? Wenn sie sie wegen Hexerei anklagten, dann folgten mit Sicherheit zuerst Folter, und dann der Scheiterhaufen. Bei diesem Gedanken floss ihr die Angst wie frierendes Wasser durch die Adern. Sie musste sich zur Ruhe zwingen, um nicht der Hysterie zu verfallen.

„Sie ist hier, ich spüre es", hörte sie wieder eine Stimme. Dann war es mucksmäuschenstill. Der Schatten über Lucy bewegte sich leicht. Sie zitterte am ganzen Leib und wimmerte. Sie kniff die Augen zusammen, schluchzte in ihre Hände hinein – und wurde von einem ohrenbetäubenden Krachen und Knirschen zu panischem Schreien gezwungen. Eine Lanze hatte sich durch einen der Ritze hindurch gebohrt und war ihr zwischen die

Beine gefahren. Ihr grünes Kleid hatte nun ein Loch, und am Oberschenkel blieb eine blutige Schramme zurück.

„Ha!" Zufrieden trat Milo zur Seite. Die anderen rissen die Bretter weg, bückten sich zu Lucy nieder und packten sie an den Armen.

Yorick kam die Treppe hinaufgelaufen und erschien auf dem Dachboden, als sie Lucy gerade aus ihrem Versteck herauszogen. „Ei, wen haben wir denn da?", keifte er. Auch Ann stürzte herein. Sie klammerte sich an den Anführer. „Bitte, lasst sie in Ruhe", weinte sie, aber der stieß sie nur grob weg. Sie fiel hin und blieb heulend liegen.

„Hier gibt es also keine Hexe, was?" Er schnappte sich die Lanze, die nun neben dem Versteck lag, hob sie an und war im Begriff, sie Ann ins Herz zu stoßen, als vom Erdgeschoss ein erstickter Schrei herauf drang. Ein Körper fiel zu Boden. Yorick hielt in seiner Bewegung inne und schaute die anderen an. „Verdammt, was war das?", fragte er alarmiert. Er stürzte aus dem Dachboden heraus an die Treppe und schaute nach unten, sah aber nichts, und still war es dort auch wieder. „Mir nach", rief er, „und bringt die Weiber mit." Er stürmte die Treppe runter. Als er das Erdgeschoss erreichte, sah er Neps zuckenden Körper auf dem Boden liegen. Während er sich zu ihm niederkniete und Zeuge seiner brechenden Augen wurde, vernahm er von der Straße her das Schnauben eines Pferds und gleich darauf Hufgeklapper, das sich schnell entfernte. Yorick rannte nach draußen und sah gerade noch, in welche Richtung Binagh floh, während die anderen mit den sich heftig wehrenden Frauen die Treppe herabkamen. „Das muss der Kerl vom Friedhof sein", rief Yorick. Er schaute zu Nep nieder, dessen Hals so zerfetzt war, als habe ihn ein Werwolf angefallen. Er lag in seinem eigenen Blut und rührte sich nicht mehr. „Diese Ausgeburt der Hölle hat Nep auf dem Gewissen", donnerte er. „Los, schnappen wir ihn uns. Gegen ihn brauchen wir jeden Mann. Die beiden Schlampen holen wir uns später."

Yorick, Sky und Milo sprangen auf die Pferde. Unsanft rissen sie sie herum und preschten los.

Ike, ein Mann wie ein Bär, überragte Lucy um einen ganzen Kopf. Er hatte sie fest im Griff, schüttelte sie so, dass sie ihre Haube verlor und die Haare wirr um den Kopf herumflogen und sagte: „Was mach ich jetzt mit dir, hä? Du wirst sicher nicht warten, bis wir wiederkommen."

Lucy schaute Ike wie verliebt an, schmiegte sich an ihn und klimperte mit den Augen.

Sein Griff lockerte sich unwillkürlich. Für einen Moment wusste Ike nicht, was er tun sollte. Wumm, da traf ihn Lucys Knie zwischen den Beinen. Ike stand wie angewurzelt da und rührte sich nicht.

Lucy wollte aus dem Haus flüchten, doch schon packte er sie wieder mit hartem Griff. Er lachte schallend auf. „Dein Trick ist nicht schlecht, aber uralt." Er keuchte vor Lachen. „Ich bin dagegen gewappnet." Mit der Faust klopfte er zwischen seine Beine. Es klang nach hartem Leder. Dann zerrte er sie aus dem Haus, schleifte sie über den Garten zu einem Apfelbaum und wollte sie daran festbinden, aber Ann fiel ihm in die Arme und wollte Lucy helfen. Energisch machte er sich frei und packte sie brutal an den Haaren. „Ich werde sie jetzt an den Baum binden, Frau", zischte er. „Wenn du sie losbindest, brennen wir dein Haus nieder, mit dir darin. Und solltet ihr fliehen: Wir finden euch." Er ließ sie wieder los und fesselte Lucy. Dann lief er zu seinem Pferd, sprang von hinten auf und folgte den anderen.

Ann schaute sich panisch um. Was tun? Die Bedrohung war weg. Sie konnte sich nicht einfach hinsetzen und warten, bis sie wiederkamen und ihr Lucy erneut wegnahmen. Aber welche Wahl hatte sie sonst? Der Kerl hatte recht, sie würden sie bestimmt finden. Jeder in Southbarn kannte sie, und alle wussten, dass Lucy mehrere Männer erdrosselt hatte. Niemand würde sie decken oder gar verstecken. Niemand!

„Mama, binde mich los", flehte Lucy. „Bitte!"

Ann hob die Hände hilflos in die Höhe und lief um den Baum herum. „Aber ich kann dich nicht losbinden", jammerte sie. „Sie brennen dann das Haus nieder."

„Und so brenne ich!", weinte Lucy. „Willst du das?"

Ann umklammerte ihre Tochter und legte ihr die Stirn auf die Schulter. „Ich kann nicht ich kann nicht", sagte sie weinend. Doch dann lief sie plötzlich entschlossen ins Haus. Wenig später kam sie mit einem Messer wieder, kniete sich hinter den Baum und setzte zaghaft zum Schneiden an der Fessel an. Sie hielt inne und ließ das Messer fallen. Laut schluchzte sie auf. „Ich kann nicht! Lucy, was soll ich nur tun?"

„Dann rette dich selbst und lass mich hier", weinte Lucy.

Ann kippte zur Seite und blieb leise weinend auf dem Boden liegen. Eine geistige Umnachtung ereilte sie, aus der sie nach einer ihr endlos scheinenden Zeit wieder erwachte. Als sie sich aufrichtete und nach dem Baum schaute, war Lucy immer noch daran gefesselt. Sie schaute sich nach dem Messer um, das irgendwo auf dem Boden liegen musste, und fand es nicht. Stattdessen juckte ihre rechte Gesichtshälfte, mit der sie auf dem Boden gelegen hatte. Als sie sich mit der Handfläche die Wange kratzte, spürte sie Unebenheiten. Ihre ganze Gesichtshälfte war mit juckenden Pickeln übersät. Sie stellte sich vor Lucy, die sie aus rotgeweinten Augen ansah. „Was ist mit mir?", fragte sie. „Was habe ich da im Gesicht?"

Lucy schaute erst ihre Mutter an und dann über die Schulter auf den Boden hinter sich. „Das müssen diese komischen Pflanzen sein", sagte sie. „Und jetzt schneide mich bitte los, Mama."

XXXVI

Southbarn lag inmitten einer flachen Hochmoorlandschaft. Die Umgebung war von Moos, hohem Binsengras und ausladenden Wasserstellen gekennzeichnet und wurde von einem schmalen Weg durchzogen, der von der Stadt bis zum nahen Meer führte. Birken und Büsche prägten das Bild zusammen mit Moosbeere, Sonnentau und Wollgras. Alles in allem war es ein riesiges, recht unwegsames Gelände, das nur einen kurzen Ritt entfernt ans Haus der Jenkins-Frauen grenzte.

Binagh hatte von der breiten Straße aus zugesehen, wie die fünf Soldaten brachial in das Haus eingedrungen waren. Den Gedanken, zu warten, bis sie Lucy gefunden hatten, um sie ihnen dann abzunehmen, hatte er schnell wieder ziehen lassen. Es war anzunehmen, dass Lucy wirklich in diesem Haus wohnte. Warum sonst waren sie so zielstrebig dort zu Werke gegangen. Also hatte Binagh sich darauf verlegt, die Häscher bei ihrer Arbeit zu überraschen. Eine bessere Gelegenheit würde es sicher nicht mehr geben.

Als Binagh sich an das Haus heranschlich, tobten dort drin Angst und Schrecken. Schreie, Poltern, Weinen drangen nach draußen. Keiner der Eindringlinge hätte ihn unter diesen Umständen kommen hören. Dennoch hatte er tunlichst darauf geachtet, dass sein Pferd leise war, obwohl typische Geräusche mit Sicherheit den verschwitzten Tieren zugeschrieben worden wären, die vor dem Haus angebunden waren.

205

Für Binagh war es kein Problem, ungehört in das Haus zu gelangen. Das Gartentor war aufgetreten, und die Haustür war aufgebrochen. Alle Gegner im Haus zu überwältigen, würde wegen der Enge vielleicht schwierig gewesen sein. Im freien Gelände hatte er größere Chancen. Sein Ziel war es, die Männer zu überraschen und auf seine Spur zu bringen.

Im Erdgeschoss war nur ein einziger Gegner. Als Binagh hineinschlich, war dieser so mit der Suche nach Lucy beschäftigt, dass er die Gefahr nicht wahrnahm, die sich ihm von hinten näherte. Erst das ihm wohlbekannte Geräusch einer Waffe, die aus der Scheide gezogen wurde, ließ ihn sich umdrehen – zu spät, um reagieren zu können, weil Binaghs selbstgebautes Wunderwerk ihm den Hals zerfetzte. Nep fiel zu Boden. Seine Hände ergriffen den Hals, und als er sie sich dann anschaute, waren da Unmengen von Blut. Atmen war nicht mehr möglich. Seine Lungen hatten sich schnell mit Blut gefüllt, und Nep wusste nicht, ob die Panik zu ersticken schlimmer war, oder der Schmerz der großen klaffenden Wunde. Sein Körper musste gehen, und dennoch wollte er ins Leben zurück. Als Yorick kam und ihm in die Augen blickte, war es das letzte, was Nep wahrnahm. Die zuckenden Beine kamen zuerst zur Ruhe, und kurz darauf sein ganzer Körper.

Binagh war weder ein Narr, noch war er ängstlich. Er hasste zwar übersinnliche Gegner, die er nicht einschätzen konnte und gegen die seine Waffen nicht wirkten, aber er mochte Feinde aus Fleisch und Blut, mit denen er sich messen konnte. Von den ehemals Fünfen weilte einer nicht mehr unter den Lebenden, und die anderen waren hinter ihm her. Er ritt auf dem schmalen

Weg voran, und die Häscher folgten ihm. Das war in Ordnung so und gewollt, wenn auch das Hochmoor alles andere als einen perfekten Platz für einen Kampf hergab. Binagh schaute sich immer wieder mal kurz um, tunlichst darauf bedacht, auf dem Weg zu bleiben und nicht ins Moor zu geraten.

Vier waren noch übrig, und sie alle folgten ihm. Einer von ihnen, ein Kerl wie ein Bär, lag noch recht weit zurück und trieb sein Pferd an wie ein Wahnsinniger. Die Frauen waren zunächst einmal in Sicherheit, und Gabors Leute hatten sich fest vorgenommen, ihn, Binagh, zu erledigen. Dafür brauchten sie jeden Mann. Er wusste also um deren Vorhaben und hätte schneller reiten können, wenn die Verfolger ihm Furcht eingeflößt hätten. Stattdessen ließ er sie langsam näherkommen. Immerhin ritt er noch so schnell, dass sie den Braten nicht rochen, und so schafften sie es, Binagh einzuholen. Er musste nur aufpassen, dass sie ihm keine Lanze nachschickten, aber so, wie es aussah, hatten sie diese zurückgelassen und waren nur mit Schwertern bewaffnet. Als sie nur noch ein paar Pferdelängen hinter ihm waren, wirbelte er mit einem gekonnten Salto rückwärts von seinem galoppierenden Pferd und riss dabei die Waffen vom Rücken. Er kam sofort in einen festen Stand, und noch bevor seine Gegner entsprechend reagieren konnten, sprang er so hoch, dass er mit seinen wirbelnden und kreisenden Klingen die ersten beiden erwischte. Die Köpfe von Sky und Milo flogen auf den Weg und rollten hüpfend und sich überschlagend ein paar Ellen weit, bis sie zum Stillstand kamen. Skys Kopf lag mit dem Gesicht in flachem Wasser, und Milos Kopf steckte mit der Nase auf dem vertrockneten Ast eines Busches auf der anderen Seite des Weges. Den beiden

Tieren gab er einen Klaps auf den Hintern, worauf sie davontrotteten und ein paar Yards weiter zu grasen begannen.

Yorick riss erschrocken am Zügel. „Brrr!", rief er. Gleichzeitig ließ er sich aus dem Sattel gleiten und schaffte es, sich unter sein Pferd zu hocken. Mit dem Schwert in der Hand, fühlte er sich sicher und wartete auf Binagh. Sollte er nur kommen, er würde ihm die Beine spicken, ehe er es sich versah. Yorick vertraute auf seine Schwertkunst und darauf, schnell und gelenkig wieder im Sattel sein zu können. Er hatte dieses Talent schon Tausendmal bewiesen.

Binagh näherte sich ihm mit einsatzbereiter Waffe in der Hand. Er stellte sich vor das Pferd und drückte ihm die Faust zwei Fingerbreit unterm Ohr an den Kopf. Dieser Griff zwang das Tier in die Knie. Zack, da lag es auf dem Bauch und begrub Yorick unter sich. Der Arm mit dem Schwert schaute unter dem Pferd hervor. Yorick fuchtelte noch ein wenig in der Luft herum, und dann erstarb die Bewegung.

Binagh ließ das Pferd wieder aufstehen. Es gehorchte. Sein Reiter aber blieb auf dem Boden zurück. Er jagte die drei Pferde der Verfolger davon und schaute sich um.

Nun preschte Ike heran. Er war vielleicht noch 200 Fuß entfernt. Schnell kam er näher. Als er erkannte, dass die anderen offenbar tot waren, brachte er sein Pferd aus dem vollen Galopp zum Stehen. Er drehte um und wollte flüchten, aber Binaghs Waffen waren auch sehr gut zum Schleudern geeignet. Wie ein Bumerang, eilten sie dem Fliehenden nach und durchbohrten seinen Oberkörper genau zwischen den Schulterblättern. Auch sein Wams aus hartem Leder hatte ihn davor nicht schützen können.

Binagh sattelte die drei Pferde ab und warf Sättel und

Zaumzeug im hohen Bogen ins Moor, weit genug weg vom Weg, damit sie nicht so schnell gefunden wurden, wenn überhaupt. Die Pferde hatten ihre Freiheit wieder und würden sie mit Sicherheit bald antreten.

Zufrieden mit seiner Arbeit, blickte Binagh sich um. Dann stieg er in aller Ruhe auf, trottete zu Ike, zog ihm die Waffe aus dem Rücken und ritt gelassen zum Haus der Frauen zurück. In der Einöde des Hochmoors würden die Leichen sicher nicht so schnell gefunden werden. Und wenn doch? Sei's drum. Binagh sah darin keine Gefahr für sich.

XXXVII

Als Binagh beim Haus der Jenkins-Frauen eintraf, war Lucy nicht mehr an den Baum gebunden. Die Haustür stand weit offen und war erheblich beschädigt. Er stieg vom Pferd und schaute ins Haus. „Hallo?", rief er.

Auf der Treppe entstanden Schritte. Ann erschien vorsichtig und zitternd. Als sie Binagh sah, riss sie entsetzt die Hände vors Gesicht. „Nein", schrie sie, „bitte lasst uns in Ruhe!" Sie weinte und wollte wieder umkehren.

„Keine Angst, Frau", beruhigte er sie und trat vor die Treppe. „Du hast nichts mehr zu befürchten. Die Männer sind tot."

Ann drehte sich um. Langsamen Schritts kam sie ein wenig die Treppe herab. Binagh machte plötzlich einen vertrauenerweckenden Eindruck auf sie. Konnte sie sich wirklich diesem Mann anvertrauen in all ihrer Not? Sie schaute ihn fest an, während sie weitere Stufen nach unten nahm, stolperte und fiel, geradewegs Binagh um den Hals.

Er fing sie mit starken Armen auf und tätschelte ihr den Rücken. „Beruhige dich, Frau. Sie kommen nicht wieder."

„Danke", hauchte sie. Es tat so gut, diesen Mann zu spüren. Sehr seltsam, wo Männer doch allesamt Schweine waren.

„Keine Ursache. Wo ist Lucy?"

„Ihr kennt meine Tochter?", nuschelte sie wie beiläufig.

„Ja. Wo ist sie?"

„Weggelaufen", erwiderte Ann, ohne ihr Gesicht von Binaghs Schulter zu nehmen. Stattdessen klammerte sie sich noch ein wenig fester an ihn. In seiner Gegenwart fühlte sie sich gerade so geborgen wie damals auf Papas Schoß.

„Vertrau mir. *Ich* habe sie *jetzt* gerettet, und mein Herr hat sie aus dem Grab geholt. Er ist ein sehr gebildeter Mensch und wusste, dass sie lebt."

Nun erst löste Ann sich von Binagh und schaute ihn an. Mit dem Ärmel fuhr sie sich über Nase und Augen. „Ich weiß, ich sollte euch dankbar sein." Sie schniefte. „Aber versteht, dass ich keinem Menschen mehr traue." Ihr Innerstes wehrte sich gegen diese Aussage. Sie traute keinem Menschen mehr, außer diesem Fremden, der ihr gerade so wohlgetan hatte.

„Die Zeiten sind schlecht", pflichtete Binagh ihr bei.

„Ich möchte mich bei eurem Herrn bedanken. Bitte, bringt ihn zu mir."

„Malcolm wird geehrt sein. Dann kann er sich auch euren Ausschlag anschauen." Mitleidig fuhr er mit der Hand über Anns rechte Gesichtshälfte. Er verspürte den Drang, die Frau noch einmal in den Arm zu nehmen. Vorsichtig gab er dem Verlangen nach, und als er die willige Frau an sich gedrückt hielt, sagte er: „Aber sag mir doch, wo Lucy steckt."

Ann wühlte sich aus der Umarmung heraus und trat einen Schritt zurück. „Glaubt mir, ich weiß es wirklich nicht", beteuerte sie. Nach einem kurzen Moment fügte sie hinzu: „Was wollt Ihr überhaupt von ihr?"

„Nichts", antwortete Binagh. „Wird sie wiederkommen?"

Ann zelebrierte eine bedauernde Geste.

„Du solltest mir wirklich vertrauen, Frau. Man hat nicht so viele Freunde in dieser Zeit. Lucy hat nur eine einzige Chance, ihr Leben ruhig und voller Freude weiter zu führen. Dann nämlich, wenn sie hier ist, wenn Malcolm kommt."

Sie schwiegen einen Moment. Dann deutete Binagh auf Neps Leiche. „Ich werde ihn zu den anderen ins Moor bringen. Es wäre gut, wenn du sein Blut auf dem Boden beseitigst und auch sonst alle Spuren, die bezeugen, dass sie hier waren." Er bückte sich, packte die Leiche unter den Armen, zog sie nach draußen und hievte sie auf Neps Pferd, das als einziges von Fünfen noch draußen stand und geduldig wartete. Dann stieg er auf seinen Hengst, schnappte sich den Zügel des Leichenträgers und ritt davon.

Als die Schritte von den beiden Pferden in der Gasse verhallt waren, schlich Lucy, sich ängstlich umschauend, aus Richtung Garten zu Ann. Sie huschte ins Haus und drückte die Tür notdürftig zu. Flehend schaute sie ihre Mama an und sagte: „Bitte lass keine fremden Männer mehr ins Haus. Sie wollen mich töten."
Ann nahm sie in den Arm und streichelte ihren Kopf. „Du brauchst keine Angst mehr zu haben. Die brutalen Kerle sind tot."
„Aber der Mann…"
„Er wird seinen Herrn herbringen", erklärte Ann. „Das ist ein Medikus, der wird dir helfen."
Lucy klammerte sich nun ganz fest an ihre Mutter. „Wobei denn helfen?", fragte sie zitternd. „Ich hab solche Angst."
„Vertraue, Lucy. Er hat dich gerettet. Wer sonst sollte wissen, dass du noch lebst, wenn nicht dein Retter?"
Lucy ließ Ann los und stampfte auf den Boden. „Der Teufel, der Teufel, der Teufel!", schrie sie.
Ann nahm Lucy wieder in den Arm. „Du Dummerchen", murmelte sie. „Komm mit."
Sie stiegen die Treppe hinauf, stießen die Tür zu Anns Zimmer auf, machten sich nackt und legten sich ins Bett.

Ann zog sich und Lucy die Decke über den Kopf. Darunter blieb es still und reglos, während durch das offene Fenster Schreie vom Turm herüberdrangen.

XXXVIII

In der Folterkammer hing der Hagere halbnackt an auf den Rücken gebundenen Armen an der Decke. An den Füßen ruhten große Gewichte und streckten seinen Körper. Die Arme drehten sich unwirklich in die Höhe, Brust und Schultern waren abartig verformt.

An der Wand kauerten die anderen beiden Gefangenen, der Amtmann und der Handwerker. Ihre geschundenen Körper lagen in Ketten, als könnten sie fliehen, oder gar noch jemandem gefährlich werden. An der schweren verriegelten Holztür wachten außerdem zwei Bewaffnete aus Gabors Gefolge, Bailey und Hunter.

Am Feuer stand ein Dominikanermönch. Er betätigte einen Blasebalg und brachte ein Eisen zum Glühen, während auf der Bank acht weitere Kuttenträger aufgeregt miteinander tuschelten.

Gabor stand vor dem Unglücklichen. „Hattest du vom Teufel den Auftrag, die Gräber zu schänden?", wollte er wissen.

Der Mann schrie und schluchzte im Wechsel. Er mochte strampeln, aber sein Körper brachte nur eine ganz vage Bewegung zustande. Zu schwer waren die Gewichte, die eine Handbreit über dem Boden schwebten. Selbst, wenn er sich mehr hätte bewegen können, die Schmerzen in Brust und Schultern hätten ihn schnell wieder davon abgehalten. Er schüttelte den Kopf. „Nein", schrie er, „Gott ist mein Zeuge."

Gabor nickte.

Der Folterknecht drückte ihm das glühende Eisen unter die Achseln. Es zischte und qualmte.

Der Mann schrie fürchterlich.

Gabor entrollte seine Peitsche. „Sag mir, warum der Teufel die Gräber schänden lässt, und du bist von deinen

Qualen erlöst. Wenn du nicht sprichst, foltern wir dich mehr. Nicht nur so ein bisschen wie bisher."

Irrsinn sprach aus dem Verhörten, als er kreischte. „Ich hab's gesehen. Er macht die Gräber auf, um Seelen zu sammeln. Jaaa, seht euch vooor. Der Teufel sucht Rekruuutennn. Und dann wird er mit seiner Armee gegen die Inquisitoren zu Felde ziehen."

Fassungslosigkeit ergriff die Mönche auf der Bank. Aufgeregtes Gemurmel erfüllte den Raum.

„Du hast ihm also beim Schänden der Gräber geholfen?", fragte Gabor.

„Jaaa. Und ich würde es wieder tun, damit der Teufel euch Mönchsgesindel ausrotten kann."

Waren die Acht auf der Bank zuerst fassungslos, dann waren sie jetzt außer sich. Einer riss beide Hände vors Gesicht, ein anderer begrub seine Augen in der Armbeuge, drei weitere falteten die Hände und schickten Stoßgebete los.

Nur Gabor schien die Aussage des Gefolterten nicht zu erschrecken. „Mehr brauchen wir nicht zu wissen", sagte er zufrieden. „Schreiber, notiere: Wegen gemeinsamer Sache mit dem Teufel bei Grabschändung, zur Entehrung der Toten und zur Demütigung der Lebenden, mögen die Angeklagten vom Feuer verzehrt werden, auf dass die Erde Frieden finde." Er winkte die Wachen herbei. „Schafft sie in den Kerker. Was ist mit den Fünfen, die mir die Hexe herschaffen sollen. Sind sie inzwischen zurück?"

„Nein, Gabor", antwortete Hunter.

„Dann reitet gefälligst los und sucht sie", schrie der Abt.

„Ja, Gabor."

„Sofort!"

„Ja, Gabor."

215

Bailey trat vor Gabor. „Nicht so eilig!" Er hob seine Klappe an, als ob er mit diesem Auge etwas sehen könnte und fügte hinzu: „Heute Nacht wird das ganz bestimmt nichts mehr."

„Ich sagte: Sofort."

„Ich bin damit nicht einverstanden, Gabor. Fintan und Ty sind tot, Vince ist verrückt. Weil die Hexe aus dem Grab verschwunden ist, bewachen inzwischen vier Männer den Friedhof. Fünf sind verschwunden, und zwei müssen den Kerker beaufsichtigen. Bleibt nur noch ein Mann übrig, Yorick und seine Leute zu suchen, und das mitten in der Nacht. Vergiss es. Oder schick deine Mönche los. Sollen sie sich doch drum kümmern."

Gabor drehte sich wutentbrannt um, musste er doch zugeben, dass Bailey recht hatte. Genauso schnell wendete er sich ihm wieder zu und schüttelte den Zeigefinger gegen ihn. „Morgen bei Tag, wenn wir keine Wachen auf dem Friedhof brauchen, sucht ihr Yorick, ist das klar?"

„Wenn sie bis dahin nicht zurück sind, werden wir sie suchen", versprach Bailey. Dann knüpften sie die Gefolterten von der Wand und schleiften sie in den Kerker hinunter.

XXXIX

„Die Schreie haben aufgehört, na endlich. Ich danke dir, oh Herr." Caelius saß am Tisch und zerlegte eine geräucherte Forelle. Sorgsam sammelte er die Gräten heraus, bevor er ein gutes Stück davon in den Mund stopfte, gefolgt von einer Ecke Brot, die er von einem frischen Laib gerissen hatte. Der Tisch sah aus, als müsse der Pfarrer eine lange Hungersnot überstehen. Stand das Mobiliar vor einiger Zeit noch mitten im Raum, so hatte es nun seinen Platz beim Fenster gefunden. Caelius saß so, dass er beim Essen die Straße im Blick hatte. Das erleichterte sein Leben auf zweierlei Art. Einerseits sah er schnell, wenn er Gefahr lief, beobachtet zu werden, und andererseits konnte er es nicht mehr ertragen, Jesus anzuschauen, während er sich seinen Leibesgelüsten hingab. Wenn er aus dem Fenster sah, dann hing das Kruzifix hinter ihm. Das war doch wesentlich angenehmer, als der direkte Blickkontakt mit seinem Herrn. Zumindest bei den Mahlzeiten.

Eine Scheibe Schinken war als nächstes dran. Caelius schnitt sie sorgfältig vom Ganzen ab und achtete darauf, dass sie möglichst dünn war. Es gelang ihm gut, doch bevor er sie sich in den Mund stopfte, gönnte er sich einen großen Schluck Wein. Damit spülte er den Fischgeschmack weg, der, so lecker er auch gewesen sein mag, als er ihn genoss, nun stören würde, wenn der Schinken dran war.

Caelius stieß auf und klopfte sich auf die Brust. Irgendetwas bitzelte im Nacken. Er drehte sich um und schaute zum Kruzifix. Das war es. Er fühlte sich beobachtet. Ein dummes Gefühl, das es zu ignorieren galt, weil er es sich ja ganz bestimmt nur einbildete.

‚'Etwas essen muss der Mensch'', dachte er. ‚'Je härter er arbeitet, desto mehr.'' Und Caelius arbeitete hart, das würde seine Gemeinde ihm bestätigen. Er labte sich weiter an Schinken und Fisch, spülte mit Wein nach – und musste sich wieder umdrehen, obwohl es ja doch nur Einbildung war, dass Jesus ihn beobachtete, da war Caelius sich sicher. Zwar musste er zugeben, dass der Gekreuzigte heute irgendwie traurig aussah, aber auch das war mit Sicherheit – Einbildung.

Da – hatte sich nun sogar der Kopf bewegt?

Caelius schob beschämt den Teller weg und redete mit vollem Mund. „Oh Herr, warum knechtest du mich mit Gabor? Weil ich zu viel esse? Ist es das? Soll ich etwa fasten, so wie ich es von meiner Gemeinde verlange? Herr, diese müssen ihre Demut vor dir beweisen, aber ich stehe doch in deinem Dienst. Sieh, was ich alles für dich tue. Ich bringe deine Schäfchen auf den rechten Weg. Das kostet Kraft. Und! Hast du gesehen, wie schwer der letzte Klingelbeutel war? Ich achte darauf, dass meine Gemeinde rein ist und dir gefällt. So genehmige mir doch, dass ich mich entsprechend ernähre. Ich brauche meine Kraft.“
Er drehte sich wieder um, zog den Teller herbei, den er gerade erst weggeschoben hatte und langte wieder zu. Fisch – Brot – Wein – Schinken – Brot – Wein – und wieder von vorne.

Wenn bloß dieses verdammte Piksen im Nacken nicht gewesen wäre.

Eigentlich war Caelius ja satt. Das musste er sich eingestehen. Er war genug gekräftigt. Jetzt, wo der

Magen schmerzte, als lägen Steine darin, war er sich nicht sicher, ob er recht gehandelt hatte. Könnte es wirklich sein, dass er zu viel aß? Dass Jesus es ihm vergönnte? Oder dass er damit sogar sündigte? Auf einmal plagte ihn eine gewisse Unsicherheit. Vielleicht wäre es an der Zeit, Reue zu zeigen. Er räumte den Tisch ab, ging in die Schlafkammer, entblößte seinen Oberkörper und kramte eine neunschwänzige Katze aus der Truhe neben der Tür hervor. Er betrachtete sie sich von allen Seiten, ließ die Riemen über die Finger gleiten und sagte: „Ich werde mir jetzt Schmerzen zufügen, Herr Jesus Christus. Damit werde ich dir zeigen, dass ich es bereue, so viel zu essen." Er zog sich eine über und saugte Luft durch die Zähne ein. „Es schmerzt sehr, liebster Jesus. Ich ertrage es in Demut vor dir." Wieder setzte er sich einen Schlag aufs Kreuz. Es klatschte leise. „Herr, nimm mir Gabor weg – ah - Ich will alles dafür tun" - klatsch - „wenn er bloß wieder abreist – ah, ich schwöre es." Wieder ein Schlag. „Nur zu meinem Verständnis, oh Herr." - Klatsch - „Mir ist nicht ganz klar" - klatsch, „au, dieser Scherz – warum du mich mit den Dominikanern strafst – autsch - Ist es, weil ich ab und zu" - klatsch - „etwas mehr esse als andere? - ah, das tut weh, aber ich stehe es durch, oh Herr, für dich." Klatsch. „Wenn es so ist, dann lass mich doch von anderer Stelle peitschen, damit ich es verstehe." Damit packte er die neunschwänzige Katze wieder weg und zog sich sein Gewand über, als habe niemals eine Peitsche seinen Rücken berührt.

XL

Wenn Malcolm nun auch schon den dritten Tag sehnsüchtig auf Binaghs Rückkehr wartete, so nutzte er die Gunst der Stunde, alleine zuhause zu sein. Es war eine Gnade, die nicht sehr oft vorkam und brachte ihm so unendlich viel. Auch, wenn Binagh sich nicht in seiner unmittelbaren Nähe aufhielt und Malcolm allein im Labor saß, so störte seine Anwesenheit doch den Fluss der Ideen immens. Vielleicht sogar mehr noch, als der Trieb, der sich offenbar schlafen gelegt hatte, seit Malcolm die Aussicht auf Lucy erquickte. Doch noch war sie nicht da, und im Meister war der Alchimist neu erwacht. Er saß im Labor am Tisch und hatte alle Flaschen aus dem Regal vor sich stehen. Tröpfchenweise versuchte er, die Mischung zum Herstellen von Gold wieder zu finden. Dabei ließ er sich von seinem Bauchgefühl leiten, das bei ihm eng mit der Intuition verknüpft war. Zwar hatte er nun nur noch *einen* Destillierer, aber das reichte völlig aus, solange er die Rezeptur noch nicht wiederentdeckt hatte. In einem Anflug von grenzenloser Wut hatte er den zweiten gegen die Wand geklatscht und damit die darin befindliche Substanz zerstört. Jetzt, im Moment des nüchternen Denkens, war ihm klar, dass er sich damit um eine wichtige Chance gebracht hatte, die Rezeptur wiederzufinden. Er hätte den Rest untersuchen können und so wichtige Hinweise auf die Mischung erhalten. Auch der Farbton hätte ihm den Weg gezeigt, aber die Erkenntnis kam zu spät, und Malcolm tropfte sich mühsam an ein neues Ergebnis heran, ohne zu wissen, ob er es jemals wiederfinden würde.

Vor dem Fenster schnaubte ein Pferd, und ein Mann sprang aus dem Sattel.

Malcolm riss es vom Stuhl. „Lucy!" Plötzlich war bei ihm der Teufel los. Mein Gott, so einen Enthusiasmus hatte er nicht mal verspürt, als er ihren vermeintlich toten Körper bestiegen hatte. Ob es mit einer lebenden Frau wirklich schöner sein konnte, als mit deren Leiche? Aufgeregt verließ er das Labor, schloss es sorgfältig ab und öffnete Binagh die Tür. Er schaute an ihm vorbei, nach links und nach rechts und fragte verwundert: „Bist du alleine?"

Binagh trat ein wie ein Earl, stolzierte an Malcolm vorbei in die Diele, ließ sich in den Sessel fallen und legte die Füße hoch.

Malcolm knallte die Tür zu und stellte sich vor den Tisch. „Füße runter, verdammt."

Binagh hörte nicht auf ihn.

Malcolm wanderte auf und ab. „Was ist jetzt? Wo ist sie?"

Binagh puhlte an seinen Fingern herum und schielte von unten her seinen Meister an. „Wer denn?"

Malcolm blieb stehen und schlug sich die Hand vor die Stirn. „Treib es nicht zu weit. Erzähl endlich. Hast du sie gefunden?"

„Traust du mir denn zu, dass ich sie *nicht* finden würde?"

„Natürlich nicht. Und? Wo ist sie?"

„Sie versteckt sich vor dem Henker."

„Wo versteckt sie sich?"

„Keine Ahnung. Ich hab sie nicht gesehen."

Malcolm ließ einen Seufzer entweichen und nahm seine Wanderung wieder auf. „Aber du weißt, dass sie sich versteckt?"

„Ja. Sonst hätte ich sie gesehen."

„Erspar mir deine Spitzfindigkeiten", schimpfte Malcolm. Groß baute er sich vor Binagh auf. „Los jetzt, kommen wir zur Sache!"

Nun nahm Binagh die Beine runter. Er legte geheimnisvoll die Fingerspitzen gegeneinander und beugte sich ein wenig vor. „Sie war bereits in den Fängen von Gabors Häschern", erzählte er. „Ich hatte also ein bisschen was zu tun, bevor ich mit Lucys Mutter sprechen konnte. Ich sagte ihr, dass du sie gerettet hast. Sieht aus, als ob sie uns vertraut, kann aber auch sein, dass es *nicht* so ist."

Malcolm winkte ab. „Kein Problem, das ist meine geringste Sorge."

„Wenn du Lucy haben willst, dann sollten wir uns beeilen. Es war so schon sehr knapp. Um ein Haar wäre Lucy schon nicht mehr."

Malcolm wirbelte herum. „Pack die Koffer, schnell."

„Willst du heute noch weg? Ich bin noch nicht behandelt worden."

„Morgen wieder", erwiderte Malcolm und verschwand im Labor.

Binagh machte sich daran, ein paar Sachen zusammen zu packen. Er stopfte sie in zwei große Taschen und stellte diese vor die Haustür.

Als er damit fertig war, kam Malcolm aus dem Labor heraus und verschloss es mit aller Sorgfalt. Er stellte sich vor Binagh, wog den Kopf hin und her und grinste. „Und?"

Binagh schob die Unterlippe vor und musterte seinen Herrn. „Die gelben Kleider stehen dir wirklich gut", sagte er.

„Darum geht es nicht", antwortete Malcolm. „Schau, meine Haare."

Jetzt erst fiel Binagh auf, dass sie pechschwarz waren. „Hey", rief er, „das sieht ja großartig aus. Wie hast du das gemacht?"

„Bin ich Alchimist, oder bin ich keiner? Ich habe sie mir gefärbt, mein Lieber. Und sie sind für das gelbe Gewand wie gemacht."

„Du siehst aus wie ein König", gab Binagh zu. „Darf ich eure Majestät zur Kutsche führen? Die Koffer sind gepackt."

XLI

Das unangenehme Wetter hatte sich nun endgültig verzogen. Diese Nacht war klar, und der immer runder werdende Mond war deutlich am wolkenlosen Himmel zu erkennen. Eine zweispännige schwarze Kutsche, von ebenso schwarzen Pferden gezogen, polterte über die Landstraße auf Southbarn zu. Malcolm, der im Fahrgastraum saß, genoss den Blick auf das ruhige Meer, in dem das Mondlicht glitzerte und ihn zu Fantasien verleitete. Nicht nach Friedhöfen und Leichen, sondern nach Ruhe und Frieden, nach einem leichten Leben und nach blonden Haaren. Bald würde er sie sehen. Er würde sie in die Arme nehmen können, sie liebkosen und zur Kutsche führen. Sie würde ihm willig folgen, einsteigen und nach Kings Cave begleiten. Vielleicht würde sie sogar weiß gekleidet sein.

„Hoh!" Binagh hielt die Kutsche an und sprang vom Bock. Er stellte sich aufs Trittbrett, schaute durchs Fenster zu Malcolm hinein und sagte: „Wir sollten nicht in die Stadt fahren, das ist zu auffällig. Wie wäre es, wenn wir die Kutsche hier verstecken und die paar Meilen in die Stadt reiten?"
Malcolm nickte. „Ja, du hast recht, mein Freund. Wo stellen wir das Gefährt hin?"
Binagh deutete nach vorne. „In diese Baumgruppe vielleicht?"
„Gute Idee. Dann fahr mal los."
„Und dann?"
„Wie, und dann? Ich verstehe deine Frage nicht."

224

Binagh zeigte zum Mond hoch und antwortete: „Es ist mitten in der Nacht. Wir sollten noch ein paar Stunden in der Kutsche schlafen."

„Es könnte nicht günstiger sein als jetzt", erwiderte Malcolm. „In der Nacht sieht man uns nicht so leicht. Außerdem haben wir keine Zeit zu vergeuden, das hast du selbst gesagt. Nun mach schon, steig auf."

„Und wenn sie schlafen?"

Malcolm schlug mit voller Wucht gegen die Tür. „Du sollst aufsteigen, verdammt."

Binagh gehorchte. Die Kutsche wackelte mehr als nötig, als er auf den Bock stieg und Platz nahm, und auf sein „Heya!" hin setzte sie sich mit einem ordentlichen Ruck in Bewegung.

Wenig später erreichten sie die Baumgruppe. Binagh lenkte die Kutsche geschickt zwischen die Bäume. Während er die beiden Pferde losband und zu satteln begann, stieg Malcolm aus und warf sich einen schwarzen Umhang über sein leuchtendgelbes Gewand. Wortlos schnappte er sich den Zügel seines Pferds. Als Binagh den Gurt festgezurrt hatte, stieg er auf. „Am besten nehmen wir den Umweg durchs Moor", sagte er. „Das ist sicherer."

Bevor Binagh es ihm ausreden konnte, setzte er bereits sein Tier in Bewegung, ohne zu wissen, wohin er eigentlich reiten musste. Das fiel ihm erst ein, als er sich mitten im Moor befand. Malcolm ritt auf dem schmalen Weg, der vor ihm in die Stadt führte und über den in die andere Richtung das Meer zu erreichen war. Da er sich der Gefahren bewusst war, die hier lauern konnten, verlangsamte er das Tempo und drehte sich nach Binagh um, der noch etwa einen Abstand von dreißig Yards zu

ihm hatte. Malcolm wartete, und als sein Diener ihn endlich eingeholt hatte, fragte er: „Wo wohnen sie?"
Binagh drängte sich an Malcolm vorbei und lenkte sein Pferd in Richtung Stadt. „Folge mir", sagte er. Hier in der Nähe mussten die Leichen von Gabors Leuten liegen. Er sagte Malcolm nichts davon, dass er getötet hatte, wusste er doch nicht, wie sein Meister darauf reagieren würde.

Er hoffte nur, dass es ihm gelang, in dem unwegsamen Gelände die Toten zu passieren, ohne dass Malcolm sie in der mondhellen Nacht sehen würde. Er verließ den Trampelpfad, auf dem er sich befand. Sein Pferd bewegte sich nun durch hohes Binsengras, in dem es auch leicht ins Moor geraten und stecken bleiben konnte.

Malcolm schüttelte den Kopf und rief ihm nach: „Hey, was soll das? Warum bleibst du nicht auf dem Weg?"
Doch bevor Binagh etwas antworten konnte, das sowieso nur Ausflüchte gewesen wären, sprang er aus dem Sattel und ging auf einen Busch zu. Schon packte er einen Kopf bei den Haaren, der mit der Nase auf einem abgestorbenen Ast steckte und hob ihn in die Höhe. „Schau dir das an, Binagh. Hier muss ein Kampf stattgefunden haben."

Binagh fragte sich nicht zum ersten Mal, woher Malcolm seine scharfen Sinne besaß, die ihm Zugang zu vielen Kleinigkeiten verschafften, die anderen oft verborgen blieben. „Und auf der anderen Seite des Wegs liegt ein weiterer Kopf in einer Pfütze", rief er ihm nur zu.

Malcolm schaute sich um, fand den zweiten Kopf und hob auch diesen auf. Er schaute zu Binagh rüber, streckte sie ihm beide entgegen und fragte: „Dein Werk, nicht wahr?"

Er nickte.

„Wie viele?"

„Fünf."

„Gabors Leute?"

„Was sonst!"

„Und ihre Waffen?"

„Habe ich weggeschmissen. Die wird niemand mehr finden."

„War es wirklich nötig, sie zu töten?" Malcolm räusperte sich. „Du weißt, dass das mein Bestreben, mit Lucy zusammen zu sein, wesentlich erschweren kann."

„Wenn du Lucy wirklich haben möchtest, dann war es nötig", erwiderte Binagh. „Sie hätten sie sonst vor Gericht gestellt und verbrannt. Sie hätten niemals Ruhe gegeben, wenn ich sie am Leben gelassen hätte. Ich weiß nicht, was Gabor tun wird, wenn seine Leute nicht wiederkommen, aber ich hatte keine andere Wahl, als sie zu vernichten. Wir müssen jetzt auf alles gefasst sein." Malcolm ließ die beiden Köpfe gegeneinander knallen, bevor er sie in weitem Bogen in den Sumpf warf. Dann drehte er sich wieder Binagh zu und sagte: „Steig ab. Wir müssen die Leichen verstecken, wo sie niemand findet. Wenn Gabor nicht weiß, wo seine Leute sind, dann kann er sich auch nicht ausmalen, was passiert ist."

Binagh schwang sich aus dem Sattel. Er wies auf eine nahe Stelle im Moor und sagte: „Die beiden enthaupteten Körper liegen da drüben. Ich hab sie bereits ins Wasser geschoben."

Malcolm machte ein paar schnelle Schritte in diese Richtung. „Lass uns nachschauen, ob sie zu sehen sind, und wenn ja, dann bleibt uns nichts anderes übrig, als sie ins Moor zu ziehen."

Binagh nickte und folgte Malcolm bis zu der Stelle, wo sich seiner Erinnerung nach die beiden Leichen befinden mussten. Tatsächlich war dort im Sumpf noch eine Hand zu erkennen, die aus dem Wasser ragte. „Ob man bei Tag mehr von ihnen sieht?", fragte Binagh.

„Möglich" antwortete Malcolm. „Sie werden nicht weiter sinken. Das Wasser im Moor ist nicht tiefer als eine oder zwei Armlängen. Wir könnten aber versuchen, sie runter in den Schlamm zu drücken." Sogleich machte er sich auf die Suche nach einem starken Ast. Auch Binagh beteiligte sich daran. In der Nähe fanden sie einen abgestorbenen Baum, von dem sie unter Aufbieten aller Kräfte einen dicken Ast abbrachen. Damit durfte es gelingen, die Leichen so ins dunkle Wasser zu drücken, dass es schwer war, sie zu erkennen, auch bei Tageslicht. Malcolm hatte sich dabei ein wenig zurückgehalten und Binagh die Arbeit machen lassen, war er doch besorgt um sein gelbes Gewand, das er auf keinen Fall beschmutzen wollte. Als Binagh wieder vor ihm stand, fragte er: „Was hast du eigentlich mit ihren Pferden gemacht?"

„Ich habe sie abgesattelt und in die Freiheit entlassen", antwortete er. „Sättel und Zaumzeug hat der Sumpf verschlungen. Zufrieden?"

„Hättest du nicht wenigstens eins der Pferde mitbringen können?" Aber kaum hatte er die Frage ausgesprochen, da spürte er Binaghs Wut darüber. Ja, vielleicht hatte er zu viel an ihm auszusetzen, obwohl er die ganze Drecksarbeit erledigte. So klopfte er ihm auf die Schulter und fügte hinzu: „Tut mir leid, ich sollte dir lieber für deine Hingabe danken, mein Freund."

Binagh entspannte sich wieder und deutete in Richtung Stadt. „Da vorne ist der nächste Tote", sagte er.

Sie packten ihre Pferde am Zügel. Binagh ergriff zusätzlich den Ast. Sie gingen los. Nach einer Zeit, die länger dauerte, als Binagh gedacht hätte, erreichten sie die dritte Leiche. Hier lag Ike mit einer schweren Wunde zwischen den Schulterblättern, die auch bei Nacht und trotz Lederwams zu erkennen war. Binagh blieb stehen und schaute auf die Leiche. Er sah dabei ein wenig ratlos aus. Dass er sich nicht bewegte, wunderte Malcolm. Er wartete ein paar Atemzüge lang, bevor er fragte: „Was ist? Stimmt was nicht?"

„Möglich", sinnierte Binagh. „Meiner Erinnerung nach hätten wir zuerst noch einen anderen Toten finden müssen, aber der ist nicht mehr da." Tatsächlich fehlte die Leiche von Yorick, der unter seinem Pferd erstickt sein sollte.

Malcolm holte tief Luft und schnaufte: „Als ob wir nicht schon genug Schwierigkeiten hätten. Wie kann er nun weg sein? War er denn wirklich tot?"

„Davon gehe ich aus", antwortete Binagh. „Ich hatte es so eingerichtet, dass sein Pferd auf ihm lag, bis er sich nicht mehr bewegte. Mehr konnte ich nicht tun, weil da schon der vierte Reiter auf mich zu geprescht kam und ich mich ihm stellen musste. Der Kerl lag aber auch noch regungslos da, als ich die Pferde später absattelte und vertrieb. Ich gebe zu, spätestens da hätte ich ihm einen sicheren Stoß versetzen können. Aber er war tot, Malcolm, glaub mir. Ich kenne mich damit aus."

„Und wenn doch nicht? Dann können wir nur hoffen, dass er dich nicht kennt und nicht weiß, wohin du gehörst."

„Lass uns Lucy holen", schlug Binagh vor. Sie versenkten die Leichen von Ike und Nep und ritten zum Haus der Jenkins. Spätestens jetzt musste Binagh erkennen, dass die Nachtzeit für diese Aktion von Malcolm weise gewählt war.

Sie lenkten ihre Pferde zu einer Stelle hinter einer Gruppe von mannshohen Büschen und stiegen ab. „Wir lassen die Pferde am besten hier", sagte Binagh. Auch Malcolm fand das eine gute Idee. Sie banden die Tiere an die Büsche und huschten los. Nach kurzer Zeit erreichten sie die enge Gasse und das einsame Haus, in dem Lucy und ihre Mutter wohnten. Die stark beschädigte Haustür war geschlossen. Malcolm drückte dagegen, aber sie bewegte sich nicht.

„Sie werden sie innen mit einem Balken verrammelt haben", sagte Binagh.

„Und wenn der auferstandene Tote sich mit den Frauen verbarrikadiert hat?", warf Malcolm ein.

„Macht für mich keinen Sinn", antwortete Binagh. „Was soll er mit den Frauen da drin? Wenn er wirklich hier gewesen sein sollte, dann nur, um Lucy zu holen. In dem Fall müsste er längst wieder weg sein." Er klopfte zaghaft an. „Hallo?" Er lauschte, aber im Haus blieb es ruhig.

„So wird das nichts", sagte Malcolm. Ungeduldig schob er Binagh zur Seite und pochte hart gegen die Tür.

„Wenn du Einlass begehrst, dann solltest du ein wenig sanfter sein", riet sein Diener.

Malcolm hob den Finger. „Ruhig! Da tut sich was. Mach dich bereit, falls Gabors Mann da drin sein sollte."

„Wer ist da?" Es war die Stimme einer Frau. Sie klang ungehalten und ängstlich zugleich.

„Hier ist Binagh. Ich habe meinen Meister dabei, wie du es dir gewünscht hast. Bitte öffne dir Tür."

Im Flur wurde etwas weggeräumt, und dann öffnete sich die Tür. Ann schaute die beiden Männer lächelnd an. Sie wendete sich an Malcolm. „Ihr müsst Lucys Retter und ein Bote Gottes sein", flüsterte sie. „Seid herzlich willkommen." Sie trat zur Seite und machte eine einladende Geste.

Malcolm verbeugte sich in vollkommener Grazie und zauberte einen Beutel unter dem Umhang hervor. „Ein kleines Geschenk für die Damen." Mit diesen Worten überreichte er ihn Ann.

Sie öffnete ihn, lugte hinein, und als sie in der Dunkelheit des Flurs nichts erkennen konnte, schnupperte sie daran. „Schinken und Brot", sagte sie freudig. „Wie lieb von Euch, danke."

Malcolm nickte sanft lächelnd.

Auf der Treppe entstand lautes Poltern. Binagh zog sofort seine Waffen. Aber da war kein Soldat. Es war Lucy. Sie stürmte wie eine Furie die Treppe runter direkt auf Malcolm zu und schlug wild auf ihn ein.

Malcolm schützte sein Gesicht mit beiden Händen, ließ aber ansonsten den Angriff über sich ergehen.

„Du verdammter Lügner", kreischte Lucy. „Wie kannst du behaupten, mich gerettet zu haben? Der Teufel hat es getan. Ich hab ihn gesehen, wie er über mir hing mit seinen langen roten Haaren. Auf eine solche Rettung verzichte ich. Lieber bin ich tot, als dem Teufel was zu schulden." Die Schläge wurden kraftlos, Lucy ging in die Hocke und ergoss sich in Tränen.

Anns Freundlichkeit versickerte wie Wasser im Sand. Sie packte Malcolm an den Schultern und drehte ihn um. Grob schob sie ihn zur Tür mit den Worten: „Ich danke euch für das, was Ihr getan habt. Aber nun lasst uns allein. Los. Verschwindet."

Während Malcolm sich widerwillig zur Tür drängen ließ, fingerte er in der Tasche seines Umhangs herum, förderte sein Fläschchen hervor und entkorkte es. „Sie halluziniert", sagte er mit der fachmännischen Schwingung eines Arztes im Unterton. „Kein Wunder, wenn sie erst gehängt und dann auch noch lebendig begraben wird." Er drehte sich um und besprenkelte Lucy mit der Flüssigkeit, wie er es auch schon mit den Untoten im Wald getan hatte. Diesmal wirkte es. Lucy hörte sofort auf zu weinen, schnupperte an sich herum und bekam einen verklärten Gesichtsausdruck. Sie kam aus der Hocke heraus und setzte sich auf die Treppe. Malcolm nahm neben ihr Platz und legte sanft einen Arm um ihre Schultern. „Hab keine Angst, Lucy, ich helfe dir."

Während Binagh schaute, als sei ihm gerade ein Geist begegnet, meinte Ann total verblüfft: „Ihr seid ein Zauberer."

„Medikus", verbesserte Malcolm. „Aber noch ist sie nicht geheilt. Ich nehme sie mit zu mir, damit ich sie besser behandeln kann."

Ann brauste auf. „Mitnehmen? Kommt nicht in Frage. Ihr habt Lucy gerettet. Das reicht. Ihr nehmt sie mir nicht weg."

Malcolm erhob sich von der Treppe und legte Ann eine Hand auf den Oberarm. „Beruhigt euch. Lucy braucht meine Hilfe. Ihr Geist ist sehr krank. Ich kann sie heilen, aber nur, wenn sie dabei unter meiner Aufsicht steht. Sie wird sonst sterben. Glaubt mir. Dann würdet Ihr sie nie wiedersehen. Wenn Euch das lieber ist, als wenn ich sie mitnehme, dann sagt es mir jetzt."

„Er hat Recht, Frau", pflichtete Binagh ihm bei. „Pack ihr was zusammen. Du siehst doch, wie schlecht es ihr geht."

„Reicht es denn nicht, wenn Ihr mir dieses Fläschchen da lasst? Damit geht es ihr doch sehr gut."

„Es ist nur eine vorübergehende Verbesserung", erklärte Malcolm. „Heilung ist etwas ganz anderes."

Ann rang mit sich, schien aber ein Einsehen zu gewinnen. Immerhin drängte sie sich an ihrer Tochter vorbei und ging nach oben.

Malcolm und Binagh nahmen die glückselige Lucy bei den Händen und führten sie nach draußen.

„Was hast du gemacht?", flüsterte Binagh. „Was ist das in der Flasche?"

„Es bringt das wahre Bewusstsein hervor", antwortete Malcolm ebenso leise.

„Welches? Deines, oder das von denen, die benetzt werden?"

Bevor Malcolm ihm ausführlich antworten konnte, kam Ann mit einem Beutel die Treppe herab und folgte ihnen nach draußen. „Wie lange bleibt sie weg?", wollte sie wissen.

„Bis sie gesund ist", antwortete Malcolm. „Habt Geduld. Es kann nur gut für sie sein, wenn Gabors Häscher nach ihr suchen. Bei mir ist sie absolut sicher." Dann fuhr er ihr mit einem Finger über die rechte Wange. „Ihr habt einen Ausschlag. Offenbar habt Ihr eine giftige Pflanze im Garten."

„Ihr wisst wirklich sehr gut Bescheid", sagte Ann lächelnd.

„Passt auf", befahl Malcolm. „Noch seid Ihr nicht in Sicherheit. Auch wenn Lucy bei mir ist, könnten Gabors Männer auftauchen und nach ihr suchen. Das kann für Euch gefährlich werden. Sie würden Euch nicht glauben, dass Ihr von Lucys Versteck nichts wisst. Wenn Ihr aber Euer ganzes Gesicht und die Hände mit diesen Pusteln bedeckt..."

Ann rieb sich unwillkürlich die geschwollene Wange. „Es beißt und juckt", sagte sie.

„Dann berührt die Pflanze, holt Euch mehr Pusteln und kratzt Euch blutig. Damit werdet Ihr eine Aussätzige vortäuschen können."

Ann ergriff Malcolms Hand und küsste sie. „Ihr seid wunderbar", sagte sie, „danke."

Malcolm und Binagh zelebrierten eine Verbeugung. Dann drehten sie sich um und verschwanden in der Nacht mit Lucy in ihrer Mitte.

Kaum waren die Drei außer Sicht, schmiss Ann sich auf die Treppe und weinte.

Jegliches Zeitgefühl war ihr verlorengegangen, und sie wusste nicht, wie lange sie dort gesessen hatte, als der Morgen graute. Vielleicht hatte sie sogar geschlafen. Das war gut möglich, wenn sie sich an die wirren Bilder erinnerte, die sie in dunkelste Gefilde geführt hatten. Sie schauderte. War der nächtliche Besuch der beiden Männer vielleicht nur ein Traum? Sie stürzte die Treppe hinauf, riss Lucys Zimmertür auf und fand die Stube erneut verlassen vor. „Gott, du hast sie mir schon einmal wieder nach Hause geführt", betete sie. „Bitte hilf mir noch einmal. Lass sie bald gesund zu mir zurück finden." Von einem Funken Hoffnung begleitet, lief sie zur Kirche, um sich in der Andacht zu üben.

XLII

Ann war noch nicht lange weg, als vier Männer auf Pferden das Haus erreichten. Sie sprangen ab, zündeten Fackeln an einer Laterne in der Straße an und liefen zur nun wieder offenen Haustür. Hunter war als erster da. Er deutete auf das zerbrochene Holz und meinte: „Da, schaut. Sieht so aus, als seien Yorick und die anderen hier gewesen. Los, sehen wir nach." Sie betraten das Haus, durchsuchten das Erdgeschoss, liefen nach oben und fanden das blutige Totenhemd, sowie Blutstropfen auf dem Boden. Bailey hob das Hemd auf und hielt es den anderen hin. „Hier, seht, sie müssen die Weiber mitgenommen haben." Jordy kratzte sich an seiner total vernarbten Glatze. Er behauptete gerne, man habe ihm während einer Schlacht den Helm samt seiner damals fülligen Haarpracht vom Kopf geschlagen. Da er aber immer wieder auch andere Schauermärchen zum Besten gab, war der Wahrheitsgehalt dieser Geschichte zweifelhaft. Es sah eher danach aus, als sei eine Tätowierung schiefgegangen. „Was machen wir jetzt?", fragte er. „Weitersuchen", riet Hunter. „Ich glaube kaum, dass es Zweck hat", entgegnete Reg. „Sie werden sich mit den Frauen irgendwo eine gute Zeit machen. Sie sollen ja wunderschön sein." Aus seiner Stimmlage war herauszuhören, dass es sich um reine Ironie handelte. In Wirklichkeit hatte er keine große Lust, weiter nach den anderen zu suchen. Aber seine Idee, die Suche abzubrechen, wurde willig angenommen. „Mag sein", meinte Bailey, ohne Reg umstimmen zu wollen. „Wenn es so ist und Gabor das erfährt, bindet er sie höchstpersönlich auf die Streckbank. Lasst uns später nach ihnen suchen. Heute Morgen kommen die drei Ketzer auf den Scheiterhaufen. Das will ich nicht verpassen. Kommt, lasst uns gehen."

XLIII

Bereits am frühen Morgen hatte sich viel lärmendes Volk auf dem Marktplatz eingefunden, auf dem ein riesiger Scheiterhaufen aufgeschichtet war. Es war ein mannshoher Stapel aus Holz und Stroh, aus dem drei Pfosten herausragten. Sie sollten die verurteilten Männer, nach Gabors Überzeugung allesamt Helfer des Teufels bei den Grabschändungen, daran hindern wegzulaufen, während das Feuer sie verzehrte. Mit seiner Überzeugung, dass heute die Schandtäter brennen würden, war er zwar nicht alleine, aber er hatte dennoch eine große Menge gegen sich: Die Gemeinde von Southbarn. Zumindest der Amtmann und der Handwerker standen bei den Bürgern in der Gunst, waren sie ihnen doch wohlbekannt und bei den meisten beliebt. Kaum vorzustellen, dass sie Gräber geöffnet und mit dem Teufel gemeinsame Sache gemacht haben sollten. Außerdem hatten sie sich freiwillig gestellt, so wie Caelius es angeraten hatte. Und das, um nun auf so grausame Weise gerichtet zu werden? Es stellte sich die Frage, ob die Inquisition überhaupt auf sie aufmerksam geworden wäre, wenn sie sich *nicht* gestellt hätten. Unter Folter gestanden die meisten, was die Peiniger hören wollten, aber war das ein Beweis für die Schuld der Gequälten? Mit Sicherheit nicht. Was, so fragten sich jene, die bisher noch verschont geblieben waren, sollte es denn bringen, sich freiwillig zu stellen, wenn man am Ende doch gerichtet wurde? Die Dominikaner waren die wirklichen Teufel. Bei dieser Meinung herrschte Einheit unter den Bürgern. Vielleicht steckte Caelius sogar mit ihnen unter einer Decke? Dieser verdammte Heuchler.

Nach einer endlos scheinenden Zeit des Wartens, holperte ein Leiterwagen auf den Richtplatz zu. Auf dem

Wagen standen die drei Gefolterten. Gabor ritt auf einem geschmückten Pferd vor dem Fuhrwerk her. Es hatte bunte Bänder in Mähne und Schweif geflochten, und sein Rücken war mit einem bestickten Tuch bedeckt. Der Schmuck sollte auf die Feierlichkeit der Hinrichtung hinweisen.

Gabor saß breitbeinig und schwer wie eine Tonne auf dem Pferd. Er bahnte dem Wagen, von einem Dominikaner gelenkt, den Weg durchs Volk, das seine Ankunft mit Buh-Rufen bedachte. Es bildete nur schwerfällig eine Gasse, aber letztendlich gehorchte es doch, wenn auch nur zögerlich. Gabor schaute streng und erhobenen Hauptes mal nach links, dann nach rechts, dann wieder geradeaus. Es war ihm anzusehen, dass er die Buh-Rufe nicht auf sich bezog. Seiner Meinung nach waren sie für die Teufelshelfer bestimmt, die hinter ihm her gekarrt wurden. Dass Bailey und seine Mannen die Vermissten nicht gefunden hatten, hetzte sein Gemüt auf, und dass sie nach der Hinrichtung weitersuchen wollten, besänftigte ihn keineswegs. Tief in sich drin spürte er, dass diese Fünf nie mehr zurückkommen würden, und so empfand er eine gehörige Portion an Genugtuung bei dem Gedanken, dass hier und heute drei Teufelsgesellen brennen würden.

Kurz vor dem Richtplatz sprang Caelius unverhofft aus der Menge heraus und vor Gabors Pferd, das erschrocken auf die Hinterhand ging und wieherte. Gabor verdankte nur seiner Geistesgegenwart, dass er nicht abgeworfen wurde. „Lass die Männer frei, Gabor", forderte der Pfarrer. „Sie sind unschuldig."

Gabors Gesicht lief so rot an, dass es von seinem Umhang kaum mehr zu unterscheiden war. „Aus dem Weg, du Narr", schrie er außer sich.

Da das Pferd Anstalten machte, mit den Vorderhufen auszuschlagen, trat Caelius drei Schritte zurück. Demonstrativ hob er die Hände und zeigte damit Entschlossenheit, den Wagen auf keinen Fall durchzulassen. „Ich sagte, lass sie frei", schrie er mit ebenso rotem Kopf zurück.

„Was fällt dir ein, du armer Wicht", brüllte Gabor. „Du stellst dich nicht gegen die Macht Gottes." Wutentbrannt entrollte er die Peitsche und drosch sie Caelius ins Gesicht. „Weg da, sofort."

Entsetzt stolperte Caelius zur Seite. Er hielt sich die Wange, die schnell anschwoll und schaute auf seine Hand, die nun einen blutigen Streifen aufwies. Vorsichtig tastete er mit den Fingern den schnell dicker werdenden Striemen ab. „Du lässt mich peitschen, Jesus?", fragte er voller Unverständnis.

„Du wolltest ein Zeichen, Caelius", antwortete seine sanfte Stimme.

Dem Pfarrer ward es weinerlich zumute. Er sah sich am Tisch sitzen und speisen. Dann sah er sich auf der Kanzel und hörte sich zu seiner Gemeinde sprechen, dass sie maßhalten sollen, wenn sie auf Gottes Wohlgefallen aus sind. Aller Zorn auf Gabor wich augenblicklich und machte einer Verzweiflung Platz. Wie in geistiger Umnachtung, trat er noch ein paar Schritte zur Seite, um ihm Durchgang zu gewähren. Klappernd folgte Gabor der Leiterwagen.

Während dahinter die Schaulustigen wieder zusammenströmten, bahnte Caelius sich einen Weg nach Hause. Nur weg von diesem unheilvollen Platz und dem schändlichen Geschehen, das sich bald hier abspielen würde. Oder doch nicht? Immerhin hatte er dafür gesorgt, dass Gabor heute ein Fiasko erleben würde.

Caelius erreichte das Pfarrhaus. Wie in Trance schloss er die Tür auf. Er ging in die Küche, setzte sich an den Tisch und betastete die geschwollene Wange. Sein Kopf war leer. Niemals im Leben wollte er mehr etwas essen. Nie mehr. Mit diesem Gedanken raffte er sich auf und traumwandelte in die Kirche. Da hatte er jetzt noch etwas Wichtiges zu erledigen, wohl wissend, dass er sich damit in höchste Gefahr begab.

XLIV

Die Tatsache, dass die weltlichen Helfer immer weniger wurden, nagte sehr an Gabor. Er wusste nicht, wie er das einschätzen sollte. Warum wurde er so geplagt? Welche Macht wollte ihn daran hindern, in dieser Stadt aufzuräumen? Dabei war es bitter nötig, das zeigten die jüngsten Ereignisse, und er war sicher, dass er Gott auf seiner Seite hatte. Anstatt Bailey und die restlichen Helfer einzuspannen, hatte Gabor daher fünf Mönche bestimmt, die bei der Hinrichtung heute Hand anlegen sollten. Diese Fünf hatten alle ihre weißen Kutten an und trugen die schwarze Capa drüber, und sie hatten einen Haarkranz, der über den Ohren um den Kopf herum verlief. Drei der Brüder waren von normaler Statur. Einer war mehr als einen Kopf größer, als die anderen und hatte breite Schultern. Sein Name war Brother Dumont. Und der Fünfte, Brother Morty, war mit einer beträchtlichen Leibesfülle geschmückt.

Während ein verzweifelter Caelius auf dem Weg zur Kirche war, stießen Brother Morty und Brother Dumont die drei Verurteilten vom Leiterwagen. Die anderen fingen sie auf, damit sie sich nicht zu Tode stürzten und so der Hinrichtung entgingen. Sie banden einem nach dem anderen ein Seil um den Bauch, um sie mit vereinten Kräften auf den Holzstapel zu hieven. Gleich darauf schnürten sie die Geplagten an den Pfosten fest.
Gabor stieg ab, schritt höchst persönlich zum Schinderkarren und nahm ein paar Fackeln dort herunter, die er an die fünf Mönche verteilte. „Geht in die Häuser und holt euch Feuer in Kaminen und Öfen", befahl er.
Die Dominikaner strömten willig aus. Inzwischen öffnete der Abt eine Schriftrolle, auf der er eine

eindrucksvolle Predigt niedergeschrieben hatte, die aber viel mehr zur Mahnung und Warnung der Anwesenden gedacht war, dem schändlichen Treiben in Stadt und Umgebung ein Ende zu bereiten. Er beteuerte, dass er, der Abt des Dominikanerklosters vor den Toren der Stadt Southbarn, keinen Zweifel daran habe, dass am heutigen Tage die Grabschänder gerichtet werden würden. Er versäumte auch nicht, darauf hinzuweisen, dass die Brüder des Heiligen Dominikus sich ihrer Aufgabe voll bewusst seien und den katholischen Glauben zu schützen vermochten, wie sie es seit 1215 taten. Er schloss seinen Vortrag mit den Worten: „So seid treu ergeben in eurem Glauben und unterstützt die Heilige Katholische Kirche darin, sich und ihre Gläubigen zu schützen, indem ihr Augen und Ohren offenhaltet und alles an uns meldet, was euch seltsam vorkommt."

Er ließ die Rolle sinken und schaute sich um. Langsam gingen ihm die Worte aus, aber seine Brüder mit den Fackeln kamen nicht zurück. Er bekam bereits schweißnasse Hände und atmete hörbar aus. „Was ist hier los?", murmelte er. „Wo bleiben meine Brüder?" Er knüllte das Papier zusammen und warf es auf den Scheiterhaufen, auf dem die drei Männer bereits halbtot und mit schmerzverzerrten Gesichtern an den Pfählen hingen. Aus ihnen sprach die blanke Verzweiflung. Man sah ihnen an, dass sie ihre Situation nicht begreifen konnten.

Gabor ballte die Fäuste zusammen. „Zuerst werden zwei getötet, und einer wird wahnsinnig", sagte er. „Dann verschwinden fünf meiner Leute, und jetzt – kommen wieder fünf nicht zurück." Schreiend fügte er hinzu: „In dieser Stadt ist der Teufel am Werk. Wo sind meine Brüder?"

Wie auf ein Zeichen, kam Bewegung in die Menschen. Sie machten Platz – für die fünf Mönche, die mit kalten Fackeln zu Gabor zurückeilten. „Wir haben kein Feuer gefunden", sagte Morty. „Alle Öfen und Kamine in Southbarn sind kalt."

Gabor schaute die Mönche fragend an. „Was soll das heißen, alle?"

„Natürlich nur bei denen, die wir zuhause angetroffen haben", erklärte er. „Viele sind ja schließlich hier. Aber schau dir doch die Kamine an. Nirgendwo steigt Rauch aus."

Gabor blickte sich um und brüllte zu den Anwesenden: „Wieso gibt es in dieser gottverdammten Stadt kein Feuer?" Er packte den Erstbesten am Wams und zog ihn nah an sich ran. Sein Speichel bespritze das Gesicht des Befragten, als er wissen wollte: „Ist bei dir ein Kamin am Brennen?"

Der Mann beugte sich zurück. „Es ist doch warm genug", sagte er, sich das Gesicht abwischend. „Da heizen wir nicht."

Gabor stieß ihn von sich und ergriff eine Frau, die neben ihm stand, am Gewand. „Und was ist mit Kochen? Gib Antwort, Weib! Hast du Feuer im Herd?"

Die Frau stotterte: „Wir-wir-wir halten uns an das, was der Herr Pfarrer sagt. Dass wir fasten sollen. Wir ernähren uns vor allem von Obst, Gemüse und trockenem Brot."

„So ist es", murmelte jemand aus der Menge, und immer mehr fielen in diese Antwort ein, bis eine wallende Unruhe entstand. Bald reckten viele ihre Fäuste gen Himmel und riefen im Chor: „Wir fasten für Gott, wir fasten für Gott..."

„Ruhe", brüllte Gabor, „Ruuu-he!" Er deutete mit vor Erregung zitternder Hand auf die drei Verurteilten und

verkündete: „Sie werden brennen. Heute. Sie haben ihre Schuld gestanden." Dann baute er sich vor Dumont auf und befahl: „Nehmt die Fackeln und holt Feuer am Ewigen Licht in der Kirche. Nun los, macht schon."
Die fünf Mönche nickten gehorsam und machten sich sogleich auf den Weg.

Seit Malcolm in Kings Cave wohnte, war es das erste Mal, dass eine Frau in seinem Haus weilte, Kundinnen, die seine Medizin kauften, natürlich ausgenommen. Es war so wunderbar gewesen, als Lucy hier ankam. Der Morgen hatte bereits sein erstes Licht gezeigt. Malcolm hatte Lucy aus der Kutsche gehoben, sie bei der Hand genommen, über die Veranda geführt, die Haustür aufgeschlossen und sie eintreten lassen. Binagh hatte das Geschehen mit einer Laterne beleuchtet, in der eine dicke Kerze brannte, und während Malcolm und sein Gast im Haus verschwanden, hatte er das Gepäck abgeladen.

Im Haus angekommen, hatte Lucy sich noch bei Dämmerlicht in der Diele umgeschaut und die Vitrine mit den vielen Flaschen bewundert. Sie war von dem kleinen Raum begeistert gewesen, wo man sich frischmachen konnte, eine Exklusivität, die sie von ihrem einsamen Zuhause am Stadtrand von Southbarn nicht kannte. Und dann hatte der Medikus ihr sein Schlafgemach gezeigt. Sie war davon sofort außerordentlich angetan gewesen. Es musste das eines Königs sein. Für sie war es riesig. Ein ausladendes Bett mit Vorhängen drum herum hatte sie noch nie gesehen. Und erst das Erlebnis, darin zu liegen! Was für ein Unterschied zu ihrer kleinen, mit Heu gepolsterten Lagerstatt. Lucy war sofort damit einverstanden gewesen, mit Malcolm gemeinsam die Nächte in diesem Bett zu verbringen. Sie hatte sich hineingelegt, nur, um es zu testen, und war sofort eingeschlafen. Der brutale Überfall von Gabors Leuten und die angstvollen Nachtstunden danach hatten ihren Tribut gefordert. Aber hier konnte sie beruhigt schlafen, ohne sich fürchten zu müssen. Wie erholsam das doch war.

Lucy hatte ein paar Stunden geschlafen und wachte am späten Vormittag auf. Malcolm lag neben ihr, die Arme unter dem Kopf verschränkt, und lächelte sie an. „Na, gut geschlafen?", fragte er.
Lucy nickte. Sie wollte sich zu ihm hindrehen und stellte erst jetzt fest, dass sie in voller Bekleidung geschlafen hatte, und das, ohne sich nur einmal bewegt zu haben. Sie hatte diese tiefe, ungestörte Ruhe dringend gebraucht. Und jetzt spürte sie ein Rumoren im Bauch. Forsch schaute sie Malcolm an und sagte: „Ich glaube, ich bin hungrig."
„Lass uns aufstehen." Mit einem Satz schwang er sich aus dem Bett, und Lucy stellte interessiert fest, dass er nackt war. Malcolm warf sich einen gelben Umhang um, den er von einem Haken an der Wand gepflückt hatte, und band ihn über dem Bauch zusammen. Er schaute Lucy mit glänzenden Augen an und sagte: „Folge mir."
Sie ging ihm nach in die Küche, in der es wunderbar köstliche Dinge zu essen gab und stellte schon bald fest, dass sie dieses Haus liebte. Bereits nach diesen wenigen Stunden, fühlte sie sich unendlich wohl bei Malcolm, nicht nur wegen der feudalen Umgebung, sondern auch, weil der Medikus sich als ihr Leibarzt entpuppte und sich so unglaublich rührend um sie kümmerte.

Caelius' Anweisungen an die Gläubigen der Stadt hatten also Wirkung gezeigt. Alle hatten ihre Feuerstellen über Nacht ausgehen lassen, um das Leben der drei Verurteilten zu retten, und wenn am Morgen doch noch glühende Brocken zu sehen waren, wurden sie mit dem Schürhaken kaltgeklopft. Wenn die Inquisitoren kein Feuer fanden, dann konnten sie auch den Scheiterhaufen nicht entzünden. Zudem hatten die Gläubigen auch ihre Zunderschwämme und die Feuersteine versteckt, und es war kaum anzunehmen, dass die Dominikaner mit derartigen Utensilien ausgestattet waren. Caelius hatte mit seiner Anweisung nicht nur Gott zeigen wollen, dass er mit dem schändlichen Treiben der Mönche nichts zu tun hatte, sondern damit auch bei seiner Gemeinde um Vertrauen geworben. Jetzt, wo er sein eigenes Leben dafür riskierte, das Leben der Dreien zu retten, würden sie ihn wieder so achten, wie es vor der Ankunft Gabors der Fall gewesen war. Außerdem würde er ja nun fasten und damit noch mehr einer von ihnen werden. Gabor sollte spüren, dass er und seine heiligen Brüder mit ihrer Mission alleine dastanden. Mit diesem Gedanken machte Caelius eine formvollendete Kniebeuge und zelebrierte das Kreuzzeichen. Mit stolz erhobenem Haupt schritt er zum Altar hoch, legte die Hand hinter das Ewige Licht und blies es aus. Er wand sich dem Kruzifix auf dem Altar zu und bat: „Bitte verzeih, gütiger Herr Jesus, dass ich das Ewige Licht lösche. Es hat seine Gründe, du weißt." Gleich darauf machte er sich auf den Weg zurück ins Pfarrhaus, gerade noch rechtzeitig, bevor die fünf Dominikaner die Kirche erreichten. Mit ihren kalten Fackeln in den Händen, zogen sie die Pforte auf und drängten schnellen Schritts in die Kirche. Sie eilten durch den Mittelgang zum Altar geradewegs zur roten Leuchte des Ewigen Lichts – und schauten sich gegenseitig fassungslos an. Wortlos machten sie auf dem Absatz kehrt und liefen zum Pfarrhaus hinüber.

Als sie dort ankamen, pochten sie energisch gegen Tür und Fenster, an dem sogleich das Gesicht des Pfarrers erschien. „Was wollt ihr?", fragte er zornig. „Warum ist das Ewige Licht erloschen?", riefen sie alle durcheinander. „Macht die Tür auf."
Caelius' Gesicht verschwand am Fenster. Wenig später rappelte es an der Tür, die sich daraufhin knarrend öffnete.
Den Mönchen ging das nicht schnell genug. Sie halfen nach, zwängten sich an Caelius vorbei in das Haus und warfen die Tür zu. Zu fünft standen sie im Flur um Caelius herum.
„Wie, das Ewige Licht brennt nicht?", fragte der Pfarrer. „Stellt Euch nicht dumm", sagte Dumont. „Es ist doch Euer Werk, dass es in Southbarn kein Feuer gibt." Er schlug ihm die Fackel ins Gesicht.
Caelius hielt sich erschrocken Lippen und Nase, die sich schnell ein wenig geschwollen anfühlten wie bereits seine Wange, aber nicht bluteten, sodass er die Hand wieder herabnahm und die Stelle nur noch vorsichtig betastete. „Wenn die Drei schuldig sind und es Gottes Wille ist, dass sie brennen, wird Er euch Feuer geben", nuschelte er. „Es ist nicht mir zu verdanken, dass alles in Southbarn erloschen ist, sondern euch selbst. Also lasst mich in Frieden und bittet Gott um Feuer. Dann werden wir sehen, ob ihr wirklich *Seinen* Auftrag ausführt."
Dumont verpasste ihm einen Stoß und streckte die Hand aus. „Gib uns deinen Feuerstein und Zunder, los."

„Ich sagte bereits: Wenn es Gottes Wille ist, dass der Scheiterhaufen brennt, dann wird *ER* euch Feuer geben, nicht ich. Wenn ihr mich für fehlendes Feuer verurteilt oder gar richtet, dann werdet ihr mit dieser Schuld ewig leben müssen und letztendlich vor den Schöpfer treten. Das Feuer ist euch dann auf jeden Fall sicher."

Die Mönche tuschelten untereinander, hoben die Schultern und verließen wütend das Pfarrhaus. Sie eilten zurück zum Richtplatz. Dort machten sie einen vor Zorn bebenden Gabor mit der Nachricht bekannt, die sie von Caelius erhalten hatten.

Der Abt stampfte hart mit dem Fuß auf. „So nicht", brüllte er. „Wir lassen uns nicht an der Nase herumführen." Aber tief in seinem Innern stiegen Zweifel auf, ob es gescheit wäre, Caelius für seine Intrigen zu bestrafen. Er musste eine andere Lösung finden. Feuer würde Gott ihm keines geben, da war er sich sicher. Wo sollte der Herr es auch hernehmen, wenn alles erloschen war, es sei denn, ein Blitz schlug irgendwo ein. Aber danach sah der Himmel gerade nicht aus. In seinen Gedanken keimte die Befürchtung auf, dass er im Begriff war, Maßlosigkeit zu betreiben, und das ließ ihn schaudern. Maßlosigkeit war eine Todsünde, der er, der vom Heiligen Dominicus und Rom eingesetzte Kämpfer für den Glauben und die Kirche, sich keinesfalls hingeben durfte. Gut, dann eben kein Feuer. Er sog tief die Luft ein und rief: „Holt die verbliebenen -" Er stockte. Gabor wollte von den ihm verbliebenen Soldaten sprechen. War es etwa Gottes Werk, dass sie ihm genommen worden waren? Wollte *Er* ihn für seine Maßlosigkeit bestrafen? Er schluckte und hielt einen Moment still. Dann winkte er Morty herbei und flüsterte ihm ins Ohr: „Bailey, Hunter und die anderen haben sich unters Volk gemischt. Holt sie mir her. Sie sollen ihre Armbrüste mitbringen."

Es dauerte lange, bis sich von den verbliebenen Sieben wenigstens Bailey, Hunter, Jordy und Dag bei Gabor einfanden. Es war nicht leicht gewesen, sie in der aufgewühlten Menschenmenge zu finden, und dann waren sie auch nur mit ihren Schwertern bewaffnet. Armbrüste und Bögen lagen in der Unterkunft und mussten erst noch geholt werden. Als sie endlich zur Verfügung standen, schimpfte Gabor zuerst einmal herum, bevor er seinen Befehl ausdrückte. Er zeigte auf den Scheiterhaufen und bestimmte: „Erschießt sie. Und weil das eigentlich zu gnädig ist für diese Teufel, soll jeder mit mindestens zehn Pfeilen gespickt sein, bevor er stirbt. Los jetzt, ich hab sie so satt, diese Verzögerungen."

Während die anderen noch an ihren Waffen herumfummelten, probeweise auf die Delinquenten zielten, Pfeile hervorholten und die Armbrüste luden, hatte Jordy schon dafür gesorgt, dass die Schussbahn frei war, indem er die Schaulustigen vor sich verscheuchte. Kaum jemand bekam wirklich mit, wie er dreimal kurz hintereinander seine Waffe lud und den drei Männern an den Pfählen je einen Bolzen genau ins Herz jagte. Binnen kürzester Zeit waren sie alle tot. Zufrieden ließ er die Waffe sinken.

„Was war das denn?", fragte Gabor vor ungläubigem Staunen. „Ich sagte, sie sollen mit mindestens zehn Pfeilen gespickt werden."

„Oh", antwortete Jordy. „Das tut mir jetzt aber leid. Hab ich gar nicht mitgekriegt." Damit verschwand er in der Menge, bevor wieder Streit mit Dag entstehen konnte.

Endlich hatte dieser nun auch seine Armbrust geladen. Er legte auf einen der Gerichteten an und drückte ab. Der Pfeil blieb ihm im Oberschenkel stecken. Gabor wirbelte herum und riss Dag die Waffe aus den Händen. „Lass den Blödsinn", schimpfte er. „Sie sind tot. Du machst uns hier zum Gespött. Löst diese erbärmliche Versammlung auf und begebt euch zur Unterkunft." Damit bestieg er sein Pferd und ritt davon, wesentlich weniger feierlich, als er gekommen war.

XLVII

Lucy hatte nun schon fünf Nächte hinter sich gebracht. Bei Malcolm schlief sie wie ein Kind tief und fest und war am Morgen so erholt wie noch nie in ihrem Leben. Wenn sie erwachte, nahm Malcolm sie bei der Hand und führte sie in den kleinen Raum, wo sie es sich gefallen ließ, dass er sie entkleidete und mit Wasser und Seife frischmachte. Die Seife stellte er selbst her. Etwas Feineres hatte sie noch nie gerochen, und etwas Sanfteres hatte nie ihre Haut berührt. Er kümmerte sich auch um ihre Brüste, hob sie an und reinigte die Hautfalten darunter, und er säuberte sie gründlich zwischen den Beinen und sogar im After. Er berührte sie an Stellen, die noch niemals ein Mensch berührt hatte, sie selbst eingeschlossen, und sie genoss es ungezwungen und frei. Es tat so unendlich gut, dermaßen verwöhnt zu werden.

Auch, wenn Männer Schweine waren, so war es doch etwas ganz Besonderes, wenn Malcolm die intimen Stellen liebkoste. Es war ganz seltsam und brannte im ganzen Körper. Sie verspürte dann das Verlangen, ihn zu küssen und ebenfalls zu berühren, aber dazu kam es nicht. Sie selbst scheute sich, es zu tun, und Malcolm forderte sie nicht dazu auf. Wenn er sie abgetrocknet hatte, behandelte er sie, wie er sagte, damit sie wieder gesund wurde, indem er ihr mit dem Finger einen Tropfen aus einem geheimnisvollen Fläschchen auf der Stirn verrieb. Auch das roch betörend und machte etwas mit ihr. Es war, als ginge in ihrem Gehirn ein Licht auf. Danach schien ein Wind durch ihre Gedanken zu fegen, der alle Probleme zum Teufel jagte, ja, zum Teufel.

Die nächsten Tage waren genauso erquickend gewesen, wie die davor, und Malcolms Fürsorge am Morgen war es ebenfalls. Wieder schäumte er sie sanft ein, während er hinter ihr stand, wie er es nun schon seit fast zwei Wochen tat. Diesmal war auch er nackt. Bisher hatte er immer einen Morgenmantel getragen. Seine rechte Hand steckte in einem Stoffhandschuh, mit dem er ihr den Bauch einrieb. Seine zweite Hand betastete irgendwie fachmännisch ihre Brust. Diesen Eindruck hatte Lucy. „Ich freue mich, dass dein Herz gesund ist", flüsterte er ihr dann auch ins Ohr, während die rechte Hand weiterhin ihren Bauch rieb.

„Und das kannst du erfühlen, während du meine Brust knetest?", fragte Lucy. Sie wunderte sich nicht darüber, dass sie hart wurde. Es kam ihr irgendwie normal vor, auch, wenn sie es bisher nicht erlebt hatte, selbst bei Berührungen durch Mama nicht. Höchstens beim Erdrosseln von Rothaarigen.

„Bei Frauen drückt sich das Herz durch die Brust nach außen aus", erklärte Malcolm. „Du hast ein sehr großes Herz, und wenn die Brust nun hart wird, dann heißt das, dass du dein Herz für meine Berührungen öffnest."

Lucy lächelte. „Das freut mich, und ich spüre es."

Malcolm rieb weiter. Er führte den eingeschäumten Handschuh über Lucys Schamhaare, seifte sie ein und war dabei so sanft wie ein Engel. Er hielt kurz inne, zog einen Stuhl herbei, setzte sich und nahm Lucy auf den Schoß. Während ihre Beine links und rechts von seinen Oberschenkeln herabhingen, reinigte seine Hand ihr Geschlecht. Er genoss es, dass Lucy anfing, sich zu bewegen, und schon nach kurzer Zeit drehte sie sich um und setzte sich rittlings auf ihn. Sie schlang ihre Arme um seinen Hals und küsste und leckte ihn. Malcolm spürte, wie er in sie eindrang, ohne etwas dafür tun zu müssen. Was für ein Unterschied zum Koitus mit Leichen. Sie lagen einfach nur starr und unbeweglich in einer engen Holzkiste. Es war mühsam, in sie einzudringen. Meistens brauchte es dazu ein gewisses Maß an Grobheit. Und jetzt? Es ging alles so einfach. Es war warm und weich und feucht, und Lucys Liebreiz verwöhnte sein Gesicht und seinen Körper. Ihre Hände lagen warm auf seinen Wangen, und ihre Zunge salbte seine Lippen. Dazu duftete sie nach seiner Seife. Und die in Verwesung begriffenen Leichen? Erst jetzt dachte Malcolm daran, dass dieser Gestank ihn nicht wirklich erreichte, wenn er sie benutzte.

Aber noch etwas beflügelte Malcolm dazu, nie wieder mit Leichen etwas haben zu wollen: Lucy machte Geräusche. Sie kicherte und stöhnte und schrie leise im Wechsel, was seine Lust ins Unermessliche steigerte. An Leichen reagierte er nur seinen Trieb ab, aber Lucy? Die liebte er. Abgöttisch. Das wusste er bereits nach diesen zwei Wochen.

Als Lucy nach einem ekstatischen Ritt von seinem Schoß stieg, fühlte Malcolm sich müde und gestärkt zugleich. Auch er erhob sich, und Lucy lachte darüber, dass sein Edelknecht in einem Säckchen steckte. Sie sprachen nichts, als er seinen Handschuh wieder einnässte, als wäre nichts geschehen und Lucy damit von der Seife befreite. Dann trocknete er sie ab, half ihr beim Ankleiden, zog sich das Kondom ab und Hemd und Hose an und führte sie nach draußen, nicht, ohne sie vorher mit einem Tropfen aus seinem Fläschchen zu behandeln.

Nun saßen sie am Frühstückstisch, den Binagh fast liebevoll gedeckt hatte. Überall schien nur Liebe zu sein. Gemeinsam gaben sie sich den Genüssen hin, die sie, Lucy, zuhause nur vom Erzählen kannte. Mama hatte bei der Familie, wo sie die Hauswirtschaft erlernt hatte, auch solche Sachen zu essen bekommen. Doch diese Lebensmittel waren fast unerschwinglich und nur den Betuchten vorbehalten. Lucy und Ann ernährten sich von Porridge und Eintopf. Von Früchten, die der Garten lieferte. Und manchmal gab es auch etwas Fisch, wenn sie die Gelegenheit hatten, unbeobachtet im Bach zu angeln, der das Moor durchfloss. Es waren immer nur recht kleine Fische gewesen.

Binagh bediente Malcolm und Lucy, war aber auch bei Tisch gern gesehen. Das demonstrierte Malcolm damit, dass er ihn aufforderte, sich zu setzen, ihm Tee einschenkte, den Brotkorb reichte oder Schinkenscheiben vom Stück abschnitt.

Als sie das Frühstück beendet hatten, stahl Lucys Hand sich in die von Malcolm. Sie schaute ihn verliebt an. „Ich möchte mich noch ein wenig hinlegen", sagte sie.

Malcolm nickte. „Natürlich, meine Liebe." Er erhob sich und führte sie in die Diele. „Binagh, räum schon mal den Tisch ab", rief er seinem Diener zu.

Dieser drehte die Augen zur Decke. „Natürlich, mein Gebieter", äffte er. „Alles, was Ihr wünscht, mein Gebieter."

Die Schlafzimmertür fiel ins Schloss.

Wenig später lagen Malcolm und Lucy eng umschlungen nackt im Bett. Ihr Kopf ruhte auf seiner Brust. Der Duft der Seife entströmte dezent ihrer Haut. Hin und wieder tauschten sie Küsse aus. Durch das Fenster strahlte die ungetrübte Sonne des Tages und ließ Lucys Haare golden schimmern. Malcolm betastete sie. „Du bist Gold wert", sagte er. „Pass auf, ich hab da was für dich." Vorsichtig zog er seinen Arm unter ihr heraus, sprang aus dem Bett und huschte zur Kommode. Er nahm etwas aus der Schublade und sprang zurück ins Bett.

„Was hast du da?", fragte Lucy.

Malcolm verschloss ihre Lippen mit dem Zeigefinger und drückte ihr die Augen zu. Dann legte er ihr ein funkelndes Armband am Handgelenk an. Er küsste sie auf die Stirn und sagte: „Augen öffnen."

Lucy bestaunte ungläubig das Schmuckstück. Es war aus purem Gold geschmiedet und mit Diamanten besetzt. Sie hob ihren Arm und prüfte das Gewicht. „Malcolm, ich…"

Er hob die Hand. „Moment!" Er fummelte unter dem Kopfkissen herum, zog einen kleinen Beutel hervor und hielt ihn Lucy hin. „Da."

Sie nahm das Beutelchen mit beiden Händen, öffnete es, schaute hinein und flüsterte voller Ehrfurcht: „Goldmünzen!" Sie fiel Malcolm um den Hals und klammerte sich lange an ihm fest, als wolle sie ihn nie wieder loslassen.

Ein Geräusch aus Lucys Mund, das er nicht richtig einschätzen konnte, irritierte Malcolm plötzlich. Er streichelte ihren Kopf. „Lachst du?", fragte er. „Es ist schön, wenn du dich so freust." Als Lucy ihren Kopf ein wenig anhob, blieb auf Malcolms Brust eine nasse Stelle zurück. Er schaute ihr ins Gesicht und erkannte feuchte Augen. Auch ihre Mundwinkel waren nass. „Was ist denn, meine Schöne?", fragte er.

„Du bist so lieb", schluchzte sie.

„Danke. Du weinst also, weil du gerührt bist?"

„Nein", gestand sie. „Ich bin traurig. Furchtbar traurig."

„Aber bisher warst du doch so glücklich."

„Das bin ich auch immer noch", erwiderte Lucy und schluchzte heftig auf.

Malcolm war wie erstarrt. Mit einem Mal schien sein Glück in Gefahr, das gerade erst so wunderbar begonnen hatte. Er brauchte einen Moment, um sich zu sammeln, bevor er fragte: „Was ist denn anders als heute Morgen?" Lucy schüttelte den Kopf. „Nichts."

„Aber…"

„Mir geht es so unglaublich gut bei dir, Liebster. Du verwöhnst mich, machst mir Gefühle, die ich nie kannte und beschenkst mich mit teuren Dingen, die ich mir niemals leisten könnte." Sie drückte ihr Gesicht ins Kissen. Nur ihr durchgeschüttelter Körper gab Malcolm den Hinweis, dass sie weinte.

Er streichelte ihren Rücken. Er spürte, dass es falsch wäre, sie zu unterbrechen. Geduldig wartete er, bis Lucy sich erholt hatte. Sie drehte sich um und klammerte sich erneut an ihn. „Meine Mutter", schluchzte sie.

„Was ist mit ihr?"

„Sie ist alleine in unserem kleinen Haus. Die Tür ist zerbrochen. Blut auf den Böden. Unsere Zimmer sind durchwühlt. Und Mama ist auf sich alleine gestellt, während ich hier bei dir bin in diesem feudalen Haus und aufs Beste verwöhnt werde. Meine Mama vermisst mich, und was tue ich?" Sie heulte erneut auf. „Malcolm, ich kann das nicht! Es setzt mir extrem zu. Was soll ich tun? Ich liebe dich über alles. Dessen bin ich mir sicher nach dieser kurzen, unglaublich schönen Zeit, die wir zusammen sind."

„Sollen wir sie zu uns holen?", fragte Malcolm erschüttert. Ihn grauste bei dieser Vorstellung.

Lucy hob wieder den Kopf. „Auf gar keinen Fall", entfuhr es ihr. „Wir hätten niemals Frieden, wenn sie auch hier wäre. Sie würde es nicht gutheißen, dass wir zusammen in einem Zimmer sind." Sie legte den Kopf wieder auf seine Brust.

Malcolm wurde es übel. Es war, als habe ihm jemand einen kräftigen Schlag in den Magen verpasst. Plötzlich wünschte er sich, Lucy nie getroffen zu haben. Solche Probleme gab es mit Leichen nicht. Sie mochten zwar kalt und teilnahmslos sein, aber ansonsten waren sie sehr pflegeleicht, von Wachen auf den Friedhöfen einmal abgesehen. Würde er es fertigbringen, sie jetzt zu erwürgen oder ihr das Genick zu brechen? Vorsichtig legte er ihr eine Hand an den Hals. Er spürte Hemmungen, aber er könnte ja auch Binagh damit beauftragen.

Gerade, als er ein wenig zudrückte, hob Lucy ihren Kopf erneut und schnippte mit den Fingern. „Ich hab's. Bring mich nach Southbarn, damit ich sie besuchen kann. Ich bleibe ein paar Tage bei ihr, und dann holst du mich wieder. Die Abstände zwischen zwei Besuchen lassen sich ausdehnen, und so wird sie sich daran gewöhnen, auch mal alleine zu sein. Mit der Zeit wird sich bestimmt etwas ergeben, das allen genügt. Glaubst du, das ginge?"

Malcolm seufzte erleichtert auf. „Ja. Jederzeit, meine Liebe, solange du nur immer wiederkommst." Eine lebende Lucy war allemal besser als eine tote, das war Tatsache. Gerne würde er noch hinzufügen, dass sie ihm auf jeden Fall bei Vollmond Gesellschaft leisten müsse, aber irgendwas in ihm sagte gerade noch rechtzeitig STOPP, sodass er ihr nur ehrlich bestätigte: „Es war die schönste Woche meines Lebens."

Lucys Antwort war ein herzhafter Kuss.

XLVIII

Caelius hatte am Morgen mit knurrendem Magen seine Messdiener zum Dienst gerufen. Wenn eine außergewöhnliche Messe anstand, bediente er sich dazu eines kurzen Geläuts, nicht mehr als fünf oder sechs Glockenschläge lang. Die Messdiener hatten dann eine halbe Stunde Zeit, sich in der Kirche einzufinden, und das taten sie präzise und zuverlässig. Am Anfang waren dazu Ohrfeigen und Tritte in den Hintern nötig gewesen, aber dann hatten die Regeln doch sehr schnell Fuß gefasst.

Der heutige Grund für eine außergewöhnliche Messe war Gabor. Hatte er nicht freies Geleit versprochen für jene, die sich selbst anzeigten und nur kleine Sünden begangen hatten? Ja, das hatte er. Aber selbst die säumigen Messbesucherinnen mussten einen vollen Tag lang in Jauche verbringen. Caelius fiel es schwer, die Verhältnismäßigkeit dahinter zu verstehen. Er selbst war ein paar Tage später Zeuge davon geworden, wie Gabor drei Männer einschüchterte und dazu brachte, sich gegenseitig des Teufelswerks zu bezichtigen. Das musste ein Ende haben. So was machte Caelius nicht mit. Seine Gemeinde war rein. Aber wie sollte er vorgehen? Wenn er nichts unternahm, würde Gabor die Inquisition auf grausame Weise fortführen. Er würde auf Verdacht verhaften und foltern lassen, und die Feuer würden brennen. So war es schon ein paar Mal gewesen, und so würde es wieder sein. Dass es in seinem Gefolge aus 15 Männern bereits erhebliche Verluste gegeben hatte, deren Ursachen nicht bekannt waren und von Gabor gerne dem Teufel zur Last gelegt wurden, machte Caelius' Mission nicht gerade einfacher. Trotzdem waren zwei Tage Fasten seiner Meinung nach genug bewiesene Reue, um mit Jesus wieder auf gleicher Ebene zu sprechen und ihn zu bitten, ihm die richtigen Worte für eine Predigt in den Mund zu legen.

Das fast festliche Geläut, das die Messdiener in die Luft von Southbarn gestreut hatten, zeigte Wirkung. Zahlreich strömten die Menschen in die Kirche, und bald war sie bis auf den letzten Platz besetzt. Nach der Eröffnung der Messe mit den gewohnten Heiligen Handlungen, stieg Caelius nun auf die Kanzel und sprach zu seinen Schäfchen. Er räusperte sich und faltete die Hände, bevor er voller Andacht seine Gemeinde begrüßte. „Seid herzlich willkommen zu dieser wunderbaren Messe", sagte er. „Ich habe euch zusammengerufen, weil es die außergewöhnlichen Umstände erfordern. Und die außergewöhnlichen Umstände heißen: Dominikaner. Es ist Gabor und seiner Gefolgschaft zu verdanken, dass ihr in Angst und Schrecken lebt. Ich selbst bin davon betroffen, habe ich euch doch den Rat gegeben, euch selbst anzuzeigen. Und was ist dabei herausgekommen?" Er hob die Hand und schimpfte: „Tod und Verderben. Die Inquisition, allen voran Gabor, ist geblendet vom Hass auf den Teufel, der die Gräber schändet – sofern es überhaupt der Teufel ist. Ich selbst weiß, dass das niemand aus unserer Gemeinde tun würde. Dennoch haben wir dieses Kreuz zu tragen. Und was für ein schweres. Erst vorgestern wurden drei Unschuldige gerichtet. Sie haben sich gegenseitig beschuldigt, weil dieser – dieser Dominikaner, dieser Gabor, sie mit seinem bösen Blick verwirrt hatte. Ich selbst war dabei anwesend und kann es bezeugen. Der Teufel sollte lieber die Dominikaner zu sich holen als Unschuldige aus unserer Mitte. Aber wir haben eine Chance. Eine einzige

Chance. Ihr werdet es nicht hören wollen, weil es bereits Unglück dadurch gegeben hat, aber Jesus ist mit uns. Ich habe mit Ihm gesprochen. Darum sage ich, zeigt euch an, ja, tut das weiterhin. Dann kann Gabor euch nichts antun. Voraussetzung dafür ist, dass ihr standhaft seid und dabei bleibt, was ihr gesteht. Er würde sich vor Gott strafbar machen, wenn er Geständige trotzdem verhören würde. Bleibt also standhaft bei eurer Aussage, wenn er euch große Schuld anhängen will. Dann kommt ihr mit einer Buße davon. Sie mag vielleicht streng sein, ist aber immer noch besser als Folter und Feuer. Wenn ihr alle eure Reue gezeigt habt, wird Gabor wieder verschwinden, und wir haben Ruhe vor ihm, denn dann gibt es für ihn nichts mehr zu tun. Meldet euch bei ihm, zeigt euch an, und es wird ihm schnell die Lust vergehen, hier zu sein. Er kann nicht ganz Southbarn ausrotten. Und nun, lasst uns beten."

Im Beichtstuhl saß Gabor in ärmlicher Straßenkleidung und hörte Caelius bei der Predigt zu. Er war außer sich, konnte seine Wut aber nicht so einfach herausschreien. Fest biss er die Zähne zusammen und ballte die Hände zu Fäusten, dass die Finger knackten und die Knöchel weiß hervortraten. „Der wahre Teufel in dieser Stadt bist du, Caelius", zischte er. „Nun bleibt mir keine andere Wahl mehr, als hier ordentlich aufzuräumen." Im allgemeinen Durcheinander der beendeten Messe, schlich er sich aus dem Gehäuse und verließ die Kirche.

XLIX

Auch Ann war zur Messe gegangen und hatte sich Caelius' Predigt angehört. Er hatte seine Gemeinde dazu aufgefordert, sich bei Gabor zu melden und kleine Verfehlungen zu gestehen. Nun saß sie am Fenster neben der Haustür, schaute gedankenverloren und voller Schwermut in den Garten hinaus, wo Lucy noch vor ein paar Tagen den Boden geharkt hatte und dachte über das Angebot der Kirche nach. Wäre es sinnvoll, Gabor aufzusuchen und etwas zu gestehen? Immerhin war Lucy ihr nun schon ein zweites Mal genommen worden. Natürlich war sie sehr dankbar dafür, dass ihre Tochter dem Grab entstiegen war - wie einst Jesus nach der Kreuzigung, natürlich war es wundervoll, dass sie lebte – wie einst Jesus nach der Kreuzigung. Aber warum war sie nun nicht mehr bei ihr, obwohl sie doch die Selbstbefriedigung unter Schmerzen bereut hatte? Weil sie zusammen im Bett gelegen und sich berührt hatten? Es war doch nur die Liebe zwischen Mutter und Tochter und hatte nichts mit Sex zu tun, weil es nicht intim war. Was konnte daran falsch sein, die Körperwärme eines lieben Menschen zu spüren? Wie würde Gabor es einschätzen, wenn sie ihn aufsuchte und es beichtete? Wäre die Sünde groß genug fürs Feuer, oder würde auch ein Tag in einem Fass voller Jauche der Buße Genüge tun? Würde er es überhaupt als Verfehlung sehen? Als Jesus dem Grab entstiegen war, blieb er auch nicht mehr lange auf der Erde. Er fuhr in aller Glorie zum Himmel auf, um zu Rechten des Vaters seinen Platz einzunehmen. War es also ganz normal, dass Lucy nun nicht mehr hier war? Weilte sie nun in einer viel schöneren Welt? Wie einsam und leer doch das Haus ohne sie war. Die

Dunkelheit brach bereits herein, eine weitere Nacht in Angst und Trostlosigkeit würde folgen.

Ann begann zu weinen.

Seit Lucy weg war, hatte sie kaum etwas gegessen. Auch ihre Körperpflege hatte nachgelassen. Ihre wunderschönen langen Haare, die sie sonst ausgiebig zu bürsten pflegte, fielen wirr und verfilzt auf die Schultern herab und hatten ihr betörendes Blond verloren. Sie waren farb- und glanzlos, als gehörten sie nicht zu ihr und umrahmten die dicken Pusteln, die sie sich vermehrt und blutig gekratzt hatte. „Morgen gehe ich zu Gabor", sagte sie, den Kopf zur Decke erhebend, als warte dort Gott auf ein Zwiegespräch mit ihr. „Soll er doch mit mir machen, was er will. Selbst das Feuer ist besser als diese Einsamkeit und Verlassenheit – und als diese furchtbare Angst. Lieber Gott, steh mir bei in diesen schweren Stunden." Sie schloss die Augen und atmete schwer.

Inzwischen war es stockdunkel geworden. Ann war todmüde. Sie wollte zu Bett gehen, einschlafen und nie wieder aufwachen, aber sie traute sich kaum noch in ihr Zimmer. Dort war es ihr unheimlich, und ohne ein langes, scharfes Messer, das immer griffbereit in der Nähe lag, konnte sie keine Nacht mehr verbringen. Sie brauchte diesen Funken an Sicherheit, denn jederzeit konnten Fremde wieder die Tür eintreten und ins Haus eindringen. Sie war nur notdürftig mit einem Brett verriegelt, kein Hindernis für kräftige Kämpfer in Rage, wie es Gabors Leute waren. Und ob sie sich von ihrer gewollten Entstellung würden abschrecken lassen, war fraglich. Immerhin sahen die Pusteln inzwischen richtig echt nach einer ansteckenden Krankheit aus.

Und schon pochte es.

Ann schrie auf. „Mein Messer. Oben im Zimmer!" Sie versuchte, durchs Fenster einen Blick zur Haustür zu erhaschen, wurde sich aber nur der undurchdringlichen Dunkelheit da draußen gewahr.

Aber dann: Lucys Stimme. „Ich bin das, Mama. Mach auf."

Ann stürzte zu Tür, hebelte das Brett weg und öffnete sie. Schon flog ihr Lucy um den Hals. „Mama, ich bin wieder da", rief sie fast außer sich vor Freude.

Ann drückte das Mädchen mit aller Kraft an sich – und sah Malcolm, als sie ihr über die Schulter schaute. Schnell bugsierte sie Lucy ins Haus, stieß Malcolm weg, als er einen Schritt auf die Tür zu machen wollte und knallte sie ihm vor der Nase zu. „Verschwinde", rief sie, während sie den Eingang hastig wieder mit dem Brett verrammelte. Sie achtete nicht darauf, ob Lucys Retter sich wirklich zurückzog. Stattdessen packte sie ihre Tochter am Handgelenk, zog sie in die Küche und drückte sie auf einen Stuhl nieder. Ann holte Luft und ließ eine Kanonade los. „Endlich bist du da. Was fällt dir überhaupt ein? Weißt du, wie sehr ich leide? Du kannst doch nicht so lange wegbleiben. Gott hat dich nicht aus dem Grab geholt, damit du mich alleine lässt. Was ist denn bloß in dich gefahren?"

Lucy lächelte - und schwieg.

Ann verpasste ihr einen harten Stoß gegen die Schulter und erboste sich: „Was hast du Sündiges erlebt, dass du so gut gelaunt bist? Antworte!" Dann fasste sie das Mädchen unter dem Kinn und sagte, nun um einiges ruhiger: „Du weißt doch, dass alle Männer Schweine sind. Warum gibst du dich mit ihnen ab? Wir haben doch uns und brauchen sie nicht. Komm, lass uns nach oben gehen." Sie nahm Lucy in den Arm und führte sie die Treppe hinauf in ihr Zimmer.

Das Mädchen folgte ihr wie eine Betrunkene.

Sie drückte ihre Tochter aufs Bett nieder, legte sich zu ihr und umarmte sie. „Lass die Finger von den Kerlen", forderte sie. „Alles, was du brauchst, bekommst du von mir. Was glaubst du, warum du Lucy heißt, hm?" Sie fuhr ihr mit gespreizten Fingern durch die Haare.

„Du hast es mir schon oft genug gesagt", antwortete Lucy.

„Du weißt es also. Dann gehorche gefälligst. Ich war als Vierzehnjährige auch einmal ungehorsam gewesen. Zur Strafe steckten meine Eltern mich in eine fremde Familie, damit ich bessere Umgangsformen bekäme. Dort lernte ich alles, Haushalt, Handarbeit, Feld- und Gartenarbeit."

„Und sie hatten einen Sohn mit roten Haaren", fuhr Lucy fort. „Er ist mein Vater. Bitte, Mama. Ich kenne die Geschichte."

„Dann weißt du ja, dass ich wegen dieses rothaarigen Teufels von allen geächtet wurde. Du heißt Lucy, damit ich immer an diesen Lucifer erinnert werde und daran, welche Schmach ich durch ihn zu erdulden hatte. Du bist das Mahnmal für mich, die Finger von den Männern zu lassen."

„Das hast du mir schon hundert Mal erzählt, Mama."

„Ich kann dich nicht oft genug mahnen", erklärte Ann.

„Rothaarige sind Teufel", erwiderte Lucy. „Mehr brauche ich nicht zu wissen. Das ganze Drumherum interessiert mich nicht."

„Verzeih mir", flüsterte Ann und versuchte, ihre Hand unter Lucys Rock zu bringen.

Lucy schob sie sanft weg und verließ das Bett. „Wir machen es morgen", sagte sie. „Ich bin müde." Sie schlurfte gähnend aus der Stube und ließ Ann verdutzt zurück.

L

Lucy huschte in ihr Zimmer und schloss sich ein. Unter den Röcken zauberte sie den Beutel mit Gold und dem Armband hervor und versteckte es unter der Matratze. Sie sank aufs Bett nieder, faltete andächtig die Hände und betete: „Lieber Gott, ich habe Mama mit Malcolm verärgert. Das tut mir sehr leid. Aber ich werde es wiedergutmachen, so wie ich es immer tue, wenn ich böse war." Fast blind in dieser Dunkelheit, die nur vom Mondlicht ein wenig freundlicher gemacht wurde, tastete sie unter ihrem Bett herum, wo sie immer ihre Ledersachen aufbewahrte, aber sie waren nicht mehr da. Man hatte sie ihr im Verlies genommen und gegen ein weißes Büßerhemd ausgetauscht. Dieses Hemd lag nun blutverschmiert auf dem Boden. Lucy schob es mit dem Fuß an die Wand. Aber wo waren die Ledersachen? Trotz der geistigen Umnachtung, die sie im Verlies befallen hatte, konnte sie sich erinnern, dass ihrer Mama ein Beutel vor die Füße geworfen worden war. Sie hörte die Stimme des Wächters, als stünde er gerade neben ihr. „Hier, die Habseligkeiten deiner Tochter. Bewahre sie dir zur Erinnerung. Und nun, verschwinde." Mama hatte sie bestimmt mitgenommen. Sie würde sie niemals weggeworfen haben. Also konnten sie nur bei ihr im Zimmer sein. Ob sie schon schlief? So, wie sie aussah, als Lucy heimkam, hatte sie den Schlaf bitter nötig. Im Dunkeln schlich sie aus ihrem Zimmer zur Tür nebenan und öffnete sie vorsichtig. Es klackte laut, als sie die Klinke niederdrückte.

Lucy hielt die Luft an. Sie wartete und lauschte. Es rührte sich nichts.

Sie ließ die Klinke los und drückte die Tür auf. Sie knarrte und quietschte. Wieder hielt Lucy inne und traute sich nicht zu atmen. Sie lauschte durch die nun halb geöffnete Tür, aber es war immer noch still.

Sie zwängte sich leisen Schritts durch den Spalt ins Zimmer. Hier brannten drei Kerzen auf dem Boden.

Mit einem wilden Kreischen stürzte Ann sich auf Lucy. Im schwachen Schein der Kerzen, sah diese gerade noch ein Messer aufblitzen. Geistesgegenwärtig gelang es ihr, den Arm der Mutter zu fassen. Während ein Kampf zwischen den beiden Frauen tobte, fiel eine Kerze um. Vereinzelt auf dem Boden herumliegendes Heu fing Feuer, das sich schnell ausbreitete.

Ann war wie von Sinnen. Sie versuchte, Lucys Griff ihren Arm mit dem Messer zu entreißen, um sie niederzustechen, aber Lucy gelang es, ihr einen harten Schlag gegen den Kopf zu verpassen, bei dem Ann zu Boden stürzte und die Besinnung verlor. Ihre Rockzipfel fielen ins Feuer und wurden von den Flammen angenagt. Lucy schnappte sich das Kissen vom Bett und schlug wild auf den Brandherd ein, bis die Flammen alle erloschen waren. Sie kniete sich in die rauchenden Reste nieder, legte Ann ihren Kopf auf die Brust und weinte. Deutlich hörte sie Mamas Herz schlagen. Es beruhigte sie ein wenig. Sie strich ihr über den Kopf und küsste sie. „Ich muss jetzt gehen", flüsterte sie, aber ich komme wieder, Mama, versprochen." Sie kletterte über den reglosen Körper zum Bett und tastete den Boden darunter ab. Tatsächlich fand sie einen Beutel. Sie nahm ihn an sich und schlich in ihr Zimmer zurück.

LI

The Fighting Cocks war das meistbesuchte Pub in Southbarn und noch zu dieser späten Stunde, es war bereits nach Mitternacht, halbvoll. Das Pub war weißgetüncht. An der längsten Wand war ein breiter Balken montiert, der als Abstellgelegenheit für Tankards gedacht war und 20 Männern Platz bot. Auf einem grob gezimmerten Hocker stand ein Bierfass, aus dem der Landlord des Pubs die Tankards füllte. Der Boden war verschmutzt von Körnern, Federn und Vogelkot der Hühner und Tauben, die tagsüber hin und wieder das Pub beseelten. Hier und da war auch mal eine Frau zu sehen. Dem Blick und dem Benehmen der Damen nach zu urteilen, zeigten sie Interesse daran, mit einem Auserwählten die Treppe nach oben zu verschwinden.

Lucy versuchte, durchs Fenster einen Blick in dem von Kerzen schwach erhellten Raum zu erhaschen. Sie hatte nicht immer Glück, aber heute erkannte ihr geübtes Auge unter den Zechern am Trinkbalken einen Mann mit langen roten Haaren, die er zu einem Pferdeschwanz zusammengebunden hatte. Er sah recht kräftig aus. Seine tätowierten Arme waren unbekleidet, und seine Muskeln wölbten sich, wenn er den Tankard an den Mund hob und einen kräftigen Schluck nahm. Die Kraft des Mannes beängstigte Lucy nicht. Jetzt hieß es nur noch warten, bis der Seebär das Pub verließ. Es konnte nicht mehr lange dauern. Ganz offensichtlich hatte er bereits genug getrunken. Seine Bewegungen waren langsam und ein wenig unkontrolliert.
Lucy betastete ihren Leib und prüfte, ob der Lederriemen, den sie sich umgebunden hatte, noch da war, als der Rothaarige auch schon aus dem Pub gewankt

kam. Breitbeinig stellte sie sich ihm in den Weg, spielte mit einer Locke, hielt den Kopf schief und blinzelte mit den Augen. „Na, schöner, starker Mann?", sülzte sie. Der Rothaarige blieb wie angewurzelt stehen. „Hey", brachte er heraus. Er musterte sie von oben bis unten und griff sich kurz zwischen die Beine. Er streckte die Arme aus und machte zwei wacklige Schritte auf Lucy zu. Diese drehte sich um und tänzelte hüpfenden Schritts vor ihm her. Immer wieder schaute sie sich um, zwinkerte dem Mann zu und hüpfte weiter. „Bleib steh'n", lallte der Betrunkene, aber Lucy streckte ihm nur den Hintern entgegen und zog ihn gleich wieder weg, wenn er danach greifen wollte. Der Mann stolperte und klatschte zu Boden. Lucy stellte sich über ihn und hob das kurze Lederkleid so weit an, dass er ihr Geschlecht sehen konnte. Mühsam rappelte er sich wieder auf und tappte Lucy nach, die ihn zum Stadtrand lockte, wo sie ihn unter Bäumen zu Fall brachte, sich auf seinen Rücken kniete und mit dem Lederriemen genüsslich erdrosselte.

Als Lucy zum Haus zurückkehrte, kletterte sie am Erker hoch, über dessen kleines Dach und durch ihr nur angelehntes Fenster ins Zimmer hinein. Sie zog ihre Ledersachen aus, stopfte sie in den Beutel zurück und versteckte sie unter dem Bett. Sie zog sich ihr Nachtgewand über und tastete sich ohne Kerze und im Dunkeln zu Anns Tür. Sie klopfte an. „Mama?"
Sie antwortete nicht.
Lucy klopfte wieder. „Mama, bist du da drin? Ich bin's, Lucy." Als sie immer noch nicht antwortete, öffnete Lucy wieder vorsichtig die Tür, weiter, noch etwas weiter, bis sie sie ganz aufstieß und in die Stube schaute. Es roch nach kaltem Rauch. Ann lag nicht mehr auf dem Boden. „Mama?"

Auf dem Bett erkannte Lucy einen Körper. Sie trat vorsichtig an ihn heran und tastete danach, auf alles gefasst.

„Bitte lasst mich", stöhnte Ann schwach.

„Mama, ich bin's doch", sagte Lucy und setzte sich aufs Bett. „Man hat dich nicht überfallen. Du hast mich mit dem Messer angegriffen, als ich mich zu dir legen wollte. Ich musste mich wehren." Dann kuschelte sie sich zu ihr ins Bett und küsste sie. „Gute Nacht, Mama, schlaf schön, jetzt bin ich ja wieder bei dir."

LII

Es hatte Tage gegeben in Malcolms Leben, da hatte er mit einem fürchterlich-scheußlichen Trieb zu kämpfen gehabt. Er hatte ihn nachts bei Vollmond auf die Friedhöfe geschickt, damit er sich an Leichen abreagierte. Dabei waren die Umstände unerheblich. Weder das nasseste oder kälteste Wetter, noch bis an die Zähne bewaffnete Landser hatten ihn davon abhalten können. Bis vor ein paar Monaten war er dabei auf sich alleine gestellt gewesen. Da war kein Binagh bei ihm gewesen, der ihm eventuelle Wächter vom Leib hielt. Er war oft genug früh am Abend gestartet und weit geritten, nur um einen Friedhof in einem kleinen Nest aufzusuchen, wo er keine Wachen zu fürchten hatte. Selten hatte er auf diese Weise frisch verstorbenes Fleisch gefunden, und die Anstrengungen, die er brauchte, um ans Ziel zu kommen, waren unbeschreiblich gewesen. Meist gaben die Grabsteine nur das Jahr des Todes wieder, weshalb er oft genug an stark verweste Körper geriet, die schon viele Monate im Grab gelegen hatten. Seinen Trieb lebte er dann dennoch aus, und sei es, dass er der Toten seinen Vogel in den Mund steckte, anstatt ins Nest. Zweimal hatte er eine Mumie erwischt, weil der Sarg durch Aufwerfen feuchter Erde luftdicht abgeschlossen worden war. Das Ausgraben einer Mumie war schweißtreibend, und der Koitus mit ihr mühsam, wenn nicht sogar schmerzhaft gewesen, aber nicht unmöglich. Als man erkannt hatte, dass immer nur bei Vollmond Gräber geschändet wurden, tauchten überall die ersten Wachen auf, wenn der volle Trabant sich zeigte. Malcolm war dann nichts anderes übriggeblieben, als schon ein paar Tage vorher eine Leiche zu finden und sie irgendwo zu verstecken, bis sein Trieb ihn packte. Erst die glückliche Fügung, die ihn zu Binagh geführt hatte, damit er ihn den Gauklern abkaufen konnte, vereinfachte in der letzten Zeit sein Leben.

Damals, als Malcolm sich noch der Nekrophilie hingegeben hatte, da hatte er sich vornehmlich in Schwarz gekleidet. Warum, das konnte er heute gar nicht mehr erklären. Zum einen bestimmt, um in der Nacht nicht so gut gesehen zu werden, und darüber hinaus wohl auch, um sein dunkles Innerstes nach außen zu projizieren. Aber heute liebte er gelbe Gewänder, die ihn wie einen chinesischen Kaiser wirken ließen. Schon lange hingen sie in seinem Schrank, aber erst jetzt, da er ein fast normales Leben führen konnte, sah er sich in der Lage, sie auch wirklich anzulegen.

In einem solchen, mit Fäden aus echtem Gold durchwirkten Gewand, saß Malcolm im Labor. Er war sich absolut sicher, die Formel für die Herstellung von Gold aus Stroh wiederzufinden. Er hatte sie schon einmal gehabt. Es gab sie. Die Beweise dafür, kleine Goldklümpchen, lagen als Opfer seines letzten Wutausbruchs noch immer auf dem Boden verstreut. Doch irgendwie hatte Lucy nicht nur sein Sexleben verändert, sondern auch seine Gefühlswelt, Reaktionen auf unliebsame Ereignisse eingeschlossen. Er konnte damit nun besser umgehen. Entsprechend locker widmete er sich seiner Aufgabe, die verlorene Rezeptur wieder ans Licht zu bringen. Vor ihm auf dem Tisch lagen zahllose Blatt beschrifteten Papiers. Zwei Destillatoren leisteten ihnen Gesellschaft. In einem Mörser in der Größe einer Suppenschüssel befand sich gehacktes und grob zerriebenes Stroh, und kleine

Fläschchen mit selbst hergestellten Substraten warteten auf ihren Einsatz. Feuer brannte unter den Destillatoren, und Malcolm übte sich daran, das so sehnlich erwartete Gemisch wiederzufinden. Mit einem Löffel träufelte er Stroh in die gläsernen Behältnisse und füllte tropfenweise Substrate nach. Er zählte sie genau mit, notierte sich pingelig bis ins Detail die Menge an Strohpulver, die Art des Substrats, die Anzahl der Tropfen und die Zeit, die alles zusammen in dem beheizten Glas verbrachte. Mit neugierigen und gleichsam wachen Augen verfolgte er die chemische Reaktion. Das Gemisch veränderte unter der Hitzeeinwirkung Farbe und Konsistenz und begann zu blubbern. Zeit, den Behälter vom Feuer zu nehmen und ihn ein wenig abkühlen zu lassen. Alles in allem ein zeitraubendes Vergnügen, und – wieder umsonst. Das blubbernde Etwas verwandelte sich in alles, nur nicht in Gold. Malcolm hob die Schultern, stand auf und stellte die Fläschchen ins Regal zurück. Dann setzte er sich wieder und notierte:

MIT LUCY HABE ICH MEINEN TRIEB IM GRIFF, KEINE NEKROPHILIE, KEINE DENKBLOCKADEN, KEINE AUSRASTER. ES MUSS UND WIRD MIR NOCH MAL GELINGEN, GOLD HERZUSTELLEN. ICH WERDE MEINEN GEIST BERUHIGEN UND IM TRAUM NACH DER REZEPTUR SUCHEN. MORGEN!

Malcolm schloss die Unterlagen in einer Schublade unter dem Tisch ein. Dann goss er Wasser aus einer Keramikkanne in eine Schale und rührte ein schwarzes Pulver hinzu, das er in einer Schatulle aufbewahrte. „Es wird Zeit, dass du wieder zu mir kommst, mein Schatz," murmelte er, während er das Gemisch rührte, bis es ein wenig schäumte. „Du bist nun schon ein paar Wochen nicht mehr bei mir. Deine Mutter muss dich nun wieder mal entbehren können." Er nässte sich mit der Brühe die Haare ein, warf einen Blick in den Spiegel an der Wand, nickte zufrieden und wickelte sich ein Tuch um den Kopf. Damit verließ er das Labor und verriegelte es sorgfältig. Auf dem Weg zum Schlafgemach begegnete er Binagh, der gerade aus seinem Zimmer kam. Mitten in der Diele trafen sie sich und schauten sich gegenseitig argwöhnisch an.

„Bist du dabei, die Haare zu färben?", fragte Binagh.

„Und wenn es so wäre: Was schließt du daraus?"

„Dass Lucy wiederkommt."

„Gut beobachtet", lobte Malcolm. „Vielleicht in den nächsten Tagen. Und du? Was machst du in der Diele? Willst du weg?"

Er schüttelte den Kopf. „Nein, mir ist nur langweilig."

„Dir fehlen wohl die Friedhöfe." Malcolm lachte hart auf, schlug sich auf den Oberschenkel, verschwand ins Schlafgemach und legte sich aufs Bett.

Binagh hörte ihn noch lachen, als bereits die Tür geschlossen war. „Ich vermisse die Friedhöfe nicht, Malcolm", murmelte er, „und Lucy vermisse ich auch nicht." Er setzte sich an den Schreibtisch bei der Vitrine, legte die Füße hoch und schloss die Augen.

Nach einiger Zeit wurde die Tür des Schlafgemachs geöffnet. Malcolm trat heraus, rubbelte sich die umwickelten Haare, angelte sich die Tür mit dem Fuß und zog sie ins Schloss. Er ging in den kleinen Raum, um sich frisch zu machen, nahm das Tuch herunter und betrachtete sich das Ergebnis im Spiegel. Er lächelte zufrieden, schaute auf das Tuch und ließ einen kurzen

Schrei los. „Verdammt, das darf doch wohl nicht wahr sein."

Binagh zog die Beine vom Tisch und ging zu ihm. „Was ist?"

Malcolm zeigte ihm das Tuch. „Da, schau, ich verliere Haare! Offenbar vertragen sie das Färben nicht."

Binagh umfasste seinen Kopf mit beiden Händen und bog ihn nach unten. „Lass mal sehen."

Malcolm schüttelte sich und richtete sich wieder auf. „Lass den Blödsinn. Ich bin kein kleines Kind mehr."

„Du benimmst dich aber so", antwortete Binagh.

Malcolm winkte ab. Er kämmte sich die Haare und verließ das Haus.

Binagh wartete einen Moment. Dann eilte er zur Tür, öffnete sie einen Spalt, lugte hinaus und sah Malcolm, wie er auf sein Pferd stieg und davon ritt. Er hatte es offenbar sehr eilig und entfernte sich rasch. Nun huschte auch Binagh aus dem Haus und in den Stall. Er zerrte sein Pferd heraus, sprang auf und folgte Malcolm. Es dauerte eine Weile, bis er ihn wieder sah, aber Binagh konnte sich bereits denken, wo sein Meister hin wollte. Tatsächlich ritt er wieder zu seiner Scheune, die ihm als Strohlager diente. Als Binagh sie erreichte, versteckte er sich hinter Bäumen. Das Tor stand weit offen, aber er konnte nicht hineinschauen, ohne Gefahr zu laufen, dass Malcolm ihn bemerkte. Also harrte er der Dinge, die da kommen mochten.

Nach einer Weile fuhr sein Meister mit einem voll beladenen Heuwagen heraus in Richtung Southbarn. Als er außer Sicht war, schlich Binagh in die Scheune und schaute sich darin um. Alles, was er hier fand, war Stroh. Er nahm eine Handvoll vom Boden auf, rieb es, roch daran und schüttelte den Kopf. „Zuerst holst du

Unmengen davon heim, dann bringst du es wieder weg",
flüsterte er. „Was zum Teufel machst du mit so viel
Stroh, du verdammter Geheimniskrämer?" Er schloss die
Scheune, sprang wieder auf sein Pferd und ritt nach
Hause, so schnell das Tier laufen konnte. Ohne es
anzubinden, eilte er ins Haus und in sein Zimmer. Unter
dem Bett angelte er Werkzeuge hervor, mit denen er sich
an der Labortür zu schaffen machte. Auf gar keinen Fall
durfte er Spuren hinterlassen, weshalb er sehr vorsichtig
zu Werke ging. Die Haustür ließ er derweil offen.
Während er seine Aufmerksamkeit auf die Labortür
gerichtet hatte, waren seine Ohren bei dieser Haustür,
damit sie ihn sofort warnten, wenn Malcolm
zurückkommen sollte. Bei seinem vorsichtigen
Vorgehen vergaß er die Zeit. Es dauerte lange, bis er
erkannte, dass er mit den ihm zur Verfügung stehenden
Mitteln nicht weiterkam.

Derweil hatte Malcolm seinen Heuwagen abladen lassen.
Er stieg wieder auf den Bock und fuhr zurück nach Kings
Cave.

Binagh hatte keine Ahnung, wie viel Zeit bereits
vergangen und wo Malcolm hingefahren war,
geschweige denn, wann er wiederkommen würde. Er
stürzte nach draußen, um im Schuppen nach
geeigneterem Werkzeug zu suchen. Er fand zwei
Hämmer, Zangen und Nägel zum Beschlagen der Pferde,
nicht wirklich etwas, um sensible Arbeiten
durchzuführen. Aber er hatte eine Idee. Mit Hammer und
Zange bearbeitete er einen Nagel, um daraus einen Haken
zu formen, mit dem er das Schloss drehen wollte.
Einigermaßen zufrieden, ging er damit wieder ins Haus
zurück und führte sein Vorhaben fort.

Malcolm hatte es eilig. Mit dem unbeladenen Heuwagen wagte er es, seinem Pferd mehr Geschwindigkeit zuzumuten, als mit einem vollen. Zwar war mit dem Fuhrwerk im Rücken auch kein Galopp möglich, aber schneller als auf dem Hinweg, ging es allemal, und das Ziel war bald erreicht. Malcolm fuhr in die Scheune hinein.

Binagh fummelte immer noch an der verschlossenen Tür herum. Er kniete vor dem Schlüsselloch, kniff ein Auge zu, lugte mit dem anderen hinein und versuchte, den Nagel so in Position zu bringen, dass er das Schloss öffnen konnte.

Malcolm hatte den Heuwagen abgehängt. Nun schloss er das Scheunentor und bestieg sein Pferd.

Der Haken drehte sich. Diesmal hatte er sich so in den Mechanismus eingefügt, dass das Schloss sich mitdrehte. Und dann – Klack - war es geschafft. Binagh drückte die Klinke runter, öffnete die Tür und betrat das Labor. Auch hier lag Stroh herum. Er bückte sich und fand Goldklümpchen auf dem Boden. Binagh pfiff durch die Zähne. „Alle Achtung", murmelte er. „Wenn du aus all dem Stroh Gold machst, musst du Wagenladungen davon besitzen. Du wirst mir was abgeben müssen, mein Freund - für die verdammte Buddelei. Da habe ich noch was gut bei dir."

Pferdehufe klapperten auf den Hof.
Binagh flüchtete aus dem Labor, warf die Tür zu und versuchte, sie in Windeseile wieder zu verschließen. Hastig wurstelte er den Nagel ins Schlüsselloch. Dabei rutschte er ab und hinterließ einen kleinen Kratzer auf der

277

Tür. Erneut setzte er an, diesmal vorsichtiger, und schaffte es gerade noch so, das Schloss zu verriegeln. Schnell brachte er Ordnung in die Diele. Dann warf er sich in den Sessel hinter dem Schreibtisch und legte die Beine hoch. Wie von Langeweile geknechtet, faltete er die Hände, legte sie auf den Bauch und ließ die Daumen kreisen.

Da trat auch schon Malcolm herein. „Warum steht die Tür auf?", fragte er, und als Binagh für ihn nur ein Schulterzucken übrig hatte, warf er sie zu.

Binagh nahm die Beine runter und erhob sich. „Wo warst du denn so lange?", fragte er, als habe er auf ihn gewartet.

„Das erfährst du noch früh genug", antwortete Malcolm. Er kramte seinen Schlüssel hervor, wollte die Labortür öffnen - und stutzte. Er kniete sich nieder und schaute sie sich eindringlich an. Mit dem Finger fuhr er über eine kleine Schramme im Holz, direkt unter dem Schlüsselloch. Er schickte einen scharfen Blick zu Binagh, der desinteressiert zur Decke stierte. „Sollte ich jemals dahinter kommen, dass ich dir nicht trauen kann, dann wäre es dein Tod", zischte er.

Binagh schaute Malcolm an. „Kann ich *dir* denn trauen?"

„Ich hab nichts zu verbergen." Damit verschwand er im Labor und knallte die Tür zu.

Binagh ging zur Labortür und pochte dagegen. „Dann brauchst du auch nicht abzuschließen", rief er.

Die Tür wurde aufgerissen. Malcolm zeigte sein erregtes Gesicht. „Und woher weißt du, dass hier abgeschlossen ist? Na? Doch nur, weil du an der Klinke warst, oder?" Er wartete Binaghs Antwort erst gar nicht ab, sondern knallte die Tür zu. Ein Schlüssel drehte sich im Schloss.

278

LIII

Caelius wirkte wie ein prall gefüllter Sack, als er in der Sakristei saß und lustlos an einer weißen Karotte herum nagte, einem neumodischen Gemüse, das erst vor ein paar Jahren den Weg von Asien nach England gefunden hatte und die gesund sein sollte, so die allgemeine Aussage der Marktleute in der Stadt. Auch, wenn er seine Ernährung umgestellt hatte, sah man ihm noch keine Veränderungen an. Um zu verhungern, brauchte es noch ein paar Wochen. Caelius mochte das anders sehen. Ihm knurrte der Magen. Es war unerheblich, dass er mit der Verdauung von rohem Gemüse und Obst genug zu tun hatte.

Appetit hatte der Pfarrer keinen. Das lag in erster Linie an Gabors Gegenwart, der gerade ruhelos vor ihm auf und ab wanderte. Aber Appetitlosigkeit hin oder her, Caelius brauchte wieder mal was Vernünftiges in den Magen. Daran war er einfach gewöhnt. Es ging ihm nicht nur ums Essen selbst, sondern auch um das Drumherum. Um das festliche Decken der Ein-Mann-Tafel und um die Zeit, die er sich widmete, um sich für seine schwere Arbeit zu belohnen. Jesus war da offenbar anderer Meinung. Und das war der zweite Grund, weshalb Caelius gerade an mangelndem Appetit litt. Wieder biss er ein Stück Karotte ab, und während er sie geräuschvoll zerkleinerte, sagte er zu Gabor: „Du machst mich ganz nervös mit deiner Unruhe. Auf was wartest du denn? Immer noch auf Leute, die sich irgendwelcher Vergehen bezichtigen?" Er dachte an seine Predigt und an die damit ausgesprochene Aufforderung, sich mit kleinen Sünden anzuzeigen. Insgeheim wartete Caelius selbst darauf, dass endlich wieder jemand kam, was beweisen würde, dass man ihn, den Oberhirten, doch noch ernst nahm in dieser schweren Zeit.

„Nein!" Gabor schrie es mit rotem Kopf heraus und klatschte seine fleischige Hand vor Caelius auf den Tisch, sodass dieser erschrocken seinen lässigen Sitz korrigierte und sich ans Herz fasste. Seine Karotte fiel dabei zu Boden.

Gabor trat sie wutentbrannt weg. „Ich warte auf keine Selbstanzeiger, und du mit deinem Gemüsegeknabber gehst mir ebenso aufs Gemüt." In bebendem Zorn eilte er zu der Möhre, die in der anderen Ecke des Raumes gelandet war und zertrampelte sie.

Die Tür wurde aufgestoßen. Dag stieß fies lachend zwei wimmernde Frauen in die Sakristei. Der Riese verschloss die Tür und verbeugte sich. „Futter für dich, Gabor. Die beiden Weiber wollten sich wohl selbst anzeigen. Als sie dich aber herumschreien hörten, überlegten sie es sich anders. Ich kam gerade dazu, als sie umkehren wollten."

Gabor stützte seine Fäuste in die Seiten und schaute auf die beiden knienden Frauen herab. Leise und fast freundlich fragte er: „Nun, was ist euer Vergehen?"

Beide verdeckten sie ihr Gesicht mit den Händen und schluchzten. „Wir haben nichts getan, Herr. Euer Wächter irrt sich. Wir sind nur gekommen, um zu beten."

Gabor fasste die Frau am Ohr und rüttelte daran, bis sie schrie. „Beten also." Er ließ sie wieder los.

Die Frau fiel zu Boden und blieb weinend liegen.

„Lasst uns in Frieden", schrie die zweite Frau. „Wir hatten nicht vor, etwas zu beichten, weil wir nichts getan haben. Ist es nun schon eine Sünde, wenn man am Altar beten möchte?"

Gabor stand da wie ein Berg und zeigte wütend auf die Frauen. „Nimm das scheinheilige Gesindel mit", befahl er. „Und jetzt: Aus meinen Augen. Ihr wisst, was ihr zu tun habt."

Dag packte die Frauen grob am Arm und zerrte sie aus der Sakristei.

Caelius erhob sich von seinem Stuhl. Leichenblass, aber bestimmt, baute er seine Leibesfülle vor Gabor auf. „Beende die Inquisition", sagte er und hatte dabei Mühe, seine Stimme unter Kontrolle zu halten. „Der Schuldige ist schon gerichtet, und diese Frauen haben nichts Böses getan, schon gar nicht ein Grab geschändet."

Gabor packte Caelius am Messgewand, zog ihn nah an sich heran und zischte: „Verschwinde aus meinen Augen mit deinem Gewimmer, du Weichling. Du erzählst mir nicht, dass ihr alle unschuldig seid." Er schob Caelius von sich weg und brüllte: „Fünf meiner Leute sind verschwunden, zwei weitere sind tot und einer ist wahnsinnig. Das waren gute Soldaten, die niemand einfach so erschlagen haben kann. Das Böse ist in dieser Stadt, und ich werde dieses verfluchte Nest von Teufeln und Hexen befreien. Keiner wird mich davon abhalten. Und du schon gar nicht. Du steckst mit diesem Gesindel unter einer Decke. Meinst du, ich hätte deine Predigt nicht gehört? Armseliger Narr. Ich hätte große Lust, glühende Eisen in deinen Körper zu tauchen. Treib mich nicht zur Weißglut, sonst landest du auch im Turm der Qualen." Damit verließ Gabor die Sakristei.

LIV

Die Juli-Nacht war hell und klar und mild und lud mit ihrer fast südländischen Atmosphäre zu Aktivitäten im Freien ein. Am Himmel leuchtete ein gelber Vollmond. Er spendete genug Licht, um bei einer Fahrt mit der Kutsche so viel vom Weg zu sehen, dass sie in der Spur gehalten werden konnte und nicht von der Straße abkam. Diese Nacht war einfach wie gemacht für Malcolm, um seine Lucy wieder zu sich zu holen. Wochenlang hatte er sie entbehren müssen. Es war ihm nicht leichtgefallen. Am liebsten hätte er sie schon nach drei Tagen wieder zu sich geholt. Zwei Seelen hatten die ganze Zeit in ihm gekämpft, aber letztendlich hatte die zweite den Sieg errungen. Sie hatte ihn spüren lassen, dass es einfacher sein würde, Lucy aus den Fängen der Mutter zu holen, wenn sie lange genug zuhause gewesen war. Wenn Lucy ihn liebte, dann würde in dieser Zeit auch ihre Sehnsucht ins Unerträgliche gewachsen sein, und sie würde mit Freuden in seine Kutsche steigen. Doch zuerst einmal mussten sie Southbarn erreichen.

Ganz in Gelb gekleidet, saß Malcolm nun neben Binagh auf dem Kutschbock. Sein Diener hatte sich ein kostbares violettes Gewand angelegt und stand damit Malcolms betuchter Erscheinung in nichts nach. Trotz Vollmond spürte der Meister nichts von seinem Trieb. Dafür war seine Vorfreude auf das schöne Mädchen unbeschreiblich. Sie war so groß, dass in seinem Gefühlskörper eigentlich kein Platz mehr war für weitere Emotionen, und doch blubberte immer wieder mal ein kleiner Zweifel auf, ob sie ihn auch diesmal wirklich nach Kings Cave begleiten würde. Natürlich hatte sie ihm diesen Vorschlag gemacht: 'Bring mich heim, damit meine Mutter mal wieder Gesellschaft hat, und dann komme ich zu dir zurück.' Aber war sie tatsächlich ehrlich gewesen? Andererseits: Warum sollte Lucy es nicht ernst gemeint haben? Er hatte ihr die Liebe zu ihm und die riesige Freude über seine Geschenke angesehen. Das war echt gewesen, das konnte sie ihm nicht vorgespielt haben. Das Heimbringen vor ein paar Wochen war ihm aber auch in Erinnerung geblieben. Ann hatte ihm Lucy förmlich aus den Armen gerissen und ihn weg geschubst, bevor sie die Tür zugeschlagen und verrammelt hatte. Malcolm war zwar erbost gewesen über diese Art der Behandlung, aber er war trotzdem abgezogen wie ein getretener Hund, ohne Murren, ohne Knurren. Viel lieber hätte er die Tür eingetreten und diese Schlampe geohrfeigt, aber was hätte das gebracht? Lucy liebte ihre Mutter. Er hätte sich mit einem solchen Ausbruch vielleicht für immer den Weg zu seiner großen Liebe verbaut. Mit Lucy hatte Malcolm keinen schändlichen Trieb mehr, das zeigte der heutige Vollmond, und seine Wutausbrüche hatte er ebenfalls im Griff. Lucy war einfach die Beste, und sie würde ihm wieder Gesellschaft leisten, weil er für sie auch der Beste war. Nur diese Mutter war ein Problem. Aber das konnte doch leicht gelöst werden – mit einer anonymen Anzeige bei Gabor. Malcolm ärgerte sich ein wenig, dass er sie dazu ermuntert hatte, die Pusteln im Gesicht zu einem Ausschlag werden zu lassen.

Die Kutsche fuhr in den Wald von Southbarn ein. Der Weg wurde noch holpriger, als er es bisher schon gewesen war, und Nachtvögel verrieten ihr verstecktes Dasein mit schaurigen Rufen. Binagh musste unwillkürlich an die Nacht der Untoten denken, denen sie vor gar nicht allzu langer Zeit in die Hände geritten waren. Ein Schauer lief ihm über den Rücken. Binagh war ein sehr guter Kämpfer, aber Untote waren eine eigene Kategorie. Er schüttelte sich. „Scheiß unheimlich", bibberte er.

Malcolm war wesentlich lockerer drauf. Ihn konnte so schnell nichts erschüttern. Er zeigte es wieder einmal durch seine lockere Antwort. „Komm schon. Du bist doch ein Kämpfer. Was ist los?"

„Ich kämpfe nicht gerne gegen etwas, das ich nicht besiegen kann. Du weißt es."

„Untote, zum Beispiel?"

„So was in der Art, ja." Mit einer hastigen Handbewegung zeigte er nach vorne. „Verflucht, da, schau!"

Tatsächlich lösten sich etwa 10 verkommene Gestalten aus dem Wald und verstellten ihnen den Weg.

Binagh riss am Zügel. „Brrr!" Er schaute sich um. „Was machen wir jetzt? Ich kann doch hier nicht so einfach die Kutsche umdrehen."

Schon setzten die Gestalten sich in Bewegung und liefen auf sie zu.

Malcolm riss Binagh den Zügel aus der Hand. „Gib her. Da hilft nur die Flucht nach vorne." Er nahm die Peitsche und ließ sie knallen. „Heja, vorwärts, ihr lahmen Mähren."

Doch bevor die Kutsche sich wieder richtig in Bewegung setzen konnte, waren die Gestalten da und hielten die Pferde fest. „Nickt so eilik", sagte einer von ihnen.

Sofort wurde Binagh klar: Das waren keine Untoten. Das waren die asiatischen Gaukler.

Malcolm nahm erleichtert einen tiefen Atemzug.

Binagh war nicht so entspannt. Seine Unruhe war für Malcolm gut zu spüren. Sarkastisch sagte er: „Sieh mal einer an, meine früheren Freunde. Was macht ihr denn hier?"

„Binagh, bist du das?", fragte der Mann, den Binagh nun als den Anführer Wu erkannte. „Was fürr Zufall. Hat langke gedauert, dich wiederzusehen."

Binagh lachte gequält auf und wetterte: „Nun sind wir uns ja begegnet. Lasst die Pferde los, wir müssen weiter."

„Steig ab, Binagh."

„Warum sollte ich?"

„Wirr brauchen dick!", antwortete Wu gespielt freundlich.

„Kann ich mir denken", entgegnete Binagh. „Aber nur wegen meines Fells, nicht wahr? Sieh mir doch mal ins Gesicht. Ich hab meine Haare verloren. Das kannst du sogar bei Nacht erkennen."

Wu schüttelte den Kopf. „Serr guter Trick. Aberr nickt gut genug. Man sagt, du trägst jetzt Maske. Also los, steig ab."

Die anderen lachten.

Binagh wartete, bis das Gelächter verstummte. Dann antwortete er so gelassen, wie es ihm möglich war: „Das ist vorbei. Ihr habt Geld für mich bekommen."

„Und errhallten seitherr nickt merr viel", zischte Wu.

„Euer Problem", meinte Binagh. „Ich habe bei euch auch nicht viel bekommen, durfte mich dafür aber begaffen und begrapschen lassen. Wisst ihr, was für ein Gefühl das ist?"

„Sei freundlig, Binagh. Du und dein Fell sind was Besonderes. Komm runter. Wirr werden dick gut behandeln. Versprochen."

Binagh rüttelte wild am Zügel. „Schert euch zum Teufel! Heja."

Wu und die anderen Gaukler hielten die unruhig werdenden Pferde fest. „Du willst nickt?", schimpfte Wu. „Dann kempfe!"
Binagh riss seine Waffen vom Rücken und sprang vom Bock. Aber seine Chancen waren gering, egal, wie gut er war. Drei Gaukler traten gegen ihn an, und auch sie waren sehr gute Kämpfer. Er zog seinen violetten Umhang aus, warf ihn auf den Kutschbock, und schon gingen sie aufeinander los. Stahl klirrte, Funken sprühten.
Malcolm wohnte dem Schauspiel vom Kutschbock aus bei. Sein Diener schlug sich tapfer. Mit unglaublicher Geschicklichkeit parierte er die Angriffe. Er ging zwar ein paar Mal zu Boden, und es sah so aus, als ob die Gaukler ihn töten würden, aber er kam immer wieder hoch, bevor ihre Schwerter ihn durchbohrten. Vielleicht hätten sie es auch gar nicht getan, wollten sie ihn doch lebend für ihre Show haben.

In voller Aufmerksamkeit stand Binagh nun da, beobachtete die anderen drei und zischte: „Es braucht drei von euch, um mich zu besiegen? Offenbar ist mit euch nicht mehr viel los. Bitte seht mir nach, dass ich mit solchen Pfeifen nicht durch die Lande ziehen möchte." Und schon schlug er wieder auf seine Gegner ein. Die Kunst, mit der er seine Waffen bediente, sowie seine Gelenkigkeit und Körperbeherrschung, waren faszinierend.

Malcolm hatte zwar vollstes Vertrauen in Binagh, aber die Situation entwickelte eine solche Geschwindigkeit, dass es ihm kaum noch möglich war, sie gezielt zu verfolgen, schon gar nicht in der Nacht. Vorsichtshalber holte er sein geheimnisvolles Fläschchen hervor, keine

Sekunde zu früh, denn plötzlich erwischte eine harte Faust Binagh am Kopf. Er stürzte und blieb liegen. Wie ein Klumpen standen die Gaukler um ihn herum. Ein paar von ihnen hielten ihm ihre Schwerter an den Hals. „Einen Augenblick", rief Malcolm. Als sie zu ihm hinschauten, entkorkte er das Fläschchen und bespritzte die Kerle. Auch Binagh bekam ein paar Tropfen ab. Wie vom Donner gerührt, standen alle da und schnupperten an sich herum.

Malcolm sprang vom Bock. „Lasst ihn in Ruhe", befahl er. „Er ist tatsächlich wertlos für euch." Er reichte Binagh seine Hand und half ihm auf die Beine. „Zieh dich aus, mein Freund", sagte er.

Binagh, ebenso verdutzt wie seine Feinde und noch ziemlich benommen, entblößte den Oberkörper und zog die Maske ab. An ihm war kein Haar zu sehen. Er betastete ungläubig seinen Leib und das Gesicht und schaute Malcolm entgeistert an.

„Ihr seht, ihr müsst in Zukunft ohne ihn auskommen", sagte Malcolm. Er hob die Maske auf. „Und nun, geht." Enttäuscht zog die Meute sich zurück.

Binagh kleidete sich wieder an und stieg mit Malcolm zusammen auf den Bock.

Malcolm wollte ihm die Maske anlegen. „Dreh dich mal bitte um", bat er.

Binagh schlug ihm die Hand weg. „Was soll das?", fragte er verärgert und unsicher zugleich. „Wofür die Maske? Wo ist mein Fell?"

„Kannst du nicht einfach nur ‚danke' sagen?", fragte Malcolm. „Ich habe dir gerade das Leben gerettet."

Binagh packte ihn hart am Oberschenkel und drückte so fest zu, dass sein Herr hörbar die Luft einzog und sich am Bein fasste. „Weich mir nicht aus!", zischte er.

Malcolm entfernte sanft Binaghs Griff mit den Worten: „Beruhige dich, mein Freund."

„Seit wann habe ich kein Fell mehr?", wetterte Binagh.

„Schon lange, nicht wahr? Du hast es mir nur nicht gesagt, damit ich von dir abhängig bleibe und die Leichen ausbuddle. Du belegst mich mit einem Zauber und schürst mit der angeblichen Behandlung meine Dankbarkeit."

„Und du?", schnarrte Malcolm. „Bist du nur bei mir, weil du dein Fell loswerden willst, oder interessiert dich auch noch mein Geheimnis? Oder magst du mich vielleicht sogar so sehr, dass du meine Nähe suchst?"

„Dass ich nur bei dir sein könnte, weil du mein Freund bist und der einzige Mensch, den ich habe, kommt dir wohl nicht in den Sinn, was?" Binagh klang fast ein wenig weinerlich.

„Dann vertrau mir auch", bat Malcolm. „Die Gaukler sehen dein Fell nicht, weil ich sie bespritzte. Auch du hast was abbekommen. Das Fell ist aber noch da, glaub mir. Noch gestern hab ich dich behandelt. Da waren Haare in der Bürste. Erinnerst du dich?"

Binagh stülpte einen Ärmel hoch und betastete den Unterarm. „Selbst, wenn ich die Haare nicht sehe, dann müsste ich sie zumindest spüren, oder irre ich mich?"

„Ja, du irrst, mein Freund. Mit Hilfe des Fläschchens habe ich euch suggeriert, dass keine Haare da sind. Dabei kommt es nicht auf einen einzelnen Sinn an, der sie wahrnimmt, sondern auf das gesamte Bewusstsein, verstehst du? Hypnose nennt man das."

„Ich verstehe gar nichts mehr", gestand Binagh und trieb die Pferde an. „Vorwärts, los, ihr faulen Biester", rief er. Es waren die Worte eines Deprimierten.

LV

Sie parkten die Kutsche ein wenig außerhalb von Southbarn, unweit des Häuschens der Jenkins-Frauen. Die klare Vollmondnacht schien die Schreie der Gefolterten aus dem Turm der Qualen zu verstärken. Klar und deutlich war zu vernehmen, dass in der Ferne jemand dem Wahnsinn der Inquisition ausgesetzt war.

Binagh lauschte. „Hörst du das?"

Malcolm hob nur gelangweilt die Schultern und sprang vom Bock. „Komm jetzt, wir haben nicht ewig Zeit", hetzte er.

Auch Binagh sprang herab. „Es scheint dich nicht zu beeindrucken, was da gerade passiert", antwortete er, während Malcolm ihm wieder die Maske anlegte.

„Es passiert eben. Was kann ich dafür?" Als er die Maske am Hinterkopf gut verschlossen hatte, schlich er los.

Binagh folgte ihm. Allerdings gab er sich nicht solche Mühe, leise zu sein, oder gar unentdeckt zu bleiben, wie Malcolm. Er verstand überhaupt nicht die Vorsicht, die sein Meister in die Nacht legte. ‚Wir wollen ja kein Lager überfallen‘, war seine Meinung.

Da das Jenkins-Haus unweit der Stelle, wo die Kutsche stand, einsam am Stadtrand lag, erreichten sie es recht schnell. Der Umweg durchs Moor war diesmal nicht notwendig. Kaum waren sie dort angekommen, vergaß Malcolm seine Vorsicht. Binagh entnahm es der Art und Weise, wie er an die Tür hämmerte. „Aufmachen. Ich bin das, Lucy. Ich möchte dich abholen."

Nichts rührte sich. Das Haus lag da in völliger Stille und Dunkelheit.

Wieder pochte Malcolm an die Tür. „Lucy, bist du zuhause?"

Im Innern entstanden jetzt Geräusche, aber die Tür blieb verschlossen. Dicht dahinter fauchte Anns Stimme: „Ihr schon wieder. Ihr nehmt mir Lucy nicht noch einmal weg. Sie will bei mir bleiben. Verschwindet."
Malcolm legte die Fingerspitzen aneinander, so als ob Ann das sehen könnte, und sprach mit dem blumigsten Duft in der Stimme: „Versteht, Frau. Sie braucht dringend meine Hilfe. Bitte, wo ist sie?"
Drinnen im Flur entstand ein Gerangel. Wortgefechte, die immer lauter wurden, drangen nach draußen. Dann wurde die Tür aufgerissen, und Lucy drängte sich an Ann vorbei in den Hof.
Ann griff nach ihr, erwischte sie am Rock und krallte sich daran fest. „Du bleibst hier", schimpfte sie. „Du gehst nicht mit ihnen. Gehorche, du Biest."
Lucy packte ihren Rock und riss sich los. Sie versteckte sich hinter Malcolm und Binagh und flehte: „Bitte, Mama. Er soll mich doch gesund machen. Erlaube mir, dass ich mit ihm fahre."
„Womit hab ich das verdient", schrie Ann. Sie stützte sich am Türrahmen ab und weinte erbärmlich.
Binagh nahm Ann in den Arm. Tatsächlich löste sie sich vom Türrahmen und legte ihm ihre Arme um den Nacken, begleitet von heftigem Schluchzen. Er tätschelte ihren Rücken. „Sie kommt ja wieder", sagte er in ruhigem Ton. „Ich weiß, es ist nicht schön, so alleine zu sein, aber es ist ja nicht von Dauer und nur zu dem Zweck, dass Lucy gesund wird. Sie hat Schreckliches erlebt und braucht tiefe Fürsorge, die nur ein Akademiker ihr geben kann. Vertraue."

Ann wurde ganz ruhig. Sie schien es zu genießen, dass Binagh sich so um sie kümmerte. Sie atmete tief und lag in seinen Armen. Malcolm hatte fast den Eindruck, dass sie schlief, würde nicht ihre Hand Binaghs Nacken kraulen.

Auch Binagh schloss die Augen und genoss die Liebkosungen. „Wenn du Angst hast, alleine zu sein, dann bleibe ich gerne bei dir, bis Lucy wiederkommt", flüsterte er.

Ruckartig löste Ann sich von Binagh. Paff, ihre Hand traf seine Wange mit voller Wucht und riss ihn aus dem wohligen Erlebnis. Sie kreischte und schrie und verpasste ihm einen Tritt ans Bein, der ihn ins Straucheln brachte. Dann flüchtete sie ins Haus und knallte die Tür zu.

Binagh stand wie angewurzelt da und hielt sich fassungslos die Wange.

Malcolm legte ihm eine Hand auf die Schulter. „Komm, lass uns gehen." Gemeinsam eilten die Drei davon.

Ann ergriff eine Laterne im Flur. „Was gibt er dir dafür, dass du mich so schändlich verrätst?", jammerte sie, während sie die Treppe hinaufstürzte und die Tür zu Lucys Zimmer aufstieß. „Wollen wir doch mal sehen…" Sie stellte die Laterne ab, durchwühlte hastig das Zimmer, nahm wie in Rage das Bett auseinander und fand Schmuck und Gold unter der Matratze. Entsetzt starrte sie den Fund an. „Oh mein Gott", murmelte sie fassungslos. „Jetzt wird mir einiges klar. Dieser Mann ist nicht dein Retter, er ist dein Verhängnis. Ich muss zu Pfarrer Caelius, so schnell wie möglich. Das ist ja entsetzlich!"

LVI

Caelius lag im Bett und schlief. Zwar sehr unruhig, denn sein Unbewusstes beschäftigte sich mit den abgespeckten Mahlzeiten, die ihm so viel abverlangten, aber er schlief. Hin und wieder grunzte er laut auf, drehte sich um - und schlief weiter. Lange wollte er dieses Fasten nicht mehr mitmachen. Lieber wollte er Schmerzen erdulden als diese erbärmliche Kasteiung. Woher sollte er die Kraft nehmen, seine Schäfchen auf den richtigen Pfad zu führen, wenn nicht aus angemessener Nahrung? Ihm war die Kraft in den Knien schon jetzt nicht mehr so gegeben, wie noch vor ein paar Tagen. Schmerzen waren weitaus leichter auszuhalten als diese Leere im Bauch.

Um Jesus seine Entschlossenheit mitzuteilen, lag auf dem erschütternd leeren Esstisch unterhalb des Kruzifixes die Neunschwänzige. Damit hatte er sich vor dem Zubettgehen den Rücken abgeledert. Es hatte zwar nicht geblutet, aber wozu auch. Immerhin hatte er ja obendrein noch gefastet, da brauchte es keine so festen Schläge. Mit dem Hungern sollte aber schon bald Schluss sein.
„Du möchtest dein Fasten aufgeben?", fragte Jesus ihn im Schlaf.
„Wenn du gestattest, Herr. Das soll aber nicht heißen, dass ich mich wieder mästen werde. Nur hin und wieder ein Stück Fleisch und etwas Wein wäre gut. Und vielleicht ein bisschen Fisch. Und – Käse? Was meinst du?"
„Verstehe ich dich richtig, Caelius? Du möchtest das Fasten gegen Schmerzen eintauschen?"
Caelius strahlte und sein Herz pochte freudig auf. „Ja, so habe ich mir das gedacht. Was hast du davon, wenn ich

hungere, Herr? Nichts, außer, dass ich deinen Auftrag nicht mehr gewissenhaft erfüllen kann in dieser Stadt. Du brauchst mich, schon wegen Gabor. Aber wenn ich mich geißle, dann zeige ich damit meine Entschlossenheit. Ich bin immer für dich da."

„Geißeln?", fragte Jesus.

„Ja, Herr. Ist das in Ordnung?"

„Ich wurde auch gegeißelt, und danach ans Kreuz geschlagen. Wann folgt *deine* Kreuzigung? Gegeißelt hast du dich ja schon."

„Kreuzigen?" Caelius stöhnte auf.

„Schmerzen sind dir ja lieber als ein knurrender Magen. Das hast du selbst gesagt. Also, lass dich kreuzigen, und zeige mir damit deine Treue."

Caelius spürte im Halbschlaf seinen Kiefer klappern.

„Aber nur Obst und Rüben, das schaffe ich nicht mehr, oh Herr."

Wie aus dem Boden gewachsen, war Gabor plötzlich da und zeigte mit ausgestrecktem Arm auf Caelius. „Ans Kreuz mit diesem Verräter", rief er. Schon wurde Caelius von ein paar Mönchen gepackt, auf die Straße geschleift und auf ein Kreuz gelegt, das dort bereits auf ihn wartete. Mit Gewalt bogen sie seine Arme auseinander und hielten sie auf dem Holz fest. Ein Nagel pikste ihn grob in die Handfläche, ein Hammer blitzte im Mondlicht auf, und schon drangen die fürchterlichen Schläge der eigenen Kreuzigung an sein Ohr. Caelius schrie auf, wollte sich losreißen, fuchtelte mit den Armen in der Luft herum – und plumpste aus dem Bett. Hart schlug er am Boden auf.

Wieder klopfte es. Diesmal war es aber kein Hammer, sondern eine Hand am Fenster. Noch einmal klopfte es mäßig, und dann so richtig heftig. „Aufmachen."

Caelius war durch den Sturz aus dem Bett nun hellwach. Er rappelte sich hoch, so schnell es ihm seine nachlassenden Kräfte gestatteten. Was, wenn das Gabor war? Zu allem entschlossen, bewaffnete er sich mit einem Schürhaken.

Und wieder klopfte es. „Hallo, Herr Pfarrer." Das war mit Sicherheit nicht Gabor. Es klang nach einer Frauenstimme. „Ich komme", rief er, den Schürhaken ablegend. Nassgeschwitzt und mit pochendem Herzen, schlurfte er gähnend zur Tür, während er sich seine Handfläche rieb, als spürte er dort noch den Nagel. Als er die Haustür öffnete, schaute er Ann ins verweinte Gesicht. „Was bei allen Heiligen...", flüsterte er.

„Bitte", unterbrach Ann, „es ist wichtig."

Caelius gähnte noch einmal herzzerreißend, trat beiseite und ließ Ann eintreten. Er folgte ihr in die Küche und deutete auf einen Stuhl.

Ann setzte sich.

Caelius nahm ihr gegenüber auf dem anderen Stuhl Platz. Jetzt, im Licht der Laterne, die auf dem Tisch stand, erkannte er den Ausschlag in ihrem Gesicht und sprang auf. „Was hast du da auf der Wange?", fragte er, während er zwei Schritte zurückging. Unwillkürlich strich er sich über seine Backe, die noch von Gabors Peitsche geprägt war.

Ann fuhr sich, von Peinlichkeit getrieben, mit der Hand über die Pusteln. „Es ist nichts Schlimmes", beteuerte sie. „Der Ausschlag rührt von einer Pflanze in meinem Garten her. Ihr braucht euch nicht zu fürchten.

Etwas entspannt, setzte Caelius sich wieder. „Nun gut", sagte er. „Was gibt es denn so Wichtiges, das dir den Schlaf raubt?"

Ann legte einen Beutel auf den Tisch, zog ihn an der Öffnung auseinander und breitete Gold und Schmuck vor

Caelius aus. „Seht, Hochwürden, dies stifte ich der Kirche. Bittet für mich bei Gott, dass Lucy bei mir bleibt. Für immer."

Caelius sprang erneut auf. „Ich hab's geahnt", schimpfte er. „Anstatt Enthaltsamkeit zu üben, hortest du Reichtümer. Kein Wunder, dass Gabor in dieser Stadt fündig wird. Wofür sind all meine Mühen, Weib? Sagtest du nicht in der Beichte, du seist ohne Geld? Wo hast du das her?"

„Fragt nicht, Hochwürden. Es kommt von Herzen."

„Bei Jesus Christus, unsrem Herrn, du tust arm und bist reich. Das ist eine Todsünde. Gabor wird dich vernichten. Du bist meine Prüfung. Tue Buße, wenn du überleben willst."

Ann legte die Hände wie zum Gebet zusammen und rief aus: „Deshalb bin ich doch hier, Hochwürden. Sagt mir, was ich tun soll, damit Lucy und ich wieder rein werden."

„Du wirst mich geißeln, denn auch ich habe gesündigt, weil es mir nicht gelingt, euch auf den rechten Weg zu lenken. Es ist zur Buße für uns beide."

Nun sprang Ann vom Tisch auf. „Euch peitschen?", rief sie entsetzt. „Das kann ich nicht. Außerdem wäre es nicht recht. Ihr könnt doch nichts dafür, dass Lucy schon wieder weg ist!"

Caelius wurstelte sich das Nachtgewand vom Leib. Dann ergriff er die Neunschwänzige und warf sie Ann vor die Füße. „Tu, was ich dir sage. Oder ist dir deine Lucy nun doch nicht mehr wichtig?"

Ann bückte sich und nahm zaghaft die Peitsche auf.

Caelius schaute über die Schulter nach hinten. „So ist es gut. Fang an."

Ann zierte sich, aber sie riss sich zusammen und verpasste ihm drei leichte Schläge.

Caelius nahm sie mit Genuss.

„Ist es so gut, Hochwürden?"

„Genau richtig", keuchte er erregt. „So ist es perfekt. Mach weiter."

Wieder fielen die Riemen auf Caelius herab. Sieben, acht, neun, zehn. Jeden Schlag quittierte er mit einem Laut, der nicht wirklich aus dem Schmerz heraus geboren sein konnte. Und das sollte eine Strafe für Caelius sein? Ob das, was hier gerade passierte, Ann wirklich Lucy wiederbrachte? Irgendwie schien diese Buße, anders als das Knien auf Kieselsteinen, ein erquickender Zeitvertreib zu sein. Es begann, ihr Spaß zu machen. Ein bisschen mehr Pfiff sollte nicht fehlen. Wegen Lucy. Ann holte aus und briet Caelius eine über.

Der Pfarrer zog die Schulterblätter zusammen und schrie auf. Ah, da war er ja, der Schrei der aufrichtigen Buße. Caelius drehte sich um und schimpfte: „Hat dich der Teufel geritten? Nicht so fest."

Ann schaute ihn erschrocken an. „Tut mir leid, Hochwürden."

Caelius drehte sich wieder um und krümmte den Rücken ein wenig. „Weiter! So, wie vorhin."

Ann biss sich auf die Lippe, holte aus und legte alle Kraft in den nächsten Schlag. Witsch, der saß. Neunfach!

Während Caelius erneut erschrocken und vor Schmerzen aufschrie, entstanden bereits Striemen auf seiner Haut. Er ging in die Knie. „Bist du wahnsinnig?", jammerte er. „Hör auf damit. Gib die Peitsche her." Er streckte die Hand danach aus, aber Ann ging einen Schritt zurück. „Ich denke, es soll eine Buße werden!", keifte sie. „Ich will meine Lucy wiederhaben!"

Die Riemen trafen das Gesäß, und Caelius hüpfte schreiend auf der Stelle.

Wie wohl ein Schlag auf den Oberschenkeln ankam? Es klatschte, und Caelius tanzte im Kreis.

So war es richtig. Das war Buße, wie es Gott gefallen musste. Ann prügelte auf Caelius ein, dass es nur so klatschte und hörte erst auf, als er wimmernd am Boden lag. Sie ließ die Peitsche neben ihn fallen, entsetzte sich einen Moment lang über ihre Tat und verließ eilig das Pfarrhaus.

„Jesus", murmelte Caelius schwach, „ich werde in Zukunft wieder fasten. Vergiss, was ich über Schmerzen gesagt habe."

LVII

Malcolm war im siebten Himmel, hatte er doch seine Lucy wieder bei sich. Zwar hatte Anns Ausbruch ihn für einen Moment ein wenig schockiert, aber das hatte sich bereits auf der Heimfahrt schon wieder gelegt. Ein Funken Unsicherheit, ob Lucy in Zukunft standhaft bleiben und immer wieder zu ihm zurückkommen würde, war allerdings geblieben. Und überhaupt: Wie weit konnte er Ann trauen? Sie schien geistig gestört zu sein. Musste er Angst um seine Liebe haben, wenn er sie das nächste Mal nach Hause brachte? Würde Ann soweit gehen, ihre Tochter einzusperren? Ans Bett zu fesseln? Oder weiß der Teufel, was noch? Ganz auszuschließen war das nicht. Aus ihr hatte der pure Wahnsinn gesprochen, als er mit Lucy davongezogen war.

Vielleicht war es aber auch nur die Angst gewesen, alleine zu sein. Immerhin kannten Gabors Leute das Haus, und sie konnten jederzeit wiederkommen. Einige von ihnen waren bereits tot, vielleicht sogar mehr als die Hälfte, und nur Malcolm und Binagh wussten, dass sie nicht wiederkommen würden. Und wenn Gabor Southbarn aufmischen wollte, dann brauchte er frische Handlanger. Hatte er sie, oder hatte er sie nicht? Das war eine Frage, auf die Malcolm keine Antwort hatte. Im Moment war alles einfach undurchsichtig. Wie gut, dass der Trieb ihn in Ruhe ließ. Und was Ann betraf: Vielleicht war es ja eine Lösung, sie zu töten? Würde Binagh das für ihn erledigen, wenn er ihn mit Gold belohnte, auch jetzt, wo dieses gegenseitige Misstrauen zwischen ihnen stand? Oder sollte er sie lieber anonym der Hexerei bezichtigen? Das könnte aber am Ende wieder Lucy in Gefahr bringen und kam daher nicht in Frage.

Dass Malcolms Trieb schlief, war definitiv der Fall. Er hielt es sogar in seinen Aufzeichnungen fest. Er, der bislang nur Sex mit Leichen haben konnte, erlebte nun Dinge, die er sich in seinen ausgefallensten Träumen nicht hätte ausmalen können. Lucy war erfinderisch, und Malcolm war es auch. Sie ergänzten sich so perfekt, dass es schon an Magie grenzte, was sie miteinander trieben. Er würde es niemals vergessen, dieses unglaublich Schöne. Trotzdem führte er darüber Buch, mehr, um den Erfahrungen ihren Stellenwert in seinem Leben zu quittieren, als zur Sicherheit, sich auch später noch daran zu erinnern.

Tagebucheintrag, Mittwoch, July 20 1600
Lucy ist seit ein paar Tagen wieder da. Die Stunden mit ihr im Bett sind unbeschreiblich. Natürlich soll sie von mir kein Kind bekommen. Deshalb habe ich vorgesorgt. Ich habe mir selbst ein Kondom aus Seide gebaut, und sie hat es mir angezogen. Sie hat mich dabei eher an ein Kind erinnert, so, wie sie kicherte und herumalberte, und wie sie sich spielerisch gab, während sie mich präparierte. Als sie sich dann drauf setzte, passierte es sofort. Leider. Wenn ich an einen Orgasmus auf dem Friedhof denke – kein Vergleich.

Ich werde ab jetzt Tagebuch über diese wunderbaren Erfahrungen führen und muss aufpassen, dass sie es nicht findet. Das wäre eine Katastrophe. Dabei weiß ich gar nicht, ob sie lesen kann. Ich weiß eigentlich gar nichts über sie. Das wird sich ändern.

Donnerstag, July 21 1600
Neues Spiel, neue Erfahrung. Lucy hat die Idee, es draußen zu machen. An der frischen Luft. Gott sei Dank

ist das Wetter entsprechend wohlwollend, denn wir sind nackt. Ich liege auf dem Rücken meines Pferds, mit dem Kopf auf seinem Hintern, und Lucy reitet mich und das Pferd gleichzeitig. Es hat einige Mühe gekostet, in diese Stellung zu kommen. Wir haben viel dabei gelacht, aber wir sind auch ein paar Mal abgestürzt. Heu und Stroh haben uns aufgefangen, sodass es nur ein paar blaue Flecken gegeben hat. Letztendlich liege ich also auf dem Pferderücken, und Lucy schafft es, rittlings auf mir zu sitzen. Sie führt ihn sich ein, nimmt den Zügel und lässt das Pferd loslaufen. Es stapft ums Haus herum, und wir genießen beide die Bewegungen des Tieres. Lucy bedient den Zügel und lässt das Pferd immer schneller werden. Das Erlebnis, sich nicht selbst bewegen zu müssen, um den Koitus auszuführen, ist unvergleichlich. Wir sind beide nur vom Schritt des Pferds anhängig. Lucy ist wieder unfassbar verspielt, lässt das Pferd langsamer werden, stehen bleiben, wieder los traben, und zuletzt explodiere ich im Galopp wie ein Sack Schießpulver.

Wie schön, dass ich so weit vom nächsten Nachbarn entfernt wohne.

Freitag July 22 1600
Es regnet. Kein Problem. Wir machen es im Schlafzimmer und haben was ganz Neues entdeckt. Jeder liegt mit dem Gesicht beim Geschlecht des anderen, und wir machen es uns gleichzeitig mit dem Mund. Man kann nicht hinschauen, was der andere treibt und ist dem Duft des Partners so nah. Wenn es eine Steigerung von Wahnsinn gibt, dann ist es das, dieses anders herum liegen.

Samstag July 23 1600
Heute ist es ein wenig unspektakulär. Ich nehme sie im Stehen und von hinten, während sie sich vor mir bückt. Machen wir nicht noch einmal, da sind wir uns einig.

Sonntag July 24 1600
Wunderbares Wetter haben wir heute wieder. Es ist also möglich, im Freien was zu machen. Ich entführe Lucy zu meiner Scheune mit dem Strohvorrat. Wir laden einige Bündel Stroh auf, spannen die Pferde an, und dann lege ich mich nackt auf die Ladung. Lucy setzt sich auf mich, nimmt den Zügel und lenkt das Fuhrwerk über wunderbar holprige Wege. Es ist bequemer, als auf dem Pferderücken, und wieder übernimmt etwas anderes die Bewegung, aber es ist nicht so spektakulär. Ich explodiere zwar, aber nicht so heftig. Wir üben ja auch erst und sammeln Erfahrungen.

Lucy will wissen, was ich mit dem ganzen Stroh mache, aber ich kann es ihr nicht sagen. Nicht jetzt, nicht später, niemals. Ich habe ihr gesagt, dass ich es für die Pferde brauche. Ob sie es geglaubt hat, weiß ich nicht. Eher nicht. Sie ist ja nicht dumm.

Montag July 25 1600
Wir machen es wieder mal im Bett. Ich liege auf Lucy, und sie liegt unter mir. Lucy ist mit einer Nadel bewaffnet. Damit pikst sie mich immer wieder in den Po. Jedes Mal zucke ich spielerisch heftig zusammen. Sie hat einen Riesenspaß dabei und genießt stöhnend die Stöße. So kann es weitergehen. Immer und ewig.

Fast wäre es zur Katastrophe gekommen. Ich hatte das Bedürfnis, Lucy zu bitten, eine Leiche zu spielen, wenn ich sie begatte. Gott sei Dank bin ich noch rechtzeitig zur Besinnung gekommen. Nicht auszudenken, wenn sie dahinter käme, wer ich wirklich bin.

Auch die nächsten Tage verbrachten sie viele Stunden im Bett, und so ging der Juli zu Ende mit endlosen Minuten des erotischen Spiels. Sie zogen sich sündhaft teure Gewänder über und sanken in die Kissen, zwei, die sich mächtig liebten. Malcolm war so glücklich wie niemals zuvor. Er lag auf dem Rücken, starrte in wohliger Einheit mit seiner Geliebten gegen die Decke und ließ noch einmal die letzten Tage durch seine Gedanken flimmern. In den Bildern der betörenden Liebesgeschichte flackerte Anns Gesicht auf. Malcolm wischte es einfach weg.

Lucys Kopf bewegte sich in Malcolms Arm. Sie spielte mit einer seiner Brustwarzen, die sie unter dem Gewand ertastet hatte und flüsterte: „Lass mich immer und ewig so glücklich sein, wie ich es jetzt bin, hörst du?"

„Ja", hauchte Malcolm, „das will ich so gerne für dich tun. Aber deine Mutter…"

Lucys Zeigefinger legte sich auf seine Lippen. „Pscht. Sie wird es eines Tages verstehen. Versprich mir, dass du mich ewig lieben wirst."

„Ich verspreche es." Sanft kroch er unter Lucys Kopf heraus und hechtete aus dem Bett.

„Wo willst du hin? Es war gerade so schön. Komm zurück."

„Gleich, meine Schöne. Aber dass ich dich ewig lieben werde, ist ein Schwur. Er muss besiegelt werden. Ich hole Wein, mein Schatz."

„Oh wie schön, ja, mach das."

Malcolm eilte in die Küche und angelte eine Karaffe aus dem Schrank, als er Lucy rufen hörte: „Du bekommst eine Glatze, Liebster."

Unwillkürlich fuhr Malcolm sich durch die Haare. Dann öffnete er eine andere Schranktür, hinter der ein paar Becher aufbewahrt wurden. Während er die zwei besten aus der Kollektion wählte, sie in aller Sorgfalt nebeneinander stellte und mit Wein füllte, ließ ein langgezogener schriller Schrei ihn heftig zusammenzucken. Er stürzte in die Diele, als gleichzeitig Lucy aus dem Schlafzimmer heraus stolperte und auf ihn zu stürzte. Malcolm wollte sie auffangen und breitete die Arme aus, erschrak aber ob dem entstellten Antlitz seiner Geliebten. Sie glich einer Hexe, einer Furie, einer Wahnsinnigen, und ehe er es sich versah, drosch sie ihm auch schon die Faust ins Gesicht. Malcolm strauchelte und fiel hin.

Lucy stürzte sich auf ihn und attackierte seinen Hals. Malcolm hatte alle Hände voll zu tun, sie daran zu hindern, ihn zu erwürgen. Wieder landete ihre Faust in seinem Gesicht, nochmal und nochmal. Alle weiteren, schnell folgenden Schläge konnte er abwehren.

Als Lucy erkannte, dass ihre Attacken zu nichts führten, sprang sie auf und rannte weinend zur Tür.

Malcolm rappelte sich hoch und blieb taumelnd stehen. Er hatte Mühe, sein Gleichgewicht zu finden, und als er es gefunden hatte, wischte er sich mit dem Handrücken das Blut aus dem Gesicht. „Lucy", schrie er, wollte ihr nach, aber – zu spät. Pferdewiehern verriet, dass sie gerade floh.

Erst jetzt erschien Binagh in der Diele. Ungläubig schaute er sich um und sah Blut auf dem Boden. „Was ist denn hier passiert?", fragte er.

Malcolm betastete sein geschwollenes Gesicht. „Ich weiß nicht", nuschelte er. „Lucy sagte, ich würde Haare verlieren, und kurz darauf ist sie auf mich losgegangen."

Binagh ging in Malcolms Schlafzimmer und kam mit zwei ausgefallenen Haaren wieder, die er auf dem Kopfkissen gefunden hatte. Er ging ans Fenster, durch das die Sonne in die Diele schien und untersuchte sie gründlich.

„Was ist damit?", wollte Malcolm wissen.

Binagh betrachtete sie wie ein Experte. Er drehte sich damit in alle Richtungen, um das bestmögliche Licht für seine Untersuchungen zu finden. Er kniff ein Auge zu und sagte: „Wenn man genau hinsieht, erkennt man einen roten Ansatz an der Wurzel. Lucy muss es gesehen haben. Kaum zu glauben. Sie muss die Beobachtungsgabe einer Magierin besitzen. Oder einer Hexe."

Malcolm setzte sich auf den Boden und legte die Hände aufs Gesicht. Zuerst schluchzte er leise, dann schrie er verzweifelt auf. „Das kann doch nicht wahr sein", wimmerte er. „Das ist das Ende." Kraftlos und zusammengekauert, kippte er um und blieb auf dem Boden liegen.

LVIII

Lucy galoppierte zur Stadt und in die schmale Straße hinein, sprang vom Pferd, jagte es davon und eilte zum Haus. Sie pochte gegen die Tür, aber ihre Mutter rührte sich nicht. Sie schlug das Fenster neben der Tür ein, kletterte hindurch und stürzte die Treppe nach oben. In ihrem Zimmer fand sie Ann, die auf dem Boden kniete, Buße tat und betete.

Als Ann Lucy wahrnahm, stemmte sie sich unbeholfen vom Boden hoch. Die beiden Frauen fielen sich in die Arme. „Lucy, bist du das wirklich?", stammelte sie. „Ja." Lucy weinte. „Mama, verzeih, du hattest Recht. Ich hätte dich nicht verlassen dürfen. Ich will nun für immer bei dir bleiben."

Ann blickte zur Decke, ohne Lucy loszulassen. Sie legte ihre Hand um Lucys Hinterkopf und drückte ihr Gesicht an ihren Busen. Sie seufzte vor Erleichterung und sagte: „Danke, gütiger Gott, dass du meine Buße und die des Pfarrers angenommen hast. Danke."

Erst nach einer Weile löste Lucy sich von ihrer Mutter. Sie setzten sich aufs Bett, und Lucy erzählte: „Wie konnte ich nur so dumm sein. Malcolm ist der Teufel, der die Gräber schändet. Er versteckt sich unter gefärbten Haaren. Jetzt weiß ich es."

„Woher willst du das denn wissen?", fragte Ann ungläubig, auch, wenn sie diese Neuigkeit freute, so sie denn wahr wäre. Wenn Malcolm gefasst würde, dann hätte sie ein Problem weniger.

„Immer bei Vollmond werden doch Gräber geöffnet", erklärte Lucy."

„Ja, und weiter?", forderte Ann.

„Auch mich hat er bei Vollmond aus dem Grab geholt. Da war es Mitternacht. Ich bin mir sicher, dass er auch die anderen Leichen wieder lebendig machen wollte, aber nur bei mir ist es ihm bisher gelungen. Die anderen waren schon zu lange tot. Dieser Mann ist gefährlich. Ich muss ihn vernichten."

„Untersteh dich", erboste Ann sich. „Willst du noch einmal gehängt werden? Lass einfach alles, wie es ist. Ich habe es satt, Gott ständig um Vergebung zu bitten. Sie werden ihn schon fangen. Immerhin bewachen sie den Friedhof." Sie hob den Finger. „Hörst du diese erbärmlichen Schreie aus dem Turm? So geht das nun schon seit vielen Tagen. Immer mehr Leute werden verhaftet. Selbstanzeigen gibt es nicht mehr. Sie verhaften offenbar wahllos. Die Inquisition ist in vollem Gange. Malcolm wird sich ihr nicht entziehen können. Aber auch du bist in Gefahr, mein Schatz." Mit gütiger Stimme fuhr sie fort: „Gabor und seine Mönche sind unberechenbar. Du musst unbedingt vorsichtig sein. Immer wieder brechen sie in Häuser ein und durchsuchen sie. Noch weiß niemand, dass du lebst, und so soll es auch bleiben. Komm ins Bett, Lucy. Ich zeige dir, dass du nichts tun musst. Lass Malcolm einfach in Ruhe. Jetzt ist es ja vorbei."

Sie entkleideten sich, legten sich ins Bett und deckten sich zu. Ann strich Lucy zart durchs Gesicht, über die Lippen und den Hals. Sie umkreiste mit den Fingern ihre Brüste und fuhr zwischen ihnen abwärts zum Bauchnabel und über den Bauch. Erschrocken hielt sie inne. „Du hast zugenommen", sagte sie. „Der Kerl hat dich wohl zu gut genährt. Unter diesem schönen Gewand, das du anhast, sieht man das gar nicht."

„Das Gewand ist jetzt nur noch für dich, Mama", antwortete Lucy. Glückselig schliefen sie beide ein.

LIX

Als sie wieder wach wurden, war es bereits stockdunkel. Geräusche hatten sie geweckt. Hektische Geräusche, die verrieten, dass jemand in vollem Galopp bis vor die Haustür ritt und aus dem Sattel sprang. Schon pochte und rüttelte es an der Tür.

„Lass mich das machen", sagte Ann und stieg aus dem Bett. In aller Ruhe und in der Sicherheit, dass das nur Malcolm sein konnte, schlüpfte sie in ihr Gewand hinein, ging nach unten und öffnete die Tür.

Bevor sie etwas sagen konnte, zischte Malcolm: „Wo ist Lucy?"

„Kennt Ihr die Uhr?", antwortete Ann wütend.

Malcolm nahm eine Drohgebärde ein. „Wo sie ist, will ich wissen!"

Binagh schaute ihm über die Schulter und fügte sanft hinzu: „Es ist zu ihrem Besten, wenn Malcolm mit ihr spricht."

Ann tat erstaunt. „Sie ist nicht hier. Ist sie denn nicht bei euch?"

Malcolm trat mit voller Wucht gegen die Tür. „Wäre ich dann hier? Los, rede, wo ist sie?"

Sie hob die Schultern. „Keine Ahnung."

Malcolm ließ einen wütenden Schrei los, und Ann zuckte unwillkürlich zusammen, auch, wenn sie seinen Wutanfall mit Wohlwollen betrachtete.

„Dafür, dass eure geliebte Tochter verschwunden ist, bleibt Ihr ziemlich ruhig!", sagte Malcolm laut. „Antwortet, wo ist sie?", brüllte er erneut.

„Weg." Sie warf die Tür zu und verrammelte sie.

Malcolm hämmerte dagegen. „Luciiie!" Er tobte und boxte und trat um sich wie ein Pferd in einer engen Box.

Als es im Haus still blieb, setzte er sich auf den Boden und weinte.

Binagh klopfte ihm auf die Schulter. „Geht es dir jetzt besser?", fragte er. Es klang ehrlich und mitfühlend.

Malcolm zeigte zum Himmel hinauf, als müsse er sein Verhalten erklären. „Der Mond wird rot, da, schau."

„Immer, wenn es dich überkommt?"

„Ja. Immer, wenn der Trieb naht, ein Grab zu öffnen. Siehst du es auch?"

„J-Ja", stotterte er. „Und jetzt?"

Malcolm antwortete nicht. Er erhob sich und stieg aufs Pferd. Binagh tat es ihm gleich. Gemeinsam ritten sie weg.

LX

„Seit einiger Zeit brennen in der Stadt die Scheiterhaufen. Alles hat mit diesem Grabschänder angefangen. Vielleicht ist er inzwischen ja gefasst und gerichtet worden, aber wissen tue ich, Gabor, Dominikaner, Inquisitor und Richter vor dem Herrn, es nicht."

Er schrie gequält auf.

„Dann ging es weiter mit dieser verfluchten Hexe, die der Grabschänder aus dem Tod holte. Hätte ich doch nur ein Machtwort gesprochen, sie der weltlichen Justiz entrissen und verbrennen lassen. Das hat man nun von seiner Güte. Seit sie geflohen ist, geht es in Southbarn drunter und drüber. Niemand hat sie mehr gesehen. Fünf meiner Leute haben sie mit Sicherheit zuhause ausfindig gemacht. Gute Leute. Das zeigen die Spuren am und im Haus der Jenkins-Weiber. Ja, sie waren da, und jetzt sind sie weg. Spurlos verschwunden, seit vielen Tagen. Wo sind sie? Was hat diese Hexe mit ihnen gemacht? Oder was machen sie mit der verfluchten Hexe?"

Gabor ließ einen unmenschlichen Schrei los. Es roch nach verbranntem Fleisch.

„Immer mehr von diesen verdammten Heiligen in dieser Stadt werden mir gemeldet, und ich habe keine Leute mehr, um den Anzeigen nachzugehen und diese Brut festzunehmen. Eine Handvoll Bewaffneter steht mir nur noch zur Verfügung. Ich muss meine Mönche losschicken, diese unheilvolle Aufgabe zu erledigen. Ich muss meine Mönche die Verliese bewachen lassen, ich muss sie die Verdächtigen verhören lassen, und alles nur wegen dieser verflucht-verdammten Hexe."

Gabor saß erbärmlich heulend in seinem Zimmer im Kloster vor den Toren der Stadt. Er hielt die Unterarme in ein paar Kerzen und schrie vor Schmerz und Verzweiflung. Es brutzelte fast wie Fleisch in der Pfanne.

„Herr, sag mir, was ich tun soll." Gabor heulte. „Siehe, dein Diener ist ratlos. Die Sünde nimmt überhand. Ich gehe gestrenge gegen sie vor und begehe damit selbst eine Todsünde, jene der Maßlosigkeit." Mit einem Übermaß an Tränen, drückte er seine Verzweiflung aus. „Vergib mir, Herr, denn ich weiß nicht, was ich tun soll. Teufel, Hexen, Grabschänder – sie alle gehören verfolgt und ausgerottet, und während ich das tue, hab ich mich nicht im Griff. ICH SÜNDIGE!" Wieder hielt er seine Unterarme in die Kerzen. Seine Schreie glichen denen aus dem Turm der Qualen. Lange, richtig lange, ließ er die Flammen seine Haut verzehren, bevor er die Arme wieder von den Kerzen nahm und bebend vor Schmerz und Zorn brüllte: „Diese Ketzer treiben mich dazu. Sie sind an meiner Maßlosigkeit schuld und sollen es büßen. Ich war viel zu lange gnädig." Dann verlegte er sich wieder auf die Verzweiflung und fügte hinzu: „Gott, Heiliger Vater, sag, wie soll ich maßvoll Inquisition betreiben?" Noch einmal schrie er erbärmlich auf.

LXI

Während Gabor Höllenqualen erlitt, begnügte Caelius sich erneut mit einer mageren Mahlzeit und einem Krug Wasser. Dabei haftete sein Blick am Kruzifix. Jesus schaute zu ihm herab. „Jesus, verzeihst du mir meine Verfehlungen?", fragte er vorsichtig. „Sieh, ich faste für dich, und trotzdem sündigt meine Gemeinde und fordert Gabor heraus. Täglich brennen die Feuer, und viele Unschuldige sind dabei. Wann wirst du ihn wieder wegschicken?" Er wartete auf eine Antwort, wartete, wartete.

Aber es blieb still.

Da! Jesus wand sich von ihm ab! Caelius hatte es deutlich gesehen. Er warf den Krug mit Wasser an die Wand und wischte mit einer heftigen Armbewegung Äpfel und Rüben vom Tisch. Dann stemmte er sich hoch, schlurfte in die Speisekammer und tischte ordentlich was auf.

Als er sich seinen Leistungen gemäß gesättigt hatte, eilte er in die Kirche. Er selbst läutete die Glocken. Er brauchte keine Messdiener. Es sollte eine außergewöhnliche Messe werden. Caelius wollte nur zu seinen Schäfchen reden, die schon bald vereinzelt in die Kirche kamen und die Bänke notdürftig füllten. So viele freie Plätze hatte es in seiner Kirche noch nie gegeben, soweit er sich erinnern konnte. Es zehrte an seinem Selbstvertrauen. Caelius machte daher schnell einen geschwächten Eindruck, so, wie er auf der Kanzel herumhing. Er begrüßte die Gemeinde, indem er seine rechte Hand hob und murmelte: „Gelobt sei Jesus Christus."

„In Ewigkeit, Amen", schallte es lau zurück.

Jeder, der Caelius kannte, musste erkennen, dass etwas mit ihm geschehen war. Er sah lustlos aus. Sollte diese Messe, diese Predigt, etwa ein Abschied werden?

„Gott lässt das nicht mit sich machen", begann er. Niemand verstand, was er damit sagen wollte. „Wer versucht, ihn zu hintergehen, ist des ewigen Todes. Ihr könnt nicht auf der einen Seite Frömmigkeit heucheln, und dann zuhause Geld horten und euch der Völlerei hingeben. Was, glaubt ihr, hat uns diesen Gabor hergebracht? Meint ihr, er würde in einem rechtschaffenen Ort seine Inquisition durchführen können? Nein, ganz bestimmt nicht. Gottlob ist es meine größte Anstrengung, euch auf den rechten Pfad zu führen, sonst würde es gar schlimmer sein, als es bereits ist. Aber wenn ihr mir nicht folgt, dann müsst ihr sehen, wo ihr ohne mich hin geratet."

Die spärliche Gemeinde wurde unruhig. Gemurmel setzte ein und wurde immer lauter. Einzelne Fäuste reckten sich in die Höhe.

„Und *mit* dir haben wir diesen Gabor hier", rief jemand.

„Genau. Was könnte schlimmer sein als die Inquisition?", schrie eine Frau.

„Hau ab, Pfarrer, und nimm diesen blutroten Dominikaner gleich mit", hörte Caelius.

Einer erhob sich in den Bänken. „Genau. Verpiss dich, Caelius." Dann drehte er sich der Gemeinde zu und rief: „Lasst uns lieber ins Pub gehen, als diesen Schwachsinn anzuhören."

Plötzlich redeten alle durcheinander, und es entstand Aufruhr. Meuternd und schimpfend, verließen Caelius' Schäfchen die Kirche. Die Tür krachte ins Schloss. Das

312

überlaute Schallen schien sich eine ganze Minute lang zu halten. Danach herrschte Totenstille!

Caelius blieb wie ein Häufchen Elend allein in der Kirche zurück.

LXII

Malcolms geräumiges Schlafzimmer wirkte für ihn an diesem Morgen größer, als gewöhnlich. Größer, weil etwas fehlte, das ihn vor ein paar Tagen noch so wahnsinnig glücklich gemacht hatte: Lucy. Jetzt war sie weg, und er war allein in diesem großen Raum. Nichts erinnerte mehr daran, dass sie Malcolm für zwei volle Wochen so glücklich gemacht hatte. Sie war im wahrsten Sinn des Wortes spurlos verschwunden. Nur Erinnerungen hatte sie bei Malcolm zurückgelassen, und eine tiefe Trauer und Fassungslosigkeit, denen er sich jetzt, da sein Bewusstsein gerade aus wirren Träumen auftauchte, wieder ausgesetzt sah.

Malcolm kuschelte sich in die Kissen hinein, als könnte er sich damit vor dem Elend schützen, das ihn ereilt hatte. Würde jemand durchs Fenster schauen, müsste er denken, dass er sich unsagbar wohlfühlte. Dabei suchte er doch nur nach der verlorenen Wärme der schönsten Frau, mit der er jemals Kontakt gehabt hatte. Verzweifelt tastete er die Unterlage ab, als müsse dort noch irgendwas zu finden sein, das ihm Hoffnung gab. Hoffnung auf das schier Unwahrscheinliche. Hoffnung auf die Rückkehr seiner großen Liebe. Doch der Zweifel daran war riesig. Seine Fäuste krallten sich in den Stoff unter ihm. Es schien, als würde er damit, dass er sie zusammenballte, einen Schrei lospressen, der das ganze Zimmer erfüllte und die Scheiben klappern ließ.

Schon klopfte Binagh an die Tür. „Alles in Ordnung?"
„Lass mich!"
„Du solltest mal was essen."
„Hau ab!"

Die Schritte entfernten sich wieder.

Nun flossen die Tränen, die sich ihre Energie aus dem herzzerreißenden Schluchzen holten, das ihn schüttelte. Bald darauf schlief er auch schon wieder ein, um sich neuen wirren Bildern ausgesetzt zu sehen. So ging das nun schon seit Tagen, und der Mond wurde voller und voller. Das Bett hatte Malcolm seit Lucys Flucht nur verlassen, um seine Notdurft zu verrichten, oder um einen Schluck Wasser zu sich zu nehmen.

Eine Änderung im Inhalt seiner Träume ließ ihn sich ruhelos herumwälzen. Auf einmal war es nicht mehr Lucy, die das Geschehen dirigierte, aber auch diese Tatsache machte es ihm nicht leichter. Er begann zu schwitzen.

Malcolm fand sich auf dem nächtlichen Friedhof von Southbarn wieder. Während er mit dem Spaten auf der Schulter zwischen den Gräbern umherirrte, zeigte der rote Vollmond ihm den Weg zu einem steinernen Kreuz. Majestätisch streckte es seine bemooste Erscheinung in den nächtlichen Himmel. Es war mit Sicherheit zwei Mann hoch, und sein dunkelroter Schatten erstreckte sich lang und blass auf dem Boden. Ehrfürchtig trat Malcolm heran. Er steckte den Spaten ins Gras neben sich und verbeugte sich formvollendet. „Du hast mich gerufen?" Die harte, fast unbarmherzige Stimme des Kreuzes erschreckte ihn. „Du hast meinen Ruf gehört und bist ihm gefolgt. Das ist gut. Ich kann nicht einfach so zusehen, wie du leidest. Deshalb gebe ich dir einen Rat. Tue, was du bereits zu tun gedachtest und verschaffe dir damit die Erlösung."

Malcolm zuckte leicht zusammen. Er konnte nicht unterscheiden, ob es ein Zucken des Schrecks oder der Freude war. „Was meinst du damit?", fragte er. „Es gibt nur eine einzige Möglichkeit, mit der du deinen Frieden wiederfindest", raunte das Kreuz.

„Du meinst…?" Malcolm traute sich nicht zu fragen, ob es damit seinen Tod meinte, der ihn erlösen würde. Zu viel Angst hatte er vor der möglichen Antwort. Aber was blieb ihm anderes übrig, als Klarheit in den Sinn der Worte zu bringen? Er fasste sich ein Herz, holte tief Luft und flüsterte: „Suizid?"

Die ausgestreckten Seitenbalken bogen sich wie Arme nach innen und bedeckten den obersten Teil des Kreuzes. Es sah aus, als wäre es in eine Brise Pfeffer geraten und hielt sich die Augen zu. Es wurde biegsam, schwankte hin und her und brüllte ein langgezogenes „Aaaaaah" heraus.

Dem sonst so unerschrockenen Malcolm stellten sich die Nackenhaare auf. „Verzeih mir, ich wollte dir nicht wehtun", stammelte er.

Das Kreuz nahm wieder seine ursprüngliche Haltung ein. „Geh, und tue, was du tun musst", befahl es. „Ich werde an deiner Seite sein."

„Was ist es, das ich tun muss? Sag es mir!"

Die Vision verblasste, und Malcolm wachte mit einem Schreck auf. Verdattert rieb er sich die Augen, legte die Hände drauf und verharrte so eine ganze Weile. Im Dunkel, das seine Handflächen ihm boten, ließ er die Bilder der Vision noch einmal durch seinen Geist flackern, bevor sie sich endgültig auflösten und ihn in der schmerzlichen Realität zurückließen. Wirklich hilfreich war die Vision allerdings nicht gewesen, oder Malcolm fehlte die Gabe, sie richtig zu interpretieren. Der Tod war es offenbar nicht, der ihm die Erlösung bringen sollte. Dann konnte es nur – das Pulver sein? Niedergeschlagen stieg er aus dem Bett. Er war zu müde, um sich zu strecken. Gebeugt schlurfte er zur Tür, öffnete sie und verließ das Zimmer. Ohne sich auch nur ein wenig frisch zu machen, begab er sich in die Küche. Auf dem Weg durch die Diele fuhr er sich mit gespreizten Fingern durchs wirre Haar. Ein paar wenige Exemplare seiner nun schwarz-roten Pracht blieben in den Händen zurück. Malcolm bemerkte es nicht. Lustlos stellte er Brot und Käse auf den Tisch, das er zusammen mit etwas Wasser still verzehrte. Viel konnte sein Magen nicht aufnehmen. Vom tagelangen Fasten fühlte er sich irgendwie zusammengeschrumpft an. Hunger hatte er sowieso keinen, und schon das bisschen Brot mit dem Käse lag ihm wie ein Stein im Magen. Mühevoll stemmte er sich am Tisch hoch und schlurfte ins Labor. Er kramte in seinen Unterlagen herum und fand die Aufzeichnungen seiner Versuche, Gold herzustellen. Er knallte sie auf den Boden und trat sie weg. Er hatte lange nicht mehr an seinem Pulver gearbeitet. Warum auch? Er hatte ja Lucy gehabt. Nun war sie weg, und das Licht im Labor ward langsam rot. Malcolms Herz schlug wilder. Er spürte es am Hals. Angst erfasste ihn, die sich zur Panik zu entwickeln drohte. Während er die Notizen suchte, griff er sich unter den Schlafrock und packte sein Geschlecht. Er rieb es mit einer Hand, knetete es, während die andere die Notizen suchte. Und fand. Während er anhand der letzten Aufzeichnungen hastig das Medikament zusammen mixte, war er nicht mehr Herr seiner Gefühle. Er begann zu wimmern, dann zu weinen, schlug sich mit der Faust aufs Genital, während er immer wieder durchs Fenster schaute. Es war kein Vollmond da, und es war nicht Nacht. Wo zum Teufel kam dann das rote Licht her? „Gott im Himmel, hilf mir", weinte er und besann sich gleichzeitig der Tatsache, dass er Atheist war, der nichts mit diesen Christen zu tun haben wollte.

Dann war das Pulver fertig. Zumindest sah es rot aus, wie beim letzten Mal. Zitternd mixte er sich daraus ein Getränk zusammen und stürzte ihn in sich hinein. Eine seltsame Ruhe befiel ihn. Er ließ seinen Penis los und beobachtete sich.

Im Magen braute sich ein Rumoren zusammen, das sich wie eine Wolke ausbreitete und seinen Unterleib zum Glühen brachte. Gleichzeitig glaubte Malcolm, einen inneren Vulkanausbruch zu erleben. Wie heiße Lava stieg etwas hoch in seinen Kopf und warf ihn zu Boden. Er ergriff seinen Schädel mit beiden Händen und wendete sich wie eine Schlange schreiend hin und her. Malcolm hatte das Gefühl, seine Augen müssten platzen. Der Druck im Kopf war kaum mehr auszuhalten. Sein Gehirn schien sich auszudehnen und aus den Ohren zu quellen. Blind tastete er nach dem Gürtel seines Gewands, zog ihn heraus und machte sich daraus einen Druckverband über Augen und Ohren. Es brachte nur wenig Linderung. Während er in Panik auf dem Boden herumkrabbelte, stieß er mit dem Kopf an Stühle, Tisch, Vitrine, Wand, bis er umkippte und eine gnädige Ohnmacht ihn erlöste.

LXIII

Mit beiden Fäusten trommelte Gabor höchst persönlich an Caelius' Haustür. „Aufmachen, bei Gott, öffne diese Tür", schrie er.

Es dauerte eine Weile, bis sie sich knarrend öffnete und den Blick auf ein Häufchen Elend freigab.

Gabor wartete nicht, bis Caelius etwas sagte. Wütend drückte er die Tür ganz auf und verschaffte sich Zutritt zum Pfarrhaus, dessen einst helle Fassade bereits grau war vom Rauch der Scheiterhaufen, die mittlerweile zahlreich die Stadt erhellten. Mit dem Fuß schob er sie wieder zu, und mittels seiner umwickelten Unterarme drängte er den Pfarrer in die Küche. Er drückte ihn auf einen Stuhl nieder. „Hinsetzen." Sein geschultes Auge erkannte sofort, dass hier etwas fehlte. „Wo ist das Kruzifix, das Zeichen der Christenheit?" Er klatschte ihm die Hand an die Schulter. „Antworte."

Caelius schaute den roten Berg an, der bebend vor ihm stand und log: „Ich habe es abgehängt, um es zu reinigen. Was willst du hier. Bist du noch nicht zufrieden mit dem, was du hier anrichtest?"

„Lästere Gott nicht. Du hast schon genug Unheil gestiftet." Er ließ sich auf den zweiten Stuhl nieder, der unter seinem Gewicht verdächtig knarzte.

Caelius nahm noch einmal all seine Kraft zusammen, um Gabor die Stirn zu bieten. Er schüttelte seinen Zeigefinger gegen den Abt und zischte: „Ich stifte Unheil? Du bist irr, Gabor. Rette dein Seelenheil und zieh deine Mörder aus der Stadt ab. Vielleicht hat Gott dann noch ein Einsehen und lässt Gnade walten."

„Du hättest mir diese Hexe ausliefern müssen", keifte Gabor.

„Lucy?"

„Genau die. Fünf meiner Männer sind mit ihr verschwunden, als sie nach ihr suchten, und drei hab ich auf dem Friedhof verloren. Sag mir, wo sie ist, oder ich lasse die Wahrheit aus dir heraus brennen."

„Weißt du, was du da sagst?", schimpfte Caelius. „Du bezichtigst mich der gemeinsamen Sache mit dem Teufel. Das wird dir noch sehr leidtun. Ich sage dir, was ich weiß, und es wird für dich nichts Neues sein. Lucy wohnte am Ende der Stadt. Wenn sie dort nicht mehr ist, dann sind deine Leute mit ihr durchgebrannt. Zu verdenken wäre es ihnen nicht. Sie wollen der Versuchung der Schönheit wohl lieber erliegen, als dass sie sie auslöschen. Oder glaubst du, ein junges Mädchen hätte deine fünf besten Männer auf dem Gewissen und sei geflohen?"

„Sie ist eine Hexe", schrie Gabor. „Eine Hexe ist sie, die mit ihrer Magie alles kann, was sie will, sogar dem Grab entsteigen. Die einzige Möglichkeit, ihrer Herr zu werden ist, sie zu verbrennen."

„Wenn sie der Magie so mächtig wäre, dann hätte man sie bestimmt nicht hängen können", gab Caelius zu bedenken. „Sie hätte sich mit Sicherheit ihrer Kräfte bedient, um erst gar nicht festgenommen zu werden."

Gabor sprang auf und biss sich vor Schmerz auf die Zähne. „Dein Geist verschließt sich vor der Wahrheit", sagte er. „Sie wollte mit dem Schauspiel nur ihre Macht über den Tod demonstrieren."

Caelius winkte ab. „Aber sie lässt sich auf den Scheiterhaufen binden, ohne sich mit Magie zu befreien! Ist es das, was du glaubst? Dann schick doch deine verbliebenen Halunken los, um sie zu fangen. Vorausgesetzt, deine fünf Besten genießen nicht gerade ihre fleischliche Erscheinung."

Gabor war drauf und dran, Caelius eine zu schmieren, winkte aber dann doch nur ab und verließ wutentbrannt das Pfarrhaus. Er dokumentierte es mit der Wucht, mit der er die Tür zuknallte.

LXIV

Durch die Straße, in der Lucy wohnte, ritten vier Männer zum letzten Haus am Stadtrand. Sie rissen die Pferde aus dem vollen Galopp, sprangen aus den Sätteln und preschten auf den Hof.

An dem eingeschlagenen Fenster verschwand Anns entsetztes Gesicht. Sekunden später schlugen sie mit Streitäxten und Hämmern die verbarrikadierte Haustür daneben ein. Bailey, Hunter und Dag stürmten ins Haus, Jordy hütete derweil die Pferde. Sie durchsuchten jeden Winkel, rissen Türen auf, stürmten die Treppe hinauf in den ersten Stock, durchsuchten Anns und Lucys Zimmer, den Dachboden, und fanden – nichts. „Sie ist hier", zischte Bailey. „Ich spüre es."

Die anderen beiden standen ratlos hinter ihm.

Bailey hob die Klappe an, als könne er mit dem fehlenden Auge mehr Eindrücke gewinnen, als es ohne dieses möglich war. Tatsächlich schien ihm etwas in den Sinn gekommen zu sein, denn sogleich ließ er die Klappe zurückschnappen und schaute die Treppe hinab ins Erdgeschoss. Sein Blick fiel auf einen Schrank. Mit wenigen Schritten war er wieder unten und deutete energisch auf das Möbelstück.

Dag, der gerade ebenfalls den Flur erreichte, packte mit kräftigen Händen den Schrank, schaukelte ihn ein paar Mal hin und her und warf ihn um. Hart krachte er mit den Türen nach unten auf den Boden. Staub wirbelte auf. Ein erstickter Schrei der Panik salbte Baileys Ohren. Er trat die Rückwand des Möbelstücks ein, riss die losen Bretter weg, packte die verzweifelt schreiende Ann an ihrem Kleid und zerrte sie aus dem Schrank heraus. „Haben wir dich, du Hexe", schnarrte er.

Ann packte Baileys Unterarm und krallte sich daran fest. „Ich bin nicht die, die ihr sucht", beteuerte sie.

Jetzt erst erkannte Bailey den Ausschlag auf Anns Gesicht. Erschrocken ließ er sie los und wich zurück. „Verdammt, eine Aussätzige", rief er.

„Ihr habt recht", erwiderte Ann. „Ich werde nicht mehr lange leben. Und die Krankheit ist sehr ansteckend. Seht euch vor."

„Wer bist du, wenn nicht Lucy Jenkins?", fragte Hunter, der sich ebenfalls einen sicheren Abstand eingerichtet hatte.

„Ich bin Ann, ihre Mutter." Sie keuchte vor Aufregung.

Bailey wollte wieder einen Schritt auf sie zumachen, besann sich aber eines Besseren. So fragte er nur: „Wo ist Lucy?"

Ann war kaum zu verstehen, als sie, das Gesicht vor Angst mit den Händen bedeckt, murmelte: „Ich weiß es nicht, bitte glaubt mir. Sie ist nicht mehr hier, seit ich so krank bin."

„Wir sollten dieses Weib dem Folterknecht überlassen", sagte Dag. „Er wird schon herausfinden, ob sie die Wahrheit sagt." Ein Grinsen verformte sein vernarbtes Gesicht.

Auf Baileys Antlitz zeigte sich Unmut. „Wenn du sie anfassen willst, bitte."

Dag wurde unsicher. Ihm wurde schnell klar, dass er diese Frau nicht berühren wollte. So winkte er nur ab und drehte sich um.

„Lasst uns gehen", entschied Bailey. „Soll Gabor entscheiden, was jetzt geschieht."

Als sie im Hof die Pferde bestiegen, nahm Hunter ihn zur Seite. „Was war *das* denn gerade?", wollte er wissen. „Der Folterknecht hätte die Wahrheit schon aus ihr

herausgeholt. Sie weiß bestimmt, wo ihre Tochter ist."
Als zweiter Anführer hatte er die Diskussion darüber
nicht vor Dag austragen wollen. Streit zwischen den
Anführern in Grundsatzfragen schmälerte die Autorität.
Das war Hunters Meinung.

Bailey näherte seinen Mund Hunters Ohr und flüsterte:
„Hast du ihren Ausschlag gesehen? Sie ist eine
Aussätzige. Und hast du die anderen Fünf vergessen, die
die Hexe holen sollten? Wenn wir die Frau foltern, dann
weiß ich nicht, was uns geschieht. Dass wir uns vielleicht
anstecken, ist das mindeste. Ich gehe davon aus, dass sie
es wirklich nicht weiß, sonst wären unsere Leute längst
zurück."

„Mag sein", gab Hunter zu. „Ich bin gespannt, wie dieses
Dilemma hier in Southbarn noch ausgeht. Lass uns
zurückreiten."

Von Jordy nahmen sie ihre Pferde in Empfang und
stiegen auf. Als aber Dag vor ihm stand, machte Jordy
keine Anstalten, ihm den Zügel zu überreichen. Die Art
und Weise, wie dieser Muskelberg von ihm sein Pferd
forderte, ließ Wut in ihm aufkochen. Dag stand da,
streckte einen Arm aus und winkte wortlos mit den
Fingern. Für Jordy hieß das: 'Los, gib mir mein Pferd,
Sklave.' Als ob er nicht wüsste, was dieses Zeichen zu
bedeuten habe, fragte er: „Jucken dir die Finger, Dag?"

Seit Gabors Leute immer weniger wurden, hatten Jordy
und Dag wesentlich mehr miteinander zu tun, als ihnen
lieb war. Beide zeigten sie ihren Unmut darüber genauso
wie den Hass, den sie für den anderen empfanden, unter
anderem aus der Idee geboren, der Bessere von Beiden
zu sein. Als die Gruppe noch vollständig gewesen war,
war es recht einfach, sich aus dem Weg zu gehen, sodass
es nur zu gelegentlichen, meist harmlosen Sticheleien

kam. Aber jetzt war ein solcher Abstand nicht mehr möglich, was den Stress zwischen den beiden drastisch erhöht hatte.

Der Bessere zu sein, bezog sich nicht nur auf den Umgang mit der Waffe, sei es das Schwert, oder die Armbrust. Auch ihre gegensätzliche Betrachtung von Werten hatte Gewicht. Jordy legte für Dags Geschmack viel zu viel Empathie an den Tag. Darum hielt er ihn für einen Weichling. Seiner Meinung nach war nur das härteste Durchgreifen angebracht, um in einer solchen Welt für Ordnung zu sorgen. Das Einzige, worin sie sich ähnelten, waren ihre Narben.

Dag holte aus und attackierte Jordy mit einem Faustschlag gegen den Kopf. Der aber beugte sich ein wenig zurück, sodass er nur den Luftzug des Schlags verspürte und grinsend meinte: „Zu langsam, Dag. Willst du es noch einmal versuchen, oder doch lieber sagen: Bitte, gib mir mein Pferd. Sonst müsstest du am Ende vielleicht noch zu Fuß gehen." Seine Finger spielten andeutungsvoll mit dem Schwertknauf.
Bailey und Hunter schauten vom Rücken ihrer Pferde aus belustigt zu. Gerne hätten sie gewusst, wie die Auseinandersetzung endete, aber weitere Verluste konnten sie sich nicht leisten. Deshalb rief Hunter: „Genug jetzt, steigt auf. Und denkt mal darüber nach, ob ihr nicht Frieden schließen wollt. Wir treten schließlich für eine gemeinsame Sache ein."
Jordy und Dag entspannten sich, und Dag brachte tatsächlich ein gequältes „Bitte" hervor, während er wieder die Hand nach dem Zügel ausstreckte. Jordy legte sie ihm in die Hand. Dann stiegen auch sie auf. Die Vier entfernten sich so schnell, wie sie gekommen waren.

LXV

Nicht überall brannten die Scheiterhaufen. Das war in dieser Gegend nur in Southbarn der Fall, wo Gabors Wut großes Leid unter den Einwohnern anrichtete. In der Nachbarstadt Timber upon the River ging das Leben seinen normalen, ja sogar lebensfrohen Bahnen nach. Nicht, dass man sich hier sicher fühlte vor den Dominikanern, deren Kloster nur einen Stundenritt entfernt im Schatten von Southbarn lag, ganz im Gegenteil. Die Inquisition konnte jederzeit und überall auftauchen, wie das Böse, der Teufel, oder der Verführer. Da aber in Timber upon the River keine Gräber geschändet wurden und nichts auf Hexenwerk hindeutete, lebte es sich hier doch viel entspannter. So entspannt, dass es keinen Grund gab, den wöchentlichen Markt abzusagen. Wie auch in Southbarn, fand das Leben vor allem auf dem Marktplatz statt. Die Einwohner feierten den Frieden in ihrem Ort mit Feuerspuckern, Jongleuren und Minnesängern, die die letzten Neuigkeiten aus dem ganzen Land verbreiteten.

Der Marktplatz war gefüllt mit Ständen und Tischen, von denen viele zum Schutz vor der Sonne mit Wolldecken überdacht waren, die von vier Stangen getragen etwas Schatten spendeten. Die Stangen waren mit dünnen Seilen gespannt, was den Dächern Festigkeit verlieh. Unter den Wolldächern warteten Körbe mit Obst und Gemüse auf ihre Käufer. Käfige mit Hühnern und Hasen waren hier ebenso zu finden wie Bündel von Fellen, Handarbeiten aller Art und alkoholische Getränke.

An einem solchen Tisch stand Lucy in grünem Kleid und weißer Haube. Darin sah sie ihrer Mutter sehr ähnlich. Es ermöglichte ihr, Southbarn unerkannt zu verlassen, und auch, dorthin wieder zurückkehren zu können. In ihrer bekannten Fröhlichkeit bot sie ihre Produkte feil, Ernten aus dem eigenen kleinen Garten, sowie Strickwaren für den kommenden Winter. Nah beim Tisch stand ein Esel, auf dem Lucy nach Timber upon the River geritten war. Lucy schaute sich die passierenden Marktbesucher genau an, während sie rief: „Obst und Gemüse, kommt her und bedient euch." Nichts an ihr ließ vermuten, dass sie Malcolm vermissen könnte.

Es dauerte eine Weile, bis sie im Gewühl einen Mann entdeckte, der sich seinen Weg durch die Menschenmenge bahnte und ihren Suchkriterien entsprach. Seine roten Haare waren zwar unter einer Lederkappe versteckt, aber der Bart war es nicht. Es reichte, um Lucys klingenscharfe Aufmerksamkeit zu wecken. Sie schaute ihn an, schwang ihre Hüften fröhlich hin und her, befeuchtete sich die Lippen, zwinkerte ihm zu und zog so die Aufmerksamkeit des Mannes auf sich. Abrupt blieb er stehen und drehte sich zu Lucy hin. Mit größtem Wohlwollen sah er, wie das Mädchen mit den Fingerkuppen ihre Brustknospen umkreiste. Ohne zu zögern, drängte er sich zu ihrem Tisch vor.
Lucy machte einen kleinen, scheuen Knicks und legte ein verspieltes Verhalten an den Tag. „Gemüse gefällig?", fragte sie keck. Ihre Augen leuchteten lüstern.
Der Mann drückte seinen Schoß gegen den Tisch, rieb ihn an der Kante hin und her und fragte, während er sich dabei scheu umblickte: „Hast du auch noch was anderes zu bieten als dieses Grünzeug?"
Lucy spielte das Dummerchen. „Was denn?"
„Etwas, das du mir heute Abend verkaufen kannst? An einem Ort, wo es still und ruhig ist?", flüsterte er.

Lucys Lächeln nahm verführerische Nuancen an. „Wenn der Preis stimmt…" Sie klimperte mit den Augen.

„Was wäre denn dein Preis?"

„Was bin ich dir denn wert?" Ihre Hände verließen die Brust und versteckten sich hinter ihrem Rücken. Erwartungsvoll schwenkte sie hin und her.

„Wir werden uns bestimmt einig", sagte der Mann.

Lucy streckte ihm eine Hand hin. „Leg was drauf, bis ich nicke." Sie lächelte wie ein Engel und zwirbelte mit der anderen Hand eine blonde Locke unter der Haube hervor.

Der Mann begann, Münzen auf Lucys Hand zu legen, noch eine, noch eine, und noch eine, aber er wartete vergebens auf das ersehnte Zeichen. Zuletzt durchwühlte er seine Taschen und schüttelte enttäuscht und wütend zugleich den Kopf. „Mehr hab ich nicht", sagte er.

Lucy schloss die Hand. „Das genügt", sagte sie belustigt. „Wir treffen uns bei Dunkelheit am Fluss vor der Stadt."

Der Mann nickte eifrig. „So soll es ein." Dann drehte er sich um und murmelte: „Warte nur, du Bitch. Das Geld hol ich mir wieder." Damit verschwand er im Gewühl.

LXVI

Als die Sonne sich zum Horizont hinabsenkte und auf dem Marktplatz die Schatten der Buden, Stände und Tische immer länger wurden, verzogen sich langsam die Marktbesucher. Zum einen hatten sie sich lange genug amüsiert, und zum anderen zog schlechtes Wetter auf. Der Himmel zeigte die ersten schwarzen Wolken.

Lucy war mit ihren Einnahmen zufrieden, hatte sie doch alles verkauft, was sie an Handarbeiten und Ernte mitgebracht hatte. Bis sie die Weidenkörbe ineinander steckte und den Packen mit einem Seil verknotete, hatte sich die Geschäftigkeit des Marktlebens weitgehend beruhigt. Ein paar Männer begannen gerade, Tische und Stände, die die Mitte des Marktplatzes füllten, abzubauen und auf Leiterwagen zu laden, um sie in die nahe Lagerhalle zu verfrachten. Andere verriegelten die Buden, die den Platz umsäumten, mit Brettern.

Lucy schaute zum Himmel hinauf und nahm einen tiefen Atemzug. Vor einer Stunde hatte sie noch die blasse runde Scheibe des aufgehenden Mondes gesehen. Jetzt war sie verschwunden hinter dunklen Wolken, die wenig Gutes verhießen. Sie wog ihren Lederbeutel in den Händen und knetete ihn. Die Münzen darin knirschten und entlockten ihr ein zufriedenes Lächeln. Auch die Münzen des Rothaarigen waren in diesem Beutel. „Dafür sollst du nun deine Bestellung erhalten", kicherte sie. „Und dann muss ich mich um Malcolm kümmern. Heute ist Vollmond. Würde mich wundern, wenn er nicht da wäre." Sie band dem Esel Körbe und Taschen auf den Rücken, verstaute den Lederbeutel in einer der Taschen, stieg auf das beladene Tier, fand einen Platz direkt hinter seinem Hals und ritt los zu der nicht weit entfernten Stelle etwas außerhalb der Stadt, wo sie sich mit dem Rothaarigen am Fluss verabredet hatte. Auf halbem Weg fand sie ein einsames Plätzchen zwischen ein paar Bäumen. Sie hielt den Esel an und stieg ab. Aus einem großen Stoffbeutel, der an der Seite des Tieres baumelte, nahm sie ihr Lederkleid und die Stiefel heraus und legte alles auf den mit kniehohem Gras bewachsenen Boden. Sie löste die Schnüre an den Seiten ihres Kleides und öffnete die Knöpfe an der Brust. Dann zog sie die Arme aus den Ärmeln. So befreit, ließ sie das Kleid nach unten sinken und stieg heraus. Nackt stand sie da, allein unter Bäumen, und fühlte sich doch beobachtet. Ihr war unbehaglich zumute, und als ob der Himmel ihr Gefühl unterstreichen wollte, verdunkelte sich plötzlich die untergehende Sonne. Lucy schaute nach Westen. Die schwarzen Wolken hatten die Sonne verdeckt und inzwischen sogar einen Großteil des Himmels für sich eingenommen. Sie bekam einen leichten Schreck und erinnerte sich ihrer Mission. Der Rothaarige wartete vielleicht schon am Fluss. Hoffentlich hielt das Wetter noch eine kleine Weile. Als sie sich nach dem Lederkleid bückte, wurde sie unversehens von einer ungestümen Kraft nach vorne geschleudert. Lucy hatte das Gefühl, der Teufel persönlich wäre ihr in den Rücken gefahren. Unsanft klatschte sie bäuchlings in einen Busch aus Gras und Brennnesseln hinein. Eine schwere Last landete auf ihrem Rücken und drückte sie gnadenlos nieder. Etwas Erbarmungsloses fuhr ihr in die Haare. Druck entstand und riss ihr den Kopf zurück. „Hab ich dich, du Bitch", keuchte eine heisere Stimme. Jetzt erst erkannte Lucy, dass das Unbekannte in ihren Haaren eine Hand war, die kraftvoll zupackte und die zu einem Mann gehören musste, der von entsprechender Statur war. Oder zum Teufel persönlich?

Lucy wollte sich umdrehen, aber schon der Versuch war chancenlos. Sofort entstand eine Last auf ihren Oberarmen, die imstande war, ihre Knochen zu brechen. Sie spürte Knie auf den Armmuskeln.

„Vergiss es", zischte die Stimme.

Lucys Rücken wurde vom Gewicht befreit. Die Hand verschwand aus ihren Haaren und packte sie am Kinn. Sie wurde hochgezogen, losgelassen und sogleich schmerzhaft an den Schultern gepackt. Entsetzt schaute sie dem Rothaarigen in die Augen, während sie am Hals eine Klinge spürte.

„Drecksweib", schnarrte der Mann. „Hältst dich für unwiderstehlich und meinst, jeden Preis fordern zu können." Ein Schlag mit der Rückhand ins Gesicht ließ sie zurücktaumeln. Schon war die Klinge wieder an ihrem Hals. „Wie ich sehe, hast du dich bereits fertiggemacht, nackt, wie du bist."

Von dem Messer am Hals wurde sie kurz abgelenkt, als die zweite Hand des Mannes ihre Brust betätschelte, die Knospe suchte und, als sie sie gefunden hatte, so fest zusammendrückte, dass sie gepeinigt aufschrie.

„Für das Geld, das ich bezahlt habe, musst du mir das hier schon bieten, Bitch." Er kniff noch fester zu, drehte und zog daran und nahm dann die ganze Brust in die Hand, die er grob zusammendrückte. Während er ihr das Messer nun in den Rücken hielt, beugte er sich ein wenig nieder und saugte hart und gierig an der zweiten Brust. „Du hast was, das muss man dir lassen", hechelte er. Die Hand ließ die Brust los, nur um gleich darauf zwischen ihren Beinen aufzutauchen, während die andere ihr wieder das Messer an den Hals hielt. Die Hand zwischen ihren Beinen krallte sich in der gekräuselten Schambehaarung fest.

Das Messer an Lucys Hals verschwand. Doch Erleichterung brachte das keine. Schon tauchte es unterhalb ihres Bauchnabels auf und begann, an den Haaren zu raspeln. Dann nahm der Kerl das Messer zwischen die Zähne. Die zweite Hand packte sie nun am Hals und drückte so fest zu, dass sie gerade noch atmen konnte – und schreien. Ein kräftiger Stoß vor die Brust, warf sie hart ins Gras zurück. Während sie auf dem Rücken lag, erschien die Hand über ihr und ließ die abgeschnittenen Schamhaare auf sie nieder rieseln. Dann traf ein derber Stiefel sie in der Seite. Er nahm das Messer wieder aus dem Mund und zischte. „Beine auseinander, los."

Lucy riss sich zusammen, um einigermaßen ruhig zu klingen. „Was hast du vor?", fragte sie vorsichtig. „Du hast mich bezahlt und bekommst sowieso, was du haben möchtest."

„Zuerst will ich dich, dann dein Leben, und dann dein Geld, Bitch." Mit dem Dolch zeigte er auf den beladenen Esel und meinte: „Du kommst doch gerade vom Markt, oder? Dann wirst du auch deine Einnahmen dabei haben." Wieder trat er sie. „Mach die Beine breit. Wird's bald?"

Lucy gehorchte entsetzt. Wie recht sie doch hatte, dass Rothaarige zum Teufel gehörten. Dieses Exemplar war der beste Beweis dafür.

Der Mann steckte das Messer nun in die Scheide, die er an einem breiten Gürtel trug. Während er seine Hose losband, streifte er die Stiefel ab und trat sie zur Seite. Dass er das Bevorstehende kaum erwarten konnte, war seiner Hose anzusehen. Als sie fiel, kam sein Glied wippend und in voller Pracht zum Vorschein. In großer

Eile stieg der Kerl nun vollends aus der Hose und fiel zwischen Lucys Beinen auf die Knie. Er beugte sich über sie und vergrub seine Zunge in ihrem Mund. Während er auf heftigen Widerstand wartete, wurstelte er sein Geschlecht in Lucys Grotte hinein, aber die Abwehr kam nicht. Stattdessen liebkoste sie seine Zunge mit der ihren, begann daran zu saugen, biss sanft zu und umfasste seinen Kopf mit zärtlichen Händen. Sie zog ihm die Lederkappe ab und warf sie zur Seite, um kurz darauf die langen roten Haare zu durchwühlen.

Der Mann erstarrte einen Wimpernschlag lang in seinen Bewegungen. Dann drückte er sich hoch. Er schaute in Lucys lüstern dreinblickendes Gesicht.

„Wenn du das tust, was du vorhast, bekommst du nicht, wofür du bezahlt hast", sagte Lucy und biss sich auf die Unterlippe. „Du hast die Wahl. Mach weiter, und du wirst nie erfahren, was dir entgangen ist."

„Du bist…"

„Gefällt es dir?" Lucys Blick streifte den Dolch, der vergessen an seiner Seite baumelte.

Irritiert beugte er sich nieder und nahm stockend seine Bewegungen wieder auf. Sie wirkten auf einmal recht unbeholfen.

„Gefällt dir mein Mund?" Ihre rosa Zunge fuhr über die Lippen und verließ sie verführerisch glänzend, sogar in der aufziehenden Dunkelheit.

Wieder hielt er inne.

„Was nun?"

„So, wie du an meiner Zunge gesaugt und sie gebissen hast… - Ich habe es noch nie erlebt", gestand er.

„Zieh ihn raus, stell dich, und ich zeige dir etwas, das du erst recht noch nicht erlebt hast", antwortete Lucy.

Der Mann erhob sich. „Da bin ich aber gespannt", keuchte er.

„Du musst mir aber versprechen, mein Geld und mein Leben nicht anzurühren."

Er grinste. „Ich bin ein Ehrenmann. Versprochen."

Lucy kniete sich vor ihn. Sie umklammerte sein pralles Geschlecht mit der einen Hand und leckte an der purpurfarbenen Spitze, während sie sanft den Schaft massierte. Mit der anderen Hand streichelte sie seine Hoden.

Der Rothaarige bekam weiche Knie. „Mach weiter", stöhnte er.

„Das ist erst der Anfang." Sie schloss den Mund um die Eichel und saugte, während die zweite Hand seine Hoden verließ. Ein einzelner Finger fuhr zwischen seinen Beinen hindurch zum After, und wieder zurück.

Der Mann konnte sich kaum noch auf den Beinen halten.

Er stöhnte, keuchte - und dann schrie er in einem Laut, der eher zu einem Schwein hätte gehören können, denn zu einem Menschen.

Lucy sprang auf und spuckte ein Stück Eichel aus. Blut spritzte. Der Mann hielt sich sein Glied mit beiden Händen und taumelte umher. „Du Drecksweib", schrie er heulend vor Schmerz.

Mit gekonnter Fingerfertigkeit erhaschte sie seinen Dolch und rammte ihn dem Mann in die Seite.

Er ging zu Boden und stöhnte. Sein Röcheln erstarb, als das Messer ihm kurz darauf in die Kehle fuhr.

Lucy stampfte ihm noch einmal ihren Fuß mit aller Kraft zwischen die Beine.

Ein letztes Mal saugte seine Lunge Luft ein. Dann wurden seine Augen glasig und brachen.

„Wieder ein Teufel weniger", stellte Lucy zufrieden fest.

In diesem Moment setzte Regen ein. Schnell verstaute sie ihr grünes Kleid in den Taschen auf des Esels Rücken, der geduldig gewartet hatte und dem Ereignis keine besondere Bedeutung zuzumessen schien. Sie stieg in ihre Ledersachen und musste feststellen, dass sie dieses Kleid jetzt wohl zum letzten Mal anziehen würde. Zu sehr spannte es bereits um Bauch und Brust. „Ich nehme zu", jammerte sie. „Warum um alles in der Welt nehme ich zu, lieber Gott?" Im Anfall einer ungnädigen Erregung aus Angst und Ekel, riss sie einen Büschel Gras ab, das bereits ein wenig nass war vom Regen, wischte sich das Blut des Mannes aus dem Gesicht und sprang auf den Esel. „Auf geht's, Malcolm wartet sicher schon auf mich." Mit diesen Worten trieb sie ihn in Richtung Southbarn.

LXVII

Ergiebiger Regen ging auf Southbarn nieder. Für Ende August war es ein recht kühles Nass, durch das sich Malcolm und Binagh zum Friedhof vorkämpften. Es war stockdunkel. Der Himmel war schwarz wie schon lange nicht mehr. Nichts deutete auf einen Vollmond hin. Vielleicht wusste noch nicht einmal jemand, dass in dieser wirren Nacht wieder Vollmond war. Außer Lucy und Malcolm. Der Regen verstärkte sich. In der Ferne blitzte es. Die Blitze waren blutrot und tauchten den Friedhof in ein gespenstisch flackerndes Licht. Donner grollte. Windböen peitschten Regengüsse über die Erde, so heftig, dass Schlamm durch die Luft spritzte.

Malcolms Umhang war vollkommen durchnässt und schwer wie Blei. Aus seinen Haaren triefte das Nass, und in seinen Schuhen stand das Wasser. Aber all das spürte er nicht. Er schien die widrigen Umstände gar nicht zu bemerken, so sehr hatte sein Trieb ihn wieder in der Gewalt. Er konnte es kaum noch aushalten und brauchte dringend die Gelegenheit, sich abzureagieren. Nichts anderes hatte jetzt Platz in seinem Leben.
Mit einem Satz erreichte er die Mauerkrone. Auf der anderen Seite sprang er wieder herab und schaute sich um.
Binagh, ebenfalls triefend nass, folgte ihm. Als er den matschigen Boden des Friedhofs erreichte, schulterte er einen Spaten ab und fragte: „Wo?"
Wahllos zeigte Malcolm in eine Richtung. „Da vorne. Los, beeil dich."
Tatsächlich gab es ein paar frische Gräber in Southbarn, so frisch, dass noch keine Inschrift Auskunft darüber gab,

wer hier seit wann begraben lag. Malcolm deutete auf eines davon. „Das da. Aber mach schnell."

Binagh legte seine Waffen ab und begann zu graben. „Bei diesem beschissenen Wetter kostet dich das was extra", raunte er, während er schaufelte. „Jeder vernünftige Mensch bleibt zuhause in der gemütlichen Stube. Nur wir müssen uns diesem Unwetter aussetzen." „Rede nicht wie ein Narr. Das Wetter hat seine Vorteile. Es sind keine Wächter da."

Der Matsch klebte am Spaten. Binagh musste ihn immer wieder abklopfen, bevor er das Werkzeug erneut in den Boden stechen konnte. „Verlass dich mal nicht darauf", sagte er. Er klang ruhig und besonnen, aber tief in ihm drin brodelte der Unmut. Er hatte große Lust, Malcolm den Spaten gegen den Kopf zu dreschen. Er hielt kurz inne, atmete einmal tief durch, biss die Zähne zusammen - und grub weiter.

„Nicht so lahm. Los jetzt. Ich kann nicht mehr warten." Verbissen gehorchte Binagh. Nur eine Winzigkeit trennte ihn von einem Ausraster. Nach einer endlos scheinenden Zeit, legte er endlich einen Sarg frei. Gemeinsam zerrten sie ihn aus dem Schlammloch.

Malcolm riss Binagh den Spaten aus der Hand und zertrümmerte den Deckel. Er setzte das Werkzeug als Hebel an und entfernte knirschend und krachend die Holzreste, aber nur, um auf eine unansehnliche Männerleiche zu schauen. Aus ihrem Mund ragte die Spitze einer schwarzen Zunge. Die Augen waren weit geöffnet und quollen aus den Höhlen. Zudem wies die Leiche eine dicke Schwellung rund um den Hals auf. All das ließ keinen Zweifel übrig: Der Mann war erdrosselt worden. Vielleicht sogar von Lucy? In der Dunkelheit war nicht zu erkennen, ob er rote Haare hatte. Trotzdem schauderte es Malcolm für einen Moment. Könnte er der

Nächste sein, der so entstellt in einem Grab landen würde? Bevor er sich tiefer auf diesen Gedanken einlassen konnte, holte sein Trieb ihn wieder auf den Boden der Tatsachen zurück. Vor ihm präsentierte sich ein geöffnetes Grab, in dem eine unbrauchbare Leiche lag. Wutentbrannt warf er den Spaten vor Binaghs Füße. „Scheiße. Los, ein anderes Grab."

Binaghs Fäuste krallten sich um den Stiel, als er sich das nächste vorknöpfte. Unter Malcolms wütendem Gezeter, grub er sich an den zweiten Sarg heran. Wieder zerrten sie ihn aus dem Loch. Es kostete unsagbare Mühe. Die schlammige Erde schien ihn nicht hergeben zu wollen, aber Malcolm entwickelte eine schier unmenschliche Kraft. Beschmiert bis unter die Achseln, öffnete er den Deckel… - und schlug gleich danach auf Binagh ein. „Soll ich mich vielleicht anstecken, oder was?" Malcolm wurde immer rabiater in seinen Schlägen, und Binagh ließ sie über sich ergehen. Für einen Moment fühlte er sich gar nicht mehr in seinem Körper. Es kam ihm so vor, als schaute er sich das alles nur von außen aus an, regungslos, emotionslos, gefühllos. Als die Schläge aufhörten, antwortete er: „Es tut mir leid, ich konnte nicht wissen, dass hier eine Frau liegt, die an Pest gestorben ist. Du bist schließlich der Medikus von uns beiden, nicht ich."

„Gib her." Malcolm riss ihm erneut den Spaten aus der Hand und hackte damit auf die Leiche ein. Die Hiebe zerstörten das sowieso schon entstellte Gesicht der Toten, das schwarz, aufgedunsen und voller aufgeplatzter Geschwüre war. Seine Ungeduld grenzte an Raserei. Erst, als die Leiche mit zerhacktem Schädel vor ihm lag, ging es ihm etwas besser. Er überreichte seinem Gehilfen das triefende Werkzeug mit den Worten: „Mach's jetzt richtig."

Binagh schaufelte ein weiteres Grab auf, fand einen Sarg und zog ihn raus. Mit viel mehr Feingefühl, als Malcolm es hatte, öffnet er ihn und schaute erwartungsvoll Malcolm an.

„Alt, hässlich, verrunzelt, aber immerhin ist es eine gesunde Frau", sagte Malcolm. Er stürzte sich auf sie und begann sofort damit, sich abzureagieren.

Binagh suchte vor dem Regen gerade Schutz unter einem Baum, als der Pfeil einer Armbrust heran sauste, ihm unter die Achsel fuhr und seinen durchnässten Umhang am Stamm festnagelte, zum Glück ohne ihn zu verletzen. „Shit!", schimpfte er und riss den Umhang los. Ein Fetzen Stoff blieb am Baum zurück.

Schon eilten drei von Gabors Handlangern, die Lanzen voran, auf ihn zu. Bei diesem Wetter waren Vic, Reg und Lee voneinander nicht zu unterscheiden. Es waren nur drei Gestalten, gleich groß und gleich grau.

Binagh griff sich über die Schulter. „Meine Waffen", entfuhr es ihm. Sie lagen weiter weg, beim ersten Grab. Diese unselige Aktion mit den unbrauchbaren Leichen und Malcolms Wut hatten ihn sie vergessen lassen.

Schon waren die Drei bei ihm.

Binagh hechtete in den Schlamm, ergriff den Spaten und drehte sich geschwind um, sodass die Lanzen nur in den Boden stachen. Flink wie eine Katze, kam er auf die Beine. Er wirbelte herum und drosch mit dem Spaten auf die Lanzen ein, die ihn attackierten wie den Stachel von Skorpionen. Als Lees Lanze Binaghs Schlag nicht standhalten konnte und zerbrach, entfernte sich der Angreifer so schnell, wie er gekommen war. „Ich hole Verstärkung", rief er den anderen zu. „Haltet ihn in Schach." Kurz darauf hörte Binagh ihn in Eile davon reiten.

Malcolm ließ sich von dem Kampfgetümmel nicht stören. Noch hatte er seine Befriedigung nicht erlangt. Binagh, nun nur noch von zwei Lanzen angegriffen, wehrte sich noch immer mit dem Spaten, während er rückwärts wich. Dabei näherte er sich seinen Waffen. Gleichzeitig entfernte er sich aber auch von Malcolm, der nicht zu seiner Erfüllung kam und wie wild auf der Leiche herum agierte.

Doch während Binagh und die Wächter immer weiter von Malcolm weg rückten, näherten sich dem Meister durch den Matsch eilige Schritte von der anderen Seite des Grabes. Er schien etwas zu ahnen, hielt in der Bewegung inne und schaute nach oben.

Über ihm stand Lucy wie ein blonder Racheengel mit triefenden Haaren und in schwarzer Lederkleidung. Ehe Malcolm reagieren konnte, stürzte sie sich auf ihn, den Dolch des Rothaarigen voran.

Malcolm konnte sich in letzter Sekunde zur Seite drehen, da klatschte Lucy auch schon auf die Tote. Das Messer drang durch ein Auge bis zum Schaft in deren Schädel ein und blieb darin stecken. Es ließ sich nicht mehr herausziehen.

Lucy schlug wie besessen um sich.

Malcolm hatte alle Mühe, sich der Schläge zu erwehren und nicht ernsthaft im Gesicht getroffen zu werden.

Derweil war Binagh endlich bei seinen Waffen angelangt. Er kam aber nicht dazu, sie aufzuheben. Pausenlos musste er die Stiche der Lanzen abwehren. Mehr als einmal verfehlten sie sein Gesicht nur um Haaresbreite.

Trotz des prasselnden Regens, waren in der Ferne schon bald galoppierende Pferde zu hören. Gabors Leute waren auf dem Weg!

Malcolm lag noch immer neben der Toten. Lucy kniete auf ihm. Ihre Hände waren um den Hals der Leiche gekrallt. Gnadenlos und mit übermenschlicher Kraft, drückte sie zu, nicht wissend, dass sie den falschen Hals erwischt hatte, weil Malcolm ihr das Gesicht hoch drückte. Und so gruben sich ihre Finger schmatzend ins faulende Fleisch.

Jetzt endlich gelang es Binagh, die Lanzen mit dem Spaten zu zerstören. Während Vic und Reg mit den gebrochenen Schäften auf ihn einschlugen, hob er seine Waffen auf. An den Köpfen der beiden entfalteten sie ihre tödliche Wirkung. Binagh sprang über die leblosen Körper und lief zu Malcolm zurück.

Endlich ließ Lucy den total zerfetzten Hals der Leiche los.

Malcolm gelang es, ihr eine zu verpassen. Aber genauso gut, wie sie austeilte, konnte sie auch einstecken. Sie musste dennoch einsehen, dass sie ihre Mission, den Teufel aller Teufel zu erledigen, heute nicht zu Ende führen konnte. Rundum und von oben bis unten mit Schlamm beschmiert, flüchtete sie und verschwand in der Nacht.

Binagh sprang heran, bückte sich und packte Malcolm am Arm. „Los, raus da. Gabors Leute sind nicht mehr fern."

„Warum tust du das?", fragte Malcolm. „Warum überlässt du mich nicht einfach den Häschern nach dieser schändlichen Nacht."

Binagh zerrte ihn aus dem Sarg heraus und schob ihn vorwärts. „Keine Zeit für Gezeter. Los jetzt."

Kaum hatten sie sich von diesem Ort des Grauens entfernt, erreichte der kümmerliche Rest von Gabors Leuten das offene Loch. Gut lesbare Spuren zeigten die Richtung der Flüchtenden. Jetzt, wo auch Vic und Reg tot waren, waren sie nur noch zu fünft, die den Flüchtenden nacheilen konnten.

LXXVIII

„Der Teufel ist wieder auf dem Friedhof tätig!" Mit diesen Worten war Lee in die Folterkammer geplatzt, in der Gabors rechtes Bein in einem Spanischen Stiefel steckte, dessen Schrauben er gerade eigenhändig zuzog, bis das Fleisch herausquoll. Gabor hatte laut aufgeschrieben, vor Schmerz, aber auch vor Entsetzen über diese Nachricht. „Wie soll ich diese Stadt vor dem Bösen retten, wenn nicht durch hartes Durchgreifen", hatte er gebrüllt. „Ich werde dazu gezwungen, Maßlosigkeit zu betreiben. Das ist Teufelswerk." Dann hatte er einen Hammer ergriffen und sich auf das in Eisen gepresste Schienbein geschlagen. Nur Lees Stimme hatte ihn wieder auf den Boden der Tatsachen zurückgeholt. „Hör auf, Gabor", hatte er gesagt. „Deine Maßlosigkeit, so sie denn wirklich existiert, ist gerechtfertigt. Jetzt steht Höheres auf dem Spiel, als deine Selbstkasteiung. Wir brauchen Taten." Daraufhin hatte Gabor den Hammer in eine Ecke geworfen und die Schrauben gelöst. Er hatte sich den Spanischen Stiefel abgenommen, und, während er das blutige Bein notdürftig und unter großem Jammer versorgte, gefragt: „Kläre mich auf. Was ist passiert?"
Lee hatte schnell gesprochen, als würde er gehetzt werden, als er erklärte: „Der Teufel hat drei Gräber geschändet, und dieser Werwolf hat ihn dabei bewacht. Reg und Vic halten die beiden in Schach, aber wir brauchen Verstärkung. Wo sind die anderen?"
„Bailey, Hunter und Jordy haben sich vor dem Wetter ins Pub verkrochen", hatte Gabor geantwortet. Es hatte wie unter Tränen geklungen. „Beeilt euch, Lee. Bringt mir den Teufel und seinen Vasallen und kommt heil wieder her. Ich verlass mich auf euch."

**

Lee hatte sich sofort zum Pub aufgemacht, um die anderen Drei zu holen. Derweil stand Gabor nun mit schmerzverzerrtem Gesicht wacklig auf geschundenen Beinen vor dem Pfarrhaus und wurde vom Regen so richtig geduscht. Sein rotes Gewand sah fast schwarz aus vor Nässe. Starker Wind zerrte an seiner Kleidung, unter der die Binden, die er sich notdürftig ums Bein gewickelt hatte, bereits durchgeblutet waren. Trotz der Schmerzen hatte Gabor sich vor das Pfarrhaus geschleppt und pochte nun an Caelius' Tür. Als von innen keine Reaktion kam, trommelte er weiter. Aber im Pfarrhaus blieb es ruhig. Gabor humpelte um die Hausecke herum zum Schlafzimmerfenster und lugte in Caelius' Stube hinein. Im schwachen Licht einer Kerze, sah er den Pfarrer auf dem Bett liegen, unbeeindruckt von dem Klopfen.

Gabor ließ einen mörderischen Schrei los und schlug die Scheibe ein. „Raus da, los", brüllte er. „Es wurden wieder Gräber geschändet."

Langsam, sehr langsam, drehte Caelius sich um, rülpste, winkte ab und wendete sich mit dem Gesicht wieder der Wand zu. Drei entkorkte Weinflaschen auf dem Boden, von denen eine umgekippt war, sprachen Bände.

„Du sollst dich aus dem Bett schälen", brüllte der Dominikaner und trat gegen die Wand. Vor Schmerz schrie er auf. Dann humpelte er jammernd davon.

Caelius rührte sich nicht mehr. Nur ein kleines Auf und Ab seines Oberkörpers zeugte davon, dass er atmete.

***

Zur selben Zeit folgten Gabors Mannen den Spuren auf schlammigen Wegen. Sie waren deutlich zu sehen und machten es den Häschern leicht, die Flüchtenden zu verfolgen. Die Freude darüber hielt aber nicht lange an, denn der Regen klatschte unablässig herab. Die Spuren wurden immer undeutlicher, und bald gab es kein Zeichen mehr, wohin sie geflüchtet sein konnten. Die Straßen in der Stadt glichen bereits Bächen, sodass Bailey die Hand hob und rief: „Es hat keinen Zweck. Vergesst es. Wir brechen die Aktion ab und reiten zur Kirche."

LXXIX

Mitternacht war vorbei. Es hatte aufgehört zu regnen. Der Himmel blieb jedoch wolkenverhangen und schwarz, und die Luft war dunstig. Lucy hatte den Esel schon vor ihrem Besuch auf dem Friedhof mit all dem Ballast vom Wochenmarkt wieder nach Hause gebracht, bevor sie zu Fuß dorthin geeilt war, in der Hoffnung, dass Malcolm auch wirklich da sein würde. Die Chance war gering, das hatte sie sich eingestehen müssen. Konnte das Böse in ihm so mächtig sein, dass es ihn bei diesem Wetter Schlamm und Wasser auszusetzen vermochte, um Gräber zu schänden? Und wenn: Warum sollte er ausgerechnet zu derselben Zeit dort sein wie Lucy, wenn sie ihn suchte? Es war Vollmond, ja, aber Mitternacht war schon vorbei gewesen. Lucy hatte ein Stoßgebet zu Gott geschickt und um Hilfe gebeten. Schließlich war es ja darum gegangen, den Teufel der Teufel unschädlich zu machen.

Die Entscheidung, den Esel zuhause zu lassen, hatte sich im Nachhinein als Segen herausgestellt, konnte sie doch den Häschern so viel besser entkommen, als mit und auf dem kleinen Reittier. Die Mission war dennoch missglückt, Malcolm lebte, und auch Lucy war noch einmal heil davongekommen, genau wie er. Das Schicksal hielt für sie beide eine weitere Chance bereit, wieder zusammen zu finden, auf die eine oder andere, oder auf eine ganz andere Art und Weise.

Lucy, von Kopf bis Fuß mit Schlamm beschmiert, stand hinter dem Haus und schaute am Erker hoch zu ihrem Schlafzimmer, das so einsam und dunkel etwas Gespenstisches hatte. Auch das Fenster daneben, das zur Stube ihrer Mutter gehörte, zeigte kein Lebenszeichen.

Das flackernde Licht einer im Raum brennenden Kerze fehlte. Ann schien zu schlafen. Lucy nahm einen tiefen Atemzug, packte die Fliederranke, die an der Mauer empor bis auf das kleine Dach vor ihrem Fenster wuchs und kletterte daran hoch, wie sie es schon Hundertmal getan hatte. Das Fenster war nur angelehnt. Sie stieß es auf und kletterte in ihr Zimmer hinein. Die Zerstörung im Erdgeschoss blieb daher ihrem Auge verborgen. Ihre Zimmertür war geschlossen. Mehr tastend als sehend, zog sie sich seelenruhig das schmutzige Kleid aus und streifte die schlammigen Stiefel ab. Dann ging sie in die Knie, bückte sich, um die Sachen unters Bett zu schieben - und stockte. Das Bücken ging schon mal leichter. Etwas störte: Der Bauch. Zwar hatte sie es schon so empfunden, als sie am Morgen das Kleid für ihre Mission hervorgeholt hatte, aber ihre Vorfreude auf Malcolms Tod hatte sie davon abgehalten, weiter darüber nachzudenken. Jetzt, da sie müde war von den Ereignissen des Tages und das Bett auf sie wartete, wurde ihr die Rundung allerdings sehr bewusst. Sie erhob sich, schob die Sachen mit dem Fuß ins Versteck und stellte sich eine Kerze bereit, die in einem Halter steckte. Geduldig nahm sie Zunder, legte ihn auf einen Feuerstein und klopfte mit einem Eisenring darauf, bis ein Funke endlich den Zunder entfachte und sie die Kerze anzünden konnte. An der Wand entstand ein Schatten. Ihr Schatten. *War es wirklich ihr Schatten?* Lucy drehte sich in Position und schaute auf ihren dicker gewordenen Bauch. Sie legte ihre Hände darauf und betrachtete sich von allen Seiten wie in einem Spiegel. Doch da! Erschrocken zog sie die Hände weg, als hätte sie sich verbrannt. Da war eine Bewegung gewesen. Sie war von innen getreten worden. Lucy hatte es genau gespürt. Sie schrie kurz und spitz auf. „Was ist das? Ein Kind in mir?"

Sie stellte sich vor die Kerze, und da, schon wieder. Die Bauchdecke bewegte sich, sanft, aber bestimmt, als wolle jemand da drin aus einem Verlies ausbrechen. „Der Teufel ist in mir", wimmerte sie leise. „Wie konnte das geschehen?" Sie ging in der Stube hin und her, knabberte an den Fingernägeln und flüsterte fassungslos: „Was mach ich, was mach ich? Lieber Gott, steh mir bei. Maria und Jesus und alle Heiligen, bittet für mich. Ich hab nichts Böses getan. Wie konnte ich wissen, dass Malcolm der Teufel ist?" Wieder stellte sie sich vor die Kerze. Diesmal rücklings. Im Schatten sah sie sich schlank wie eh und je. „Vielleicht hab ich mich getäuscht?" Sie kicherte, aber der eiskalte Schauer, der ihren Rücken auf und ab wanderte, war so gar nicht zum Lachen. Langsam drehte sie sich um ihre eigene Achse und sah dabei ihren Bauch entstehen und wieder verschwinden. *Es war keine Täuschung, es war eine Schwangerschaft!*

In Anns Zimmer wurde es flackernd hell. Eine Kerze, gerade frisch angezündet, ließ die Flamme auf ihrem Docht langsam größer werden, bis sie sich fest eingenistet hatte und das Wachs zu verbrennen begann. *Hat Lucy etwa geschrien? Sind wieder Männer ins Haus eingedrungen?* Ann hatte nicht fest geschlafen. Ihre Angst vor Gabors brutalen Gesellen hatte nur einen sehr leichten Schlaf zugelassen. Nicht sicher, ob sie den kurzen spitzen Schrei wirklich gehört oder nur geträumt hatte, öffnete sie, die Kerze in der Hand, vorsichtig ihre Zimmertür und trat auf den Flur. Gedämpft drängte Lucys ängstliche Stimme aus dem Zimmer. *Geht es etwa um ein Kind? Was faselt sie denn da?* Ann drückte die Klinke nieder. Es klackte.
Lucy erschrak fast zu Tode und hielt sich den Bauch.

Schon platzte Ann in den Raum. Völlig außer Fassung, stürzte sie auf Lucy zu. Sie stellte die Kerze ab und packte ihre Tochter grob am Arm. „Sünderin!", schrie sie außer sich. Das schwache Licht zweier Kerzen genügte, um zu erkennen, dass sie einen hochroten Kopf hatte. „Du stürzt uns beide ins Verderben. Fremde Männer brechen in unser Haus ein, legen es in Trümmer, und warum? Weil sie nach dir suchen. Sie können jederzeit wiederkommen. Und was machst du? Lässt dir ein Kind andrehen. Wie siehst du überhaupt aus, so voller Dreck? Wo bist du gewesen?"

„Mama, ich…"

Ann schüttelte sie kräftig durch. „Wie konntest du dich mit diesem Mann einlassen? Habe ich dir nicht oft genug davon erzählt, was es mit Rothaarigen auf sich hat? Du scheinheilige Lügnerin, erzählst mir was vom Teufel, und in Wirklichkeit steigst du mit ihm ins Bett." In ihrer Rage kam ihr gar nicht der Gedanke, dass in den paar Wochen mit Malcolm niemals solch ein Bauch hätte entstehen können.

„Nein, nein, es ist anders", beteuerte Lucy. „Es muss passiert sein, als er meinen Sarg öffnete. Als ich erwachte, lag er auf mir und hat mich…" - sie konnte es nicht aussprechen. 'Aber so muss es gewesen sein', dachte sie, 'denn beim Koitus in Malcolms Wohnung hatte er immer ein Kondom verwendet.' Ihre Gedanken überschlugen sich. 'Oder waren es gar...?' Ihr Herz pochte schnell und hart. 'Mein Gott, genauso war es. Im Sarg hatte Malcolm wohl noch keinen Orgasmus gehabt, als ich erwachte.' Rasch fügte sie hinzu: „Es ist nicht, wie du denkst, Mama. Die Landsknechte haben mich im Verlies vergewaltigt. Sie sind der Vater. Gütiger Gott, lieber so, als dass der Teufel in mir heranwächst."

349

Ann schmierte ihr eine. „Schweig! Ich kann es nicht mehr ertragen." Sie erhob den Finger gegen sie. „Es gibt nur eine einzige Möglichkeit, die Sache zu bereinigen. Erflehe Gnade bei Gott unsrem Herrn." Sie packte sie am Arm. „Los, zum Pfarrer. Vielleicht ist da noch was zu retten." Sie zerrte Lucy auf den Flur. Während das Mädchen um sich schlug, drückte Ann ihren Kopf nieder und nahm ihr so die Kraft aus den Schlägen. Mit der anderen Hand prügelte sie auf ihren Rücken ein. Sie kamen der Treppe bedenklich nahe. Aus Lucys Zimmer flackerte nur schwach der Schein der zwei Kerzen. Das Licht genügte nicht, zwei rangelnde und sehr miteinander beschäftigte Frauen die drohende Gefahr erkennen zu lassen, die auf sie lauerte.

Lucys Schläge gingen weiterhin ins Leere. Sie kreischte spitz und schrill und packte ihre Haare, an denen Ann nun brutal zerrte. „Lass mich los, Mama, hör auf damit. Ich will nicht zum Pfarrer. Ich hab nichts Böses getan."

Ann riss an Lucy wie eine Besessene. Nichts unterschied sie von einer Psychopathin, die ihr Vorhaben um jeden Preis durchzusetzen gedachte, weil ohne das der innere Frieden nicht wiederhergestellt werden konnte. „Und ob du zum Pfarrer gehst", kreischte sie. „Nur Gott kann dieses elende Treiben beenden." Davon war sie genauso überzeugt, wie von der Existenz des Leibhaftigen auf Erden, der nun endlich in die Schranken gewiesen werden musste.

Lucy erkannte die Sinnlosigkeit ihrer Mühen. Sie sah nur eine einzige Chance, dieser erbärmlichen Situation zu entkommen: Sie musste ihre Mutter zu Fall bringen. Mit aller Kraft stemmte sie sich gegen ihren Griff und schaffte es, Anns Beine zu ergreifen. Sie umklammerte die Knie mit beiden Armen.

Ann, die zu straucheln begann, versuchte, Herrin über ihr Gleichgewicht zu bleiben, indem sie einen Schritt nach hinten machte. Die um ihre Knie geklammerten Arme von Lucy erlaubten nur eine sehr kleine Bewegung, aber das reichte. Sie tappte ins Leere und stürzte. Rückwärts polterte sie die Treppe nach unten, an deren Ende sie hart mit dem Kopf aufschlug. Dann war es ruhig. Unfassbar ruhig.

Lucy hatte sich am Treppengeländer festgehalten und gerade noch so verhindert, dass auch sie stürzte. Sie lauschte in den dunklen Abgrund. „Mama?"

Nichts rührte sich.

„Mama, was ist?"

Das einzige Geräusch, das Lucys hörte, war ihr eigener schneller, fast hechelnder Atem. „Mama!" Sie riss die Hände vors Gesicht. „Bitte nicht, ich hab dich doch so lieb."

LXX

Der Raum war absolut dunkel, gerade groß genug für zwei Männer, gefüllt mit stickiger Luft und nur wenig Sauerstoff. Im Innern lagen Malcolm und Binagh wie ein sich liebendes Ehepaar. Sie waren einander zugewandt, zwar nicht eng umschlungen, aber doch mit ein wenig ungewollter intimer Berührung ausgestattet. Ihre Gesichter lagen so dicht beieinander, als hätten sie sich gerade erst geküsst, sodass jedes vom Atem des Gegenübers umströmt wurde. Es erschwerte das sowieso fast unmögliche tiefe Luftholen immens. Keiner von beiden mochte die Ausdünstungen des anderen in seine Lunge aufnehmen.

Der Raum wurde durchdrungen von fröhlichem Gequietsche, das, manchmal regelmäßig, dann wieder wild durcheinander, die unwirkliche Realität durchdrang und hin und wieder von weiblichem Kichern und Geflüster begleitet wurde. Das Versteck konnte sehr sicher sein. Vielleicht wurden sie nicht gefunden, sollten Gabors Häscher sie trotz des Regens bis hierher verfolgt haben und das Haus durchsuchen. Wenn sie aber gefunden werden sollten, dann gab es wohl kaum eine Chance, zu überleben. Binagh war unbewaffnet. Für seine Waffen war kein Platz in dem sowieso schon zu engem Raum. Und selbst, wenn er bewaffnet gewesen wäre: In dieser Enge würden sie beide tot sein, bevor er Gelegenheit hätte, sie zu greifen.

„Wie lange werden wir nun schon hier liegen? Lange genug, um sicher zu sein, dass sie nicht mehr kommen?", flüsterte Malcolm.

„Wir haben niemanden mehr hinter uns gesehen, nicht wahr?", antwortete Binagh.

„Nein."

Binagh atmete vorsichtig tief ein. „Dann sollten wir diesen Bettkasten verlassen. So langsam bekomme ich keine Luft mehr. Es ist wie in einem Sarg hier drin, findest du nicht?"

Wieder hopsten ein paar Frauen auf dem Bett herum, in dessen Kasten darunter sich die beiden Flüchtigen befanden. Sollten Gabors Leute doch noch auftauchen, würden sie in ihrer leichten Fröhlichkeit vielleicht den Gedanken zerstören, unter ihnen könnte sich ein Versteck befinden.

„Wie in einem Sarg", ächzte Malcolm. „Mit dem Unterschied, dass du nicht das bist, was ich darin suche."

„Gut, dass du das ansprichst", flüsterte Binagh. „Es ist der beste Zeitpunkt, um dir zu sagen, dass ich nicht mehr mitmache. Es reicht. Du tust nichts, um deinen Trieb loszuwerden. Das heute war der Höhepunkt. Beim nächsten Mal landen wir in der Folterkammer. Wenn sie uns nicht da schon die Glieder zerreißen und die Seele aus dem Leib brennen, geht es danach auf den Scheiterhaufen. Wenn du nur willst, kannst du auch mit lebenden Frauen. Dann sind wir auf der sicheren Seite. Du hast es mit Lucy bewiesen, dass es geht."

Wäre nur ein klein wenig mehr Platz unter dem Bett gewesen, dann hätte Malcolm die Hände gehoben. Aber so antwortete er nur verzweifelt: „Es geht doch *nur* mit Lucy, verstehst du das nicht."

„Hast du mir nicht mal gesagt, dass man seine Wirklichkeit durch seine Gedanken selbst macht?", fragte Binagh. Er klang fast wie ein Lehrer, als er hinzufügte: „Gilt das auch für dich, oder nur für andere?"

„Natürlich gilt das auch für mich", erboste Malcolm sich.

„Was willst du damit sagen?"

„Dass Lucy nichts Besonderes ist. Nur deine Gedanken machen sie *für dich* zu etwas Besonderem. Sie ist nicht in der Lage, dein sexuelles Problem zu heilen. Im Gegenteil. Ich werde dir zeigen, dass du Lucy nicht nur vergessen *kannst*, sondern sogar *musst*. Bist du bereit, die Wahrheit zu erfahren?"

Wieder quietschte das Bett, als sei es genauso ausgelassen wie die Frauen, die darauf saßen.

Binagh wartete nicht auf eine Antwort. Er klopfte an den Deckel des Bettkastens. „He, was treibt ihr denn da draußen? Ist die Luft rein?"

„Wäre sie es nicht, dann hätten wir jetzt ein Problem", gab Malcolm zu bedenken.

Das Quietschen hörte auf. Vier Körper sprangen auf den Holzboden vor dem Bett. Dann wurde der Kasten geöffnet. Frische Luft trug dem Ort der fleischlichen Sünde adäquate Gerüche herein. Im matten Kerzenlicht tauchte ein grün bemaltes Gesicht auf. Es gehörte Peggy, Binaghs heimlicher Liebe. Sie hielt den Kasten auf, lächelte und winkte. „Es ist alles ruhig", sagte sie. „Wir hätten euch sowieso jeden Moment erlöst. Kommt raus."

Binagh und Malcolm stiegen aus dem Bettkasten.

Malcolm schaute sich staunend um. Noch nie hatte er etwas Ähnliches gesehen. Ganz geheuer war es ihm hier nicht, glaubte er sich doch in einem Hexenhaus. Wo sonst könnte es bemalte nackte Frauen geben, die wie unter Drogen verklärt hin- und herschwankten und immer wieder an einem Becher nippten? Malcolm hatte während seines Studiums Experimente mit Muskatnüssen, Alraune, Bilsenkraut, Opium und Tollkirsche durchgeführt. Er konnte sich noch richtig gut daran erinnern, was seine Mixturen mit ihm gemacht hatten. Auch seine Testpersonen hatten mitunter genauso abwesend im Geiste ausgesehen und agiert, wie jetzt diese Frauen.

Was war wohl in diesem Kessel drin, der über einer Feuerstelle hing und geheimnisvoll dampfte? Wozu dienten all die Bündel getrockneter Kräuter an der Wand, wofür waren die Hühnerbeine und mineralhaltigen Steine gut? Das konnte er - selbst als studierter Mensch der Medizin und anderer Fakultäten - beim besten Willen nicht in der Gänze erfassen.

Die vier Mädchen, die auf dem Bett gesessen hatten und nun Malcolm und Binagh bezirzten, waren unbemalt, aber ebenfalls splitternackt und offensichtlich auf anderen geistigen Ebenen unterwegs. Malcolm spürte eine Regung in der Hose. Es fühlte sich an, als wollte sein Penis den Stoff durchbrechen und in eine der Grotten eintauchen, sei sie bemalt oder unbemalt, egal ob mit oder ohne Behaarung. Er schrie förmlich danach, sich zu vergnügen. Doch dann tauchte vor ihm Lucys Gesicht auf, und sein Freund in der Hose, der gleichzeitig sein ärgster Feind war, erschlaffte augenblicklich. Diese Frauen waren nicht Lucy. Nur sie hatte die Macht, ihn zum Mann zu machen.

Binagh holte ihn aus seinem Staunen heraus. „So was hast du noch nicht gesehen, hab ich recht? Hier gibt es lauter tolle Frauen. Such dir eine aus, damit du verstehst, dass dein Trieb nicht auf die scheußliche Art ausgelebt werden muss."

Malcolm schreckte auf. Lucys Gesicht verschwand. Er setzte sich zögernd in Bewegung und schaute sich die erste Nackte an. Zwar prüfte er deren Zähne nicht, aber ansonsten hatte er viel von einem Käufer auf dem Pferdemarkt. Er fasste ihr in die Haare, ließ die Hände zärtlich und trotzdem unbeholfen über ihr Gesicht und den Hals zu den Brüsten wandern, achtete darauf, ob sich sein Geschlecht dabei rührte und schaute, als er nichts spürte, Binagh an.

„Sie will dich nicht, Malcolm. Ist ja auch kein Wunder, wenn du sie wie ein Stück Vieh behandelst", erklärte er. „Oder bist du darauf aus, dass sie dich nicht will?"

Malcolm zögerte, bevor er sich langsam wieder in Bewegung setzte. Scheu wandte er sich der nächsten zu. Er hatte keine Ahnung, wie er ihr begegnen sollte. Von einer Hure hätte er erwartet, dass sie *ihn* knackte und nicht, dass er selbst das Ruder in die Hand nehmen musste. Warum also sollte er auf die Damen zugehen, anstatt dass sie sich *ihm* im besten Licht präsentierten?

„Das Spiel gefällt mir nicht", sagte er daher zu Binagh.

„Warum? Sagt dir keine zu?"

Malcolm zuckte mit den Schultern.

Binagh winkte eine bemalte Blondine herbei, die ein wenig benebelt mit den anderen um den Kessel herumtanzte. Als sie zu Binagh trat, legte er ihr eine Hand auf die Schulter und flüsterte ihr ins Ohr: „Mach ihn so richtig heiß, verstehst du?" Dann schaute er Malcolm an. „Das ist Deb. Sieht sie Lucy nicht verdammt ähnlich?"

„So bemalt, wie sie ist, kann ich das nicht erkennen", gab er zu bedenken.

Deb legte Malcolm die Arme um den Hals und ein Bein um die Hüften und zog ihn an sich. Sie fuhr ihm mit beiden Händen durch die langen Haare und bedeckte sein Gesicht mit Küssen. Sie drückte ihn an sich. Ihr Mund arbeitete sich von seinem Hals aus zur Brust runter und biss ihn leicht in die Brustwarze.

Malcolm stand stocksteif da und ließ es über sich ergehen. Hilflos hingen seine Hände an ihm herab. Er wusste nicht, was er damit machen sollte.

Als Malcolm sich nicht rührte, ließ Deb von ihm ab und hob ratlos die Schultern.

„Sie sieht Lucy sehr ähnlich, ist voller Liebreiz und stört sich nicht an deinen roten Haaren", sagte Binagh. „Was willst du mehr?

Malcolm reagierte nicht.

„Eine von denen willst du nicht, und Lucy kannst du nicht. Was nun?"

Er schob schmollend die Unterlippe vor. „Was weiß ich!"

Binagh nickte Peggy zu.

Sie drehte sich zum Kessel um und kam Sekunden später mit einem Becher voll blubberndem Zeugs wieder, den sie Malcolm reichte mit den Worten: „Trinke den Saft der Erkenntnis. Er hilft dir, Hexen zu erkennen."

Malcolm war in dem Moment alles egal. Dieser Ort schien etwas Heiliges zu sein. Vielleicht war es sogar diese einzige Chance, von dem das Kreuz zu ihm im Traum gesprochen hatte. Er nahm den Becher und stülpte das Zeug in sich hinein. Er setzte den Becher ab, blieb einen Moment wie angewachsen stehen, begann zu wanken und fiel aufs Bett. Er rieb sich die Augen, hielt er doch das, was sich ihm zeigte, für ein Hirngespinst.

Vor ihm tauchte Lucy auf, wunderschön, herzlich lächelnd und in Leder gekleidet. Sie zwinkerte ihm zu.

Malcolm streckte die Arme nach ihr aus.

Mit aufreizenden Schritten ging sie auf ihn zu, aber Malcolm konnte sie nicht anfassen. Seine Hände griffen ins Leere.

„Das ist nicht wahrhaftig", murmelte er, „sonst müsste ich sie spüren können. Was habt ihr mir gegeben?"

Lucy stand vor Malcolm und ließ ihre Zunge mit den Lippen spielen.

Malcolm geriet in Zweifel. In ihm regte sich das heftige Verlangen nach dieser Frau. War sie vielleicht doch wahrhaftig?

„Du willst mich spüren?", fragte Lucy. „Aber gerne doch." Sie griff hinter sich, brachte einen Besen zum Vorschein, holte aus und drosch ihn Malcolm gegen den Kopf. Der Schlag war heftig. Es trieb ihn in die Kissen zurück. Benommen wurde er Zeuge davon, wie sie auf den Besen stieg. Ihr Gesicht verwandelte sich in eine dämonische Fratze. Sie hob ab und flog im Raum umher, durch die Wände nach draußen und wieder herein. In der rechten Hand schwenkte sie nun einen abgeschlagenen Kopf mit roten Haaren.

Malcolm hielt sich den brummenden Schädel. Deutlich spürte er eine Beule, die sich unter seiner Haarpracht entwickelte. Sein Gesicht bekam einen weinerlichen Ausdruck, als er wimmerte: „Sie ist eine Hexe. Ja, das ist wahr. Ich kann wohl nicht mit ihr glücklich werden. Oh, mein Kopf."

„Endlich siehst du es ein." Binagh atmete erleichtert auf. „Aber ohne sie werde ich sterben." Er wurstelte sich vom Bett hoch, packte Binagh am Umhang und flüsterte: „Ich habe nur eine einzige Chance, und jetzt weiß ich, welche das ist. Sie wurde mir im Traum von einem Kreuz gegeben. Ich brauche Lucys toten Leib. Verstehst du? Ich muss ihn haben. So war es, als sie hingerichtet wurde, und so ist es jetzt auch. Seit ich mich im Medizinstudium an einer Leiche verging, nachdem ich sie seziert hatte, benötige ich einen toten Leib. Ich hatte ihre Beine mit Seilen nach hinten gebunden, ihr den Bauch aufgeschlitzt und das Innere freigelegt, um zu sehen, wohin mein Glied eintaucht, wenn ich es in ihre Grotte stecke. Sie lag auf dem Tisch, genau in der richtigen Höhe, damit ich ihn im Stehen einführen und beobachten konnte, wo er sich zeigt. Ich wollte wissen, warum es mit lebenden Frauen nicht geht, aber die Antwort habe ich auch da leider nicht gefunden. Ich habe nur gesehen, dass mein Glied es in einer Leiche gut hat. Wer weiß, was ihm in einer Lebenden passiert."

„Aber das hast du doch bei Lucy erlebt", stöhnte Binagh.

„Deinem Glied ist nichts passiert. Was auch?"

„Es ist, wie es ist, mein Freund. Ich verlange nicht, dass du mir nun zur Seite stehst und werde allein erledigen, was getan werden muss. Reite nach Hause und warte auf mich. Ich komme in ein, zwei Tagen nach."

„Wie du meinst."

Peggy drückte sich neben Binagh und legte ihm einen Arm um die Schultern. „Bleibst du noch, Süßer?", schnurrte sie. „Dann zieh doch bitte deine Maske ab, damit ich dein Fell genießen kann."

Für einen Augenblick verlor Malcolm alle Farbe im Gesicht. Er packte Binagh am Arm und riss ihn grob herum. „Du kommst mit. Keiner von uns sollte sich allein da draußen blicken lassen, weder du noch ich. Das ist zu gefährlich. Wir holen unsere Pferde in der Stadt und reiten gemeinsam nach Hause, verstanden?" Er packte ihn an der Jacke, zog ihn herbei und flüsterte ihm ins Ohr: „Morgen mache ich mich auf den Weg, um Lucys Körper zu besorgen. Los, gehen wir."

Noch einmal gehorchte Binagh. Während er mit Malcolm zum Ausgang ging, drehte er sich wehmütig zu Peggy um und winkte ihr zu. Sie entließ ihn mit einem Luftkuss.

LXXI

Die Pferde befanden sich tatsächlich noch dort, wo sie sie zurückgelassen hatten, bevor Malcolm und Binagh auf den Friedhof geklettert waren. Triefend nass und angebunden, hatten sie ihrem ungemütlichen Los getrotzt. Nun waren ihre Herren endlich wieder da. Sie hatten den Weg zu ihnen gefunden, ohne Gabors Leuten in die Hände zu fallen, weil diese sich vor dem Wetter in ihr Quartier verkrochen und zu saufen begonnen hatten. Inzwischen war die Wolkendecke aufgerissen, und das Licht des Vollmonds erhellte Malcolms Haus in Kings Cave. Bis sie das Anwesen erreichten, schwiegen sie. Jetzt, wo sie abstiegen und die Pferde in den Stall führten, wo es Futter und Wasser gab für die Tiere, blickte Binagh zum vollen Mond hinauf, der schon bald seine Bahn beenden würde, und dann zu Malcolm. „Was macht dein Trieb?"

Er öffnete die Stalltür. „Warum fragst du?"

„Weil ich davon ausgehe, dass du bei all den Störungen heute nicht zu deinem Glück gekommen bist. Du hast den Trieb nicht abreagiert, also müsste er sich noch zeigen. Davon merke ich aber nichts."

Sie ließen die Tiere in den Stall eintreten.

„Da merkst du richtig. Wenn ich abgelenkt bin, tritt er nicht zutage." Er verließ den Stall und begab sich zur Haustür.

Binagh schloss das schwere Tor und folgte ihm.

Malcolm öffnete die Tür, trat beiseite, ließ Binagh eintreten, als sei er sein Diener und nicht umgekehrt und schloss sie wieder. Sie entledigten sich ihrer nassen Sachen und ließen sie im Flur hinter der Haustür liegen. Malcolm steuerte auf sein Zimmer zu.

Binagh stoppte ihn mit harten Worten. „Ist das alles, was du dazu zu sagen hast?"

Malcolm winkte ab. „Ich bin müde. Gute Nacht."

„Sag mir eins noch: Kann man einen Trieb ablenken?"

Malcolm ging weiter.

„Oder werden eher die Gedanken abgelenkt? Das würde bedeuten, dass *sie* deinen Trieb steuern. Die Gedanken machen die Wirklichkeit, und du bräuchtest dich nur abzulenken."

„Morgen hole ich Lucy", grunzte Malcolm. „Ich muss jetzt schlafen. Es ist ja schon fast Morgen." Die Tür fiel ins Schloss.

Binagh schlug mit der Faust gegen die Wand. „Verdammter Narr." Dann ging auch er zu Bett.

LXXII

Lucy hatte die ganze Nacht nackt neben ihrer toten Mutter im Flur verbracht und geweint. Als Ann die Treppe hinabgestürzt und im Erdgeschoss aufgeschlagen war, hatte Lucy voller Panik eine Kerze aus ihrem Zimmer geholt und war vorsichtigen Schritts, immer wieder „Mama" flüsternd, nach unten gegangen, bis sie im Schein des flackernden Lichts ihren reglosen Körper gesehen hatte. Da hatte sie noch gehofft, dass sie nur nicht bei Bewusstsein war. Aber mit jeder Stufe nach unten, war dieser große dunkle Fleck, der aus Anns Kopf ausgetreten war und den Boden verschmutzt hatte, schrecklicher geworden. Es war Blut gewesen. Das hatte Lucy mit aller Klarheit erkannt, als sie einen Finger hineingetaucht und die klebrige Substanz gespürt hatte. Sie hatte Ann umgedreht und ihr in die Augen geschaut. Ihre Mutter hatte zurück gestarrt, und doch wieder nicht. Eigentlich war es eher gewesen, als blickte sie durch Lucy hindurch die Decke an. Erst da hatte Lucy die furchtbare Gewissheit ergriffen, dass ihre Mama tot war.

Es war schon später Morgen gewesen, als Lucy wie in Trance die Treppe hinaufgegangen war und ihr Zimmer aufgesucht hatte. Ihr Körper war leer gewesen, frei von Gedanken und Gefühlen, auch dann noch, als sie in ihr Kleid gestiegen und wieder in den Flur hinab gestapft war. Sie war barfuß in den Garten gegangen, hatte sich einen Spaten geholt und sogleich an die Arbeit gemacht, ein Loch auszuheben, in das Anns Körper passen würde. Den Schmerz an den nackten Füßen, wenn sie mit ihnen das Werkzeug in den Boden drückte, hatte sie nicht gespürt. Nach einer schier endlosen Zeit, war das Loch fertig gewesen. Sie war zurück ins Haus gegangen, hatte

Ann an den Armen gepackt und zu dem Loch gezogen. Erst jetzt, da Lucy sich unwiderruflich von ihrer geliebten Mama würde trennen müssen, hatte das ganze Dilemma wieder den Weg zu ihr zurück gefunden, und sie hatte bitterlich geweint. Nachdem sie Ann in das Loch geschoben und ihre Leiche mit Erde bedeckt hatte, war da plötzlich dieser Krampf gewesen. Noch niemals im Leben hatte sie einen solchen Schmerz aushalten müssen. Die Krämpfe im Unterleib waren mehr geworden und heftiger, sodass sie sich, als das Loch zugeschaufelt war, gebückt und stöhnend vor Schmerz ins Haus zurückgeschleppt hatte. In der Küche war sie zusammengebrochen, und eine Stunde später hatten das Kind und seine Nachgeburt vor ihr gelegen. Die Anstrengungen um den Tod der Mutter hatten eine Fehlgeburt ausgelöst. Das Kind, ein blonder Junge, hatte sich zuerst nur wenig bewegt, und schon bald gar nicht mehr. Sie war zum Küchenschrank gekrochen, hatte ein Messer hervor gekramt und die Nabelschnur durchgeschnitten, bevor sie beide Enden mit ein paar Wollfetzen abgebunden hatte, die ebenfalls in der Küche zu finden gewesen waren.

***

Lucy nahm den Jungen in die Arme und drückte ihn an sich. Sie spürte, wie das schwache Leben langsam aus ihm wich. In diesem Moment fühlte sie sich ein zweites Mal alleine gelassen, zuerst von ihrer Mutter, und nun von diesem Jungen, der ihr eigen Fleisch und Blut war. Behutsam legte sie den kleinen Kerl auf den Boden. Ein Weinkrampf packte sie beim Anblick des leblosen Wesens. „Du bist kein Teufel", schluchzte sie, „nein, das bist du nicht. Du bist ein Engel, und deshalb sollst du

Angel heißen. Ich werde dich jetzt taufen." Sie raffte sich auf und holte eine kleine Wanne, in die sie Wasser goss, das sie vorher aus dem Brunnen im Garten geschöpft hatte. Da hinein legte sie den kleinen Angel. Eine Hand schob sie ihm unter den Kopf und hob ihn an. Mit der anderen Hand ließ sie Wasser über seine Stirn laufen. „Ich taufe dich auf den Namen Angel, mein kleiner Schatz", sagte sie. Dann ließ sie den Körper ins Wasser hinab. Der Kopf versank. Es stiegen keine Luftblasen mehr auf. Lucy legte ihren Kopf auf die Knie und blieb weinend zur Totenwache bei ihm.

LXXIII

Zur Mittagszeit war Malcolm unterwegs zu seiner Scheune. Er stieg ab, öffnete das hohe Tor, führte sein Pferd hinein und spannte es vor den Heuwagen. Dann machte er sich daran, ihn mit Strohbündeln zu beladen, so viel er aufnehmen konnte. Als er damit fertig war, stieg er auf den Bock und ergriff den Zügel. „Hejah", rief er, „vorwärts."
Pferd und Wagen setzten sich gemächlich in Bewegung.

***

Bald darauf erwachte Binagh in seiner kleinen Kammer, die nur mit einem einfachen Bett, einem Tisch und einem Stuhl ausgestattet war. Kein Vergleich zu Malcolms Gemach, das auch in einem Castle zu finden sein könnte. Die Stube hatte für ihre Größe ein passables Fenster, durch das er den Sonnenstand erkennen konnte. Er sagte ihm, dass sie den Zenit schon überschritten hatte. Die zweite Tageshälfte nahm bereits ihren Lauf. Geschwind schwang er sich aus dem Bett, zog sich seine Wollhose und ein frisches Leinenhemd an, das über der Stuhllehne hing und fuhr sich mit beiden Händen achtsam durchs Gesicht. Dann betrachtete er sich die Hände. Malcolm hatte es gestern im Hexenhaus recht eilig gehabt, als Peggy ihn bat, die Maske abzuziehen. Nun lag sie auf dem Tisch, wo sie jede Nacht zu liegen pflegte. Binagh nahm sie auf und prüfte sie. Ja, da waren ein paar kurze Haare drin zu sehen. Gehörten sie zu seinem Fell? Wieder legte er sich die Hände aufs Gesicht. *Fühlte es sich bewachsen an?* Er rieb, wie er es täglich tat, um sich Gewissheit zu verschaffen, die er dennoch nicht erlangte. War da jetzt noch ein Fell, oder nicht? Heute war es irgendwie anders als sonst. Der Grund lag sicherlich darin, dass Peggy ihn gebeten hatte, die Maske abzulegen. Was war da in Malcolms Reaktion gewesen? Ein Schreck? *Angst davor, dass er vor anderen sein blankes Antlitz zeigte?* Er stolperte ins Bad und schaute in den Spiegel über dem Waschtisch. Er prüfte seine Haut, als suchte er nach Pickeln. Die Fäuste ballend, ließ er einen Schrei los. „Warum kann ich nicht erkennen, ob ich noch ein Fell habe?" Er stürzte aus dem Bad heraus, knallte die Tür hinter sich zu und erreichte mit drei Schritten Malcolms Zimmer. Er pochte gegen die Tür, rüttelte am Griff und rief: „Bist du da drin? Aufmachen." Nichts rührte sich.

„Malcolm, mach die Tür auf. Wir haben zu reden."
Es blieb ruhig.

Binagh verpasste der Tür mehrere Tritte und ließ seine Faust noch einmal dagegen krachen. Er drehte sich um und lief durch die Diele zur Labortür.

Verschlossen.

Er hechtete zur Haustür. Die nassen Kleider von gestern lagen nicht mehr da. Malcolm musste also schon aufgestanden sein. Binagh riss die Haustür auf und lief zum Stall. Das Pferd des Meisters war weg. Wütend eilte er zurück, knallte die Tür zu und knöpfte sich das Labor vor. Vorsichtig, wenn auch hastig, machte er sich daran, die Tür zu öffnen, bis es laut klackte und der Weg zum Geheimnis frei war. Er durchsuchte das Labor. „Wo hast du das ganze Gold versteckt, Leichenficker?", schimpfte er. „Du musst doch noch reicher sein, als du mir Glauben machst. Aber jetzt wirst du mir ein ordentliches Stück von deinem Kuchen abgeben, und nicht nur die Krümel. Du kannst nicht mit einer Lebenden! Ha, dass ich nicht lache." Er warf sich auf die Knie und tastete mit den

Händen den Fußboden ab. „Ich werde dein Geheimnis lüften", schwor er. „Verlass dich drauf."

LXXIV

Malcolm fuhr mit dem Stroh beim Turm der Qualen vor. Er sprang vom Bock und fand sich unversehens vor Hunter. Malcolm begrüßte ihn freundlich und fragte gleich darauf nach Gabor. „Ist er da?"

Hunter nickte. „Er ist in der Folterkammer, aber ich rate dir, ihn nicht zu stören. Er ist außer sich."

„Warum?"

„Er kommt nicht darüber hinweg, dass er weder dieser Hexe noch des Grabschänders habhaft werden kann. Es geht über seinen Verstand hinaus. Er setzt es damit gleich, dass Gott sich gegen ihn verschworen hat. Warum sonst ist er nicht erfolgreich im Kampf gegen das Böse?"

Malcolm hob die Schultern.

„Hast du wieder Stroh für uns?"

Malcolm nickte. „Ja. Du kannst es inzwischen abladen lassen." Er legte Hunter den Zügel in die Hand und ging in den Turm hinein.

***

„Wer schändet die Gräber?", brüllte Gabor. „Rede!"

Der Mann hing an auf den Rücken gebundenen Armen von der Decke herab. Er schrie nur und wand sich in Panik. Überall an seinem Körper klebte verkrustetes Blut, und die Stellen, die nicht blutig waren, waren grün und blau.

Der Folterknecht hielt eine Zange hoch und schaute Gabor erwartungsvoll an. Der aber stieß ihn weg und nahm einen Kessel mit heißem Pech vom Feuer. Er stellte ihn vor dem Delinquenten ab und deutete darauf. „Rede!!!", brüllte er erneut.

Aus den Augen des Mannes sprach der Wahnsinn.

Gabor bückte sich nach dem Kessel. „Du willst es nicht anders", brummelte er.

Da betrat Malcolm den Raum.

Gabor hielt inne und schaute zur Tür. „Was ist denn nun schon wieder?"

Malcolm schritt auf Gabor zu, nahm ihm den Kessel ab, stellte ihn auf den Boden zurück und sagte mit leiser, aber bestimmter Stimme: „Hör auf damit, diesen Mann zu quälen. Du suchst doch was ganz anderes, hab ich recht?"

„Du weißt es."

Malcolm nickte. „Ich weiß es, du weißt es, jeder in der Stadt weiß es. Lucy Jenkins ist dir viel wichtiger als der da. Und ich weiß, wo sie ist."

„Woher willst du das wissen?", schnaubte Gabor.

„Ich habe meine Informanten", antwortete Malcolm lächelnd.

„Nun gut. Wo ist sie?"

Malcolm klopfte dem Abt auf die Schulter und sagte: „Nicht so schnell, mein Guter. Die Information hat seinen Preis."

Gabor atmete hörbar aus. „Jeder Preis ist mir recht, wenn ich nur diese Hexe zu fassen kriege."

„Ich nehme das als das Wort eines Ehrenmannes", sagte Malcolm.

Gabor faltete die Hände zusammen und schnaufte: „Tu das, in Gottes Namen."

Malcolm beugte sich geheimnisvoll zu Gabors Ohr vor und flüsterte: „Sie ist zuhause."

Gabor ließ einen wütenden Schrei los, der Malcolm erschrocken einen Schritt zurücktreten ließ. „Für wie dumm hältst du mich?", schrie er. „Und für wie unbeholfen hältst du meine Männer?" Er nässte sein ganzes Kinn ein, während er herumbrüllte. „Überall haben wir gesucht. Überall. Dreimal waren wir in diesem verhexten Haus. Und was haben wir erreicht? Dass meine Männer immer weniger geworden sind. Verschone mich mit deinen Märchen."

„Du bist ein gründlicher Mann, Gabor", sagte Malcolm mit ruhiger Stimme. „Aufgeben bist du nicht gewohnt. Glaub mir, sie lebt, und sie ist zuhause, in ihrem Häuschen am Stadtrand."

„Nun gut, ich hab nichts zu verlieren. Wenn du recht hast, soll der hier frei sein." Gabor zeigte auf den Gefolterten und fügte hinzu: „Wenn nicht, wird er brennen."

Malcolm verbeugte sich ein wenig und antwortete: „Das ist ein guter Vorschlag."

Gabor schaute zur Tür, vor der zwei seiner Brüder standen und befahl barsch: „Werft ihn in den Kerker."

Mit gefalteten Händen traten sie herbei, packten den wimmernden Mann und schleiften ihn aus der Folterkammer.

Malcolm näherte seinen Mund noch einmal Gabors Ohr und flüsterte: „Wie gesagt: Mein Rat kostet dich was."

„So sei es. Sag mir deinen Preis. Diese Hexe ist es mir wert, was immer du verlangst."

„Es freut mich, das zu hören, Gabor. Dann versprich mir, dass Lucy Jenkins' Leib unversehrt bleibt. Ich brauche ihn für eine dringende Studie."

Der Inquisitor legte die Fingerspitzen aneinander und schritt, immer noch von Schmerzen in den Beinen geplagt, in der Folterkammer umher. Nach ein paar Schritten blieb er stehen, drehte sich zu Malcolm hin um und erklärte: „Sie wird sich vor Gericht für ihre Freveltaten verantworten müssen. Da geht kein Weg dran vorbei."

Malcolm nickte und antwortete: „Das verstehe ich. Aber versprich, dass sie gehängt wird. Du darfst sie auf keinen Fall verbrennen."

Gabor setzte sich wieder in Bewegung. Jeder Schritt war eine Qual auf seinen malträtierten Beinen, in deren Fleisch sich durch seine eigenen Hände der Spanische Stiefel gefressen hatte. Er setzte sich auf einen Schemel, zog die Röcke hoch und legte seine blutverkrusteten Extremitäten frei. „Siehst du das?"

Malcolm trat näher heran und bückte sich, damit er in diesem Dämmerlicht erkennen konnte, was Gabor ihm zeigen wollte. „Bei allen Heiligen, das sieht übel aus, als seist du gefoltert worden", sagte er. Er richtete sich wieder auf.

„Du erkennst es richtig, mein Freund. Folter durch meine eigenen Hände, weil ich die Sünde der Maßlosigkeit begehe. Viele habe ich in Southbarn dem Feuer übergeben, um Hexerei und Grabschändungen auszurotten, und doch ist es mir nicht gelungen. Du, mein Strohlieferant, weißt das. Meine Taten stehen aber in keinem Verhältnis zum Erfolg. Ja, ich bin maßlos. Ich schäme mich vor Gott, unserem Herrn. Ich habe mich selbst der Folter ausgesetzt, um Gnade zu erlangen. Und was passiert dann? Kurz darauf kommst *du* und gibst mir diese Hexe preis. Was will Gott mir wohl damit sagen?"

„Ich kann es nur vermuten", antwortete Malcolm. „Vielleicht ist es ein Geschenk dafür, dass du bereust, weil du dich folterst. Gott nimmt deine Buße an."

Ehe Malcolm es sich versah und seiner geschundenen Beine zum Trotz, trieb es Gabor vom Schemel hoch. Seine kräftigen Hände krallten sich in Malcolms Jacke und schüttelten ihn hin und her. „Vielleicht ist es aber auch ganz anders", keuchte er mit vor Wut und Schmerz verzerrtem Gesicht. „Vielleicht hätte ich mir die Pein

371

ersparen können, wenn du früher zu mir gekommen wärst, und das Ganze ist rein weltlicher Natur. Seit wann weißt du, wo die Hexe ist?" Er schüttelte ihn, dass die Zähne klapperten. „Los, sag es mir!"

Malcolm hob erschrocken die Hände und setzte ein gequältes Lächeln auf. „Beruhige dich." Seine Stimme war so sanft, als wollte er ein Kind in den Schlaf singen. „Deine Buße hat Gott gnädig gestimmt, glaub mir. Ohne deine Schmerzen hättest du den Aufenthalt der Hexe niemals erfahren."

„Und da bist du dir sicher? Gerade erst konntest du nur vermuten. Deine Wahrnehmung erhellt sich schnell." Gabor verpasste ihm einen derben Stoß.

Malcolm fing sich, bevor er stürzte. Mit einem Hauch von Grazie, richtete er sich die aus der Form geratene Kleidung. „Hör zu, Gabor", sagte er. „Ich weiß, wo die Hexe wohnt, und ich weiß, dass sie ihrer Mutter sehr ähnlich sieht. Sie könnten Zwillinge sein, ihrem Altersunterschied zum Trotz. Auf diese Weise haben die Frauen euch an der Nase herumgeführt. Die Hexe ist zuhause, das kannst du mir glauben. Aber wenn du wissen willst, woher ich meine Informationen habe, muss ich dich leider enttäuschen. Ich gebe meine Quellen nicht preis. Über den Aufenthalt der Hexe habe ich dich zeitnah unterrichtet. Ich hoffe, das kannst du akzeptieren. Deine Qualen sind nicht umsonst gewesen."

Gabor setzte sich wieder in Bewegung und winkte verärgert ab. „Nun gut, nehmen wir es so, wie du sagst. Hauptsache, sie wird gefasst. Wissen deine Quellen auch, wer die Gräber schändet?"

Wieder hob Malcolm die Hände. „Bedaure. Aber ich höre mich gern noch einmal um."

„Das ist gut. Und nun, lass mich alleine."

„Natürlich." Malcolm verbeugte sich formvollendet. „Gabor!"

LXXV

Gabor ritt höchstpersönlich zwischen Bailey und Hunter in der ersten Reihe. Lee, Dag und Jordy folgten ihnen. Mehr war nicht übrig von dem wilden Haufen, der vor einigen Wochen in Southbarn eingefallen war und seither die Stadt terrorisierte. Die Ereignisse hier hatten selbst diese Männer vorsichtig, wenn nicht gar ehrfürchtig werden lassen. Besonders schlimm wog die Tatsache, dass niemand wusste, wo die fünf Verschollenen geblieben waren. Die These, sie hätten sich mit der schönen Lucy abgesetzt, wäre jedenfalls widerlegt, wenn die Hexe wirklich zuhause anzutreffen sein sollte.

Die Sechs bogen in die schmale Straße ein, die hinaus ins Moor führte und an deren Ende das Haus stand, in dem Lucy mit ihrer Mutter wohnte.
Sie trieben ihre Pferde an. Nur noch ein paar Yards.
Sie erreichten das Haus.
Fünf stiegen ab.
Gabor blieb im Sattel und lenkte sein Pferd ein wenig weiter von der Hauskante weg zu einer Stelle, von der aus er einen guten Blick auf die stark beschädigte Eingangstür hatte. Mit Genugtuung wohnte er den Aktionen seiner Männer bei.

Während Bailey, Lee und Jordy sich im Garten umschauten, stürmten Dag und Hunter mit gezogenen Schwertern auf die Haustür zu und traten sie auf.
Lucy sprang hoch und ließ einen Schrei los. Sie hatte im Flur bei der kleinen Wanne auf dem Boden gekniet. Ehe sie reagieren konnte, steckte Dag sein Schwert weg und packte sie am Arm.

Hunter fasste ihr grob ins Gesicht und betrachtete es von allen Seiten. „Das ist sie", sagte er. „Das *muss* sie sein." Er rief in den Garten hinaus: „Gabor hat Recht gehabt. Die Hexe ist hier."

„Sieh mal einer an", sagte Dag. „Dieses Weibspack hat uns immer nur zum Narren gemacht. Wir hätten die Alte doch mitnehmen und foltern sollen, dann wären wir jetzt weiter. Los, raus mit dir. Gabor wartet schon auf dich."

Lucy wehrte sich mit aller Kraft und wand sich in Dags Griff. „Lasst mich los!", schrie sie.

Dag packte nur noch fester zu. Während er Lucy festhielt, schaute er sich die Wanne genauer an. „Was hast du da gemacht?", fragte er. „Doch nicht etwa gewaschen?" Mit einem Fuß stieß er sie um. Das Wasser entleerte sich auf den Boden. Mit ihm wurde Angel herausgeschwemmt. Reglos blieb der tote Junge in der Pfütze liegen. „Tod und Teufel", keuchte er. „Du hast ein Kind ertränkt."

„Tut nicht so, als ob ihr vor Kindern mehr Respekt hättet als vor Frauen", zischte Lucy. Sie wollte sich losreißen und trat um sich, aber Dags Griff saß wie eine Zange.

Lee kam hinzu. Aufgeregt deutete er nach draußen. „Wir haben frisch aufgeworfene Erde gefunden. Bailey und Jordy legen gerade eine Leiche frei. Das Gesicht ist schon zu sehen. Es ist das einer Frau, und sie ist sicher noch nicht lange tot."

„Nehmt die Hexe mit", befahl Hunter. „Gabor wird schon wissen, was er zu tun hat."

Dag zerrte Lucy auf die Straße, als wäre sie nur ein Sack voller Getreide und warf sie vor Gabors Pferd auf den Boden. „Das ist sie, Gabor. Lucy Jenkins. Zuletzt hast du sie am Galgen gesehen."

Der Dominikaner grinste zufrieden vom Pferd herab.

Hunter und Dag banden ihr zwei Seile an die Handgelenke. Sie stiegen auf, ritten los und ließen sie in

375

ihrer Mitte mitstolpern, während Bailey, Lee und Jordy Anns Leiche ausgruben.

Es war bereits Abend, als Lucy von zwei Mönchen in die
Folterkammer gestoßen wurde, wo sie schluchzend auf
dem Boden liegenblieb. Die Mönche packten sie und
brachten sie wieder auf die Beine. Während einer von
ihnen Lucys blonde Haarpracht abschnitt, füllte sich der
Raum mit weiteren Ordensträgern, die in der Bank an der
dem Eingang gegenüberliegenden Wand Platz nahmen.

Dann kam Gabor. Er baute sich vor Lucy auf, zog seine
Peitsche vom Gürtel und drosch mehrmals auf sie ein.
Die Schläge hinterließen aber nur Spuren im Gesicht der
erbärmlich schreienden Frau. Unzufrieden, weil sein
Einsatz so wenig Zeichen erkennen ließ, zerrte er an
Lucys Kleidung. Aber der Stoff war zu dick und trotzte
der Gewalt des Dominikaners. Gabor streckte seine Hand
zu dem Mönch hin, der Lucy die Haare abgeschnitten
hatte und bekam ein Messer überreicht. Damit zog er
Schlitze in ihr Gewand und riss es herunter. Zerfetzt hing
es über ihren Hüften. Noch einmal brachte er die Peitsche
zum Einsatz, diesmal auf ihrem Rücken. In Lucys
Geschrei hinein, rief er: „Das ist dafür, dass du uns an der
Nase herumgeführt hast." Er rollte sie wieder zusammen
und legte ihr einen Zeigefinger unters Kinn. „Gestehe,
dass du eine Hexe bist. Niemand sonst könnte lebend
dem Grab entkommen."

„Nein, ich schwöre, dass ich gottesfürchtig bin, gnädiger
Herr", weinte Lucy.

„Das habe ich erwartet von einer wie dir. Du willst es
nicht anders." Er nickte dem Mönch zu, der die Folterung
durchführen würde und sagte: „Entkleide sie und
untersuche ihren Körper nach Zeichen, die sie als Hexe
markieren."

Sogleich zog dieser eine Fackel aus der Halterung an der Wand und fuhr der wimmernden Lucy damit nahe über den Kopf, um die restlichen verbliebenen Haare zu verbrennen. Dann packte er sie am linken Arm, streckte ihn zur Seite und versengte ihr die Haare unter der Achsel, bevor er dasselbe auf der rechten Seite wiederholte. Zuletzt zwang er Lucy, sich breitbeinig hinzustellen, damit er auch ihre Schamhaare versengen konnte.

Lucy schrie und weinte und wimmerte im Wechsel, und in der Folterkammer roch es schnell nach verbranntem Horn.

„Das ist ein kleiner Vorgeschmack auf den Scheiterhaufen", zischte der Mönch. „Dort wird es um ein Vielfaches heißer sein." Dann begrapschte er sie von Kopf bis Fuß, um nach Muttermalen und Warzen zu suchen, die auf eine Hexe hindeuteten. Besonders gründlich ging er dabei an zwischen den Beinen versteckten Stellen vor. Auch nach eventuellen Amuletten und Zaubermitteln suchte er. Das einzige, was er fand, war ein daumennagelgroßes Muttermal auf Lucys Rücken, von dem sie nicht einmal selbst etwas wusste. Dort hinein stach der Mönch mit einer Nadel. Als kein Blut heraustropfte, rief er: „Ha, da haben wir den Beweis. Sie ist eine Hexe. Der Stich ins Muttermal blutet nicht."

Gabor schlug mit der flachen Hand so hart auf einen Tisch, dass alle im Raum zusammenzuckten. Wieder schnauzte er Lucy an: „Gestehe."

Aber Lucy weinte nur.

„Gut, du willst es nicht anders", sagte er. „Wir erklären dir jetzt die Werkzeuge, die zu deiner Befragung eingesetzt werden. Das alleine wird dich schon schaudern lassen. Wenn du dann immer noch nicht redest, wirst du sie am eigenen Leib spüren. Die peinliche Befragung kennt drei Stufen. Wir werden sehen, wie störrisch du dann noch bist." Er trat einen Schritt zurück und winkte dem Foltermönch, der Lucy daraufhin auf einen Stuhl stieß. Die Lehnen nahmen ihre Arme auf, und dann unterbanden Fesseln jede Möglichkeit, sie zu bewegen. Er holte den Spanischen Stiefel herbei, der aus zwei gebogenen und innen mit Zapfen versehenen Eisenplatten bestand. „Dieses Teil hier", sagte er und hielt es Lucy vor die Nase, „legen wir dir am unteren Bein an und drehen es zu. Zuerst wird dein Fleisch nur gepresst, aber wenn ich dann weiter schraube, tritt schon bald Blut heraus. Und wenn ich dann noch weiter drehe, bricht auch irgendwann der Knochen. Wenn das noch nicht genug Pein ist, schlage ich dir mit dem Hammer drauf oder haue Holzstäbe ins Innere, und obendrein...", er zeigte auf die Fackel, „kann ich ihn zum Glühen bringen. Du entscheidest."

Lucys Kopf flog wild hin und her, während sie hilflos schrie.

Der Mönch schaute zu Gabor.

Gabor nickte. „Sie will es auskosten", sagte er.

Der Mönch kniete sich vor Lucy und legte ihr die Beinschraube an.

„Wir werden die Wahrheit schon herausfinden", sagte Gabor. Er drehte Lucy und dem Gericht den Rücken zu, zelebrierte das Kreuzzeichen, während er eine Kniebeuge machte und murmelte: „Vergib mir, Herr, meine Maßlosigkeit. Aber du siehst es ja selbst: Es ist notwendig, dass ich nun hart durchgreife." Er drückte sich wieder vom Boden hoch und schaute Lucy an. „Es gibt so einiges, das dir zur Last gelegt wird", erklärte er, während er in dem kleinen, dunklen Raum vor ihr hin und her wanderte. „Meine Männer haben dich dabei erwischt, wie du ein Kind ertränkt hast. Es soll dein eigenes gewesen sein. Ist das richtig?"

Lucy starrte stumm geradeaus, ohne jemanden anzuschauen. Ihr Blick ließ keine Rückschlüsse auf eine Gemütsregung zu. Es sah so aus, als wollte sie schweigen, aber als Gabor Luft holte, um sie anzubrüllen, nickte sie. Vielleicht war es besser, sich auf seine Befragung einzulassen und zu sagen, was er hören wollte. Besser, als gefoltert zu werden. Vielleicht gab es dann Gnade für sie? Was konnte daran falsch sein, ein Kind zu töten, wenn es vom Teufel war? Wollten die Dominikaner nicht dasselbe wie sie? Natürlich war Angel kein Teufel, aber wenn sie es Gabor so Glauben glauben machen könnte? „Ja, ich habe es getan", antwortete sie.

„Du gibst es also zu?"

„Ja."

Gabor stellte sich hinter Lucy und fragte: „Warum hast du es ertränkt?"

„Ihr wisst es doch schon", sagte Lucy. „Warum fragt Ihr?"

„Warum hast du es ertränkt?", wiederholte Gabor mit zusammengepressten Zähnen.

Lucy schien zunächst die Frage nicht verstanden zu haben. Sie zerrte an ihren Fesseln und begann zu hecheln. Aber dann schrie sie es heraus: „Weil es ein Kind des Teufels war. Ist es nicht in Eurem Sinn, dass ich es getan habe? Ihr bekämpft doch den Satan und das Böse. Weshalb klagt Ihr mich also an?"

„Es war dein eigenes Kind", erklärte Gabor. „Das heißt also, du hattest Geschlechtsverkehr mit dem Teufel gehabt."

Lucy zerrte wieder an den Fesseln.

Gabor nickte dem Folterer zu.

Der Mönch steckte in einer von der Arbeit verschmutzten weißen Kutte. Er bückte sich und zog die Schrauben am spanischen Stiefel an. Es waren derer acht, die er von links nach rechts und von oben nach unten anzog. Es war nur eine Drehung an jeder Schraube, aber mit jeder Drehung verstärkte sich der Druck auf Lucys Bein.

Sie schrie, mehr aus Schreck und Panik als vor Schmerz. Die Folter hatte gerade erst begonnen und noch nicht wirklich ein schmerzliches Grad erreicht, aber ihre Angst war unbeschreiblich.

„Ich sage nicht gerne etwas zwei Mal", schnaubte Gabor. „Du hast dein Kind ertränkt. War es vom Teufel?"

Lucy zappelte wild auf dem Stuhl herum. Sollte sie wirklich dabei bleiben, was sie vor hatte? Oder würde es am Ende vielleicht sogar Angel schaden, der sicher bereits im Himmel war?

Gabor nickte.

Der Folterer schraubte.

Der Schmerz fraß sich bereits ins Bein hinein.

„Das Kind war vom Teufel. Gestehe endlich." In Gabors Augen war Lucy uneinsichtig. Als der Mönch die Schrauben weiter angezogen hatte, nicht so weit, dass das Schienbein brach, aber doch genug, um Blut herauszupressen, nahm er einen Hammer vom Amboss, bückte sich und schlug damit auf ihr Schienbein ein.

Lucy schrie entsetzlich.

„Du hast es selbst in der Hand", erklärte Gabor fast ruhig. „Du wirst furchtbare Qualen leiden und im Feuer sterben, wenn du dich stur zeigst. Wenn du die Wahrheit sagst, werden wir dich nur hängen. Das ist ein schneller Tod. Ich verspreche dir, dass es so sein wird, auch, wenn du schon einmal dem Grab entkommen bist. Also? Hattest du Geschlechtsverkehr mit dem Teufel?"

Lucy schüttelte den Kopf. Schlimmer als jetzt, konnte es sicher nicht werden, wenn sie über das Erlebnis im Grab berichtete. Sie holte tief Luft und schrie: „Ich wollte nicht mit ihm, er hat mich gegen meinen Willen genommen, als er mich aus dem Grab befreite."

„Interessant", sagte Gabor. „Und warum hat er dich aus dem Grab befreit? Doch nur, weil du eine Hexe bist."

Lucy weinte. „Nein. Ich weiß es nicht."

„Du lügst."

„So glaubt mir doch, Herr."

Gabor nahm seine Wanderung wieder auf. „Selbst, wenn das stimmt. Du warst schon einmal wegen Mordes an mehreren Männern angeklagt, und nun haben wir eine Leiche in deinem Garten entdeckt. Was hast du dazu zu sagen?"

Lucy schluchzte heftig. „Sie ist meine Mutter und tödlich gestürzt."

„Ein Unfall also?"

Lucy lächelte fast ein wenig, als sie nickte.

„Du verdammte Lügnerin", brüllte Gabor und zeigte auf ihr Schienbein.

Der Folterer zog nun gleich mehrmals die Schrauben an. Lucys Wadenfleisch quoll heraus. Sie schrie um Erbarmen.

„Wir brauchen dein Geständnis nicht", raunzte Gabor. „Wir haben genug Beweise für deine Schuld. Du hast dein Strafmaß selbst gewählt. Hört zu, was ich sage, meine Brüder: Wegen Unzucht mit dem Teufel und wegen Mordes in mindestens zwei Fällen, verurteile ich Lucy Jenkins zum Tode auf dem Scheiterhaufen."

Lucy verlor sich in Wimmern und Schluchzen.

Der Foltermönch kniete sich vor sie und schraubte ihr die Beinpresse ab.

Während sich der Schmerz nur wenig erleichterte, weinte sie: „Ihr versteht das nicht, werter Herr. Ich habe nur Gottes Auftrag ausgeführt. Habt Erbarmen."

Gabor breitete die Arme aus und schlug vor: „Nenn mir den Gräberschänder, und du sollst gehängt werden." Das Folterinstrument in der Hand, erhob der Folterer sich. Er legte es beiseite und befreite Lucys Arme von den Fesseln.

Lucy wollte vom Stuhl aufstehen, konnte sich aber nicht halten. Sie fiel vor Gabor auf die Knie, umfasste seine Beine und schaute zu ihm hoch. „Danke, großmütiger Herr. Ich kann Euch sagen, wer die Gräber schändet. Es ist Malcolm, der rothaarige Teufel."

Gabor hob die Hände gegen die Decke. „Du bist irr, Frau", seufzte er. „Willst dir auf Kosten anderer Erleichterung verschaffen." Dann fügte er mit fester Stimme hinzu: „Gibt es eindeutigere Beweise für deine Schuld? Wir haben eine neue Strohlieferung erhalten. Mach dich auf den Scheiterhaufen gefasst." Er wendete sich an seine Brüder und befahl: „Werft sie in den Kerker."

Gabor verließ den Turm der Qualen. Auf dem mit groben Steinen gepflasterten Platz davor traf er auf Malcolm. Verwundert trat er zu ihm hin. „Du hier, zu dieser späten Stunde?"

„Ich habe mir ein Zimmer in der Stadt genommen, Gabor, erklärte er. „Es interessiert mich, ob mein Hinweis Früchte getragen hat."

„So sehr, dass du dir extra dafür ein Zimmer nimmst?"

Malcolm lächelte. „Ist es nicht von größter Wichtigkeit, wenn es darum geht, das Böse zu vernichten?"

„Du hast recht, mein Freund. Ja, dein Ratschlag war gut. Lucy Jenkins hat gestanden. So bald wie möglich, wird sie verbrannt."

Malcolms Augen weiteten sich in großem Entsetzen. „Aber du hast versprochen, sie zu hängen. Es ist Bestandteil unserer Abmachung. Du darfst sie nicht verbrennen. Gabor, höre, du machst einen großen Fehler. Sie muss gehängt werden."

„Damit sie wieder dem Grab entkommt? Niemals. Sie hat selbst das Feuer gewählt. Ich habe ihr die Wahl gelassen, das musst du mir glauben. Sie ist eine Hexe und ein Flittchen, das es mit dem Teufel treibt. Und stell dir vor, sie wollte *dich* auf den Scheiterhaufen bringen. Sei froh, dass ich sie von der Erde tilge."

Malcolm ergriff Gabors Kutte und schüttelte ihn. „Lass sie laufen, ich flehe dich an. Sie wird nichts mehr anrichten können. Ich kümmere mich um sie."

Gabor wollte Malcolms Arme wegschlagen. Als ihm das nicht gelang, rammte er ihm das Knie zwischen die Beine. „Armer Narr", zischte er.

Malcolm ging in die Hocke und kippte zur Seite. Keuchend und gekrümmt, blieb er auf dem Boden liegen. Er weinte leise vor sich hin.

Als er sich einigermaßen erholt hatte, schaute er sich um. Gabor war verschwunden. Er rappelte sich auf und stolperte zum Eingang des Turms, wo er Jordy und Dag traf, die dem Vorfall beigewohnt hatten. Gebückt bewegte Malcolm sich auf sie zu. „Ich muss zu Lucy", keuchte er.

Dag schaute ihn grinsend an. „Soll sie dir die Glocken richten?"

„Lasst mich durch, bitte."

Jordy schüttelte den Kopf. „Vergiss es."

„Ich *muss* aber zu ihr." Er griff in seine Manteltasche und holte ein Säckchen heraus. Schwer wog es in seiner Hand, als er es den beiden Wächtern entgegenstreckte. „Hier, das ist das Geld, das ich für das Stroh bekommen habe", sagte er. „Es ist richtig viel, und es ist für euch, meine Freunde, wenn ihr sie mir überlasst."

Dag und Jordy schauten sich an. Gierige Freude sprießte aus ihren Augen.

Dann schüttelte Jordy den Kopf. „Es muss mehr sein. Gabor wird uns strecken lassen für die Unachtsamkeit, dass sie fliehen konnte."

Malcolm schüttelte den Kopf. „Ihr könnt nichts dagegen tun, wenn sie flieht. Sie ist eine Hexe. Ich erspare euch eher großen Kummer, als dass ihr Angst haben müsst."

Sie tänzelten nervös auf der Stelle herum.

Wieder griff Malcolm in die Manteltasche. „Ein Säckchen für jeden von euch. Na?" Er reichte ihnen das zweite. Als sie immer noch zögerten, sagte er: „Nehmt endlich, und schließt den Turm auf."

Dag und Jordy schauten sich zuerst um und dann in die Augen. In diesem Moment waren sie sich ausnahmsweise einig. Da niemand zu sehen war, fingerte Dag sein Schlüsselbund vom Gürtel, öffnete die Tür und flüsterte: „Beeil dich, zum Teufel!"

Malcolm streckte die Hand aus. „Den Schlüssel zu ihrem Verlies."

Dag knallte ihm den Bund vor die Brust mit den Worten: „Da, los, hau endlich ab."

Malcolm stürzte in den Turm und die Treppe hinab zu Lucys Verlies.

Sie kauerte auf dem Boden. Als er den Schlüssel rasselnd ins Loch steckte und aufschloss, schaute sie die Treppe hinauf zu ihm und kreischte: „Verschwinde!"

„Pscht, nicht so laut", flüsterte Malcolm. „Man könnte es draußen hören. Komm mit, ich rette dich." Schon stapfte er die Treppe hinab.

Lucy verdeckte ihr Gesicht mit den Händen. „Auf die Rettung des Teufels verzichte ich. Ich will dich nie mehr sehen." Sie war kaum zu verstehen, so sehr verzerrte der Schmerz ihre Stimme.

Malcolm streckte ihr seine Hand entgegen. „Sei vernünftig. Es kann wieder so schön werden, wie es war."

Lucy nahm die Hände runter und schaute ihn irritiert an. „Meinst du wirklich?"

„Ja, natürlich. Wir lieben uns doch. Nun komm schon."

Lucy erhob sich. So gut es mit geschundenen Beinen ging, humpelte sie lächelnd auf Malcolm zu. Als sie ihn fast erreicht hatte, streckte auch sie die Arme nach ihm aus.

Malcolm ergriff ihre Hände. Sie waren kalt. Er schaute in ihr vor Tränen gerötetes Gesicht, das trotz der Folter und der versengten Haare noch schön war und lächelte sie an.

Lucy machte einen letzten Schritt auf ihn zu. Mit aller Kraft stampfte sie ihm ihr Knie zwischen die Beine und traf seine Hoden, die noch von Gabors Ausfall geschwollen waren.

Malcolm klappte laut schreiend zusammen.

Während Lucy ihn mit ihrem gesunden Bein malträtierte, stürzten Dag und Jordy die Treppe hinab und rissen sie von ihm weg. Mit harten Schlägen trieben sie sie in eine Ecke, wo Lucy zusammensackte und wie tot liegenblieb. Die beiden Männer packten Malcolm unter den Achseln und schleiften ihn wie einen Gefolterten aus der Zelle heraus. Mit vereinten Kräften halfen sie ihm die enge Treppe hinauf und ins Freie. Dort setzten sie ihn behutsam auf den Boden und gaben ihm seine gefüllten Säckchen zurück. „Das hättest du dir ersparen können", sagte Jordy. Da war kein Witz, keine Ironie. In seiner Stimme lag nur echtes Bedauern.

LXXVII

Es war Abend. Malcolm hatte den ganzen Tag gebraucht, um sich einen einigermaßen klaren Kopf zu verschaffen und das schreckliche Ereignis der letzten Nacht im Turm zu verdauen. Es war ihm nur sehr mäßig gelungen. Wer war diese Lucy, die einzige Frau, mit der er Sex haben konnte, die ihn offenbar abgöttisch geliebt hatte, so wie er sie, und die sich in so eine Bestie verwandeln konnte, der der Feuertod lieber war als ein glückliches Leben mit ihm. Er hätte sich das Getränk aus dem Bordell gewünscht, um es zu verstehen, aber das war leider gerade unerreichbar für ihn.

Malcolm saß in einem gut besuchten Pub allein am Tisch. Er hatte nur die Treppe hinab gehen brauchen, um von seinem Zimmer aus das Lokal zu erreichen. Hier saß er nun vor einigen leeren Krügen, die von beträchtlichem Alkoholkonsum zeugten. Entsprechend zittrig war sein Benehmen. Er faltete einen Brief zusammen, den er gerade geschrieben hatte und steckte ihn ein. Nichts hatte ihn dabei stören können: Nicht das Gelächter rauer Gesellen, die sich über ihren Tag unterhielten, nicht das Klappern der Würfel am Tisch nebenan, und auch nicht die beiden Huren, die sich richtig Mühe gegeben hatten, ihn für sich zu gewinnen, mehr aus Mitgefühl, denn aus Geldsucht, spürten sie doch seine Verzweiflung. Sie hatten Malcolms Panzer nicht durchdringen können. Er vergewisserte sich noch einmal, ob er den Brief auch richtig eingesteckt hatte, legte ein paar Münzen Trinkgeld auf den Tisch, wankte aus dem Pub heraus in den Flur und kämpfte sich die Treppe nach oben in sein kleines Zimmer. Kaum, dass er auf sein hartes Bett gefallen war, da war er auch schon eingeschlafen.

LXXVIII

Das Pfarrhaus, in dem Caelius lange Jahre residiert hatte,
wirkte grau und unansehnlich, obwohl der Pfarrer es erst
vor ein paar Monaten hatte streichen lassen. Dafür hatte
er eigens eine Kollekte veranstaltet und mit
unerbittlichem Nachdruck das dafür nötige Geld
eingesammelt. Das Pfarrhaus mit dem wunderschönen
wilden Blumengarten davor war sein ganzer Stolz
gewesen, aber jetzt war es für ihn nur noch eine
Belastung. Der Anstrich war ergraut, als sei er in die
Jahre gekommen, aber Caelius war sich sicher, dass
dieses Grau vom Rauch der zahlreichen Scheiterhaufen
kam, die seit Gabors Erscheinen hier gebrannt hatten.
Viele Unschuldige, Männer wie Frauen, hatte es das
Leben gekostet. Caelius hatte es mit seiner Fürsorge nicht
verhindern können und musste sich glücklich schätzen,
nicht selbst Opfer der Flammen geworden zu sein.
Warum Gabor ihn verschont hatte, obwohl er gegen ihn
intrigiert hatte, war für ihn ein Rätsel. Vielleicht hatte er
sich gescheut, einen Gottesmann zu richten, wo er doch
sowieso und nach eigenem Dafürhalten schon der
Maßlosigkeit verfallen war.

Vor dem Pfarrhaus stand ein reisefertiger Einspänner.
Der Rappe schnaubte und scharrte mit dem Fuß, als
könnte auch er es nicht erwarten, diese unheilige Stadt zu
verlassen. Und dann erschien Caelius. Seine königsblaue
Kleidung zerrte er, verstaut zusammen mit anderen
Habseligkeiten in einem gewichtigen Holzkoffer, zum
Gefährt. Das Einzige, was er zurückgelassen hatte, war
das Kruzifix. Es hing immer noch an der Wand über dem
Tisch. Caelius war ganz in Grau gekleidet, als müsse er

das Erscheinungsbild des Pfarrhauses damit unterstreichen.

Als er die Kutsche erreichte, richtete er seinen gebückten Körper auf und zog die Schultern nach hinten. Kraftlos fuhr er sich mit der Hand durch das bleiche Gesicht und über das schüttere Haar, das in den letzten Wochen merklich an Farbe verloren und sich damit ebenfalls an diese ganze Misere angepasst hatte, die Caelius nun zu verlassen gedachte. Für immer.

Den Koffer zur Kutsche zu schleppen, war dem Pfarrer noch gelungen, brauchte er ihn doch nur über den Boden zu schleifen. Ihn aber in die Höhe zu hieven und in den Fahrgastraum zu schieben, das kostete ihn viel Kraft, mehr, als er zur Verfügung hatte. Nach jedem Versuch, der damit endete, dass der Koffer auf den Boden krachte, musste er sich an die Kutsche lehnen und verschnaufen, bis er einen neuen Versuch starten konnte, und es war niemand da, der ihm dabei hätte helfen können. Die Stadt lag wie tot gespenstisch ruhig unter einem wolkenverhangenen Himmel, der es jeder Farbe schwermachte, sich zu entfalten.

Plötzlich näherte sich ein leerer Heuwagen, gezogen von einem einzelnen Pferd, und als er sich umschaute, sah er, dass das Fuhrwerk offenbar genau auf ihn zuhielt. Tatsächlich, der Mann darauf wollte zu ihm. Er hielt sein Pferd an und fragte: „Wo finde ich Gabor?" Es war Malcolm, der den Pfarrer aus schwarzumrandeten Augen ansah und in seiner Erscheinung keinen Deut besser war als Caelius.

„Guten Morgen erst mal", antworte der Pfarrer müde. „Was geht mich Gabor an? Soll der Teufel doch seine schwarze Seele holen." Dann bückte er sich wieder nach dem Koffer, allein um ein weiteres Mal zu versagen mit dem, was er vorhatte.

Malcolm sprang vom Bock und packte wortlos mit an. Gemeinsam schafften sie es, das Gepäckstück zu verstauen. Das machte Caelius gesprächig. „Danke, mein Sohn", sagte er. „Ich denke, du findest ihn in der Sakristei. Viel Glück bei deiner Suche." Damit stieg er auf den Kutschbock, schnalzte mit der Zunge, zuppelte am Zügel und animierte sein Pferd, sich in Gang zu setzen. Es folgte Caelius' Wunsch.

Malcolm schaute der Kutsche noch nach, bis sie in der nächsten Straße seinen Blicken entglitt. Es sollte das letzte Mal sein, dass Caelius in dieser Stadt gesehen wurde.

LXXIX

Gabor kniete vor dem Altar. Er kam sich vor wie ein Feldherr, der eine Stadt eingenommen hatte, ohne damit einen nennenswerten Erfolg erzielt zu haben. In der Kirche war es still, und das war auch gut so. Es gestattete ihm, in sich hinein zu lauschen.

Gabor kniete auf dem Fußboden, direkt bei der Treppe, sodass seine Füße auf der vorletzten Stufe ruhen konnten. Das erleichterte ihm das Knien mit geschundenen Beinen ein wenig. Seine rote Robe hatte er gegen das weiße Gewand der Dominikaner getauscht, und seine Hände waren gefaltet. So kniete er nun schon seit einer halben Stunde. Hin und wieder blickte er zum Altar auf, aber meist war sein Kopf in Demut geneigt.

Als Gabor den Altar betreten hatte, da hatte er Gott begrüßt, sich gekniet, und seither wartete er auf Seine Worte, ohne dass er eine Frage gestellt hatte. Immer wieder ging ihm Lucy durch den Kopf, die bald verbrannt werden sollte. So richtig glücklich machte ihn das nicht, wusste er doch, dass er bisher tatsächlich nur maßlos gewütet hatte, ohne etwas erreicht zu haben, für das er sich rühmen konnte. Lucy mochte eine Hexe sein, aber was war ihre Schuld, und wer war der Grabschänder? Der musste immer noch auf freiem Fuß weilen. Vielleicht war es sogar ein Werwolf, wie die Weltlichen sich inzwischen sicher waren. Und wenn Lucy wirklich Gesellen des Teufels getötet hatte, wie sie unter der Folter fast sicher glaubhaft gemacht hatte, dann hätte sie Gnade verdient und sollte nur für die Morde an ihrer Mutter und dem Kind gehängt werden. Für einen Moment krampfte sein Magen sich zusammen bei dem

Gedanken, dass er mit der Verbrennung vielleicht wieder die Todsünde der Maßlosigkeit begehen könnte. Wie würde Gott ihn dafür bestrafen? Was würde ihm Übles geschehen? Vielleicht müsste dann eine weitere Folter durch seine eigenen Hände, oder gar die der Mitbrüder, ihm die Absolution bringen? In seiner unendlichen Verzweiflung stellte Gabor die erste und einzige Frage an diesem Morgen. „Gott, mein Herr und Schöpfer, gib mir ein Zeichen. Was soll ich tun? Soll Lucy brennen? Soll sie hängen? Oder soll ich sie tatsächlich Malcolm überlassen, damit er sich um sie kümmert und sie auf den rechten Weg bringt? Wäre er dafür überhaupt der Richtige?"

Gabor wartete, aber Gott schwieg. Unruhig rutschte er auf dem Boden herum. Die Knie schmerzten so, dass es kaum auszuhalten war und er aufstehen mochte, aber solange er keine Antwort von Gott hatte, würde er in dieser Position bleiben. Gabor war hart im Nehmen.

Dann ereilte ihn ein Blitzgedanke. Hatte er Malcolm nicht versprochen, sie zu hängen? Hatte er nicht dessen Verzweiflung erlebt, als er ihn von ihrem Feuertod unterrichtete? Wie immer die Beziehung seines Strohlieferanten zu der Frau auch sein mochte, Lucy war ihm offenbar so viel wert, dass er ihr das Leben wünschte, oder zumindest den leichteren Tod. Irgendwo in Gabor war auch ein Funken Ehre. Er, der Oberhirte der Dominikaner, würde sich zur Maßlosigkeit nicht auch noch die Frevel des Wortbruchs aufbürden. Sollte sie doch weiterleben in Malcolms Obhut, beschützt und beobachtet, damit sie keine weiteren Dummheiten machte. Damit wäre seiner Pflicht Genüge getan. Bei diesem Gedanken flammte ein wunderbares Gefühl in seinem Herzen auf, das Gefühl, ein Mensch mit

Emotionen zu sein und Rechtes zu tun, und Gabor kämpfte sich vom Boden aus ins Aufrechte. „Jordy", rief er mit fester Stimme.

Sogleich erschien sein Gehilfe vor dem Altar. Er hatte in der Sakristei darauf gewartet, gebraucht zu werden. „Gabor?"

Mit einer ausladenden Armbewegung befahl er: „Lasst Lucy frei." Den Begriff 'Hexe' vermied er dabei tunlichst. Jordy runzelte die Stirn. „Bist du dir da sicher?"

„Tu, was ich sage. Übergebt sie Malcolm. Soll er sich doch um sie kümmern."

„Wie du meinst." Jordy machte auf dem Absatz kehrt und marschierte mit wehendem Mantel zum Ausgang.

LXXX

Als Jordy die Kirche verlassen hatte, verbeugte Gabor sich mit in Ehrfurcht gefalteten Händen und bedankte sich bei Gott. Ein solches Gefühl des inneren Friedens hatte er schon lange nicht mehr erlebt, wenn überhaupt schon einmal. Es war einfach wunderbar, und Gabor strahlte zum Altar hinauf. „Du lenkst mein Leben mit Deiner Weisheit", sagte er. Dann drehte er sich um und stieg langsam und vorsichtig die Treppe hinab ins Kirchenschiff. Er schritt durch den Mittelgang auf den Turm zu, als die schwere Tür aufgedrückt wurde und Malcolm hereinkam. Er ging auf Gabor zu. Seinen erbärmlichen emotionalen Zustand konnte er genauso wenig verbergen, wie seinen Kater. Als er vor Gabor Halt machte, legte dieser ihm eine Hand auf die Schulter und sagte: „Ich habe Neuigkeiten für dich."

Malcolm packte sanft, aber bestimmt Gabors Arm und entfernte ihn von seiner Schulter. „Sie interessieren mich nicht", sagte er. „Nicht mehr, Gabor. Unsere Beziehung ist beendet. Gehe du deinen Weg, und ich gehe meinen. Ich bitte dich nur noch um einen einzigen Gefallen. Bitte versprich mir vor Gott, dass du -." Er fummelte an seinem Gewand herum, suchte den Brief, den er am Vorabend geschrieben hatte, fand ihn und überreichte ihn Gabor. „...dass du diesen Brief an jemanden übergibst, der dich aufsuchen wird und dir das Wort 'Erlösung' nennt. In drei Tagen. Der Inhalt ist nur für ihn bestimmt. Versprich es mir, Gabor. Übergib ihm den Brief, ohne dass du ihn liest. Das bist du mir schuldig."

„Aber ich wollte..."

Malcolm schüttelte den Kopf. „Es ist nicht wichtig, was du willst. Versprich mir vor Gott und bei deiner Ehre, dass du mir diesen Wunsch erfüllst. Mehr will ich nicht. Kann ich dir vertrauen?"

Gabor zelebrierte eine schwache Verbeugung. „Wie du willst. So soll es ein."

„In drei Tagen. Vergiss es nicht. Er wird sich mit dem Wort..."

„Erlösung, ich weiß."

Malcolm nickte. Dann drehte er sich um und ging zum Ausgang.

„Und Lucy?", rief Gabor ihm nach.

Malcolm machte keine Anstalten, die Unterhaltung weiter zu führen, und Gabor wusste nicht, ob er es gehört hatte. Seine Schritte verhallten im Kirchenschiff, und dann fiel die Tür ins Schloss. Gabor drehte sich um und humpelte zum Altar zurück. Mit einer tiefen Verbeugung begrüßte er Gott, als würde er es an diesem Morgen zum ersten Mal tun. Dann faltete er die Hände und sprach: „Ich danke Dir, oh Herr, für diesen wichtigen Hinweis. Ich werde Deinem Heiligen Willen folgen."

LXXXI

Als der Schlüssel rasselnd ins Schloss einfuhr, sich darin drehte und die Tür zu Lucys Verlies geöffnet wurde, schrie sie laut auf und fiel gleich danach in ein hysterisches Schluchzen, das sie immer wieder tief Luft holen ließ. Ihre Hände verkrampften sich in ihrem Leinenumhang, und vor ihrem geistigen Auge entstanden Flammen, die an ihr empor züngelten, zuerst ihre Kleidung auffraßen und sich dann an ihrer Haut zu schaffen machten. „Sie holen mich", faselte sie wie unter Drogen. „Sie werden mich dem Feuer übergeben. Lieber Gott, steh mir bei."

Derweil kamen Schritte die Treppe hinab und auf sie zu. Es waren Jordy und Dag. Allein ihre Statur ließ Lucy erkennen, dass es keinen Zweck hatte, sich gegen sie zu wehren. Jeder der beiden war ihr an Kraft turmhoch überlegen. Bevor sie auch nur die Hand heben konnte, würden sie sie gebunden und regungslos gemacht haben. Die Schritte erstarben, die beiden standen vor ihr und schauten sie an. Ein Lächeln spannte sich über Dags Narbengesicht und gab ihm irgendwie etwas Väterliches. Lucy verstummte und schaute irritiert drein.

Jordy, den man nie ohne sein Schwert sah, hatte die Waffe eigens für diese Mission abgelegt. Er streckte Lucy die Rechte entgegen und sagte: „Komm mit, Frau. Du bist frei."

Lucy schüttelte den Kopf. „Nein, das glaube ich nicht. Was habt ihr mit mir vor?"

„Vertraue", antwortete Jordy. „Wir bringen dich nach oben."

Lucy drängte sich rückwärts in die Ecke der Zelle zurück, in der sie die letzten Tage gekauert hatte. „Das ist ein Trick", wimmerte sie. „Reicht es euch nicht, dass ich brennen werde?" Sie sank in die Hocke und begann aufgelöst zu wimmern und zu weinen.

Der riesige Dag kniete sich mit einem Bein vor sie und stützte seine beiden Hände auf dem Knie ab. „Hör zu, Weib", sagte er. „Gabor hat auf Gottes Rat gehört. Er möchte, dass du frei bist. Aber wenn es nach mir ginge, würdest du noch heute auf den Scheiterhaufen gebunden. Also nimm die Gnade an, oder ich steche dich noch in dieser Minute hier unten im Verlies ab, obwohl du das Feuer verdient hättest."

Jordy verpasste Dag einen Tritt. „Hör auf, was soll das?" Dag schaute kurz zu ihm auf. „Eine andere Sprache versteht sie nicht", sagte er und wendete sich wieder Lucy zu. „Durch dich haben wir einige unserer besten Freunde verloren. Sag mir, wo sie sind, und du bist frei."

Lucy schüttelte den Kopf und presste ihre Hände auf den abgesengten Schädel. „Ich hab nichts damit zu tun", beteuerte sie.

„Womit hast du nichts zu tun? Rede!"

„Ich weiß nicht, was Ihr von mir wollt."

Dag packte Lucy grob am Gewand und drehte den Stoff so fest um, dass sich ihre Brüste darunter markant abzeichneten. „Wo sind sie?", zischte er. „Wir wissen, dass sie in eurem Haus waren."

„Ja, sie sind bei uns eingebrochen auf der Suche nach mir", gestand Lucy. „Aber dann ließen sie von mir ab, weil sie jemanden verfolgen mussten, der für sie viel interessanter war als ich."

„Hört sich gut an, aber du lügst."

„Nein, mein Herr", schwor Lucy. „Es war ein seltsames Wesen, vielleicht sogar ein Werwolf."

Der kräftige Dag spürte, wie sich in seinem Nacken die Haare aufrichteten. „Wo haben sie ihn gesehen, wenn sie doch in eurem Haus waren?", fragte er. „Los, erzähl mir keine Märchen."

„Einer war draußen bei den Pferden geblieben", erklärte Lucy. Sie wusste selbst nicht, woher sie plötzlich die Kraft nahm, sich so glaubwürdig auszudrücken.

„Und der hat die anderen gerufen? Warum ist er ihm nicht allein gefolgt?"

„Ich weiß es doch nicht", schrie Lucy. „Ich hab nur gehört, dass der Eine sagte, sie brauchen dafür jeden Mann. Daraufhin sind sie alle losgeritten.

„...und haben dich alleine zurückgelassen?"

Lucy hob die Schultern. „Ja!"

„Aha", machte Dag. „Es waren nicht zufällig deine Hexenkünste, mit denen du auch Rothaarige umbringst, und die du dafür benutzt hast, unsere Freunde zu ermorden? Nenn mir einen Grund, warum ich dir glauben soll."

„Wenn ich eine Hexe wäre", sagte Lucy, „dann säße ich nicht in diesem Turm. Ich würde meine Peiniger in Käfer verwandeln und zertreten und hätte meine Ruhe vor ihnen."

„Wer hat dir gesagt, dass Rothaarige Genossen des Teufels sind?", fragte er weiter. Als Lucy schwieg, fügte er hinzu: „Würdest du mich für einen Rothaarigen halten, wenn ich meine Haare so färbte? Oder erkennst du, dass Jordy, der Glatzkopf, früher ein Rothaariger war? Erklär es mir."

Nun packte Jordy Dag am Kragen und zog so lange daran, bis dieser endlich aufstand und ihn anstarrte. „Lass mich das machen", sagte er und kniete sich nun seinerseits nieder. „Schau mal", sagte er zu dem verängstigten Mädchen. „Dag hat recht. Ich hatte tatsächlich einmal rote Haare. Aber glaubst du wirklich, ich bin ein Genosse des Teufels?"

Lucy wusste nicht, was sie darauf antworten sollte. Verängstigt kauerte sie sich noch mehr zusammen und blickte aus dem Augenwinkel zu Jordy. „Wo sind Eure Haare jetzt?", fragte sie nach einer endlos scheinenden Zeit.

Jordy spürte, dass es falsch wäre, ihr das Märchen von der Schlacht vorzulügen, bei der ihm sein Helm mitsamt Kopfhaut vom Schädel geschlagen worden war. Deshalb sagte er nur: „Verlorengegangen, so, wie es vielen Männern passiert. Den kümmerlichen Rest rasiere ich mir regelmäßig ab, weil es mir nicht gefällt. Da ist eine Glatze besser. Ja, ich habe viele Menschen erschlagen. In der Schlacht, oder bei der Verfolgung von Gesetzlosen. Aber der Teufel bin ich deshalb nicht. Ich hatte eine sehr liebe Frau. Wir waren ein Herz und eine Seele. Es gab nie vorher einen Menschen, den ich so geliebt hätte wie sie, und seit sie bei der Geburt unseres Kindes starb, hat es auch niemanden mehr gegeben, den ich so lieben konnte. Teufel lieben nicht, Lucy, Teufel säen das Böse unter den Menschen und bringen Schuld und Verderben." Er nahm ihre Hand in die seinen, drückte sie liebevoll und streichelte sie.

Als Lucy gerührt aufblickte, ließ er ihre Hand wieder los. Sie sah gerade noch, wie Jordy sich eine Träne wegwischte. „Und Malcolm?", fragte sie verunsichert.

„Ich kenne ihn nur flüchtig", sagte Jordy. Das Reden fiel ihm ein wenig schwer. „Ist auch kein Teufel. So viel ich weiß, hilft er Menschen, gesund zu werden. Er soll ein Medikus sein, ein Heiler. Mehr weiß ich nicht über ihn."

„Außer, dass er Gabor Stroh liefert", fügte Dag hinzu.

Jordy blickte ihn grimmig an, aber Lucy schien es nicht gehört zu haben, denn ohne darauf einzugehen, erzählte sie: „Wir hatten eine schöne Zeit. Malcolm hat mich verwöhnt. Es war wunderbar mit ihm. Er hatte sich die

Haare gefärbt, und ich dachte, er tat es, um mich zu täuschen. Jetzt glaube ich, er wollte nur, dass ich bei ihm bin, damit er mich verwöhnen konnte. Ich bin so dumm." Jordy erhob sich. Er reichte Lucy die Hand und sagte: „Steh auf, und gehe zu ihm." Lucy nahm das Angebot an und kam mit Jordys Hilfe auf wackligen Beinen zum Stehen. „Dann darf ich jetzt wieder mit ihm glücklich werden? So glücklich, wie wir es schon einmal waren?" Jordy antwortete: „Einen Versuch ist es wert." Dann stützten sie das Mädchen und führten es die Treppe hoch.

„Seine Macht als Medikus ist sehr groß", flüsterte Lucy leise unter Schmerzen, während sie sie die Treppe hinaufschleppten. „Immerhin hat er mich aus dem Grab geholt und lebendig gemacht." Sie blieben stehen. Jordy und Dag schauten sich zuerst gegenseitig an und blickten dann nach oben, wo die Tür sich knarzend und quietschend öffnete und Gabor erschien. Er konnte es nicht gehört haben. Die Geräusche der Tür hatten Lucys Aussage mit Sicherheit übertönt. So flüsterte Jordy Dag zu: „Sag nichts, wenn dir dein Leben lieb ist. Du weißt, dass er diesen Werwolf bei sich hat. Wir sind nicht mehr genug Leute gegen ihn." Ob Dag, der sich kämpferisch über alles erhaben fühlte, seine Bitte annahm, konnte er nicht erkennen. Er setzte sich einfach wieder in Bewegung. „Komm jetzt", sagte er zu Lucy. „Deine Freiheit wartet."

LXXXII

Gegen Mittag erreichte Malcolm mit dem leeren Heuwagen seinen Hof. Er gab sich nicht besonders viel Mühe, das Gefährt aufzuräumen. Er löste das Pferd von der Deichsel und gab ihm einen Klaps, worauf es willig in seinen Stall ging. Der Heuwagen blieb im Hof, rollte noch ein wenig zurück und kam zum Stehen, als er mit einem Rad in einer Unebenheit hängenblieb. Malcolm bekam es nicht mit. Er schloss die Tür auf, betrat die Diele, warf die Tür hinter sich zu und ließ sich auf einen der bequemen, mit rotem Samt gepolsterten Stühle fallen.

Die Tür zu Binaghs Zimmer öffnete sich, und der Diener streckte seinen Kopf heraus. „Na? Wieder mal zuhause?", fragte er schnippisch.

„Red nicht", lallte Malcolm. „Bring Wein. Aber schnell."

Nun verließ Binagh sein Zimmer und ging wortlos in die Küche. Das Plätschern des Weins, während er den Krug füllte, bekam Malcolm nicht mit, weil er für einen Moment weggenickt war. Erst, als Binagh das Behältnis so geräuschvoll auf dem Tisch abstellte, dass zwei, drei Schlucke überschwappten, öffnete Malcolm wieder die Augen und ergriff den Krug. Er hob ihn an die Lippen und nahm einen kräftigen Zug daraus. Sanfter, als man es einem so Betrunkenen zutrauen würde, stellte er ihn wieder ab. Er rülpste leicht und wischte sich mit dem Ärmel über den Mund. Dann schaute er Binagh an, der vor ihm stand und lallte: „Ich hab dir versprochen, irgendwann mal ein Geheimnis zu verraten. Jetzt ist es soweit. Du wirst es nicht glauben, aber ich kann aus Stroh Gold machen." Er packte ihn am Umhang und lallte: „Töte mich, wenn ich schlafe, und du bekommst die Formel, in drei Tagen."

Binagh löste Malcolms Hand von seinem Umhang und schaute ihn fest an. „Woher weiß ich, dass das wahr ist und mich nicht der Henker holt für diesen Mord?", fragte er.

„Hab ich dich jemals betrogen?", fragte Malcolm zurück und ergriff den Krug, um einen weiteren großen Zug daraus zu nehmen, bevor er ihn Binagh hinhielt.

Sein Diener nahm das Angebot an und gönnte sich seinerseits einen großen Zug. „Woher soll ich das wissen?", antwortete er, während er den Krug auf den Tisch stellte.

Malcolm winkte ab. „Ja, woher sollst du das wissen. Lass uns zusammen einen trinken, und wenn ich schlafe, töte mich. Aber es muss schnell gehen, ja? Ich will davon nichts merken. Du wirst dafür reichlich belohnt werden. In drei Tagen. Es ist alles vorbereitet. Versprochen. Du musst nur in die Stadt reiten und Gabor aufsuchen. Nenne ihm das Loswort 'Erlösung', und er wird dir die Informationen geben."

„Es soll geschehen, wie du es wünschst", antwortete Binagh. Er leerte den Krug und ging in die Küche, von wo er diesmal mit zwei Krügen wiederkam. Gegen Abend war Malcolm so betrunken, dass Binagh ihn unter den Achseln packte und ins Bett schleifte. Der Medikus merkte davon nichts mehr.

LXXXIII

Als Gabor seine beiden Männer sich mit Lucy im Schlepp die Treppe des Verlieses hinaufarbeiten sah, hob er die Hände und sagte: „Planänderung. Die Hinrichtung dieser Hexe wird nicht aufgehoben, im Gegenteil. Das Urteil ist rechtskräftig."
Dag wollte sich sofort wieder umdrehen, aber Jordy blieb fest stehen. „Wie jetzt? Soll sie doch brennen?", fragte er.
„Ja! Unwiderruflich."
„Du bist wirr im Geiste, Gabor", sagte Jordy.
„Es ist Gottes Wille, dass es so sein soll. Das hast du zu akzeptieren. Als ich ihn um ein Zeichen bat, kam Malcolm und bekundete, dass er kein Interesse mehr an dieser Frau habe. Er kann und will sich also nicht mehr um sie kümmern. Gibt es einen klareren Beweis dafür, dass diese Frau eine Hexe ist?"
Lucy begann zu weinen. „Malcolm!" Ihr knickten die Knie ein, Dag und Jordy mussten sie noch mehr stützen, als sie es ohnehin schon taten. „Malcolm, ich liebe dich", rief sie verzweifelt. „Bitte hilf mir."
„In den Kerker mit ihr", befahl Gabor.
„Dann überlass sie mir", bat Jordy. „Ich kann sie genauso auf den rechten Weg bringen."
Gabor zeigte mit dem Finger auf Jordy. „Ausgerechnet du? Was hast du zu verbergen, das ich nicht weiß? Ich dachte, du seist mir treu und ein Freund."
Jordys Hand fuhr an die Seite, aber da war kein Schwert. Seine Faust ballte sich zu einem Stein und zitterte.
„Los, bringen wir sie zurück", sagte Dag.
Jordy kochte vor Wut, aber er erkannte, dass er keine Wahl hatte. Sie schleppten Lucy in den Kerker. Unten angekommen, forderte Jordy Dag auf, sie loszulassen. Er

gehorchte. Jordy legte das Mädchen behutsam auf den Boden und streichelte sanft ihren Kopf. „Alles wird gut", flüsterte er.

Als sie die Treppe hinaufgegangen waren und die Tür zum Verlies geschlossen hatten, da spürte Jordy, dass er doch noch jemanden so lieben konnte, wie seine verstorbene Frau und das Kind. Mit einem Mal tat ihm Lucy unendlich leid.

LXXXIV

Als Malcolm erwachte, schmerzten seine Augen. Sie fühlten sich an wie harte Murmeln. Er versuchte sie zu öffnen, aber sie waren total verklebt. Er wollte sich mit dem Arm drüberfahren, aber seine Gliedmaßen gehorchten ihm nicht. Langsam erwachte er aus seiner Besinnungslosigkeit und versuchte verkatert, sich zu orientieren. Mit mühsamer Beständigkeit gelang es ihm, die Augen zu öffnen und sich umzuschauen. Neben seinem Bett stand Binagh.

„Na endlich", sagte der Diener. „Ich dachte schon, du wachst überhaupt nicht mehr auf."

Malcolm wollte sich am Kopf kratzen, aber auch das funktionierte nicht. Es dauerte ein paar Momente, bis er begriff, dass er gefesselt war. Beide Arme und Beine waren an je einen Bettpfosten gebunden und machten jede seiner Bewegungen unmöglich. Mit einem Mal kehrte die Erinnerung zurück. Binagh hätte ihn doch töten sollen, weshalb er verwundert fragte: „Ich lebe?"

„Ja. Schade drum", antwortete Binagh. Ein schmales Brett, das er in der Hand hielt, sauste mit voller Wucht auf Malcolms nackten Bauch nieder.

Malcolm unterdrückte einen Schrei. Auf keinen Fall wollte er vor seinem Diener eine Schwäche zeigen. „Wofür war das denn?", fragte er mit zusammengebissenen Zähnen. „Du solltest mich töten, während ich schlafe."

„Dann hättest du mir die Formel nicht mehr verraten können", antwortete Binagh. „Also: Wo ist sie?"

„Wir haben eine Abmachung."

Wieder sauste das Brett nieder und verursachte ein abartiges Klatschen. Malcolm prustete vor Schmerz.

„Die Formel, Malcolm."

„Du vertraust mir nicht, und – du hast Recht – ich dir auch nicht. Deshalb habe ich sie aufgeschrieben und bei Gabor untergebracht. Aus dem Kopf heraus weiß ich sie nicht, das kannst du dir denken. Was immer du tust, du bekommst sie erst in nunmehr zwei Tagen. Selbst, wenn du mich bis dahin nicht getötet hast. Das ist mein Versprechen und mein Geschenk an dich. Höre meinen Rat: Vergiss das Loswort nicht!"

„Erzähl das dem Inquisitor."

Diesmal traf das Brett auf die Innenseite eines Oberschenkels, so fest, dass Malcolm nun einen langen Schrei losließ. Als er sich ein wenig davon erholt hatte, keuchte er: „Und wenn du mich totprügelst, du wirst sie erst in zwei Tagen bekommen. Sie ist sicher aufgehoben. Bei den Dominikanern. Wenn du aber vor Ablauf der Frist danach fragst, werden sie dich festnehmen und verhören. Ich habe an alles gedacht."

Binagh wurde unsicher. Er wusste, dass Malcolm ein raffinierter Hund war und glaubte ihm, dass er tatsächlich diese Vorkehrungen zu seiner Sicherheit getroffen hatte. Wutentbrannt knallte er das Brett in eine Ecke, band Malcolm an einem Handgelenk los und flüchtete.

Malcolm befreite sich von den anderen Stricken, während er hörte, wie sich vor dem Haus ein schnaubendes Pferd schnell entfernte. Als er die Fesseln gelöst hatte, sank er in die Kissen zurück und weinte.

Er wusste nicht, wie lange er im Bett gelegen hatte, als es ihm endlich gelang sich aufzuraffen, um das Zimmer zu verlassen. Immer wieder war er eingeschlafen, aufgewacht, und wieder eingeschlafen, sodass er nun überhaupt nicht mehr wusste, woran er war und welcher Tag es war. Auf dem Weg in den Flur zitterte er, weinte er, schluchzte und stöhnte er. Warum er sich in der Küche

407

ein langes Messer holte und eine Flasche seines Zauberwassers aus dem Labor einpackte, wusste er selbst nicht. Vielleicht wollte er das Wasser trinken, um in Halluzinationen zu kommen und sich dann die Pulsadern aufschneiden. So, wie es jetzt war, konnte er nicht mehr weiterleben. Wie in Trance, zog er sich sein Gewand über und Schuhe an. Er schlurfte, bis in die Basis seines Seins deprimiert, in den Hof. Er holte sein Pferd aus dem Stall und versorgte es notdürftig, bevor er aufstieg und losritt.

Als er durch den Wald in Richtung Southbarn kam, war es früher Morgen. Der Himmel war immer noch grau, und der Boden war nass. Malcolm erinnerte sich an die Zombies, die ihnen hier einmal begegnet waren. Jetzt war er selbst einer, da war er sich sicher.

Dann passierte er das Jenkins-Haus. Einsam und verlassen, lag es am Ende der engen Straße. Außer ein paar Hühnern im Garten deutete hier nichts auf Leben hin. Eine tiefe Trauer nahm von ihm Besitz und begleitete ihn, während irgendwas ihn geradewegs zum Richtplatz führte. Mit Entsetzen sah er, dass bereits Holz und Stroh aufgeschichtet war, das darauf wartete, angezündet zu werden. Einige Schaulustige hatten sich eingefunden, um der Vorstellung beizuwohnen, aber es waren bei weitem nicht mehr so viele wie vor einigen Wochen, als Lucy gehenkt worden war. Auch bei den Verbrennungen danach, waren es immer weniger geworden. Die Lüsternheit der Leute war befriedigt. Viele hatten darüber hinaus nahe Verwandte und Freunde verloren, sodass die meisten nun einfach nur noch froh waren, wenn sie in Ruhe gelassen wurden nach diesen schlimmen Wochen.

Malcolm stieg ab und band das Pferd an einem Eisenring fest, der eine Hauswand in einer Seitenstraße des Marktplatzes schmückte. Der Scheiterhaufen war erst frisch aufgeschichtet worden, sonst wäre er durch und durch nass gewesen. Für eine Verbrennung hatte es bisher zu viel geregnet. Vielleicht lebte Lucy noch.

Die auf dem Platz spärlich verteilten Leute schauten auf, als ein Rappeln hörbar wurde, das sich der Richtstätte näherte. Es war ein von Dominikanern begleiteter Leiterwagen, auf dessen Ladefläche seine gefesselte Liebe stand. Der Wagen hielt nahe am Scheiterhaufen, das Rappeln der mit Eisen beschlagenen Räder erstarb.

Malcolm war entsetzt und hoffnungsvoll zugleich. Vielleicht würde es ihm doch noch gelingen, seine Liebe zu retten.

Schon holten zwei Mönche Lucy vom Wagen herunter und wollten sie zur Richtstätte führen, doch bevor Malcolm auch nur einen Schritt zu ihr machen konnte, hörte er ein donnerndes „Halt", das die Schritte der Beiden stoppte. Alle auf dem Marktplatz schauten sich um.

Wie aus dem Nichts erschienen, baute Jordy sich vor dem Scheiterhaufen auf. Er hatte sein Schwert aus der Scheide gezogen und wirbelte es gekonnt um sich herum. Niemand würde daran zweifeln, dass er sein Handwerk verstand, und dass man – zumindest mit dem Schwert – keine Chance gegen diesen Kämpfer hatte.

„Lasst sie frei", bestimmte Jordy. Und als die beiden sich nicht rührten, erhob er sein Schwert und fügte an: „Ich sage es nicht noch einmal."

Unsicher, was sie tun sollten, schauten sie zu Gabor, der breitbeinig vor dem Scheiterhaufen stand. Er erhob die Hand in Richtung Jordy und brüllte: „Gott wird dich dafür in die Hölle schicken."

Sofort legte Jordy einem der Mönche die Schwertspitze an den Hals und schaute über die Schulter zu Gabor. „Vielleicht schmore ich in der Hölle", rief er zurück, „aber dieses unschuldige Wesen ist dann gerettet." Gabor explodierte wie ein Sack Schwarzpulver.

Malcolm sah seine Chance gekommen, sein Wasser einzusetzen. Er kramte die Flasche hervor, entkorkte sie, schüttete immer wieder etwas in seine Handfläche und benetzte die Menschen, die auf die Hinrichtung warteten. Er wartete deren Reaktionen erst gar nicht ab und nahm keine Notiz von dem, was hinter ihm passierte. Stattdessen ging er langsamen Schritts und in großer Ehrfurcht wegen dieser wunderbaren Wendung auf Lucy zu, immer wieder ihren Namen rufend, während er weiterhin die Anwesenden benetzte. Auf diese Weise bekamen auch der tobende Gabor sowie etwa zehn Mönche etwas ab, und Malcolm stellte mit freudigem Erstaunen fest, dass Lucy ihrerseits mit auf den Rücken gefesselten Händen auf ihn zu wankte und seinen Namen rief. Würde es so sein, wie im Verlies, als sie ihm zwischen die Beine trat? Nein, ganz bestimmt nicht, denn ihr Blick verriet echte Liebe für ihn.

Sie waren noch etwa zehn Schritte voneinander entfernt, als Jordy auf ein dumpfes Geräusch hin zusammenbrach und regungslos liegen blieb. Der Pfeil einer Armbrust steckte ihm genau im Herzen. Er war sofort tot gewesen. Dag trat aus den wenigen Anwesenden heraus, lud seine Armbrust erneut und zeigte auf Lucy. „Schafft sie auf den Scheiterhaufen", befahl er.

„Neeein", schrie Malcolm und lief auf Dag zu. Er wollte ihm etwas Wasser ins Gesicht schütten, aber dessen Rechte streckte ihn nieder, und das Wasser verfehlte ihn. Die Flasche entglitt Malcolms Händen und zerbrach auf dem Boden.

„Sieh mal einer an, der Grabschänder", sagte Dag und legte mit der Armbrust auf ihn an, doch Malcolm trat mit beiden Füßen gegen seine Knie, so fest, dass sogar dieser Berg von einem Mann nach hinten taumelte und den Pfeil gen Himmel schickte. Es gab Malcolm Zeit, sein Küchenmesser zu ziehen und es dem Dicken in die Brust zu rammen. Dann drehte er sich auf den Rücken und schaute in die Gesichter der Umstehenden, aber sie waren seltsam regungslos, als nahmen sie keine Notiz von dem Kampf.

Gabor hatte von all dem nichts mitbekommen. Zu sehr war er von der Gelegenheit eingenommen, nun endlich zu vollenden, was er am ersten Tag seiner Ankunft hätte tun wollen. „Gott hat gerichtet", brüllte er. „Niemand wird den Tod dieser Hexe mehr verhindern."

Die beiden Dominikaner packten Lucy und schleiften sie zum Scheiterhaufen, hievten sie hoch und banden sie an den Pfahl. Die anderen Mönche versammelten sich um den Holzstapel, um Eingriffe abzuwehren, die die Hinrichtung verhindern könnten.

Gabor nickte zufrieden.

Nun stürzte Malcolm heran und ergriff den Abt an seinem roten Umhang. „Nicht verbrennen", flehte er. „Überlass sie mir, ich werde mich um sie kümmern. Ich verspreche es."

Vom Scheiterhaufen herab schrie Lucy verzweifelt Malcolms Namen.

Gabor stieß Malcolm zurück. „Das Urteil ist gesprochen", schimpfte er. „Jetzt gibt es kein Zurück mehr. Endlich ist es soweit."

„Du kannst es aufheben", flehte Malcolm.

„Werde ich aber nicht", versicherte Gabor. „Sie ist eine Hexe und verbrennt auf *deinem* Stroh." Er lachte irr.

Zwei Mönche hielten Fackeln an den Scheiterhaufen. Sofort loderten Flammen auf.

Malcolm packte Gabor erneut am Kleid. „Pass auf, was ich sage, du eitriges Geschwür im Fleisch der Menschheit", keifte er. „Ich, Malcolm, dein Strohlieferant, bin der Grabschänder. Bisher hast du lauter Unschuldige verbrannt. Vor Gott, dem Teufel und der Menschheit stehst du als armer Verlierer und Sünder da. Deine Seele ist bereits jetzt der Verdammnis gehörig." Dann drosch er ihm die Faust ins Gesicht, warf Gabor zu Boden und trat auf ihn ein.

Drei Mönche eilten heran, fest entschlossen, Gabor vor Malcolm zu schützen. Er aber drehte sich um, rannte zum Scheiterhaufen, schlug dabei zwei Ordensbrüder nieder und sprang ins Feuer, bevor sie ihn erreichen konnten.

Die wenigen Anwesenden quittierten es mit Applaus und Jubelschreien.

Gabor rappelte sich hoch. Er spuckte ein paar Zähne aus. Sein Gesicht war voller Blut und geschwollen. „Holt ihn da raus", kreischte er. „Los! Wird's bald?"

Aber seine Brüder standen unschlüssig da. Sie schauten ins Feuer, aus dem heraus nicht einmal Schreie nach draußen drangen und wussten nicht, wie sie den Befehl ausführen sollten.

„Ich werd's euch zeigen", brüllte Gabor. Er band seine Peitsche vom Gürtel und drosch wutentbrannt in die Flammen hinein, wieder und wieder. Nach ein paar Schlägen wurde ihm die Hitze zu groß. Sein Gesicht schwoll noch weiter an, sein Haarkranz qualmte. Die Hitze war kaum auszuhalten. Er zog den roten Mantel aus und warf ihn von sich. Wieder drosch er ins Feuer hinein. Bald wurde er von einem heiseren Lachen gepackt, das immer heftiger und irrer wurde, je länger er ins Feuer schlug. Dann schwächten sich die Schläge ab, das

Lachen wurde girrend und war von einem Weinen nicht mehr zu unterscheiden. Gabor ließ die Peitsche fallen und taumelte davon. Sein unmenschliches Lachen entfernte sich und war bald nicht mehr zu hören.

Nach zwei Stunden war der Scheiterhaufen niedergebrannt. Die Schaulustigen hatten sich bereits verzogen. Die Mönche gingen mit gefalteten Händen zu den kümmerlichen, noch qualmenden Resten und stocherten in der Glut herum. Sie fanden zwei Schädel, die einander zugewandt dicht beieinander lagen, als ob sie sich küssten. „Das muss ein Zeichen Gottes sein", flüsterte einer seinen Brüdern zu. „Es zeigt uns, dass sie in der Seele vereint sind. Möge der Herr uns beistehen, Gabor hat einen großen Fehler gemacht."

Als auch die Mönche sich verzogen hatten, trat Binagh auf den Platz. Niemand hatte ihn bisher gesehen, und auch jetzt sah ihn niemand. Er ging zu Gabors Mantel, aus dessen Tasche ein Brief ragte. Binagh hob ihn auf, setzte sich auf den Boden und las. Dabei hörte er laut und deutlich Malcolms Stimme, die ihm den Brief vorlas.

„Werter Freund", sagte sie. „Ich danke dir für deine treuen Dienste all die Zeit. Gold aus Stroh zu machen, ist mir im Labor nur einmal gelungen. Leider hatte ich wieder mal eine Amnesie und vergaß aufzuschreiben, wie ich es gemacht hatte. Hätte ich da schon meine Lucy gehabt, wäre alles ganz anders gelaufen. So aber muss ich dir sagen: Es ist schier unmöglich. Aber ich will dich nicht enttäuschen, mein Freund. Es gibt noch einen anderen Weg, Stroh in Gold zu verwandeln: Kaufe es bei den Bauern billig ein. Verkaufe es mit dem zehnfachen Gewinn an die Inquisition, und du wirst reich werden.

Die Inquisition ist ein gutes Geschäft. Auf diese Weise habe ich Stroh in Gold verwandelt.

Du fragst dich vielleicht warum, weil ich doch sowieso schon reich bin. Aber schau: Ich bin nicht darüber hinweg gekommen, dass mein Trieb mich daran hinderte, es auf alchemistischem Wege zu erreichen, und so betrachtete ich den Strohverkauf als Ersatz – wenn auch nur als recht kläglichen. Insgeheim, und das ist wesentlich wichtiger, hoffte ich, dass es durch die Scheiterhaufen bald keine toten Frauenkörper mehr gibt und ich so meinen Trieb loswerde – mangels Gelegenheit sozusagen. Nun hoffe ich nur noch, dass es keinen Gott gibt, so wie es die Christen glauben. Denn dann würde ich ewig brennen."

Binagh holte tief Luft. Seine Hände zitterten.

„Danke, dass du mich getötet hast", hörte er weiter Malcolms Stimme. „Dafür hinterlasse ich dir ALL mein Hab und Gut, ALLES, was mein war, sei nun dein. – ALLES! Vielleicht musst du also gar kein Stroh in Gold umwandeln. Das, was ich hatte, sollte für dich genug sein. Es ist mehr, als du brauchst."

Ganz unten auf dem Brief stand noch ein weiterer Absatz. Die Schrift war hier inzwischen fast unleserlich geworden. Oder war es ihm einfach nur schwergefallen, es zu schreiben? „Du hast kein Fell mehr", stand da. „Schon lange nicht mehr. Ich habe es dir verschwiegen, weil ich Angst hatte, einen Freund zu verlieren, und nicht meinen Graböffner. Tut mir leid, dass ich dir nicht traute."

Binagh saß auf dem Boden und legte sein Gesicht in seine Hände. Er war inwendig leer. Ein heftiger Schluchzer schüttelte ihn kurz durch, dann erhob er sich und schaute zum Himmel empor. Was er sah, ließ sein Blut in den Andern gefrieren: Der Mond. Er wurde groß, größer – und blutrot, während er sich vor die Sonne schob. Gleichzeitig wurde es schnell stockfinster Mitten am Tag. Binaghs Beine machten sich selbständig. Er konnte sie nicht mehr steuern. Und so trugen sie ihn auf den glühenden Mond zu. Bald erreichte er den Friedhof. Auf seiner Schulter trug er einen Spaten.

LXXXV

Allmählich wurde es Abend. Es war, als käme er angekrochen wie ein Nebel und hüllte das Hexenhaus ein, das grün gestrichen und tief im dichten Wald auch im Hellen kaum zu erkennen war, selbst für die nicht, die von seiner Existenz wussten. Binagh war einer der Vertrauenswürdigen, die das Hexenhaus kannten. Gerade hatte er sein Pferd neben der Treppe angebunden und trat zur Tür. Er klopfte das Zeichen, das alle hier benutzten, wenn sie Einlass begehrten: dreimal die Sechs. Es dauerte nur eine kurze Zeit, bis im Innern Schritte zu vernehmen waren, die sich forsch der Tür näherten, und dann wurde sie geöffnet. Es war Peggy, die überrascht und glücklich zugleich im Rahmen erschien und ihre Arme ausbreitete, in die Binagh sich augenblicklich hineinstürzte. Er tätschelte Peggys Po, während sie, um seinen Hals geklammert, seine Schultern streichelte. Ihr bemaltes Gesicht berührte seine Haut, als sie flüsterte: „Wie sehr ich dich vermisst habe. Ich dachte, du kommst nie mehr wieder." Sie drückte ihn noch fester an sich, bis ihre Kräfte nachließen und sie ihn wieder freigab. „Wo warst du so lange?"

„Das ist eine spannende Geschichte", antwortete er. „Ich brauche deine Hilfe."

„Kann ich mir denken", sagte Peggy. Sie schaute ihn von unten bis oben forschend an und meinte: „Du bist ja ganz mit Blut bespritzt." Sie schloss die Tür und nahm ihn bei der Hand. „Komm mit, wir setzen uns in den Zuber. Es ist gerade kein Kunde da und wir haben Zeit für eine Unterhaltung."

Peggy hatte die anderen Hexen diskret darum gebeten, mit Binagh alleine sein zu können. Diese hatten ihren

Wunsch respektiert. Nun saßen sie sich im Zuber gegenüber. Das Wasser war angenehm warm und umschmeichelte Binaghs gestressten Leib. Er fühlte die Entspannung und erlebte, wie sich seine Gedanken beruhigten. Für einen kurzen Augenblick. Dann streiften seine Beine jene von Peggy. Unwillkürlich musste er an sein Bad mit Malcolm denken, bei dem er die Extremitäten seines Meisters berührt hatte. Für einen Moment gruselte es ihn heftig, und er schüttelte sich, nicht zuletzt auch wegen des Erlebnisses, das er heute gehabt hatte. Malcolm war in seiner Wahrnehmung wieder – oder noch? - voll da.

„Dein Fell...", sagte Peggy. „Wo ist es geblieben?" In ihrer Stimme schwang Bedauern mit.

„Du bist die Erste, die mir glaubhaft versichert, dass ich keins mehr habe", gestand Binagh. „Ich selbst kann es nicht erkennen. Malcolm hat mich immer an der Nase herumgeführt und mich denken lassen, dass ich ihn weiterhin brauche." Er seufzte. „Mein Schatz, es tut mir leid, ich hätte mich nicht behandeln lassen sollen. Wenn ich nur die Entwicklungen vorausgesehen hätte. Mir war es nicht bewusst, wie sehr du mein Fell geliebt hast."

Peggy lehnte sich ein wenig zurück, legte ihre Hände unter die Brüste und drückte sie hoch, sodass sie halbwegs aus dem Wasser ragten. „Ich möchte für dich zwei Felsen in der Brandung sein", sagte sie. Dann ließ sie die Brüste los und beugte sich zu ihm vor. Ihre Hände tauchten unter und näherten sich Binaghs Penis. Sie umfasste sanft das erigierte Teil – und stockte. Peggy war es entgangen, als er sich ausgezogen hatte und in den Zuber gestiegen war. Umso erstaunter war sie nun, als sie ihn fühlte. Sie rieb und knetete ihn, und ihr Blick wurde lüsterner. „Was ist *das* denn?", fragte sie mit einem

417

erotischen Lächeln. „Dein Edelknecht ist ja noch behaart wie immer."

„Da habe ich Malcolm ja auch nicht dran gelassen", erklärte Binagh. „Und jetzt?"

Peggy wurstelte sich im Zuber hoch und setzte sich rittlings auf ihn. Gekonnt führte sie seinen Edelknecht ein und begann mit ihren Bewegungen.

„Du bist noch bemalt", rief Binagh ihr in Erinnerung. „Ich habe dich doch immer..."

„Heute fickst du eben eine Hexe", stöhnte Peggy. Ihre Bewegungen wurden wilder, und bald schwappte Wasser über den Rand.

Sie waren beide gleichzeitig zum Orgasmus gekommen. Erschöpft, aber über die Maßen zufrieden, saßen sie nun nebeneinander und streichelten sich gegenseitig ihre Oberschenkel.

„Nun erzähl, was ist vorgefallen?", forderte Peggy. „Wobei soll ich dir helfen, und warum warst du so mit Blut bespritzt?"

Binagh verlangsamte Peggys Drang nach Neuigkeiten. „Eins nach dem anderen", sagte er. Er holte weit aus und erzählte von Lucy und dem kurzen Verhältnis zwischen ihr und Malcolm, bis sie ihn als Rothaarigen erkannt hatte und geflüchtet war. Er sparte auch die Eskapaden auf dem Friedhof nicht aus und erzählte in aller Deutlichkeit, was sein Meister mit den Leichen gemacht hatte, die er, sein Diener, hatte ausgraben müssen. „Ich war immer zugegen, Peggy", erklärte Binagh. „Ich musste die Leichen ausgraben und Wache schieben, während er, der Herr sich vergnügte."

„Du nennst es Vergnügen, eine Leiche zu ficken?", fragte Peggy lachend. Offenbar nahm sie das alles gar nicht so ernst, was er ihr erzählte.

„Für ihn war es das, ja", bestätigte Binagh. „Für mich weniger. Vielleicht weißt du, dass sie die Friedhöfe bewachen, nur wegen ihm."

„Ich kann es mir denken, auch, dass das für dich alles sehr schwierig war, du Armer."

Binagh nickte. „Ein paar von den Wächtern leben nicht mehr. Es stand immer die Frage im Raum: Sie oder wir. Aber das ist nun endlich vorbei."

Peggy hatte aufmerksam und interessiert zugehört. Sie nahm einen tiefen Atemzug, der Binagh zeigte, dass sie sich entspannte. Er begriff, dass er ihr nicht einerlei war.

„Lucy war die einzige lebende Frau, mit der er Sex haben konnte", fuhr Binagh fort. „Als er erkannte, dass er sie niemals würde haben können, da wollte er nicht mehr leben. Er besoff sich und gab mir den Auftrag, ihn zu töten, wenn er schlief, aber ich konnte nicht. Nicht einen Schlafenden. Hätte er mir mit dem Schwert gegenüber gestanden – kein Problem. Also bin ich geflüchtet und habe damit seine Enttäuschung über das Leben um ein Vielfaches erhöht. Ich bin nach Süden ans Meer geritten und habe dort eine ganze Nacht und einen Tag am Strand bei Durdle Door verbracht, um alles hinter mir zu lassen. Heute Morgen machte ich mich dann auf nach Southbarn. Das war ganz seltsam dort. Ich weiß nicht, was da passiert ist, aber normal war das nicht. Alles war so undurchschaubar." Binagh legte sich die Hände auf die Augen und hielt inne.

Peggy gab ihm Zeit. Sie erkannte, dass ihr Geliebter mit dem, was er, der unerschrockene Kämpfer, erlebt hatte, nicht zurechtkam.

Nach einer Weile nahm er die Hände wieder runter. „In Southbarn sah es aus, als sollte jemand auf dem Scheiterhaufen sterben", nahm er das Gespräch wieder auf. „Der Scheiterhaufen war aufgeschichtet, aber es waren keine Schaulustigen da. Selbst Gabor, der Inquisitor der Dominikaner, war weg. Nur sein feuerroter Mantel lag vor dem Holzstapel, und da ragte ein Brief heraus."

„Ein Brief"?, fragte Peggy.

„Ja. Malcolm hatte gesagt, wenn ich ihn töte, dann verrät er mir das Geheimnis, wie man Gold aus Stroh macht. Ich würde es von Gabor erfahren, wenn ich ihn danach frage. Aber Gabor war nicht da, und der Brief erweckte meine Neugier. Ich zog ihn aus der Manteltasche, und siehe da: Mein Name stand da drauf. Meine Hände zitterten, ein Gefühl, das mir bisher fremd war, und mit diesen zittrigen Händen öffnete ich den Brief und las."

„Ich wusste gar nicht, dass du lesen kannst", staunte Peggy.

„Malcolm hatte es mir beigebracht, damit ich die Aufschrift auf seinen Medizinfläschchen entziffern konnte", erklärte er. Er schaute Peggy fest in die Augen, holte tief Luft und fuhr fort. „In dem Brief vermacht Malcolm mir alles, was ihm gehört, Peggy. Er betont es ausdrücklich: ALLES."

Peggy rutschte im Zuber hin und her. „Du machst es spannend", sagte sie.

„Es ist nicht nur sein Haus, sein Grundstück, seine Pferde und sein Geld, das ich erbe. Es ist außerdem – sein Trieb zum Leichenschänden." Eine innere Kälte schüttelte ihn im warmen Wasser.

Peggy schaute ihn irritiert an und schauderte, sagte aber nichts.

Binagh holte erneut tief Luft, ließ sie langsam wieder entweichen und sprach weiter. „Kaum hatte ich den Brief gelesen, da überkam es mich wie Malcolm, stell dir das mal vor, Peggy. Wenn es losging, dann sah er immer einen roten Vollmond, und so war es heute Mittag auch bei mir, bei helllichtem Tag. Es war, als entstünde nur wegen mir eine Sonnenfinsternis. Ich konnte nicht anders, als zum Friedhof zu gehen und ein Grab auszuheben. Es war grauenvoll. Jetzt verstehe ich ihn. Ich habe ihm bitter Unrecht getan."

Peggy hielt sich angewidert die Hände vors Gesicht. „Du hast - eine Leiche...?" Angesichts des Verkehrs, den sie erst vor Kurzem in diesem Zuber hatten, überkam sie Grusel und Ekel.

Binagh legte seine beiden Hände auf Peggys Knie und schüttelte den Kopf. „Nein, hab ich nicht", beteuerte er, „obwohl der Trieb so entsetzlich stark war, dass ich ihm kaum widerstehen konnte. Aber gerade, als ich den Spaten ansetzte, um einen Sarg auszuheben, da tauchten zwei Wächter auf. Ich habe sie erschlagen, sonst wäre ich jetzt nicht mehr. Ich muss diesen Männern, die ich getötet habe, dankbar sein."

Es waren Gabors letzte beiden Wächter Bailey und Hunter, die Binagh aufgemischt und dafür ihr Leben gelassen hatten.

„Es war also deren Blut, das an dir klebte?", fragte Peggy.

Binagh nickte. Er dachte an Malcolm und daran, dass er für die Vernichtung seines Triebs eine lebende Frau brauchte, mit der er Sex haben konnte. 'Wer weiß, ob der Trieb bei mir nicht fortlebt, wenn ich *keine* Frau habe', dachte er. Er fasste sich ein Herz und fragte: „Peggy, kannst du dir vorstellen, für immer mit mir zusammen zu sein?" Nicht nur, damit der Trieb ihn verschone, wünschte er sich das von Herzen. Er liebte Peggy, da war er sich sicher.

Seine Angebetete vergoss eine Träne der Rührung. „Ja", hauchte sie. „Mein Gott, wie sehr ich auf diese Frage gewartet habe." Sie umarmten sich im Wasser und küssten sich, und an der Tür im Erdgeschoss klopfte es drei Mal die Sechs.

LXXXVI

Peggy und Binagh genossen ihre Zweisamkeit im Zuber, während andere Hexen in regelmäßigen Abständen warmes Wasser hinzu kippten, um den Inhalt bei Körperwärme zu halten. Hier lagen sie sich in den Armen und fühlten den anderen, ohne ein Wort zu sagen. Sie fühlten sich wie ein Paar, und jetzt waren sie ein Paar. Leise spielte Binaghs Fuß – nun vom Fell befreit – mit dem Wasser. Es plätscherte hin und wieder dezent auf. Ohne Fell zu sein, fühlte sich so anders an. Irgendwie leichter, aber auch kühler. Jetzt erst war er sich dieser Tatsache bewusst.

Die wunderbare Stille, in der sie sich beide wiederfanden, wurde unterbrochen, als Abigail eintrat, nackt und bemalt. Ihr Gesicht leuchtete hellbeige, und ihre lang über die Schultern fallenden Haare waren rot mit weißen Punkten, was ihr ein bisschen das Aussehen eines Fliegenpilzes verlieh. „Peggy, darf ich?", fragte sie. Peggy schaute Binagh an. Er nickte. Abigail trat einen Schritt zurück in den Flur und winkte. Gleich darauf erschien ein hagerer Mann in brauner Leinenhose, grauem Wollhemd und einem Lederwams. Sie tippte ihm auf die Schulter und stellte ihn vor. „Das ist Brody." Brody lächelte. „Möchtest du eine Hexe im Bett, dann lass uns jetzt gehen", sagte Abigail. „Wenn du aber eine Reine möchtest, dann lass uns in den Zuber steigen, damit du mich waschen kannst. Na?" „Von Hexen habe ich genug", sagte Brody, während er sich bereits das Wams auszog. „In der Stadt haben sie heute wieder eine verbrannt. Es war – irgendwie grauenvoll, das alles." Er fuhr hastig fort mit dem Entkleiden von Hemd und Hose. „Jetzt brauche ich eine Ablenkung." Schon stieg er in den Zuber und half Abigail hinein, indem er ihr seine Hand reichte. Sie setzten sich. Der Zuber ließ Platz für mindestens noch weitere vier Personen. Brody genoss diese Freiheit und ließ die Arme im Wasser kreisen. „Wunderbar", sagte er. Dann beugte er sich vor, tauchte sein Gesicht unter und ließ Luftblasen aufsteigen, die seine Ohren umsprudelten. Als seine Lunge leer war, kam er hoch, holte Luft und wiederholte das Spiel, das ihm offenbar viel Spaß bereitete.

„Was war mit der Hexe?", fragte Binagh. „Wie hieß sie?" Brody tauchte auf, fuhr sich mit beiden Händen durchs Gesicht, das Haar und den Bart und lehnte sich zurück. Während er zur Decke blickte, antwortete er: „Lucy Jenkins. Ich kannte sie flüchtig. Vielleicht war sie ja eine Hexe, aber ich kann es mir nicht vorstellen. Sogar einer der Wächter wollte sie retten, wurde aber von einem anderen Wächter erschossen."

„Sie wurde verbrannt?", fragte Binagh ungläubig nach. „Wann war das?"

Brody schob die Unterlippe vor. „So um die Mittagszeit."

„Das kann nicht sein", widersprach Binagh. „Um die Mittagszeit stand der Scheiterhaufen noch, und niemand war am Platz. Ich habe es selbst gesehen. Nur Gabors Mantel lag da, aber selbst Gabor war nirgends zu sehen."

Brody schüttelte den Kopf. „Natürlich war Gabor da", widersprach er. „Da kam so ein Kerl, ein Rothaariger, der wollte Lucy retten und beschwor ihn, sie freizulassen, aber Gabor wies ihn ab. Ich weiß nicht, was der Kerl mit uns gemacht hat. Ich glaube, er hat uns alle gesegnet mit einem Heiligen Wasser aus einer Flasche. Das fühlte sich seltsam an."

Binagh beugte sich zu Brody vor. „Wie, er hat euch bespritzt?", fragte er.

„Ja, von mir aus auch bespritzt. Ich nenne es: gesegnet. Es fühlte sich himmlisch an. Dann stritt er mit Gabor um Lucys Leben. Der aber befahl, den Scheiterhaufen anzuzünden, und so geschah es. Der Rothaarige schlug ihm die Faust ins Gesicht und sprang zu der Frau ins Feuer, aber, und ich bin wirklich ehrlich, es kamen da keine Schreie heraus. Es war totenstill in den Flammen. Ist das nicht seltsam? Als ob da niemand drin gewesen wäre. Gabor schlug mit der Peitsche hinein, immer fester, immer irrer, und dann rannte er schreiend und lachend davon."

„Und Lucy und der Kerl sind verbrannt?", hakte Binagh nach.

„So wahr ich hier sitze", antwortete er. „Auch, wenn ich es nicht verstehe. Sie hätten schreien müssen."

Binagh lehnte sich zurück, und Peggy schmiegte sich wieder an ihn. Während Brody damit begann, seine Hexe rein zu machen, fragte sie: „Woran denkst du?"

„Ob Malcolm wirklich tot ist", antwortete Binagh.

„Du glaubst es nicht?", fragte Peggy.

„Ich traue ihm zu, dass er noch lebt. In seinem Haus werde ich mich jedenfalls nicht mehr blicken lassen. Ich werde ihm nie mehr unter die Augen treten können, und sein Erbe möchte ich nicht antreten, niemals."

Peggy streichelte seine Wange. „Jetzt hast du ja eh ein neues Zuhause", sagte sie.

An Abigail verblassten weiter die Farben, und Peggy und Binagh schmiegten sich wieder aneinander. Sie streichelten und küssten sich.

LXXXVII

Die Flammen züngelten mal sanft, mal wild und spendeten eine angenehme Wärme. Manchmal standen sie sogar still und bewegten sich fast nicht. Nur ein dünner Rauchfaden stieg dann in die Höhe und verbreitete einen Duft von Wachs und Kräutern. Ob die Flammen züngelten oder nicht hing davon ab, ob Bewegung in ihrer Nähe war. Und wenn nicht, dann wurden sie ihrer Aufgabe, ausschließlich angenehmes Licht und Wärme zu spenden, mehr als gerecht.

Es war schon später Abend. Die Sonne war untergegangen, aber Malcolms Schlafzimmer wurde von zahlreichen Kerzen erhellt, die auf dem Boden und auf Anrichten standen. Er lag nackt im Bett auf dem Rücken und bewegte sich nicht. Er konnte sich nicht bewegen, noch nicht einmal mehr tief atmen, noch nicht einmal einen Laut von sich geben. Seine Gier verbot es ihm. Die Gier nach mehr. Er hatte die Beine angewinkelt und die Knie weit auseinandergedrückt. Darüber spannte sich ein Betttuch, und dazwischen kniete gebückt ein Mensch: Lucy. „Ich werde dich jetzt zum Glühen bringen", hatte sie gesagt. „Ich werde Dinge mit dir tun, die du dir niemals würdest vorstellen können. Aber: Du darfst dich nicht bewegen. Und du darfst es nicht mit deinem Atem zeigen, wie sehr es dich erquickt. Sobald du dich bewegst, sobald du stöhnst, schnaufst, oder sonst etwas anderes tust, als es eine Leiche tun würde, ist der Spaß vorbei. Hast du mich verstanden? Ich will wenigstens ein klein wenig wissen, wie es sich mit einer Leiche anfühlt." Malcolm hatte genickt, und nun lag er da und fühlte, was unter dem Laken und zwischen seinen Beinen geschah, ohne es zu sehen, oder seine ins Unermessliche steigende

426

Lust irgendwie kundtun zu können. Ja, natürlich hätte er es gekonnt, aber dann wäre es vorbei gewesen mit der Lust. Ob für immer, oder nur für heute, das hatte Lucy nicht gesagt. Er wollte kein Risiko eingehen, nicht das geringste.

Lucy arbeitete mit Mund und Händen an Malcolms Penis. Für sie war es diesmal ganz anders als vor zwei Wochen mit dem Rothaarigen am Fluss. Da hatte sie gewusst, dass der Kerl bebte und kochte und sich kaum mehr auf den Beinen halten konnte, bevor sie ihm die Eichel abgebissen hatte. Bei Malcolm zuckte nur der Penis, aber dafür konnte er ja nichts. Sein Glied hatte eben ein Eigenleben. Wie lange würde er es wohl aushalten, sich nicht zu rühren? Und würde er einen Orgasmus zurückhalten können? Lucys feuchte Zunge umfuhr seine Spitze, leckte drüber, umkreiste sie erneut, und dann wollte sie es wissen. Wirst du dich bewegen? Sie umfasste das Glied mit beiden Händen, öffnete weit den Mund, fletschte die Zähne wie ein Hund und – biss zu.

Malcolm rührte sich nicht.

Nun gut. Es war ja kein fester Biss, nicht so fest, dass er eine Verletzung hätte herbeiführen können. Aber was wäre, wenn sie richtig zubiss? Mit den Backenzähnen zum Beispiel? Die Vorstellung, was dann geschehen würde, amüsierte sie. Also holte sie tief Luft, setzte den Mund an, knurrte wie ein wütender Hund und biss kräftig zu.

Malcolm fuhr aus den Federn hoch und schrie laut auf.

Lucy lachte.

„Was tust du da?", stöhnte er. „Warum beißt du mich in den Oberschenkel. Das tut verdammt weh." An der Bissstelle zeichneten sich bereits ihre Zähne ab.

Lucy kroch unter der Bettdecke hervor und schlich sich in seinen Arm. Sie streichelte seine Brust, wickelte ein paar seiner Brusthaare um den Finger, riss sie mit einem Ruck aus und sagte auf seinen neuerlichen Schrei hin: „Es war das Signal, dass du es überstanden hast." Sie sprang breitbeinig auf ihn und führte das Glied ein. „Pass auf", hechelte sie, gleich spürst du den Schmerz nicht mehr."

Sie brauchte gar nicht anfangen zu reiten. Malcolm kam sofort. Als er kraftlos und glückselig in die Kissen zurück plumpste, legte Lucy sich auf ihn, küsste ihn und fuhr ihm durch die roten Haare. „Jetzt gehören wir zusammen", sagte sie. „Wie schön. Vor ein paar Wochen hätte ich es niemals für möglich gehalten. Wie dumm ich doch war. Du bist kein Teufel, dessen bin ich mir nun gewiss."

Malcolm drückte Lucy fest an sich. „Ich bin glückselig", sagte er. „Es ist dein Verdienst, dass es so ist, und dafür sollst du mit mir zusammen der glücklichste Mensch auf Erden sein. Wirst du auch bei mir wohnen?"

Sie nickte. „Ich habe keine Lust mehr auf dieses Haus in Southbarn. Wir holen die Hühner und Hasen her, die dort noch im Garten leben, und dann möchte ich es verkaufen. Hilfst du mir dabei?"

Nun war es Malcolm, der nickte. „Noch ist Southbarn für uns ein gefährlicher Ort", sagte er, „aber wir werden einen Weg finden, dass du es los wirst. Die Tiere können wir bei Nacht holen."

„Aber es denken doch alle, dass wir auf dem Scheiterhaufen gestorben sind, oder nicht?"

„Man würde uns trotzdem erkennen", erklärte Malcolm.

„Wie hast du das denn eigentlich gemacht?", wollte Lucy wissen. „Sie alle, die da waren, dachten, das Holz brennt und wir mit ihm. Wie kann man so viele Menschen täuschen?"

Malcolm atmete tief ein. Niemals sollte Lucy wissen, dass er mit seinem Wasser Macht über andere Menschen erlangen konnte. Sie könnte Angst bekommen, dass er es auch auf sie anwenden würde, um sie zu beherrschen. Für Lucy sollte es ein Heilwasser bleiben. Er dachte ein Dankgebet, dass sie vom Bespritzen der Anwesenden nichts mitbekommen hatte. Und so zog er sie nur ein wenig fester an sich und sagte: „Ich weiß es nicht. Manche Dinge sind halt unerklärlich."

Sie schwieg eine Weile, dann setzte sie sich auf und sagte: „Heute Nacht holen wir die Tiere, ja?"

Malcolm zog die Decke über sich und Lucy. „So werden wir es machen", sagte er. „Wir sind frei, endlich frei. Was für ein schöner Gedanke." Dann schliefen sie ein, für immer vereint.

Inhalt